KB059557

언오소독스:
밖으로 나온 아이

UNORTHODOX: The Scandalous Rejection of My Hasidic Roots

by Deborah Feldman
Copyright © 2012 by Deborah Feldman
All Rights Reserved.

This Korean edition was published by Sakyejul Publishing Ltd. in 2021
by arrangement with the original publisher, Simon & Schuster, Inc.
through KCC(Korea Copyright Center Inc.), Seoul.

이 책은 (주)한국저작권센터(KCC)를 통한 저작권자와의 독점계약으로
㈜사계절출판사에서 출간되었습니다. 저작권법에 의해 한국 내에서 보호를 받는 저작물이므로
무단전재와 복제를 금합니다.

UNORTHODOX

언오소독스:
밖으로 나온 아이

뉴욕의
초정통파
유대인 공동체를
탈출하다

데버라 펠드먼 지음, 홍지영 옮김

사계절

* 일러두기

1. 이 책은 *UNORTHODOX: The Scandalous Rejection of My Hasidic Roots*의 한국어판이다. '언오소독스unorthodox'는 '오소독스orthodox'의 반대 의미로, '정통/전통이 아닌', '(종교적)정통파가 아닌', '이교/이단의'라는 뜻을 가진 형용사이다. 한국어판 또한 지은이가 성장한 민족·역사·문화 배경과 이후의 상황을 잘 보여주는 '언오소독스'를 제목에 차용하였다.

2. 책 속 주요 등장인물의 이름은 가명이다. 그들의 특징 또한 특정 인물을 연상할 수 없도록 가공하였다. 이 책에서 묘사하는 사건은 모두 사실이지만 일부 이야기는 등장인물의 신원을 보호하기 위해 사건을 압축·통합하거나 순서를 바꾸기도 하였다. 단 책 속의 대화는 지은이의 기억을 바탕으로 최대한 사실 그대로 옮겼다.

3. 이 책의 지은이가 나고 자란 사트마 공동체는 이디시어를 사용한다. 이디시어는 헤브라이어, 아람어와 함께 유대 역사의 가장 중요한 문어이다. 한국어판에서는 사트마 공동체의 문화와 역사를 보여주는 이디시어 개념과 기념일 등을 본래 발음대로 표기하고 그 의미에 대해서는 괄호 안에 옮긴이의 설명을 추가하였다.

책을 읽기 전에

사투마레Satu Mare, 또는 이디시어로 사트마Satmar는 헝가리 와 루마니아 국경에 위치한 도시의 이름이다. 어쩌다 이 마을의 이름을 딴 유대교 근본주의 종파(하시딕Hasidic)가 뉴욕에 등장한 것일까? 2차 세계대전 당시 헝가리계 유대인 변호사이자 언론인 루돌프 캐스트너Rudolf Kasztner가 나치로부터 구한 유대인들 가운데 사트마 마을 출신의 랍비가 있었다고 한다. 랍비는 훗날 미국 뉴욕으로 이주하여 유대인 생존자들을 거느리고 자신의 고향 이름을 딴 종파를 세웠다. 살아남은 다른 랍비들도 각자의 종파를 만들 때 홀로코스트로 인해 파괴된 유럽의 유대인촌shtetl과 공동체의 기억을 보존하기 위해 고향의 이름을 따왔다.

미국으로 이주한 하시딕 유대인은 선조들이 입던 의복과 이디시어를 고집하면서 절멸의 위기에 처했던 과거에 집착했다. 그중 많은 이가 유대인 대학살을 동화주의와 시온주의에 대한 벌이라고 믿으며 이스라엘 국가 창설에 반대했다. 무엇보다 중요한 것은 하시딕 유대인은 나치의 박해로 인해 줄어든 유대인 인구를 회복한다는 사명을 갖고 출산에 주력했다는 점이다. 오늘날까지도 하시딕 공동체는 히틀러에 대한 궁극의 복수를 위해 인구 성장에 몰두하고 있다.

차례

프롤로그

    스물네 번째 생일을 하루 앞둔 어느 날, 나는 엄마를 인터뷰했다. 우리는 농장에서 직송한 유기농 식자재를 사용하는 맨해튼의 한 채식 레스토랑에서 만났다. 나는 최근 들어 돼지고기와 조개류 해산물(둘 다 유대교에서 금지하는 음식이다-옮긴이) 요리를 즐기고 있지만 담백한 채식 요리도 꽤 좋아한다. 주문을 받으러 온 웨이터는 덥수룩한 금발에 크고 푸른 눈을 가진 비유대인이었다. 그는 점심시간에 어퍼이스트사이드(뉴욕에서 가장 부유한 지역 가운데 하나이다-옮긴이)의 식당에서 채식 식단에 기꺼이 100달러를 지불하러 온 손님들을 마치 왕족인 양 정중하게 대했다. 그가 우리 두 사람이 아웃사이더라는 것을 눈치채지 못했다는 사실이 무척 신기했다. 우리에게 이런 날이 올 줄이야.

    엄마를 만나기 전에 물어보고 싶은 것이 있다고 미리 말했다. 지난 1년간 우리가 함께 보낸 시간이 십 대 시절 함께한 시간을 모두 합친 것보다 길지만, 지금까지 나는 과거를 일절 물어보지 않았다. 어쩌면 알고 싶지 않았는지도 모른다. 남들에게 들은 엄마에 관한 이야기가 모두 거짓이었음을 알게 될까 봐, 혹은 반대로 모두 사실일까 봐 두려웠는지도 모른다. 하지만 나의 인생을 책으로 쓰려면 내 경험은 물론 엄마에 대해서도 알아야 했다.

1년 전 오늘 나는 하시딕 공동체(흔히 초정통파로 불리는 하레디파Haredi 유대교의 일종인 하시딕 유대교, 즉 하시디즘Hasidism을 믿는 유대인들이 세속주의 문화를 거부하고 현대 사회와 격리된 채 살아가는 공동체이다-옮긴이)를 탈출했다. 나는 이제 겨우 스물네 살이고, 나와 내 아들의 미래는 온갖 가능성으로 가득 차 있다. 마치 출발 신호가 울리기 직전, 간신히 출발선에 도착한 기분이다.

마주 앉은 엄마를 바라보니 우리 사이의 공통점보다 차이점이 훨씬 더 크게 느껴졌다. 엄마는 나보다 더 나이가 든 후에 공동체를 떠났고, 나를 놓고 갔다. 엄마의 여정은 행복을 찾는 과정이라기보다는 먹고살기 위한 투쟁에 가까웠다. 어릴 적부터 나는 내 삶이 한껏 부풀어 오르기를 원했다. 누릴 수 있는 것을 전부 누리고 싶은 갈망이 작은 것에 만족하는 타인과 나를 갈라놓았다. 세상은 무한한 가능성으로 가득한데 어떻게 그렇게 작은 욕망과 야망에 묶여있는지 이해할 수 없었다. 나는 엄마의 꿈을 이해할 만큼 엄마를 잘알지 못하지만 엄마에게도 자기만의 꿈이 있었을 테니 함부로 재단하고 싶지 않다. 더 나은 미래를 위해 결단을 내렸다는 점만큼은 엄마와 나의 공통점이 아닐까?

엄마는 영국의 독일계 유대인 공동체에서 나고 자랐다. 엄마의 집안은 유대교를 믿었지만 하시딕은 아니었다. 이혼 가정에서자란 엄마는 어린 시절의 자신을 고민 많고 늘 주눅 들어 있던 불행한 아이로 묘사했다. 좋은 결혼 상대를 만날 가능성은 고사하고 결혼을 할 가망조차 별로 없었다. 웨이터가 폴렌타(옥수숫가루) 튀김과 검정콩 요리를 테이블에 내려놓자 엄마는 튀김에 포크를 쿡 찔러 넣었다. 그러고는 아빠 집안에서 중매가 들어왔을 때 꿈만 같았다고 말했다. 아빠의 집은 부유했을 뿐 아니라 아들의 결혼에 필사적이었다. 아빠가 결혼하지 못하면 동생들의 혼삿길까지 막히기 때문이었다. 당시 스물네 살이던 아빠는 하시딕 남성의 결혼 적령기를 한참 넘긴 상태였다. 이곳에서는 나이가 들수록 결혼할 가능성이 줄어든다. 나의 엄마 레이철은 아빠가 결혼할 수 있는 마지막 기회였다.

중매가 들어왔다는 소식에 엄마의 가족과 친구들은 모두 기뻐하며 축하해주었다. "미국에 가서 살게 되다니!" 아빠의 집에서는 근사한 가구를 채운 새집을 장만하고 모든 비용을 지불하겠다고 했다. 엄마에게 예물로 아름다운 옷과 보석을 선물했고, 시누이들은 엄마와 친구가 될 생각에 들떠 있다고 했다.

"그럼 그 사람들이 엄마에게 잘해줬어요?" 항상 나를 업신여긴 친척들을 떠올리며 내가 물었다.

"그랬지, 처음에는. 나는 영국에서 온 새 장난감이었거든. 특이한 억양을 가진 날씬하고 예쁜 여자."

엄마는 아빠와 아빠의 형제들을 미혼으로 늙어갈 운명에서 구한 구세주였다. 그래서 친척들은 처음에는 엄마에게 고마워했다.

"내 덕분에 네 아빠가 사람 꼴을 하고 살 수 있었어." 엄마가 말했다. "나는 네 아빠가 말쑥한 차림으로 다니도록 뒷바라지했지. 네 아빠는 혼자서는 자신을 관리할 수 없는 사람이었어. 내 덕분에 가족들은 더 이상 네 아빠를 부끄러워하지 않게 되었지."

나는 아빠를 생각하면 창피함밖에 떠오르지 않는다. 내가 기억하는 아빠는 늘 초라하고 지저분했으며 행동은 유치하고 부적절했다.

"지금 생각해보면 어때요? 아빠는 뭐가 문제였을까요?"

"모르지. 망상증 같은 병이 아니었을까?"

"정말요? 그런 거창한 이유라고 생각해요? 그냥 정신장애인이 아닐까요?"

"글쎄, 결혼 후에 정신과 의사를 찾아간 적이 있어. 의사는 네 아빠에게 일종의 인격장애가 있다고 확신했어. 하지만 검사와 치료를 거부해서 정확히 확인하지 못했단다."

"모르겠네요. 큰어머니 말로는 아빠가 어렸을 때 발달지연 진단을 받은 적이 있대요. 아이큐가 66이었다고 하더라고요. 치료한다고 해서 좋아지진 않았을 거예요."

"하지만 가족들은 시도조차 하지 않았어. 뭔가 치료를 받게 할 수도 있었을 텐데 말이야."

나는 고개를 끄덕였다. "그래서 처음에는 그 사람들이 엄마한테 잘해줬단 말이죠. 나중에는요?" 큰어머니와 고모들이 엄마를 지독하게 욕하던 장면을 떠올리며 질문했다.

"처음에는 신기해서 야단법석을 떨더니 점점 날 무시하기 시작했어. 자기들끼리만 어울리고 나는 끼워주지 않았지. 가난한 집안 출신이라고 업신여겼어. 다들 부잣집에서 태어났거나 부잣집으로 시집을 가서 나와는 다른 삶을 살았으니까. 네 아빠는 돈을 벌 능력이 없었고 나도 일할 수 없었기 때문에 네 할아버지가 생활비를 주셨어. 하지만 돈에 아주 인색한 분이어서 겨우 생필품을 살 수 있을 만큼만 내주셨지. 똑똑한 분이지만 사람을 헤아리는 법은 모르셔. 현실과 동떨어진 세상을 살고 계셨지. 반면 네 할머니는 나를 존중해주셨어. 다른 사람들은 네 할머니를 무시했지만, 나는 할머니가 지적이고 열린 마음을 지닌 분이라는 걸 알 수 있었지."

"맞아요, 정말 그래요!" 나는 우리에게 공통점이 있다는 사실이 기뻤다. "할머니는 제게도 그렇게 해주셨어요. 모두가 나를 골칫거리라고 부를 때도 존중해주셨어요."

"그래. 하지만 아무 힘이 없으셨지."

"그건 그래요."

엄마는 남편에게도, 이 집안의 누구에게도 기댈 수 없었다. 결국 엄마는 대학에 진학하면 자신의 존재 의미를 찾고 삶의 목적과 방향을 알 수 있을 것이라는 기대를 품게 되었다. 머물 이유가 없어지면 떠나기 쉬워지는 법이다. 사람은 자신이 쓸모 있는 곳에서, 다른 사람들이 자신을 받아주는 곳에서 살기를 원하니까.

웨이터가 초가 하나 꽂힌 초콜릿 브라우니를 들고 테이블로 다가왔다. "생일 축하합니다." 부드러운 목소리로 생일 축하 노래를 부르던 그와 눈이 마주친 나는 얼굴이 화끈 달아올랐다.

"이제 촛불을 꺼야지." 엄마가 카메라를 꺼내며 재촉했다. 헛웃음이 났다. 웨이터는 나를 생일을 맞아 엄마와 외식하러 온 평범한 여자라고 생각했을 것이다. 내 인생의 절반이 넘도록 생일을 축하해줄 엄마가 없었다는 사실을 누가 짐작이나 할까? 엄마는 어떻게 이렇게 금방 엄마 역할로 돌아올 수 있는 걸까? 엄마에게는 지금 이 상황이 자연스럽게 느껴지는 걸까? 나는 전혀 그렇지 않았다.

브라우니를 다 먹은 엄마는 말없이 입을 닦았다. 그러고는 사트마에서 떠날 때 나를 데려가고 싶었다고 말했다. 하지만 엄마는 무일푼이었고, 아빠의 집안은 만약 나를 데려가면 후회하게 만들겠다고 협박했다. 그중에서도 큰어머니가 최악이었다고 했다. "너를 만나러 갈 때마다 나를 완전히 쓰레기 취급했어. 내가 네 엄마가 아닌 것처럼, 너를 낳은 사람이 아닌 것처럼 굴었지. 혈연도 아닌 네 큰어머니에게 누가 그럴 자격을 줬지?" 엄마는 큰어머니가 집안의 장남과 결혼한 후 실세로 군림하면서 대소사를 휘두르고, 모든 것을 직접 결정하고, 뭐든 자기 뜻대로 했다고 이야기했다.

　　엄마와 아빠가 완전히 결별한 뒤 내 운명은 큰어머니에 의해 처리되었다. 내가 할아버지 할머니와 함께 살게 된 것도, 사트마 학교에 가고 독실한 사트마 남자와 결혼하게 된 것도 모두 큰어머니가 결정한 일이다. 어찌 보면 내가 마침내 삶의 주도권을 쥐고 불행한 삶을 강요하는 사람들에게 맞서도록 가르친 것도 큰어머니일지 모른다. 나중에 알게 된 일이지만 내가 열일곱 살이 되자마자 중매자리를 알아보라고 할아버지를 설득한 것도, 결혼 상대를 정한 것도 큰어머니였다. 내 과거의 책임을 큰어머니에게 묻고 싶었던 적도 있지만, 이제 나는 세상 물정을 너무 많이 알아버렸다. 나는 우리의 세계가 작동하는 방식과 오랜 전통을 거스르는 것이 얼마나 힘든 일인지 깨닫게 되었다.

2010년 8월

뉴욕에서

1장

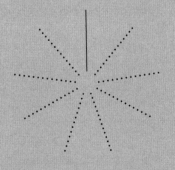

나의 숨겨진 힘을 찾아서

마틸다는 부모님이 선량하고 다정하고 이해심 많고
존경스럽고 지적이길 간절히 바랐다. 그들이 이에 전혀
해당되지 않는다는 사실은 그녀가 참고 견뎌야 하는
고난이었다. … 아주 작고 어린 마틸다가 가족 모두를
능가하는 유일한 힘은 지능이었다.

_로알드 달, 『마틸다Matilda』 중에서

∗

내 손을 잡은 아빠가 창고 문 앞에서 열쇠를 들고 꾸물거렸
다. 윌리엄스버그(과거에는 뉴욕 브루클린의 공장 지대였으나, 요즘은 힙스
터의 성지로 유명하다. 이 책의 주요 배경이 되는 장소로 사트마 유대인이 밀집해
서 살고 있다-옮긴이)의 공업 지구에 위치한 이 거리는 기묘하게 텅 비
고 조용했다. 밤하늘의 별들이 희미하게 빛났다. 근처 고속도로에
서 유령처럼 휙 지나가는 차 소리가 간간이 들렸다. 정신을 차려보
니 나는 초초해하며 에나멜 구두로 보도를 탁탁 치고 있었다. 충동
을 억제하기 위해 입술을 깨물었다. 나는 이곳에 도착했다는 사실
에 감사했다. 아빠가 나를 데려오는 게 매주 있는 일은 아니다.

안식일(유대인들이 휴일로 지키는 토요일을 의미한다. 유대식 하루는
저녁에 시작되므로 안식일은 금요일 해 질 녘에서 토요일 해 질 녘까지이다-옮긴
이)이 끝난 후 코셔kosher('유대인의 율법을 따른 것'이라는 뜻으로, 여기에
서는 전통적인 유대교의 율법에 따라 식재료를 선택하고 조리한 음식을 일컫는
다-옮긴이) 베이글 제과점의 오븐에 불을 붙이는 허드렛일은 아빠의
몫이다. 유대인 사업장은 안식일에 일을 할 수 없고, 다음 날 일을 재
개할 때는 반드시 유대인의 손이 먼저 닿아야 한다고 율법에 정해
져 있다. 아빠도 이런 단순한 일이라면 할 수 있었다. 아빠가 출근했
을 때면 비유대인 직원들이 밀가루 반죽을 치대 빵 모양으로 빚고
있었고, 아빠가 커다란 창고를 돌면서 스위치를 하나씩 켜면 윙 하
고 기계들이 돌아가기 시작했다. 아빠가 오늘처럼 가끔 일터로 나
를 데려올 때마다 나는 빵집이 돌아가는 모습을 신나게 구경했다.
아빠가 없으면 아무도 빵을 구울 수 없고, 반드시 아빠가 도착할 때
까지 기다려야 한다는 사실도 좋았다. 덩달아 나도 중요한 사람이

된 듯해 으쓱했다. 아빠가 지나갈 때면 직원들은 미소를 지으며 고개를 끄덕였고, 밀가루가 묻은 장갑을 끼고 내 머리를 쓰다듬어주었다. 마지막 구역까지 스위치를 켜고 나면 공장은 배합기와 컨베이어벨트 돌아가는 소리로 가득 찼다. 아빠가 에그키흘egg Kichel(유대식 계란 쿠키-옮긴이)을 우적우적 씹으며 직원들과 이야기를 나누는 사이에 나는 컨베이어벨트 오븐으로 들어간 반죽이 반대편에서 반짝이는 황금색 롤빵이 되어 줄지어 나오는 모습을 구경했다.

우리는 할머니가 좋아하는 에그키흘 챙기기를 잊지 않았다. 또한 아침에 각지로 배달하기 위해 선반 가득 쌓여 있는 빵도 한 아름 골라 집으로 돌아갔다. 봉투 속에는 무지개색 가루를 뿌린 유명한 코셔 컵케이크, 시나몬 맛과 초콜릿 맛 바브카babka(럼이나 버찌술을 섞은 설탕 시럽에 담가 만든 과자이다-옮긴이), 마가린이 잔뜩 든 일곱 겹 빵, 그리고 내가 초콜릿 부분만 갉아먹길 좋아하는 블랙앤드화이트 쿠키가 가득 들어 있었다. 이 빵들은 할아버지 할머니의 식탁 위에 전리품처럼 놓였고, 나는 며칠 동안 마음껏 골라 먹을 수 있었다. 달달한 빵과 과자가 경매장에 전시된 물품처럼 다마스크직 테이블보 위에 놓인 광경보다 호사스러운 것이 또 있을까? 그런 날 밤이면 나는 치아 사이에 낀 설탕과 입안에서 녹아내리는 과자의 맛을 느끼며 단잠에 빠졌다.

이 장면은 아빠를 생각할 때 떠오르는 얼마 안 되는 좋은 기억이다. 아빠를 자랑스럽게 여길 만한 일은 드물었다. 할머니가 옷을 세탁해주는데도 아빠는 겨드랑이가 누렇게 변한 셔츠를 입고 광대처럼 헤벌쭉 웃고 다녔다. 나를 만나러 할머니 집에 올 때는 초콜릿을 씌운 막대 아이스크림을 들고 왔다. 그리고 내가 감탄사를 연발하기를 기대하는 눈빛으로 나를 바라보았다. 딸에게 과자를 사주는 일이 아버지 노릇이라고 생각했으리라. 그러다 또 갑작스레 집을 나섰다.

나는 사람들이 아빠를 동정해서 일을 준다는 사실을 알고 있었다. 그들은 운전기사 일이나 배달원처럼 실수하지 않고 할 수 있을 만한 일에 아빠를 고용했다. 하지만 아빠는 이런 상황을 알지 못한 채 자신이 우리 공동체에 유용한 서비스를 제공하고 있다고 착각했다.

아빠는 다양한 일을 했지만, 제과점에 갈 때와 더 드물게 공항에 갈 때만 나를 데리고 갔다. 공항은 제과점보다 훨씬 더 신나는 장소이지만 아쉽게도 1년에 두어 번밖에 갈 수 없었다. 비행기를 타는 것도 아닌데 공항에 가는 게 왜 그렇게 신났을까? 손님을 기다리는 아빠 옆에 서서 입국장 밖으로 나오는 사람들을 구경하는 일이 무척 설렜다. 사람들이 어딘가 목적지를 향해 가고 있다는 사실에 가슴이 두근거렸다. 비행기가 잠시 착륙했다가 곧 지구 반대편으로 떠나는 마법 같은 세상이란 얼마나 근사한가! 나는 내 발목을 감싸고 있는 족쇄를 풀고 공항에서 공항으로 끊임없이 여행하는 삶을 꿈꾸었다.

아빠가 나를 집에 내려주고 가면 나는 한동안, 어떨 때는 몇 주나 아빠를 만나지 못했다. 우연히 길에서 마주칠 때도 있지만 그럴 때면 아빠가 나를 불러서 주변에 소개하는 불상사를 피하기 위해 고개를 돌리고 못 본 체했다. 내가 아빠의 딸이라는 것을 알게 된 사람들의 호기심 어린 동정의 눈길을 견딜 수 없었기 때문이다.

"이 아이가 자네 딸인가?" 그들은 손가락으로 내 볼을 꼬집거나 턱을 들어 올리며 말했다. 그러고는 내가 정말 이 남자의 자식이라는 표식을 찾으려는 듯이 내 얼굴을 자세히 뜯어봤다. 그들은 나중에 다른 사람에게 이렇게 말할 것이다. "아, 그 불쌍한 것. 태어난 게 어디 걔 잘못이겠나? 얼굴에 확실히 모자란 티가 나더군."

할머니는 나를 완벽히 믿어준 유일한 사람이다. 할머니의 태도를 보면 나에 대해 일말의 의심조차 품지 않았음을 알 수 있었다. 할머니는 타인을 함부로 재단하지 않는 분이다. 아빠에 대해서조차 결론을 단정하지 않았다. 그건 아마도 현실 부정이었을 테지만 말이다. 할머니는 아들의 어린 시절을 사랑스러운 말썽꾸러기로 묘사했다. 그때 아빠는 비쩍 말랐었고, 할머니는 제대로 밥을 먹이기 위해 온갖 노력을 기울였다. 자식이 원하는 것은 모두 들어줬지만 식탁에서 먼저 일어나는 것만큼은 예외였다.

어느 날 몇 시간이나 식탁에 앉아 있어야 했던 아빠는 할머니가 자리를 비운 틈을 타서 접시에 담겨 있던 닭다리를 끈으로 묶은 다음 창밖으로 늘어뜨려 마당의 고양이들에게 주는 꾀를 냈다. 잠시 후 빈 접시를 내미는 아빠에게 할머니가 물었다. "뼈는? 뼈까지 다 먹었니?" 잔꾀는 그렇게 들통나고 말았다.

나는 기발한 아이디어를 낸 아빠에게 감탄하고 싶었지만, 고양이가 살코기를 뜯어간 뒤에 남은 뼈를 끌어올릴 생각조차 못 하는 아이였다는 이야기를 듣고 그만 낙담하고 말았다. 열한 살이면 그 정도는 생각할 수 있는 나이가 아닌가.

할아버지와 할머니는 아빠의 악의 없는 장난을 더 이상 귀엽게 봐줄 수 없게 되었다. 예시바yeshiva(유대인의 전통적인 교육 기관이다-옮긴이)에서 얌전히 수업을 받지 못하는 아빠를 보다 못한 할아버지는 결국 아빠를 업스테이트 뉴욕(뉴욕주에서 뉴욕 대도시권을 제외한 나머지 지역을 가리킨다-옮긴이)에 위치한 게르솜 펠드먼 부트 캠프로 보냈다. 그곳은 문제아를 모아놓은 예시바로, 수업 내용은 다른 곳과 같지만 말썽을 일으키면 체벌을 가했다. 하지만 아빠의 행동은 고쳐지지 않았다.

아이 시절의 별난 행동은 그래도 이해할 수 있다. 하지만 다 큰 어른이 지독한 곰팡내가 날 때까지 빵을 몇 달씩 묵히는 걸 어떻게 봐야 하나? 어떤 의사도 찾지 못하는 미지의 병을 치료한다면서 어린이용 분홍색 액상 항생제가 든 병을 냉장고에 줄지어 세워놓고 매일 꺼내 마시는 건 또 어떤가?

할머니는 아빠를 돌보기 위해 최선을 다했다. 약 십 년 전에 쇠고기 코셔 파동이 일어난 뒤(코셔가 아닌 고기를 코셔라고 속여 판 일이 있었다) 할아버지는 쇠고기에 입도 대지 않았지만 할머니는 아빠를 위해 특별히 쇠고기 요리를 만들었다. 할머니는 결혼한 아들을 포함하여 모든 가족을 위해 요리했다. 각자 가정이 있음에도 불구하고 그들은 어머니가 만든 저녁을 먹으러 왔고, 할머니는 그것이 세상에서 가장 자연스러운 일인 양 행동했다. 매일 밤 10시가 되면 할머니는 부엌 조리대를 닦으면서 농담 삼아 "레스토랑 문 닫는다"라고 선언하셨다.

나는 할머니 집에서 밥을 먹고, 잠도 대부분 이곳에서 잤다. 엄마는 언젠가부터 보이지 않고 아빠는 나를 제대로 돌볼 수 없었다. 아주 어렸을 때는 엄마가 잠자리에서 동화책을 읽어주기도 했다. 하지만 할머니 댁에는 기도서밖에 없었다. 그곳에서 나는 잠들기 전에 셰마shema 기도(유대인이 매일 아침저녁마다 암송하는 기도이다-옮긴이)를 해야 했다.

엄마가 책을 읽어준 것이 내 유년의 유일한 행복이었기 때문에 나는 다시 책을 읽고 싶었다. 하지만 나는 영어에 능숙하지 못했고 책을 구할 방법도 몰랐다. 그래서 컵케이크과 에그키흘로 마음의 허기를 채웠다.

할머니의 부엌은 세상의 중심과도 같았다. 할머니가 전기 믹서에 재료를 붓거나 가스레인지 앞에 서서 쉬지 않고 냄비를 휘휘 젓는 동안 다들 이곳에 모여 수다를 떨고 가십을 주고받았다. 심각하고 암울한 이야기는 할아버지 사무실에서 남자들끼리 나누었지만 좋은 소식은 언제나 부엌에서 공유되었다. 나는 늘 냄비에서 올라온 수증기가 가득 찬 작은 부엌을 좋아했다.

부엌에 있으면 안전하다는 느낌이 들었다. 무엇으로부터 안전한지는 설명하기 힘들지만, 길을 잃은 것만 같은 익숙한 좌절감에서 벗어날 수 있었다. 이곳에 있으면 나의 근원으로 돌아온 기분이었고, 다시는 바깥세상의 소용돌이로 끌려가고 싶지 않았다.

할머니가 초콜릿 케이크 반죽을 만들 때 나는 식탁과 냉장고 사이에 놓인 작은 가죽 스툴에 앉아 달콤한 반죽이 묻은 주걱이 내 손에 들어오기를 기다렸다. 안식일 전날이면 할머니는 커다란 소간을 고기 다지는 기계에 밀어 넣으면서 중간중간 노릇노릇하게 볶은 양파를 한 줌씩 추가하셨다. 그러면 기계 아래 놓인 그릇에 크림색 다진 고기가 수북이 쌓였다. 할머니가 검고 진한 핫초코를 만들어주시면 나는 설탕을 듬뿍 타서 마셨다. 스크램블드에그는 버터가 들어가 반드르르했고, 헝가리식 토스트는 언제나 완벽하게 바삭했다. 음식도 좋았지만 할머니가 요리하는 모습을 지켜보는 것이 더 좋았다. 온 집 안이 맛있는 냄새로 가득 찰 때면 행복했다. 음식 냄새가 철도식 아파트(철도 객실처럼 방이 이어지는 구조의 아파트. 과거 뉴욕에 밀려드는 이민자를 수용하기 위해 건설된 공동 주택이 이 방식으로 지어졌다-옮긴이)를 가득 채웠다. 나는 매일 아침 눈을 뜰 때마다 코를 킁킁거리며 할머니가 오늘은 어떤 음식을 만드시는지 상상했다.

할아버지가 집을 비우면 할머니는 노래를 흥얼거렸다. 능숙한 솜씨로 반짝이는 스테인리스 그릇에 담긴 머랭을 휘저으면서 할머니는 섬세하고 고운 소리로 콧노래를 부르셨다. 그러면서 "이 곡은 〈비엔나왈츠〉야. 이 곡은 〈헝가리광시곡〉이야"라고 알려주셨다. 할머니가 어린 시절에 고향인 부다페스트에서 듣던 곡이라고 했다. 할아버지가 집에 돌아오면 할머니는 노래를 멈췄다. 할아버지는 유대인은 성전이 파괴된 이래로 특별한 날이 아니면 노래를 부르거나 음악을 들어서는 안 된다고 말씀하셨다. 할머니는 가끔 아빠가 내게 준 낡은 카세트테이프 플레이어를 꺼내 아주 작은 소리로 내 사촌의 결혼식 때 녹음한 테이프를 트셨다. 그러다 현관문 밖에서 작은 소리만 나도 황급히 음악을 꺼버렸다.

할머니의 아버지는 코헨Kohain(제사장)이었다고 했다. 고대 성전 제사장까지 거슬러 올라가는 계보를 가진 집안의 후손인데 저음의 아름다운 목소리로 유명했다고 한다. 반면 할아버지는 음치였다. 안식일 때는 할아버지의 아버지가 유럽에 살 때 부르던 안식일 전통 노래를 부르셨다. 할머니는 할아버지가 엉망진창으로 노래하는 모습을 보다가 고개를 절레절레 흔들며 웃으셨다. 할머니는 이미 오래전에 음치인 할아버지와 함께 노래 부르기를 포기했다. 할머니는 여러 아들 중 딱 한 사람만 자신의 목소리를 물려받았다고 설명하셨다. 나는 할머니에게 학교 성가대에서 솔로 파트를 맡게 되었다고 전하면서, 내가 할머니의 목소리를 물려받은 것 같다고 말씀드렸다. 할머니가 나를 자랑스럽게 여겨주기를 바랐다.

할머니는 내가 학교에서 어떻게 지내는지, 학교에서 어떤 활동을 하는지 절대로 묻지 않으셨다. 내가 어떤 아이인지에는 별 관심이 없으신 것 같았는데, 나뿐 아니라 다른 사람도 다 그렇게 대하셨다. 나는 할머니의 가족들이 강제 수용소에서 죽임을 당했기 때문에 더 이상 마음 터놓고 사람을 만날 기력이 남지 않은 것이라고 짐작했다.

할머니는 오로지 내가 밥을 충분히 먹는지만 걱정하셨다. 시도 때도 없이 음식을 권하셨는데, 아침엔 구운 칠면조를 맛보라고 하더니 한밤중에는 코울슬로를 꺼내주셨다. 그날그날 만든 음식이 당일의 먹을거리였다. 찬장에는 포테이토칩과 시리얼이 없었다. 할머니는 재료부터 직접 손질해 음식을 만드셨다.

할머니와 달리 할아버지는 학교생활에 대해 물어보셨지만 주로 내가 문제를 일으키지 않고 잘 다니고 있는지만 확인하셨다. 욤 키푸르Yom Kippur(대속죄일. 하루 종일 금식하고 기도하면서 회개하고 용서를 구하는 날로, 유대력 새해 열 번째 날이며 그레고리력으로는 9월 말에서 10월 초에 해당한다-옮긴이)를 앞둔 지난주, 할아버지는 내게 속죄하고 새해에는 얌전하고 독실한 아이로 새롭게 태어나라고 훈계하셨다. 내가 단식에 참여한 것은 올해가 처음이다. 토라Torah(유대교 경전. '모세오경'이라고도 불리며, 구약성서의 첫 다섯 편인 창세기·출애굽기·레위기·민수기·신명기를 일컫는다-옮긴이)에 따르면 나는 열두 살이 되어야 여자가 되지만, 보통은 열한 살 때 시험 삼아 단식을 시작했다. 아이에서 성인이 되는 다리를 건너면 수많은 규칙이 나를 기다리고 있었고, 올해는 그것을 연습하는 셈이다.

속죄일 다음 명절은 수콧Sukkot(초막절. 가을의 추수를 기념하고 유대민족이 이집트에서 탈출하여 시나이산 사막에서 유랑할 때에 초막에서 생활한 것을 기념하는 명절이다-옮긴이)이다. 나는 작은 나무 오두막 수카suk-kah를 짓는 할아버지를 도와드려야 했다. 초막절부터 여드레간 이곳에서 식사를 하게 된다. 지붕을 만들려면 사다리 위 할아버지에게 대나무를 하나씩 건네줄 사람이 필요했다. 할아버지가 무거운 대나무를 받아 들고 기둥 위로 굴리면 대나무는 덜컹덜컹 시끄러운 소리를 내며 제자리를 찾아갔다. 몇 시간씩 사다리 옆에 서서 할아버지 손에 대나무를 건네주는 이 지겨운 일은 언제나 내 몫이었다. 하지만 스스로가 쓸모 있는 존재라는 느낌이 싫지만은 않았다. 대나무는 늘 새것처럼 향긋한 냄새가 났다. 나는 대나무를 두 손으로 쥐고 앞뒤로 비볐다. 닳아서 윤이 나는 표면의 감촉이 시원했다. 할아버지는 다른 집안일을 하지 않았지만, 명절 준비만큼은 직접 하셨다.

나는 청명한 가을 하늘 아래에서 보내는 초막절을 특히 좋아했다. 나날이 해가 짧아지는 이 무렵이면 스웨터를 몇 겹 겹쳐 입고 베란다에 앉아 햇살을 만끽했다. 나무 의자 세 개를 붙여 만든 간이 침대에 누워 다닥다닥 붙여 지은 브라운스톤 테너먼트tenement(뉴욕의 초기 이민자들이 모여 살던 공동 주택이다-옮긴이) 블록의 좁은 골목을 비추는 햇살을 향해 얼굴을 기울였다. 피부에 닿는 창백한 가을 햇살만큼 나를 위로해주는 것은 없었다. 나는 햇살이 음울하고 칙칙한 건물들 뒤로 사라질 때까지 자리를 뜰 줄 몰랐다.

초막절은 긴 명절이지만 중간에 명절 같지 않은 날이 나흘 끼어 있다. 홀 하모에드Chol Hamoed라고 부르는 이 기간에는 운전을 하거나 돈을 쓸 수 있다. 일하는 것만 안 될 뿐 여느 평일과 마찬가지로 보낼 수 있기에 구성원 대부분이 이때 가족 여행을 떠났다. 나는 사촌들이 어딘가로 놀러갈 때 곁다리로 끼곤 했다. 작년에는 코니아일랜드(브루클린 남쪽 끝에 있는 행락지이다-옮긴이)에 갔고, 올해는 사촌 미미가 공원의 아이스링크에 가자고 했다.

　미미 언니는 나를 살갑게 대해주었다. 아마 언니의 부모님도 이혼했기 때문일 것이다. 언니의 어머니는 이제 다른 사람과 재혼했지만 언니는 아버지(사이나이 삼촌)를 만나러 할머니 집에 자주 왔다. 나는 우리 집안이 문제 있는 사람들과 완벽한 사람들로 양분되어 있다고 생각했다. 그중에서 흠 있는 사람들만 내게 말을 걸었다. 하지만 미미 언니처럼 재밌게 놀아주는 사촌이 있다면 '완벽한' 친척들에게 무시당해도 상관없었다. 언니는 고등학생이어서 혼자 다닐 수 있었고, 짙은 금발을 드라이어로 말아 뻗친 머리로 만들었다.

　이틀간 할머니가 만든 음식을 초막으로 나르자 마침내 홀 하모에드 날이 밝았다. 미미 언니가 아침에 나를 데리러 오기로 했다. 나는 언니의 조언대로 두꺼운 타이츠 위에 양말을 덧신고, 셔츠 위에 두툼한 스웨터를 입고, 손에는 엄지장갑을 끼고 털모자까지 쓴 뒤 언니를 기다렸다. 불편하긴 했지만 나로서는 만반의 준비를 한 상태였다. 이윽고 도착한 언니는 벨벳 칼라가 달린 세련된 진회색 울 코트에 벨벳 장갑을 끼고 있었는데, 나는 언니의 우아함이 부러웠다. 그에 비하면 나는 팔이 죽 늘어진 원숭이처럼 보였다.

　스케이트를 타는 기분은 환상적이었다. 처음에는 아이스링크의 벽을 꽉 붙잡은 채 뒤뚱거렸지만, 타는 요령을 익히니 마치 하늘을 나는 기분이었다. 언니가 가르쳐준 대로 등을 꼿꼿이 세우고 한 발씩 앞으로 내디디면서 눈을 감고 얼음 위를 미끄러졌다. 이렇게 자유로운 기분은 태어나 처음이었다. 사람들의 웃음소리가 아득히 멀어지는 듯했다. 얼음을 가르는 스케이트 날 소리만 귀를 채웠고, 나는 그 리듬에 빠져들었다. 삶이 언제나 이런 느낌이라면 얼마나 좋을까? 눈뜰 때마다 눈앞에 다른 세상이 보이기를 기대했다.

두 시간이 지나자 허기가 몰려왔다. 우리는 아이스링크 바깥에 있는 벤치로 나와 언니가 준비해온 코셔 샌드위치를 먹었다. 그때 문득 옆 테이블에 앉은 가족, 그중에서도 내 또래 여자아이가 눈에 들어왔다. 짧은 치마와 밝은색 타이츠를 입은 그 아이가 이곳에 훨씬 잘 어울려 보였다. 심지어 부드러운 털로 만든 귀마개도 하고 있었다. 내가 자기를 쳐다보는 것을 눈치챈 아이가 우리에게 다가와 은색 포장지에 싸인 초콜릿을 건네주었다.

"너 유대인이니?" 과자가 코셔인지 확인하려고 내가 물었다.

"응. 히브리어 학교도 가는걸. 히브리어 알파벳도 알아. 난 스테퍼니라고 해." 그 애가 대답했다.

나는 조심스럽게 초콜릿을 받아 들었다. 허시Hershey라고 적혀 있었다. 허슈Hersh는 이디시어로 사슴이라는 뜻이다. 또한 유대인 남자가 흔히 쓰는 이름이며, 그 뒤에 'ey'를 붙이면 애칭이 된다. 나는 허시가 어떤 사람일지, 그의 자식들은 초콜릿 포장지에 찍힌 이름을 보면서 아버지를 자랑스러워할지 궁금했다. 내게도 이런 아버지가 있다면 얼마나 좋을까? 내가 초콜릿 포장지를 까려고 하자 미미 언니가 엄한 표정으로 고개를 저었다.

"고마워." 나는 초콜릿을 손바닥 안에 감추며 스테퍼니에게 말했다. 그 애는 새침하게 고개를 돌리더니 자기 자리로 뛰어갔다.

"그거 먹지 마. 코셔가 아니야."

"하지만 저 애는 유대인인걸! 그렇게 말했잖아. 왜 먹으면 안 된다는 거야?"

"유대인이라고 다 코셔 규율을 지키는 건 아니야. 그리고 규율을 따르는 사람이라고 해서 모두 철저하게 따르는 것도 아니고. 자 봐, 포장지에 OUD라고 적혀 있지? 코셔 유제품이긴 하지만 초콜릿에 들어가는 우유까지 랍비의 감독을 받은 건 아니라는 뜻이야. 그걸 집에 가져가면 할아버지가 놀라 자빠지실걸?"

언니는 내 손에서 초콜릿을 뺏어 쓰레기통에 버렸다.

"내가 다른 초콜릿을 줄게. 코셔 초콜릿으로. 너 라힛 웨이퍼 좋아하지? 그거 줄게."

언니의 말에 마음이 풀린 나는 고개를 끄덕였다. 참치 샌드위치를 다 먹은 후 나는 점프 연습을 하는 스테퍼니를 바라봤다. 그 애가 완벽하게 균형 잡힌 자세로 착지할 때마다 스케이트 앞쪽 날이 바닥에 부딪혀 쿵쿵 소리를 냈다. '유대인이면서 왜 코셔 규율을 지키지 않는 거지?' 이유를 알 수 없었다. '히브리어 알파벳을 안다면서 어떻게 허쉬 초콜릿을 먹을 수 있어? 그게 잘못이라는 걸 모르는 거야?'

＊

큰어머니가 못마땅한 표정을 지었다. 명절 식탁에서 옆자리에 앉은 큰어머니는 내게 후루룩 소리를 내지 않고 수프 먹는 법을 가르쳐주었다. 큰어머니의 눈빛에 질린 나는 빠르고 효율적으로 조용히 떠먹는 법을 익혔다. 나는 늘 큰어머니의 눈에 띨까 봐 전전긍긍했다. 좋은 소리를 듣는 법이 없었기 때문이다. 큰어머니는 내 삶에서 중요한 일들을 대부분 결정했다. 엄마가 아빠를 떠난 뒤 한동안 나는 큰어머니와 함께 살았다. 엄마가 소형차를 몰고 윌리엄스버그를 떠나던 날 이곳에 사는 모든 사람이 그 장면을 구경했다. 어쩌면 엄마는 윌리엄스버그 사트마 공동체에서 최초로 운전을 한 여자일지도 모른다.

큰어머니와 살던 시절에 나는 아주 불행했다. 큰어머니는 내가 울 때마다 호통을 쳤지만 울음을 그치려고 아무리 애를 써도 눈물이 펑펑 쏟아지기만 했다. 나는 할머니와 함께 살게 해달라고 애원했다. 조부모님은 오래전에 자녀를 모두 출가시키고 노후를 보내고 계셨지만 결국에는 나를 받아주셨다.

할아버지는 나의 양육법에 관해 큰어머니의 조언을 따랐다. 큰어머니의 세 딸은 학교를 졸업하자마자 솔기 달린 스타킹을 벗었고 결혼한 뒤에는 버러파크(뉴욕 브루클린의 유대인 밀집 지역 중 하나로, 하시딕 유대인을 포함하여 정통파 유대인이 모여 산다. 사트마 랍비의 영향력이 큰 윌리엄스버그에 비해 비교적 개방적이고 온건하다-옮긴이)로 이사했는데, 무슨 자격으로 양육 전문가를 자처하는지 이해할 수 없었다.

초막절을 앞두고 할머니께서 명절맞이 대청소를 도우라며 나를 우리 건물 4층에 있는 큰어머니네 집으로 보냈다. 그 집에는 곳곳에 쥐덫이 있었다. 일주일에 두 번씩 해충 구제업자를 부르는데도 불구하고 브라운스톤 건물은 쥐 문제로 골머리를 앓았다. 큰어머니는 쥐덫의 노란색 끈끈이에 땅콩버터를 덧발라 가구 아래에 넣었다. 내가 도착했을 때 큰어머니는 집 안 곳곳에 놓은 쥐덫을 확인하고 있었다. 스토브 아래에서 꺼낸 쥐덫에는 찍찍 소리를 내며 필사적으로 꿈틀거리는 생쥐 한 마리가 붙어 있었다. 그 쥐를 어떻게 처리할지 궁금했다. 자비로운 방법이 있겠지? 하지만 큰어머니는 두 손으로 끈끈이 상자를 들더니 반으로 접고 꾹 눌러서 생쥐를 압사시켜버렸다.

나는 놀라서 입이 딱 벌어졌다. 할머니가 쥐덫을 확인할 때는 보통 쥐가 죽어 있었고, 할머니는 그것을 비닐봉지에 싸서 앞마당 쓰레기통에 버렸다. 몇 달 전 내가 옷장 서랍을 열었을 때 스웨터 사이에 생쥐 가족이 둥지를 틀고 있었다. 엄지손가락만 한 분홍색 아기 쥐 아홉 마리가 꼬무락거렸다. 나는 일주일 동안 아무에게도 이 사실을 말하지 않았다. 어느 날 서랍을 열어보니 쥐들이 모두 사라지고 없었다. 지금 내 눈앞에서 죽은 쥐가 서랍에 있던 아기 쥐 중 한 마리면 어쩌지?

그렇다고 내가 쥐를 좋아하는 것은 아니다. 그저 살아 있는 동물을 죽이고 싶지 않았을 뿐이다. 할아버지는 내가 엉뚱한 대상에게 측은지심을 느낀다고 걱정하면서, 그 마음이 나를 기르느라 애쓰는 사람에게 향해야 한다고 말씀하셨다. 자랑스러운 손녀가 되기 위해 정진하는 것이 나의 임무였다.

친척 어른들은 하나같이 자식을 엄하게 길렀다. 그들은 아이들을 질책하고 무안을 주고 큰소리로 야단쳤다. 이것이 토라가 알려주는 자녀 교육법 히누흐chinuch이다. 부모에게는 자식을 율법을 준수하는 독실한 유대인으로 길러야 할 영적 책임이 있다. 이 목적을 위해서라면 어떤 형태의 훈육도 허용된다. 할아버지는 오직 종교적 의무 때문에 아이들을 엄하게 대하는 것이라고 자주 말씀하셨다. 진심으로 화를 내는 것은 금지되지만 히누흐에 따라 화를 내는 척한다는 얘기였다. 우리 집안에서는 가족끼리 포옹이나 키스를 하지 않았다. 서로를 칭찬하지도 않았다. 대신 우리는 서로를 면밀히 주시하면서 언제든지 누군가의 영적 결함이나 신체적 결점을 지적할 준비가 되어 있었다. 큰어머니는 바로 이것이 올바른 측은지심이라고 말했다.

큰어머니는 우리 집안 그 누구보다도 나의 영적 안녕을 위해 측은지심을 발휘했다. 할머니 댁에 올 때마다 큰어머니는 나를 매의 눈으로 관찰하면서 몇 분에 한 번씩 잘못을 지적했다. 큰어머니가 오면 심장 박동이 빨라졌다. 큰어머니뿐 아니라 다른 친척들도 나를 비난했다. 레이철 고모는 나를 볼 때마다 내 얼굴에 때라도 묻어 있는 양 쳐다봤고, 사이나이 삼촌은 내가 걸리적거리기라도 하면 뒤통수를 후려쳤다. 하지만 큰어머니가 가장 심했다. 그녀는 늘 분노에 가까운 감정을 담은 굳은 표정으로 나를 노려보았다. 비싼 정장과 구두를 좋아하는 큰어머니는 식탁 위에서 신경이 가장 예민했다. 그러다 내가 옷깃에 수프 국물을 흘리기라도 하면 경멸을 담아 혀를 찼다. 나는 큰어머니가 자신이 유발하는 공포를 즐기고 있다고 생각했다. 그래야만 자신이 강한 사람인 것처럼 느껴질 테니까 말이다. 가끔 달콤한 목소리로 잘해주는 척할 때도 있지만, 그때도 눈빛은 매서웠다.

큰어머니는 우리 집안에서 유일하게 진짜 머리카락이 황금색이다. 금발 가발을 쓰는 고모가 두 명 더 있지만 그들의 진짜 머리카락은 오래전에 칙칙한 잿빛으로 변해버렸다. 오직 큰어머니만 진짜 금발이었고, 거기에 더해 희고 깨끗한 피부와 푸른빛이 도는 얼음 같은 눈동자를 가졌다. 윌리엄스버그에는 날 때부터 금발인 사람이 드물다. 나는 큰어머니가 자신의 미모를 자랑스러워한다는 것을 알고 있었다. 나는 때때로 레몬즙을 머리카락에 발라 탈색해보려고 했지만 별 효과가 없었다. 한번은 클로락스 크림을 바른 적이 있는데, 이번에는 너무 티가 나서 사람들이 알아볼까 봐 걱정해야 했다. 염색은 금지 사항이었고, 혹시라도 들키면 온 동네에 나에 대한 험담이 돌 것이기 때문이다.

　　큰어머니는 할아버지를 설득하여 나를 정신과 의사에게 데려갔다. 이미 버러파크의 정통파 유대인Orthodox Jews 정신과 의사두 명에게 진찰받은 뒤였다. 첫 번째 의사는 내가 정상이라고 했다. 두 번째 의사는 내가 한 말을 죄다 큰어머니에게 전했고, 그 사실을 안 나는 다음부터 그에게 아무것도 대답하지 않았다. 큰어머니가 이번에는 나를 여자 의사에게 데려가겠다고 했다.

　　나는 이 치료의 이유를 이해했다. 나도 정신적인 문제가 있기 때문일 테지. 언젠가 에스터 할머니처럼 입에 거품을 물고 쓰러지는 날이 올 것이다. 큰어머니가 정신병은 우리 엄마 집안의 내력이라고 암시하지 않았던가. 그러니 내 정신도 멀쩡할 리 없다. 이해가 되지 않는 점은, 만약 정신과 치료가 도움이 된다면 내 부모님은 왜 치료받지 못한 것일까? 만약 치료를 받았는데도 효과가 없었다면 내가 받는 치료는 무슨 소용이란 말인가?

　　의사의 이름은 쉬프라였다. 쉬프라는 에니어그램이라는 차트가 그려진 종이를 들고 있었다. 차트에는 아홉 가지 성격 유형이 나열되어 있었고, 의사는 내가 그중 하나에 속하지만 유형별로 '날

개'가 있다고 설명했다. 이를테면 5번 유형이면 4번과 6번 유형을 날개로 갖는다는 뜻이다.

"4번 유형은 개인주의자인데, 바로 네 경우야." 의사가 내게 말했다.

의사는 만난 지 십 분 만에 나를 밝혀냈다. 설사 내가 개인적이고 자기 충족적이며 남에게 속마음을 잘 터놓지 않는 성격이라고 한들 그게 무슨 문제란 말인가? 이게 정말 나의 정신적 문제일까? 그래서 나를 큰어머니처럼 뻣뻣하고 잘 훈련된, 그리고 무엇보다도 공동체에 잘 순응하는 사람으로 바꿔놓으려고 하나? 나는 상담이 끝나기 전에 자리를 박차고 나왔다. 그리고 의사는 이 행동을 내가 가진 문제의 증거로 사용할 것이다, 분명히.

나는 안식일 만찬을 준비하기 위해 장을 보러 온 가족들을 바라보면서 16번가를 서성였다. 지저분한 배수로에서 올라온 상한 청어 냄새가 코를 찔렀다. 왜 나는 얌전한 피를 갖고 태어난 다른 여자아이들처럼 될 수 없는 걸까? 저 애들은 머릿속에 떠오르는 생각도 차분하고 조용하겠지. 반면 나는 생각이 얼굴에 곧장 드러났다. 지금 이 순간에도 금지된 생각을 하고 있지 않은가. 내게는 시간이 한 시간 반 남아 있고, 여기에서 몇 블록 올라가면 공공 도서관이 나온다. 그곳은 나를 아는 사람이 없는 동네라 혹시라도 들킬 걱정을 하지 않아도 된다.

조용하고 넓은 도서관에 들어오자 마치 나의 생각이 확장되는 느낌이 들었다. 텅 빈 아동도서 코너에서 사서가 책을 진열하고 있었다. 아동도서 코너는 자리가 넉넉하고 추천 도서도 많아서 마음에 들었다. 사서들은 나와 눈이 마주칠 때마다 격려의 미소를 지어주었다.

책을 어떻게 빌려야 하는지 몰라서 막막했다. 책만 읽을 수 있다면 다른 것은 전부 참을 수 있을 것 같았다. 어떤 책은 작가가 마치 나를 속속들이 이해하고 쓴 것만 같았다. 로알드 달의 책 속 주인공과 나의 유사성을 어떻게 설명한단 말인가? 우리는 둘 다 가족과 친구들에게 천대받고 무시당하는 불운하고 조숙한 아이였다.

『제임스와 슈퍼 복숭아James and the Giant Peach』를 읽은 날 나는 할머니의 정원에서 자란 과일을 타고 데굴데굴 굴러 멀리 떠나는 꿈을 꾸었다. 어린이가 주인공인 문학 작품에서는 어느 순간 무엇인가가 나처럼 이상하고 불운한 아이들에게 나타나서 삶을 완전히 바꿔놓고 환상의 세계로 데려갔다. 문학 속 어린이들은 환상 세계에서 지금까지의 삶은 실수였으며 자신은 원래 더 크고 좋은 것을 누릴 수 있었다는 사실을 깨달았다. 나는 어느 날 이상한 나라로 가는 토끼굴이나 옷장 뒤 나니아를 발견하게 되기를 남몰래 기다렸다. 다른 가능성은 고려할 수 없었다. 나는 이 세상에 어울리지 않는 아이였기 때문이다.

마틸다가 수업 시간에 자신이 가진 초능력을 깨닫는 장면을 읽을 때 나의 기대감도 한껏 부풀어 올랐다. 내가 읽은 책에는 가장 절망적 순간에 뜻밖의 희망을 발견하는 공통점이 존재했다. 나도 언젠가 숨어 있던 초능력을 발견하게 될까? 그 힘이 내 안에 잠자고 있을까? '나도 마틸다처럼 허니 선생님과 함께 집으로 돌아가게 되겠지.' 이렇게 생각하니 앞뒤가 맞아떨어졌다.

동화책은 언제나 행복한 결말로 끝났다. 어른들을 위한 책을 읽어본 적 없던 나는 이 공식을 굳게 믿었다. 동화 속 세상은 아이가 오직 공정한 세상만을 받아들일 수 있다고 가정한다. 나는 동화처럼 누군가가 나를 구하러 오기를 기다렸다. 벗겨진 유리 구두를 집어줄 사람이 없다는 사실을 마침내 깨달았을 때, 나는 절망이라는 심연으로 추락하고 말았다.

"빈 그릇이 요란하다." 큰어머니와 학교 선생님들이 맨날 하는 말이자, 이디시어 교과서에도 자주 등장하는 격언이다. 말이 많은 여자는 영적으로 빈곤하다는 의미였다. 꽉 찬 그릇이 아무 소리도 내지 않는 것처럼 속이 꽉 찬 여자는 말이 없어야 했다. 나는 수많은 격언 중에서도 이 격언이 가장 수치스러웠다.

나는 아무리 노력해도 말대답하고 싶은 충동을 억누르기 힘들었다. 한마디도 지지 않고 말대꾸하는 것이 어리석은 짓이라는 건 익히 알았다. 입을 다물면 쉽게 피했을 온갖 성가심을 감당해야 했기 때문이다. 하지만 나는 도무지 다른 사람의 실수를 모르는 척할 수 없었다. 진실에 대한 의무감에 사로잡힌 나는 선생님이 문법을 틀리거나 문구를 잘못 인용할 때마다 반드시 지적했다. 그 결과 버릇없는 아이로 낙인찍혔다.

얼마 후 나는 사트마 학교로 전학을 갔다. 이 학교 초등 학년 수석 교사인 큰어머니가 나를 어느 반에 넣을지 정했다. 처음에 다른 학생들은 내가 큰어머니에게 특혜를 받는다고 짐작하고 질투했지만, 실상은 특혜가 아니라 나를 감시하기 위해서였다. 큰어머니는 특별히 나를 6학년 우수반에 넣었다고 말했다. 급우들이 다들 공부에 전념하는 학구파여서 아무도 나의 장난기를 이해하지 못했다.

선생님이 금주의 토라 구절(유대인은 토라를 54개 부분으로 나눈 뒤 매주 한 부분씩 읽어서 유대력 1년에 한 번씩 토라를 완독한다-옮긴이)을 설명하는 동안 나는 연필로 책상을 톡톡 건드리면서 딴생각을 하고 있었다. 선생님이 조금만 더 흥미롭게 설명한다면 수업이 이렇게 지겹지 않을 텐데. 수업이 재미없다면 다른 방식으로 재미를 찾아야 한다.

하루는 교실 라디에이터 밑에서 죽은 쥐가 나왔다. 학생들이 한꺼번에 교실 밖으로 도망가려 해서 큰 소동이 벌어졌다. 소란을 듣고 4층 교무실에 있던 큰어머니가 무슨 일인지 확인하러 내려왔다. 등을 꼿꼿이 펴고 뒷짐을 진 채 또각또각 구두 굽 소리를 울리면서 천천히 교실로 왔다. 큰어머니가 장갑을 낀 손으로 죽은 쥐를 집어 들었을 때 내 옆에 있던 아이는 입을 막고 비명을 삼켰다. 큰어머니는 입술을 오므리고 눈썹을 치켜올리면서 죽은 쥐를 지퍼락에 담았다. 그 장면을 보고 꿀 먹은 벙어리가 되지 않은 것은 나뿐이었다.

큰어머니는 말로는 다 설명하기 힘든 사람이다. 큰어머니의 어린 시절에 대해서는 아는 바가 없다. 다만 큰어머니가 낳은 자식들이 모두 큰어머니처럼 이상하다는 것만큼은 확실했다. 하나같이 냉정하고 엄격하게 굴었다. 큰어머니는 자식들의 태도를 자랑스러워하면서 나도 그렇게 만들고 싶어 했다. 그렇게 해야만 내가 세상이 원하는 바를 척척 해낼 수 있으리라 생각하는 것 같았다. 하지만 나는 즐거움의 가능성을 지워버리고 싶지 않았고, 큰어머니처럼 산다는 것은 감정을 모두 폐기하는 것을 의미했다. 나는 풍부한 감정이 나를 특별하게 하며, 그것이야말로 환상의 세계로 들어가는 입장권이라 확신했다. 조금만 기다리면 내 침대 옆에 '나를 마셔요'라는 쪽지가 붙은 유리병이 놓일 것이다. 그때까지는 꼼짝없이 이 교실에 앉아 있어야 한다. 시간이 빨리 가게 할 방법을 찾아낸다면 좋을 텐데.

'쥐가 또 나타나면 어떻게 될까?' 불현듯 기막힌 아이디어가 떠올랐다. '만약에…. 아니야, 불가능해. 하지만 어쩌면…. 아냐, 너무 위험한 일인걸. 쥐를 발견한 척하고 소리를 지른다고 사람들이 속을까? 하지만 들키지 않으면 누가 의심하겠어? 쥐를 보고 펄쩍 뛴 척하는 게 나쁜 장난은 아니잖아?' 긴장과 기대로 손발이 근질거렸다. '어떻게 해야 하지? 그렇지! 연필을 떨어뜨리는 거야. 그런 다음 그걸 집으려고 몸을 숙이다가 갑자기 소리를 지르며 펄쩍 뛰어오르는 거야. 그리고 "쥐다!"라고 소리치는 거지.'

나는 최대한 지루하고 졸린 표정을 지은 뒤 책상 가장자리로 천천히 연필을 굴려 바닥으로 떨어뜨렸다. 순간 배 속이 짜릿했다. 나는 연필을 줍는 척하며 책상 밑으로 몸을 숙인 후 잠시 망설이다가 의자 위로 펄쩍 뛰어오르며 소리쳤다. "아아아아악! 쥐다! 쥐가 나타났다!"

교실 안이 여자아이들의 비명으로 가득 찼다. 선생님도 겁에 질린 것 같았다. 선생님은 수위 아저씨를 불러오라고 반장을 보냈다. 수위 아저씨가 교실을 점검하고 쥐가 없다고 선포할 때까지 수업은 중단될 것이다.

수위 아저씨는 내게 쥐가 어디로 갔느냐고 물었다. 쥐가 어디에서 나타나 어느 구멍으로 도망갔는지 알아내려고 애쓸 뿐 나를 의심하지는 않는 듯했다. 착한 사트마 소녀가 이런 장난을 꾸미리라고는 상상도 못 했기 때문일까? 아니면 내 얼굴에 어린 공포와 충격이 진짜 같아 보였을까? 나조차도 나의 대담함에 놀랐다.

쉬는 시간이 되자 두려움과 호기심이 섞인 표정을 한 친구들이 내 주위로 몰려와서 쥐를 본 얘기를 자세히 해달라고 졸랐다. "너 얼굴이 하얗게 질렸더라! 완전히 겁에 질린 표정이었어." 친구들이 걱정했다. '내 연기력이 끝내줬구나.' 가짜 감정을 연기해 다른 사람을 속이는 능력을 또 써먹을 생각을 하니 신이 나서 견딜 수가 없었다.

　나중에 큰어머니에게 이 사건을 전해 들은 할머니와 할아버지는 웃음을 터트렸다. 큰어머니는 의심의 눈초리로 나를 쳐다봤지만 다른 말을 하지는 않았다. 나는 처음으로 승리감을 만끽하며 큰어머니를 차분하게 마주 봤다. '이것이 내 초능력이구나. 마틸다처럼 눈빛으로 물건을 움직이진 못해도 나는 연기를 할 수 있어. 누구도 진실을 알지 못하도록, 감쪽같이.'

　　　　＊

　"할머니, 버진virgin이 뭐예요?"

　무쇠 테이블 위에서 크레플락kreplach(치즈나 다진 고기를 넣은 유대식 만두이다-옮긴이) 반죽을 치대던 할머니가 나를 쳐다보셨다. 오늘은 날이 습해서 반죽을 발효시키기에 그만이다. 가스레인지 위에서 보글보글 끓는 냄비가 내뿜은 증기로 창문에 김이 서렸다. 내 손가락에 묻은 밀가루가 올리브오일 병에 자국을 남겼다. 그 병의 상표에 '엑스트라 버진extra virgin'이라고 적혀 있었다.

　"그 말을 어디서 들었니?" 할머니의 놀란 표정을 보고 뭔가 나쁜 말을 한 것 같아 불안해진 나는 더듬거리며 대답했다. "모, 모르겠어요. 기억이 안 나요." 나는 올리브오일 병을 반대쪽으로 돌려 상표를 감추었다.

"너는 아직 몰라도 되는 말이란다." 할머니는 다시 맨손으로 감자가루 반죽을 치댔다. 한쪽으로 기울어진 분홍색 면 터번 밖으로 흰 곱슬머리가 삐져나와 있었다. 나도 결혼하면 머리 위로 말아 올려 사각형으로 매듭지은 직물 터번을 쓰고 목을 깨끗하게 면도하게 되겠지.

할머니는 종종 할아버지가 머리를 밀라고 요구했던 이야기를 들려주셨다. 결혼 후 2년쯤 지난 어느 날이라고 하셨다. "프레이다, 머리를 삭발해줘야겠소."

"여보, 당신 더위 먹은 거예요?" 할머니는 화를 내며 응수하셨다. "지금 나는 내 어머니가 유럽에 살 때도 따르지 않던 가발 쓰는 관습을 지키고 있어요. 그런데 이제는 머리까지 밀라고요? 지금까지 여자는 머리를 밀어야 한다고 주장하는 종교가 있다는 말은 들어본 적 없어요!"

"하지만 프레이다, 렙베rebbe(하시딕 유대인 공동체의 수장을 뜻하는 이디시어이다. 랍비를 뜻하기도 한다-옮긴이)가 그렇게 하라고 했소! 새로운 규칙이란 말이오. 지금쯤이면 다들 아내에게 삭발하라고 말하고 있을 거요. 당신은 내가 삭발하지 않은 아내를 둔 유일한 남자가 되기를 바라오? 우리 집안의 체면은 어쩌고? 내가 아내를 설득하지 못한 남편이 되길 바라는 거요?"

"아니, 그런 걸 요구한 렙베가 대체 누군가요? 그는 나의 렙베가 아니에요. 2차 세계대전 전에는 당신의 렙베도 아니었잖아요. 갑자기 우리에게 새 렙베가 생긴 건가요? 내 얼굴도 모르면서 삭발을 요구하는 렙베가 대체 누구냐고요? 머리를 밀지 않더라도 나보다 정숙하고 독실한 여자는 없을 거라고 가서 전해요."

하지만 몇 차례 설득 끝에 할머니는 마침내 굴복하고 삭발을 하고 말았다. 할머니는 늘 말씀하셨다. "삭발이 큰일인 것 같지? 전혀 아니란다. 금방 익숙해졌어. 그리고 솔직히 말하면 이게 훨씬 편하단다. 특히 여름에는."

별일 아니었다는 할머니의 말씀이 왠지 자신에게 하는 말처럼 들렸다. "유럽에서는 아무도 그러지 않았는데 왜 지금은 삭발해야 하는 건가요?" 나는 다시 물어봤다.

할머니는 잠시 주저한 후 대답하셨다. "네 할아버지 말로는, 렙베는 우리가 과거 그 어떤 유대인보다도 독실하게 살아가길 원한다는구나. 신께서 우리를 자랑스러워하실 정도로 극단적 수단을 강구하면 앞으로 다시는 2차 세계대전 때처럼 벌을 내리지 않으실 거라고 하더구나." 할머니는 이 말을 한 뒤 과거의 고통을 되새김하듯 침묵에 빠지셨다.

나는 할머니의 끝나지 않는 가사노동을 바라봤다. 반죽이 묻은 손으로 터번을 고쳐 쓰느라 이마에 밀가루가 묻었다. 할머니는 납작한 반죽을 작은 사각형으로 잘라 속에 파머치즈를 넣고 반으로 접어 삼각형 모양으로 빚었다. 나는 그것을 받아 가스레인지 위에서 끓고 있는 냄비에 넣었다. 크레플락이 부글부글 끓는 물 위로 둥둥 떠올랐다. 방금 할머니에게 처녀가 무엇인지 묻지 않았다면 좋았을 것이다. 아니면 적어도 착한 말을 해드렸다면 좋았을 것이다. 하지만 내 입에서 나오는 말은 온통 질문뿐이었다.

"아이고 골치야. 너는 왜 항상 모든 것을 알아야만 하니?" 할머니는 내가 질문을 시작하면 한숨을 쉬며 이렇게 말씀하셨다. 이유는 나도 모르지만 할머니가 한 말은 사실이다. 나는 알고 싶은 게 많았다. 나는 할머니가 속옷 서랍에 숨겨둔, 표지에 뿌루퉁한 여자가 그려진 값싼 문고본의 내용이 궁금했다. 하지만 할머니도 이유가 있어서 책을 숨겨둔 것이기에 모르는 척해야 한다는 것도 알고 있었다.

내게도 숨겨둔 비밀이 있었다. 어쩌면 할머니는 알고 계실지 모르지만 내가 할머니의 비밀을 입 밖에 내지 않으면 할머니도 내 비밀을 지킬 것이다. 어쩌면 우리 두 사람의 비밀스러운 공모는 그저 상상 속 일인지도 모른다. 할머니가 내 비밀을 고자질할까? 나는 침대 밑에 책을 감춰두었고, 할머니는 속옷 사이에 책을 숨겨두셨다. 1년에 한 번 페싹Pesach(유월절. 이스라엘 백성이 이집트에서 탈출한 '출애굽'을 기념하는 명절이다-옮긴이)을 맞아 할아버지가 집 안을 점검할 때면 우리는 책을 들킬까 봐 안절부절못하고 주위를 맴돌았다. 할아버지는 내 속옷 서랍까지 샅샅이 뒤지셨다. 내가 그건 여성의 프라이버시라고 항의한 뒤에야 서랍을 닫고 할머니의 옷장을 검사하러 가셨다. 할아버지가 할머니의 속옷을 뒤질 때 할머니는 나만큼이나 방어적이었다. 할아버지에게는 책 몇 권이 한 무더기의 하메쯔chametz(유월절에 금지된 발효 식품을 일컫는다-옮긴이)를 숨긴 것보다 훨씬 더 심각한 문제라는 것을 우리 둘 다 잘 알고 있었다. 할머니는 몇 마디 힐책을 듣고 끝나겠지만 나는 할아버지의 벼락 같은 노여움을 피할 길이 없으리라. 할아버지가 화를 내실 때면 길고 흰 수염이 타오르는 불꽃처럼 사방으로 뻗치는 것 같았다. 할아버지의 눈초리 앞에서 나는 한없이 움츠러들었다.

"부정한 언어!" 내가 사촌에게 영어로 말하는 것을 들은 할아버지가 버럭 고함치셨다. 할아버지는 부정한 언어는 영혼에 독약처럼 스며든다고 말씀하셨다. 영어 책을 읽는 것은 더 위험했다. 영어 책은 내 영혼을 유혹에 넘어가기 쉬운 상태로 만들기에, 악마에게 문을 열어주는 것이나 다름없는 행위였다.

영어가 튀어나온 건 오늘 좀 정신이 없었기 때문이다. 내 방 침대 매트리스 밑에는 새 책이 숨겨져 있었고, 나는 크레플락을 만드는 할머니를 도와드린 뒤 방문을 닫고 멋진 가죽 장정의 그 책을 꺼내 읽을 생각에 들떠 있었다. 새 책은 탈무드의 일부를 영어로 번역한 것이고, 꽤나 두꺼워서 앞으로 몇 주간 내 손을 떠나지 않을 것이다. 나처럼 무지한 자는 읽지 못하도록 특별히 고안된 고대 탈무드의 내용을 마침내 알 수 있게 되다니, 믿기지 않았다. 할아버지는 책은 남자의 물건이고 여자는 주방에 속해야 한다면서, 히브리어 책을 자물쇠를 채운 벽장에 보관하셨다. 하지만 나는 할아버지가 무엇을 공부하는지 궁금했다. 그토록 오랫동안 읽어온 책에 대체 무슨 내용이 적혔는지 알고 싶었다. 학교에서 배우는 제한된 지식은 나의 독서욕을 더욱 자극했다. 나는 랍비 아키바(탈무드에 등장하는 유명한 랍비이다—옮긴이)가 타국에서 토라를 공부하던 12년간 빈곤한 살림을 꾸려나갔던 그의 아내 라헬의 진심이 궁금했다. 부잣집에서 귀하게 자란 아가씨가 어떻게 그런 고난을 받아들일 수 있었을까? 선생님은 라헬이 성인이었다고 설명하셨지만 그보다 훨씬 더 복잡한 사연이 있을 것 같았다. 라헬은 왜 아키바처럼 가난하고 무식한 남자와 결혼했을까? 잘생겨서는 아니었겠지. 그랬다면 12년이나 떨어져 지냈을 리 없었을 테니까. 분명 다른 이유가 있을 것이고, 아무도 말해주지 않으니 직접 알아내는 수밖에 없다.

나는 지난주에 버러파크에 있는 유대교 상점에서 탈무드 번

역본을 구입했다. 지저분한 유리창을 통해 약한 햇살이 들어오는 작은 가게는 텅 비어 있었다. 햇살에 비쳐 은색으로 빛나는 먼지가 통풍구에서 나온 바람을 타고 천천히 바닥으로 가라앉았다. 나는 가게 주인에게 사촌의 부탁을 받고 이 책을 사러 왔다고 작게 말했다. 주인이 내 조바심을 알아챌까? "아무리 그럴듯한 거짓말을 꾸며내도 네 이마를 보면 다 알 수 있다." 할아버지가 늘 경고하시듯이 지금 내 이마에는 '거짓말'이라고 쓰여 있을 것이다. 나는 갑자기 불어온 바람에 앞머리가 날려서 이마에 새겨진 글자가 드러나는 장면을 상상했다.

　　나는 수차례 사전 답사를 통해 뉴위트레흐트애비뉴의 조그마한 서점을 지키는 사람은 손을 떨고 발작적으로 눈을 깜빡이는 노인 한 사람뿐이라는 것을 알아냈다. 노인이 책을 갈색 포장지로 싸는 모습을 바라보면서 나는 내 거짓말이 통했다는 사실에 흥분했다. '어쩌면 이 사람은 이마를 읽을 수 없나 봐. 아니면 내가 제대로 연기한 것일지도 모르고.' 아기를 봐주며 모은 1달러짜리 지폐 60장을 건네자 주인은 천천히 돈을 센 후 고개를 끄덕였다. "맞구나." 이제 책은 내 것이 됐다. 나는 태연한 척 가게를 나선 후 그 블록 끝까지 걸어가 팔짝팔짝 뛰었다. 윌리엄스버그로 돌아가는 버스 안에서는 무릎이 후들거렸다. 사람들이 내가 나쁜 짓을 했다는 걸 알아보면 어떡하지? 버스 앞에 앉은 남자들은 감사하게도 내 쪽을 보고 있지 않았지만, 머릿수건을 쓰고 두꺼운 스타킹을 신은 여자들은 나와 내 무릎 위에 놓인 두툼한 꾸러미를 힐책하듯 쳐다보는 것 같았다.

　　갈색 종이 꾸러미를 끌어안고 펜스트리트를 지날 때는 기쁨과 공포가 뒤범벅된 긴장감 때문에 다리가 뻣뻣하게 굳었다. 나를 수상히 여기는 이웃과 마주칠까 봐 겁이 나서 사람들의 눈에 띄지 않도록 조심했다. 혹시 누가 그게 뭐냐고 물어보면 어떡하지? 나는 낡은 자전거를 타고 위태롭게 달리는 남자아이들과 어린 동생을 태운 유모차를 밀고 가는 여자아이들을 피해 빙 둘러갔다. 훈훈한 봄날이라 다들 밖에 나와 있었고, 마지막 반 블록은 영원히 끝나지 않을 것처럼 길게 느껴졌다.

집에 돌아오자마자 책을 매트리스 아래로 깊숙이 밀어 넣었다. 그런 다음 침대 시트와 담요를 판판히 펴고 침대보도 정리했다. 모든 일을 끝낸 뒤에는 갑자기 몰려온 죄책감의 무게에 짓눌려 꼼짝달싹할 수 없었다.

나는 오늘 내가 저지른 잘못을 잊고 싶었다. 안식일 내내 매트리스 아래 숨겨놓은 책이 나를 신랄하게 비난하다가 다정하게 손짓하기를 반복했다. 나는 그 부름을 무시했다. 지금 집 안에는 보는 눈이 너무 많다. 할아버지가 알면 뭐라고 하실까? 할머니도 충격받으실 게 틀림없다.

비밀스러운 일요일이 찾아왔다. 오늘은 할머니가 요리하는 것만 도와드리면 오후 내내 자유 시간이다. 할머니와 할아버지는 사촌의 바르 미츠바bar mitzvah(유대교에서 남성이 13세가 되면 치르는 성인식이다-옮긴이)에 참석할 예정이라, 적어도 세 시간 동안은 누구의 방해도 받지 않고 책을 읽을 수 있다. 요즘 들어 건망증이 심해진 할머니는 내가 냉장고에 든 초콜릿 케이크를 꺼내 먹어도 모르시리라. 이보다 더 좋을 수 있을까?

얼마 후 발소리가 계단을 따라 아래층으로 사라졌다. 나는 2층 침실 창문으로 할머니와 할아버지가 택시에 오르는 모습을 확인한 후, 매트리스 밑에서 책을 꺼내 경건하게 책상 위에 올려놓았다. 장마다 글자들이 가득 차 있었다. 영어 번역과 탈무드 원전 문구가 함께 나열되어 있었고, 아래쪽에는 랍비의 해설도 달려 있었다. 성스러운 탈무드의 내용을 놓고 고대 랍비들이 나눈 토론이 특히 흥미로웠다.

65쪽에서 랍비들은 내가 늘 궁금해하던 다윗왕과 그가 부정한 방법으로 얻은 아내 밧세바에 관해 논했다. 그 내용으로 미루어 짐작하건대, 다윗이 밧세바에게 반해 흑심을 품었을 때 그녀는 이미 결혼한 상태였다. 다윗은 밧세바의 남편인 우리아를 일부러 전쟁터에 보내 죽게 한 뒤 밧세바와 재혼했다. 마침내 불쌍한 밧세바를 아내로 맞이한 날 다윗은 그녀의 눈동자에서 자신이 지은 죄를 보고 자괴감에 빠졌다. 이후 다시는 아내를 가까이하지 않았고 밧세바는 왕에게 버림받은 채 평생을 보냈다.

이제 내가 탈무드를 읽으면 안 되는 이유를 알 것 같았다. 선생님은 늘 말씀하셨다. "다윗왕은 어떤 죄도 짓지 않았어요. 다윗왕은 성인이었답니다. 신이 총애하는 아들이자 성령을 받은 지도자를 비방해서는 안 됩니다." 그러나 방금 전 나는 탈무드에서 다윗왕의 잘못을 확인했다. 나는 다윗이 수많은 아내를 두었을 뿐만 아니라 결혼하지 않은 여자들도 거느렸다는 사실을 알게 되었다. 그들은 '첩'이라고 불렸다. 나는 새로 알게 된 단어를 조용히 따라 읽었다. "캉-큐-바인concubine." 단어에 담긴 뜻처럼 부도덕한 느낌은 들지 않고, 그저 위풍당당하게 솟은 나무가 떠올랐다. 캉큐바인 나무. 나는 가지마다 아름다운 여인이 주렁주렁 매달린 모습을 상상했다.

밧세바는 첩이 아니라 정식 아내였다. 하지만 탈무드에 따르면 그녀는 다윗이 선택한 여자 가운데 유일하게 처녀가 아니었다. 올리브오일 병에 등장하는 아름다운 여인 '엑스트라 버진'이 떠올랐다. 랍비들은 신께서 다윗이 오직 처녀만을 아내로 맞이하도록 허락하셨기에, 만일 그가 밧세바를 가까이했다면 고결함이 훼손되었을 것이라고 설명했다.

우리는 하늘나라에서 심판을 받을 때 다윗왕이 상벌의 기준이 된다고 배웠다. 첩을 두는 것에 비하면 내가 숨겨둔 영어 책 몇 권 정도는 새 발의 피가 아닌가. 바로 이 생각을 한 순간, 내 안에서 저항의 불꽃이 피어오르기 시작했다. 나는 이 사실을 여러 해가 지난 뒤에야 깨달았다. 내가 가진 힘에 눈뜬 순간과 마찬가지로, 나는 어느 날 과거를 뒤돌아보면서 권위에 무조건 복종하기를 멈추고 내가 속한 이 세상에 관해 스스로 결론을 내리기 시작한 시점이 바로 이때였음을 깨달았다.

이때부터 나는 고분고분한 아이인 척하기가 힘들어졌다. 나의 생각과 외부의 가르침이 내 안에서 충돌하면서 회오리가 몰아쳤다. 때때로 내면의 소용돌이가 외면의 평정을 깨고 밖으로 흘러넘쳤고, 그러면 사람들은 너무 늦기 전에 내 호기심의 싹을 도려내려고 했다.

*

월요일 아침, 눈을 떴을 때 시계는 8시 40분을 가리키고 있었다. 지각이다. 옷을 챙겨 입고 문밖으로 달려나가는 것 외에 다른 일은 신경 쓸 겨를이 없었다. 나는 어제 할머니가 베란다에 널어놓은 두꺼운 검정 스타킹을 신었다. 쌀쌀한 가을 공기에 뻣뻣하게 굳은 스타킹이 무릎과 발목에서 보기 싫게 주름졌다. 욕실로 가서 거울을 들여다보니 코에 생긴 검은 피지가 눈에 거슬렸다. 베개에 눌린 머리는 축 늘어져서 볼품없었고 퉁퉁 부은 눈꺼풀 아래로 우중충한 눈동자가 보였다.

스웨터 속에 셔츠를 입는 것을 깜빡 잊고 말았다. 학교에서는 얼마 전부터 맨살에 니트를 입으면 안 된다는 새로운 규칙을 만들었고, 선생님은 이제는 몸에 달라붙는 옷을 입지 않도록 조심해야 한다고 말씀하셨다. 셔츠를 입지 않으면 선생님께 혼나겠지만 벌써 8시 50분이다. 지금 나가면 아침 기도가 열리는 구내식당에 아슬아슬하게 도착할 수 있을 터였다. 그동안 벌점을 너무 많이 받아서 오늘은 절대 지각해선 안 된다. 나는 옷 갈아입기를 포기한 채로 집을 나섰다.

학교로 달려가니 직원이 막 구내식당 문을 닫고 있었다. 나를 발견하고 한숨을 쉬는 그녀는 나를 들여보내줄지 아니면 교장실로 보낼지 정하지 못한 눈치였다. 나는 멋쩍게 웃으며 반쯤 열린 문을 비집고 들어갔다. "감사합니다." 나는 직원의 찌푸린 얼굴을 못 본 척하고 숨을 헐떡이며 인사했다.

강당에 도착하니 오늘 기도회를 이끌 8학년 학생이 앞에 나가 있었다. 나는 재빨리 뒷줄의 빈자리에 앉았다. 옆에서 레이지가 뒤엉킨 갈색 머리를 빗고 있었다. 나는 무릎 위 기도서를 향해 눈을 내리깔았다. 학생들이 제대로 기도를 드리는지 확인하려고 돌아다니는 직원이 옆을 지나갈 때만 기도하는 척하기 위해 입술을 움직였다. 레이지도 빗을 기도서에 끼우고 다른 학생들과 함께 큰 소리로 기도를 읊조렸다.

우리는 '그 이름'이라는 뜻의 이름을 가진 우리의 신 '하셈Hashem'께 기도를 올렸다. 신의 참된 이름은 너무나 신성하고 영광스러워서 입에 담을 수조차 없다. 따라서 거룩한 이름, 참된 주, 유일한 분, 창조자, 파괴자, 감독자, 왕 중 왕, 유일한 심판자, 자비로운 아버지, 우주의 지배자, 위대한 설계자 등 수많은 별칭으로 불렸다. 나는 아침마다 우리의 신께 육신과 영혼을 모두 바쳐야 했다. 선생님은 우리를 통해 오직 신의 목소리만 전해질 수 있도록 침묵하는 법을 배워야 한다고 말씀하셨다. 우리는 영혼의 죄를 흔적조차 남지 않도록 깨끗이 씻어내 신이 거하시기에 부족함이 없도록 평생 노력해야 했다. 따라서 매일 회개하고, 아침 기도 시간마다 그날 지을 죄를 미리 뉘우쳤다. 주변을 둘러보니 다들 우리가 죄를 갖고 태어났다고 믿는 것 같았다. 학생들은 신에게 머릿속 예쩌 하라yetzer hara(악한 성향)를 지워달라고 울부짖으며 흐느꼈다.

나도 신에게 말을 걸지만 기도를 통해서는 아니었다. 나는 마음속으로 신에게 말을 걸었고, 응당 그래야 하듯 신 앞에 겸허히 엎드리지 않고 친구를 대하는 것처럼 터놓고 이야기했다. 또 신께 늘 뭔가를 요구했다. 그럼에도 불구하고 나는 신과 비교적 좋은 관계를 유지했다. 다른 아이들이 격정적으로 몸을 흔들며 죄를 사해달라고 할 때 나는 그저 가만히 서서 오늘 하루를 견딜 만한 날로 만들어달라고 요청했다.

나는 어디에서나 쉬운 타깃이었다. 선생님들도 내가 별 볼 일 없는 아이이며 누구도 나를 변호해주지 않는다는 것을 알고 있었다. 랍비의 딸도 뭣도 아닌 나는 선생님들의 화풀이 대상이 될 완벽한 희생양이었다. 나는 기도 시간에 절대로 기도서에서 눈을 떼서는 안 되었지만 랍비의 딸인 하비 할버스탬은 친구들의 옆구리를 찌르며 킥킥거려도 아무 일도 일어나지 않았다. 이것이 신이 내 편이어야 하는 이유였다. 다른 사람은 아무도 내 편을 들어주지 않았으니까.

기도가 끝나고 4층에 있는 교실로 돌아왔을 때 이디시어 수업을 담당하는 마이즐리시 선생님이 나를 불러 세웠다. 선생님의 일자 눈썹이 분노로 꿈틀거렸다. 나는 남들 몰래 마이즐리시 선생님을 마이즐(쥐)이라고 불렀다. 그런 별명이 붙지 않으면 이상한 이름인 데다, 앞니 위로 입술이 들썩이는 모습이 쥐를 연상시켰기 때문이다. 선생님은 당연히 나를 좋아하지 않았다.

"스웨터 안에 셔츠를 입지 않았구나." 교실 앞 커다란 철제 책상에 앉은 쥐가 내 쪽으로 휙 고개를 돌리며 소리쳤다. "자리에 앉을 생각은 하지도 마. 곧장 교장실로 가도록!"

나는 교실에서 쫓겨난 것을 반쯤 기뻐하며 천천히 물러났다. 운이 좋으면 교장 선생님은 오전 내내 바쁠 것이고, 그러면 교장실에 앉아서 오전 이디시어 수업을 빼먹을 수도 있다. 물론 혼이 날 게 뻔하고 집에 가서 옷을 갈아입고 와야 할지도 모른다. 할아버지가 집에 안 계시면 옷을 갈아입는다는 핑계로 오후 내내 땡땡이칠 수 있겠지. 어쩌면 내 방에서 17세기 미국 식민지 개척자와 인디언 소녀의 사랑 이야기를 마저 읽을 수도 있다. 하지만 할아버지가 집에 계실 가능성도 있다. 그러면 왜 집으로 돌아왔는지 말씀드려야 한다. 손녀의 잘못을 듣고 상심하시는 모습을 보는 건 견디기 힘들 것이다.

"데버라, 할아버지가 긍지를 느낄 수 있도록 착한 애가 될 수 없는 거냐?" 할아버지는 내게 이렇게 호소하셨다. 유럽 억양이 강한 할아버지의 이디시어는 늘 서글픈 음조여서 들을 때마다 나도 지친 노인이 된 것 같은 기분이 들었다. 그러니 집으로 돌려보내달라고 신께 빌지 말아야겠다. 할아버지께 꼼짝없이 붙들려 순종과 명예에 관한 설교를 들어야 할지도 모르니 말이다.

레베친rebbetzin(랍비의 부인)인 클라인먼 교장 선생님의 사무실은 늘 엉망진창이다. 나는 한쪽 어깨로 삐걱거리는 문을 열어 출입구를 가로막고 있는 봉투와 팸플릿 상자를 밀어내고 책상 가장자리에 위태롭게 놓여 있는 상자들이 쏟아지지 않도록 조심하며 안으로 들어갔다. 방에는 앉을 만한 자리가 없었다. 나무 스툴 위에는 기도서가 쌓여 있었다. 나는 페인트가 벗겨지지 않은 창가에 걸터앉아 언제 올지 모르는 교장 선생님을 기다렸다. 내게는 이럴 때 하는 특별 기도가 있었다. 교장실에 불려올 때마다 제일 좋아하는 시편 13장을 열세 번씩 외었다. "하솀이여, 굽어살피고 대답해주소서." 나는 히브리어로 조용히 중얼거렸다. '제발 할아버지가 모르게 해주세요.' 그리고 마음속으로 기도했다. '교장 선생님께 야단맞는 것으로 끝나게 해주시면 다시는 셔츠를 깜빡하지 않을게요. 제발, 신이시여.' "언제까지 원수들이 우쭐대는 꼴을 봐야 합니까."

교장실 밖에서는 직원들이 아침 기도 시간에 압수한 간식을 먹으며 큰 소리로 수다를 떨고 있었다. 허기를 달래려고 간식을 가져온 학생들에게서 빼앗은 것이다. "언제까지 나를 외면하시렵니까? 하솀이여."

문밖에서 나는 발소리를 들은 나는 재빨리 자리에서 일어났다. 육중한 몸집의 교장 선생님이 상기된 얼굴로 들어왔다. 나는 속으로 시편 13장 나머지 구절을 마저 외었다. '온갖 은혜를 베푸신 하셈께 찬미드립니다.' 교장 선생님은 책상 뒤 거대한 안락의자에 자리를 잡기까지 몇 분이나 걸렸고, 자리에 앉은 후에도 숨소리가 거칠었다.

"자, 이제 너를 어떻게 해야 할까?" 교장 선생님이 나를 뜯어보며 말씀하셨다. 나는 수줍게 웃었다.

"규칙을 어겼다면서? 너는 왜 다른 아이들처럼 못 하니? 다들 셔츠를 잘 입고 다니는데 도대체 뭐가 문제니?"

나는 대답하지 않았다. 애초에 대답을 들으려고 하는 질문이 아니기 때문이다. 이럴 때는 반성하는 표정을 짓고 야단을 맞는 것이 최선이다. 잠시 후면 제풀에 지쳐서 절충안을 찾으시겠지. 클라인먼 선생님은 6학년 때 나를 교장실 밖에 몇 시간이나 세워두었던 전 교장 선생님과는 다르다.

얼마 후 판결이 났다.

"집에 가서 옷을 갈아입고 오너라." 선생님이 한숨을 내쉬며 말씀하셨다. "그리고 다시는 복장 규정을 어기지 말도록."

나는 1층까지 계단을 두 칸씩 달려 내려갔다. 얼굴에 봄 햇살을 맞으며 바깥 공기를 들이마시는 순간이 할아버지의 키두쉬kiddush(안식일에 포도주를 따르고 기도문을 낭송하는 축복 의식이다-옮긴이) 와인이 목으로 넘어가는 순간처럼 짜릿했다.

마시애비뉴가 후퍼스트리트와 만나는 지점에서 나는 길모퉁이의 거대한 성당을 피해 건너편으로 길을 건넜다. 무의식적인 행동이었다. 나는 성당 벽을 장식하고 있는 고혹적인 조각상을 쳐다보지 않으려고 고개를 돌렸다. 그 길모퉁이를 지날 때마다 할머니는 성당에는 악마가 있다고 말씀하셨다. 성당을 바라보는 일은 곧 사탄을 불러들이는 일이었다. 뒤통수에 따가운 시선이 느껴졌다. 나는 성당의 석상들이 살아나서 마시애비뉴를 따라 나를 쫓아오는 모습을 상상했다.

그때 문득 지금 이 거리에 여자는 나뿐이라는 사실이 눈에 들어왔다. 여태껏 아이들은 모두 학교에 있고 엄마들은 청소와 식사 준비로 바쁜 이 시간에 길에 나온 적이 없어서 몰랐다. 윌리엄스버그가 텅 빈 것 같았다. 나는 상점 앞에 고인 더러운 물웅덩이를 뛰어넘으며 걸음을 재촉했다. 갈라진 아스팔트 위로 내 구두 소리만이 또각또각 울려 퍼졌다.

메이어 슈퍼마켓을 지나 펜스트리트로 접어든 나는 우리 집 건물 계단으로 뛰어 올라갔다. 무거운 쌍여닫이문을 밀고 안에 누가 있나 귀를 기울여보았지만 아무 소리도 들리지 않았다. 계단을 올라가는 내 발소리가 희미하게 울렸지만 만약 할아버지가 아래층 사무실에 계신다 해도 이 소리를 듣지 못하실 것 같았다. 나는 도어매트 아래에서 할머니가 외출하면서 넣어둔 열쇠를 꺼내 문을 열고 들어갔다. 역시 불은 꺼져 있고 집 안은 적막했다.

나는 재빨리 스웨터를 벗고 파란색 옥스퍼드 셔츠를 입은 다음 목까지 단추를 채웠다. 그리고 다시 스웨터를 입고 셔츠 깃을 정리한 후 거울 앞에서 옷매무새를 확인했다. 거울 속에는 할아버지가 바라는 '고운' 소녀가 있었다.

텅 빈 거리를 가로질러 서둘러 학교로 돌아갔다. 아내가 준비한 점심을 먹기 위해 집으로 돌아가던 남자들은 시선을 돌려서 나를 피했다. 그럴 때마다 어딘가로 숨고 싶은 기분이 들었다.

학교 건물에 들어선 나는 안심하고 움츠렸던 몸을 폈다. 창밖으로 생기가 사라진 마시애비뉴를 내려보았다. 무리에서 뒤처진 검정 차림의 젊은 남자가 파요스payos(일부 정통파 유대인 남자들이 길러서 늘어뜨리는 귀밑머리이다-옮긴이)를 손으로 감으며 사트마 유대교 회당으로 걸어갔다. 파요스를 귀 뒤로 단단히 넘긴 나이 든 남자는 바람에 흔들리는 풍성한 수염을 손바닥으로 누르느라 바빴다. 다들 고개를 숙이고 빠른 걸음으로 걷고 있었다.

우리 공동체는 독실함을 드러내는 일을 매우 중시한다. 항상 독실한 모습으로 신의 진정한 대리인임을 드러내 보여야 한다. 겉으로 드러나는 외양이 무엇보다 중요하다. 외양이 내면에 영향을 미치기 때문이기도 하지만, 우리가 남과 다르다고 경고하는 역할도 하기 때문이다. 하시딕 사트마 유대인이 입는 독특한 옷은 내부자와 외부자 모두에게 두 세계 사이에 깊은 골이 존재한다는 사실을 각인시킨다. 선생님은 늘 말씀하셨다. "동화assimilation가 홀로코스트의 원인이었어요. 우리가 다시 주변과 섞인다면 신을 배신한 벌을 받게 될 거예요."

＊

'딱!' 마이즐리시 선생님이 내 코밑에서 엄지와 검지로 손가락을 튕겼다. 나는 화들짝 놀랐다. "교과서 안 보고 뭐 하니?"

선생님은 내 옆에 서서 기다리며 반 아이들의 이목을 내게 집중시켰다. 뺨이 화끈 달아올랐다. 요즘 우리는 베라코트berakhot(축복기도)를 배우고 있었고, '올바른 축복의 지침' 페이지가 분명 여기

어딘가 있을 터였다. 내가 그 페이지를 펴자 마이즐리시 선생님이 보일 듯 말 듯 고개를 끄덕였다.

"딸기에 대한 축복은?" 마이즐리시 선생님이 계속 내 책상 옆에 서서 기도를 욀 때 사용하는 특유의 이디시어 가락으로 질문하셨다.

"보 레이 프리 하아담 아." 반 전체가 한 목소리로 대답했다. 나도 내 대답이 들리도록 건성으로 따라 하면서, 선생님이 제자리로 돌아가기를 기다렸다.

쉬는 시간이 끝나고 매일 있는 정숙 교육 시간이 시작되었다. 마이즐리시 선생님은 지난 시간에 이어 랍비 아키바의 아내 라헬의 이야기를 들려주셨다. 반 아이들은 모두 넋을 잃고 선생님을 바라봤다. 마이즐리시 선생님은 목소리의 굵기를 조절하며 듣기 좋게 말하는 재주가 있다. 늘 이야기의 절정 부분에서 말을 멈추고 열렬히 바라보는 학생들의 눈길을 짐짓 외면하며 머리카락을 다듬거나 치마의 보푸라기를 떼어내며 긴장감을 고조시켰다.

랍비 아키바의 아내 라헬은 진정으로 고결한 여성이었을 뿐만 아니라 누구보다도 정숙한 여성이었다. 어느 정도였느냐 하면 (이 부분에서 선생님은 잠시 말을 멈췄다) 바람에 치마가 날려 무릎이 드러나지 않도록 핀으로 치마를 종아리에 고정시킨 적도 있다고 했다.

이 말에 나는 움찔했다. 내 머릿속에서 라헬은 반복해서 자신의 살을 바늘로 찔렀고, 그럴 때마다 피가 흘러나오고 근육이 찢어지고 상처가 벌어졌다. 진정 이것이 신이 라헬에게 바란 일일까?

마이즐리시 선생님이 칠판에 커다란 글씨로 에르바ervah라고 적었다. "에르바는 쇄골부터 손목과 무릎까지 여자가 반드시 옷으로 가려야 하는 신체 부위를 뜻해요. 에르바가 노출되면 남자들은 그 자리를 떠야 하죠. 에르바가 드러난 상태로 기도나 축복을 드려서도 안 돼요."

"자, 여러분, 이제 알겠죠?" 마이즐리시 선생님이 말을 이었다. "정숙함을 유지하지 못하면 가장 심각한 죄인 '다른 이를 죄짓게 만드는 잘못'을 저지르는 거예요. 남자가 여러분의 에르바를 보는 건 죄예요. 하지만 더 나쁜 일은 여러분이 그를 죄짓게 만들었다는 거예요. 최후의 심판 날, 여러분이 이 죄를 책임지게 될 거예요."

하교 종이 울리기 전, 나는 미리 가방을 싸놓고 재킷을 손에 쥔 채 만반의 준비를 마쳤다. 그리고 계단이 혼잡해지기 전에 달려 나가기 위해 서둘러 교실 문을 나섰다. 아니나 다를까, 충계는 왁자지껄 떠드는 학생들로 북새통이었다. 무리 사이에 낀 채 한 계단씩 내려가는 것밖에는 도리가 없었다. 1층 현관까지 가는 길이 영겁처럼 느껴졌다. 마침내 1층에 도착한 나는 학생들을 피해 지그재그로 정문을 향해 돌진했다. 철조망을 두른 높은 벽돌 담장에 둘러싸인 앞뜰을 가로질러 넓은 돌계단을 전속력으로 내려간 다음 거리로 나섰다. 마지막으로 낡은 석조 건물에 매달린 머리 잘린 괴물 석상에 눈길을 보낸 후 학교를 뒤로한 채 달리기 시작했다.

집으로 달려가는 나를 스치고 지나가는 봄바람이 황홀했다. 거리는 주름치마를 입은 여학생들로 가득했다. 보도를 가득 메우고 배수로까지 점령한 학생들 곁으로 차들이 경적을 울리며 느리게 지나갔다. 셔츠 깃이 목을 파고들었다. 나는 윗단추를 열고 깃을 느슨하게 푼 다음 숨을 깊이 들이마셨다. 남자들이 자취를 감춘 이 시간의 거리는 온전히 나의 것이었다.

2장

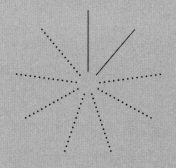

순수했던 시절 이야기

위대한 하시딕 유대인 지도자들이 있다.

그들을 차딕tzaddik, 즉 의로운 자라고 부른다.

하시딕 공동체마다 차딕이 있어서

사람들은 모든 문제를 그와 상의했고,

차딕은 조언을 주었다.

사람들은 차딕을 맹목적으로 따랐다.

_하임 포톡, 『선택된 자The Chosen』 중에서

＊

할아버지는 매일 새벽 4시에 일어나 토라를 공부하러 유대교 회당에 가셨다. 그리고 네 시간 뒤 내가 일어날 즈음에 돌아와서 통밀 토스트와 슬라이스 치즈, 그리고 연두색 이탈리안 피망 한 조각으로 아침 식사를 하셨다. 나는 식탁 맞은편에 앉아서 할아버지가 정확한 동작으로 음식을 작게 잘라 묵상하듯 씹는 모습을 바라보았다. 할아버지는 식사 과정에 너무나 몰두한 나머지 내가 말을 걸어도 대답하지 않으실 때가 많았다.

식사를 마치면 할아버지는 큰 소리로 축복 기도를 드린 후 아래층 사무실에 틀어박히셨다. 부동산 거래나 재무 일을 보신다고 했는데, 실제로 어떤 일을 하는지는 아무도 몰랐다. '할아버지는 상인일까 학자일까?' 나는 할아버지가 고대 잇사갈과 스불론 지파 중 어디에 속하는지 늘 궁금했다.

고대 이스라엘의 열두 지파를 세운 선조 가운데 스불론은 상인, 잇사갈은 토라 학자였다. 잇사갈은 가족을 부양할 돈이 필요했고 스불론은 사후 세계에서 복을 얻고 싶었기에 두 사람은 거래를 했다. 잇사갈이 학문을 닦아 쌓은 영적 보상의 절반을 내놓는 대가로 스불론이 잇사갈의 가족을 부양하기로 한 것이다. 오늘날 윌리엄스버그에서는 수천 년간 이어진 이 전통이 여전히 번성하고 있다.

윌리엄스버그에는 코렐kollel이라는 교육 공동체가 많다. 코렐마다 진지하게 옛 문헌을 연구하는 젊은 남자가 가득하고, 그들과 그 가족은 공동체 내부의 부자들에게 급여를 받는다. 학자들은 코렐 건물 안 나무 벤치에 줄곧 궁둥이를 붙이고 앉아 있기 때문에 '벤치에 붙어 있는 사람들'이라고 불리기도 했다.

집안이 부유하지 않다면 탈무드 학자가 되는 것도 좋은 방법이다. 학자는 명예로운 직업이기 때문에 결혼 적령기 여자는 모두 뛰어난 젊은 학자와 선을 보고 싶어 했다. 친구들에게 훌륭한 신랑감을 찾았다고 자랑할 수도 있고, 혼수도 거하게 받을 것이다. 돈과 학문은 늘 짝을 이뤘다. 오랫동안 늘 그래왔다.

할아버지는 우리 공동체에서 학자인 동시에 사업가로 통했다. 낮에는 재무 보고서, 밤에는 탈무드에 몰두하는 할아버지는 두 가지를 다 할 수 있었다. 그런데 정말로 둘 다에 통달하셨을까? 나는 할아버지의 삶에 대해 아는 것이 없다. 우리 집은 돈이 있어도 쓰는 법이 없었다. 할머니가 몇 년째 다이닝룸의 낡은 파란색 카펫을 바꾸자고 호소했지만 할아버지는 사치는 우리가 누릴 것이 아니라고 고집했다. "삶에서 추구해야 할 것은 신체가 아니라 정신을 기르는 일이오. 사치는 생각을 둔화시키고 영혼을 마비시킬 뿐이오." 카펫에 묻은 포도 주스 얼룩과 빵 부스러기를 지우는 일에서 할머니를 해방시키는 것이 정말로 사치일까?

내게는 물려받은 옷밖에 없었다. 반면 다른 아이들은 모두 프리드먼 직물 잡화점에서 파는 최신 유행 옷을 입었다. 내가 지금 입고 있는 플리츠도, 아가일 무늬의 옷도 내 손에 들어왔을 때는 전부 유행이 끝난 후였다. 할아버지는 시련을 품위 있게 견디라고 말씀하셨다. "너는 선택된 자다. 그리고 그 옷은 직물 잡화점에서 파는 어떤 옷보다 기품 있는 옷이다."

할아버지는 유대인 소녀는 모두 바스 멜렉bas melech, 즉 왕의 딸이라고 이야기하셨다. "만약 네 아버지가 왕처럼 중요한 인물이라면 아버지의 얼굴에 먹칠을 하겠느냐? 아니지." 할아버지는 손바닥으로 탁자를 내리치며 근엄하게 말씀하셨다. "너는 왕족 신분에 걸맞게 행동할 거야. 세상 사람들은 네가 진정한 위엄을 보여주기를 기대하고 있으니까. 마찬가지로 우리는 신이 선택한 민족이다. 그러니 그에 걸맞게 처신해야 한다. 하늘에 계신 우리 아버지의 얼굴에 먹칠하지 않도록 말이다."

학교에서도 수없이 들은 비유다. 나는 때때로 '얼룩진 셔츠를 입고 혼잣말을 중얼거리며 거리를 배회하는 내 생물학적 아버지의 딸답게 나도 미치광이처럼 소리를 지르며 거리를 뛰어다녀야 하는 것 아니냐'고 따지고 싶었지만, 실제로 그런 적은 한 번도 없다. 할아버지가 괴로워하시는 모습을 보고 싶지 않았기 때문이다. 2차 세계대전 때 희생된 수많은 유대인을 위해 많은 자식을 낳아 키우는 것이 자기 삶의 이유라고 믿는 할아버지에게 모자란 자식이라는 시련이 주어지다니, 잔인한 일이 아닐 수 없었다.

아빠는 우리 가족에게 닥친 여러 불행 중 하나였다. 얼마 전에는 슐렘 삼촌의 열일곱 살 난 아들 바루크가 정신 이상 진단을 받았다. 이 일은 특히 할아버지에게 큰 충격을 주었다. 바루크는 랍비와 선생님들이 입을 모아 칭찬하던 집안의 신동으로, 탈무드 학자가 되리라는 기대를 한 몸에 받았다. 그러나 심각한 편집성 조현병 진단을 받았을 무렵 그는 조리 있게 말하는 능력을 잃고 아무도 이해하지 못하는 이상한 언어로 말했다. 할아버지는 몇 달 동안 자신의 사무실에 바루크를 가둬놓고 문에 난 작은 구멍으로 할머니가 준비한 음식을 넣어주었다. 또 다른 미치광이가 윌리엄스버그를 활보할 경우 집안에 미칠 악영향을 막기 위해서였다. 어느 날 밤 바루크가 주먹으로 문을 부수고 팔에서 피를 흘리며 복도로 나왔다. 입에서는 상처 입은 야생 짐승의 울음소리 같은 비명이 끊임없이 터져 나왔다. 그는 손에 잡히는 것을 죄다 박살냈다. 구급 대원들이 와서 몸싸움 끝에 간신히 바루크를 붙잡고 진정제를 투여했다. 나는 위층 층계참에서 그 광경을 보며 눈물을 쏟았다.

집 안 청소를 끝낸 할머니는 하얗게 질린 얼굴로 부엌 식탁에 주저앉았다. 나는 행주를 접으면서 할머니가 전화기에 대고 속삭이는 얘기를 들었다. 사무실 곳곳에 바루크가 싸놓은 똥이 있었다고 했다. 할머니는 애초에 바루크를 사무실에 가두는 것을 반대했지만 할아버지가 일방적으로 결정을 내릴 때면 늘 그렇듯이 아무것도 할 수 없었다. 나는 할머니가 고생하시는 게 마음 아팠다.

한편으로 할아버지가 바루크를 가둔 이유도 이해되었다. 우리 공동체에서 정신장애인을 시설에 보내는 것은 상상도 할 수 없는 일이다. 비유대교도가 운영하는 정신병원에서 하시딕 유대인이 율법을 지키며 생활할 수 있겠는가? 병자도 유대 규율과 관습에서 면제되지 않는다. 어떻게 보면 할아버지는 바루크의 정신병이 야기할 문제에 대처할 역량이 없었음에도 그의 영혼을 돌보는 일을 용감하게 떠맡은 셈이다. 불쌍한 바루크. 누구도 자신을 이해하지 못하는 이상한 장소에 갇힌 나의 사촌은 다시는 자신이 태어나고 자란 공동체로 돌아오지 못할 것이다.

"가장 큰 자부심도 자식이지만 가장 큰 고통을 주는 것도 자식이야." 할아버지는 입버릇처럼 말씀하셨다. 할아버지는 자식을 양육하는 데 따르는 고통이야말로 신앙을 시험하는 궁극의 시련이라고 여기셨다. 신이 부모에게 평생 자식을 먹이고 입히고 보호해서 그들을 하셈의 종으로 길러내라고 명령했다.

할아버지는 탄압의 유산을 물려받았다. 동유럽에 살았던 우리 조상은 수 세대에 걸쳐 히틀러 시대의 박해와 크게 다르지 않은 집단 학살을 경험했다. 엄청난 고통과 상실의 역사를 물려받은 할아버지가 왜 평생 자신을 탄압하며 살아가는지 나는 도무지 이해할 수 없었다. 할아버지는 작고 무해한 즐거움을 누리지 못하도록 스스로를 가두고, 그 박탈에서 만족을 얻는 것 같았다. 나의 조부모가 끊임없이 스스로에게 시련을 가하는 것은 죄책감 때문일까?

고통이 할아버지의 영혼을 정화할까? 할아버지는 금요일 밤마다 다이닝룸의 동쪽 벽에 손바닥을 대고 신께 기도드렸다. 그럴 때면 할아버지의 눈에서 눈물이 비처럼 쏟아졌다. 할아버지는 그 의식을 통해 살아갈 힘을 얻으셨다. 하지만 내가 보기에 시련은 위안을 주지 않는다. 오직 분노와 슬픔만 남길 뿐이다. 그럼에도 할머니와 할아버지의 모든 자식, 손주들과 마찬가지로 나도 그 짐을 짊어졌다. 우리는 모두 상실의 역사가 남긴 유산이다.

"네가 태어나기 위해 내가 살아남은 거란다." 할머니는 내게 자주 말씀하셨다. 할아버지도 같은 이야기를 하셨다. "왜 내가 살아남도록 허락되었는지 수도 없이 고민했다." 할아버지가 과거를 반추하며 말문을 여셨다. "세월이 흐르면서 내 자식과 손주들이 세상에 나와야 했기 때문이라는 것이 분명해졌지. 또 아이들을 독실한 유대인으로 기르는 일이 나의 의무라는 사실도 깨닫게 되었다. 너무나 많은 사람이 박탈당하고 만 삶이 내게 선물로 주어졌는데 그걸 낭비한다는 것은 상상도 할 수 없어."

할아버지는 냉장고에서 어제 먹다 남은 음식을 꺼내 냄비에 넣고 끓여 자신의 저녁 식사를 만들었다. 할머니는 할아버지의 성화에 못 이겨 어떤 음식도 버릴 수 없었다. 할머니는 채소에 곰팡이가 핀 부분을 도려낸 뒤 다시 냉장고에 넣었다. 갓 구운 케이크와 파이는 특별한 날을 위해 냉동실에 보관했다. 나는 초콜릿바나 포테이토칩 같은 간식을 갈망했다. 게다가 이제 성장기에 접어들어 늘 배가 고팠다.

내가 느끼는 허기는 육체적인 것인 동시에 그 이상이기도 했다. 그것은 무슨 수를 써서라도 채워야 할 구멍이었고, 음식은 단지 편리한 선택지였다. 할머니가 만들어준 음식과 나의 관계를 어떻게 설명해야 할까? 나는 각 요리를 만드는 과정을 상상하며 식욕을 채웠다. 내 안에는 기를 쓰고 틀어막아야 하는 거대한 구멍이 존재했다. 음식은 일시적인 해결책에 불과하지만 공허함을 계속 느끼는 것보다는 나았다.

결국 나는 해괴한 짓을 하기 시작했다. 할머니와 할아버지가 외출하고 혼자 집에 남으면 냉동실의 케이크가 내 머릿속을 가득 채웠다. 그래서 냉동실 문을 열고 차곡차곡 쌓여 있는 애플파이, 초콜릿 브라우니, 개암 퍼지, 마블 케이크를 바라보았다. '딱 한 입만 먹을 거야.' 나는 마음속으로 다짐하면서 냉동실 선반 제일 위에 있는 케이크 팬을 조심스레 꺼냈다. 케이크를 식탁에 놓고 포일을 벗긴 뒤 큼직하게 한 조각을 잘라 입에 넣었다. 브라우니 덩어리에서 큼직한 부스러기가 우수수 떨어졌다. 지금도 이때를 기억하면 당시에 느꼈던 절박함을 떠올리게 된다. 케이크를 다 먹은 후에는 일말의 증거도 남기지 않기 위해 부엌 바닥을 공들여 청소했다. 책을 읽는 것만큼이나 이 일에도 죄책감이 생겼다. 나쁜 짓을 했다는 느낌을 떨칠 수 없었고, 그럼에도 여전히 허기졌다. 나는 어른이 되면 절대로 음식에 인색하게 굴지 않으리라고 결심했다.

　　뒤뜰에서 딸기나무가 꽃봉오리를 피우기 시작하면 야생장
미가 담장 철조망 위로 기어올라왔다. 로건베리나무는 베란다 위로
무거운 가지를 드리웠다. 할머니는 튤립에 해가 들지 않을까 봐 걱
정했지만, 할아버지는 로건베리는 과실수이고 율법은 과일나무를
베는 것을 금지한다며 손도 못 대게 했다. 우리는 성서의 명령이 없
으면 가지치기조차 할 수 없었다. 유월절이 다가올 무렵이면 물컹
한 로건베리가 베란다로 철퍼덕 떨어져 바닥을 자주색으로 물들였
다. 청소는 항상 할머니의 몫이었다.

　　　　✳

　　버러파크의 유대 서점에는 할아버지가 허락하지 않는 책들
이 있었다. 할아버지는 내가 이디시어로 쓰인 책만 읽기를 바라셨
다. 전설적인 차딕이 기도와 신앙의 힘으로 뻔한 기적을 행하는 이
야기가 20쪽쯤 이어지다가 촌스러운 삽화가 나오는 책 말이다. 할
아버지는 이디시어 주간지를 집에 가져오셨는데, 거기에는 옛날 신
문과 백과사전에서 발굴한 오래된 뉴스와 20세기 중반의 정치 상황
이나 유대교 성가에 관한 글이 실려 있었다. 그 밖의 다른 책은 내게
허락되지 않았다. 숄렘 알레이헴(러시아제국 출신의 유명한 유대인 작가
이다-옮긴이)의 작품도 금지됐다. 그가 아피코로스apikores(유대의 전
통을 버린 자라는 뜻이다-옮긴이), 소위 말하는 자유주의 유대인이었기
때문이다. 사트마 유대인은 설사 성스러운 언어인 이디시어로 쓰였
다 해도 자유주의 유대인의 글은 읽지 않았다.

하지만 유대 서점에서는 유대인과 관련된 책이라면 뭐든지 팔았고, 그곳에서 산 책은 도서관에서 빌린 책을 집에 가져오는 것 보다 죄책감이 덜했다. 나는 『우유 장수 토비에Tevye the Milkman』를 읽으며 불경한 말투에 충격을 받았다. 이디시어로 쓴 글이 이렇게 무식하고 상스러울 수 있단 말인가? 그동안 이디시어가 격식을 차 린 고상한 언어라고 생각했는데, 보아하니 과거에는 그렇지 않았던 모양이다. 읽는 것만으로도 얼굴이 달아오르는 19세기의 속되고 천 한 이디시어와 오늘날 윌리엄스버그에서 통용되는 이디시어는 너 무나 달랐다.

가장 신나게 읽은 책은 단연코 『선택된 자』였는데, 나는 이 책을 서점에서 우연히 발견했다. 귀밑머리를 늘어뜨린 하시딕 유대 인이 기도서를 움켜쥐고 있는 표지를 보고 착한 유대인 소년에 관 한 따분한 이야기겠거니 짐작했다. 하지만 첫 장을 펼치고 "금 간 시 멘트 보도블록… 숨 막힐 듯한 더위에 끈적해진 아스팔트"라는 윌 리엄스버그 거리의 묘사와 내가 사는 작고 붐비는 브루클린 지역 의 하시딕 유대인 집단에 관한 설명을 읽는 순간 나도 모르게 빨려 들고 말았다. 마침내 내가 잘 아는 용어와 대상이 등장하는 책을 발 견한 것이다. 그때와 지금은 거리 풍경이 달라졌지만, 본질과 역사 는 그대로였다. 이 책은 할아버지도 허락해주실 것이라고 확신했 다. 우리에 관한 이야기가 아닌가? 우리를 다룬 책이 세상에 존재한 다는 것은 우리가 그렇게 낯설고 이상한 사람이 아닐지도 모른다는 뜻이었다.

나는 내가 속한 작은 사트마 공동체의 역사에 대해 수없이 들 었지만 하시딕 종파의 역사에 대해서는 아는 바가 별로 없었다. 『선택된 자』를 통해 처음으로 우리의 과거를 접하고 강한 인상을 받았다. 예전에는 유대인의 디아스포라(예루살렘이 파괴된 후 유대민족이 흩어져 살아가게 된 것, 혹은 그러한 유대인 집단 등을 의미한다-옮긴이)가 나와는 동떨어진 이야기라고 생각했는데, 알고 보니 하시딕 유대인의 촌스러운 순박함, 더 나아가 무지와 디아스포라 사이에는 연관성이 존재했다. 하시딕 유대인은 순수함과 고결함이라 불리는 순진함을 중시하며, 따라서 탈무드를 공부하고 그 정신과 규율을 유지하는 일이 무엇보다 중요하다. 나는 할아버지를 새로운 관점에서 바라보게 되었다. 늘 할아버지가 똑똑한 분이라고 생각했지만, 그 명성은 탈무드를 이해하는 능력에 기반했다. 큰어머니는 종종 이 문제로 고개를 저으며 한숨을 내쉬었다. 큰어머니는 할아버지는 수완이나 요령이 없기 때문에 자신의 지성을 현실의 문제를 해결하는 데 쓰지 않는다고 불평했다. 그게 사실이라 하더라도 만약 그것이 할아버지가 원하는 바라면? 생존을 위해 기지를 발휘하기보다는 신에게 운명을 맡기고 비유대인이 만들어놓은 함정으로 들어간 선조의 뒤를 따르는 길을 할아버지가 선택했다면? 특별한 재능을 오직 토라를 공부하는 데 쓰고 다른 일은 신앙에 의지하면 그뿐 아닌가.

『선택된 자』를 처음 읽을 때 나는 거의 모든 면에서 하시딕 소년 대니의 편을 들었다. 루번이 펼치는 탈무드 논리보다 대니의 관점이 본질적으로 옳다고 느꼈다. 루번이라는 캐릭터의 시온주의적이고 자유주의적인 태도에 대해서는 일일이 반박할 수 있었다. 나중에야 나는 어린 시절의 내가 미숙했다는 사실을 깨달았다. 그 당시에는 내게 주입된 것들을 믿을 수밖에 없었다. 오랫동안 나는 내 세계관이 틀릴 수도 있다는 사실을 받아들일 준비가 되어 있지 않았다. 하지만 과거의 무지가 부끄럽지는 않다. 할아버지는 우리 조상들이 전해준 순박함을 내게 물려주려고 애쓰셨다. 수년 후 나는 자유 의지로 세상을 바라보게 되었지만, 할아버지의 가르침만큼은 지금도 마음속에 간직하고 있다.

*

'콰직!' 나는 호두가 깔끔하게 반으로 쪼개질 때 나는 소리가 좋았다. 단단한 호두를 까기 위해 호두까기 손잡이를 힘껏 누를 때 닿는 손바닥 부위에 벌써 물집이 잡혔다. 나는 유월절 전통 음식인 하로셋charoses(견과류 페이스트)을 만들고 있었다. 할아버지가 하메쯔와 접촉할 일말의 가능성도 차단하기 위해 껍질을 까서 파는 호두를 사용하는 것을 금하셨기 때문에 우리는 호두를 직접 까야 했다. 정확히는 내 담당이었다. 할머니는 쓴맛이 나는 마로르marror(유대인이 출애굽기의 계명에 따라 유월절 밤에 먹는 쓴맛이 나는 채소를 가리킨다-옮긴이)를 만들기 위해 고개를 한쪽으로 돌린 채 서양고추냉이를 갈고 계셨다. 눈은 벌겋게 변했고 눈물이 그렁그렁했다.

할머니는 눈에 고인 눈물을 닦아내고 숨을 크게 들이쉰 다음 다시 딱딱한 줄기를 갈기 시작했다. 서양고추냉이를 강판에 비비느라 할머니의 몸이 더욱 쪼그라든 것 같았다. 할머니는 이 왜소한 몸으로 아이 열한 명을 낳고 강제 수용소에서 살아남았다. 그리고 지금까지 집안일을 하신다. 보르시치borscht(비트 수프-옮긴이)도 집에서 만들고, 피클도 직접 담그고, 심지어 하로셋에 넣을 호두도 손수 까야 했다. 나는 더 이상 보고 있을 수가 없었다.

"할머니, 잠시만요! 좋은 생각이 떠올랐어요. 잠깐 멈추세요. 금방 돌아올게요."

나는 방으로 달려가 서랍장 맨 아래 칸에서 뭔가를 꺼냈다. 부엌으로 돌아가자 할머니가 나를 보고 웃음을 터트리셨다. 내가 작년 여름에 산 수영 장비를 차고 왔기 때문이다.

"보세요, 이제 냄새 걱정 없이 마로르를 갈 수 있어요." 코맹맹이 소리로 말할 때마다 물안경 가장자리가 뿌예졌지만 할머니가 폭소하는 모습은 잘 보였다.

나는 고무장갑을 끼고 서양고추냉이를 강판에 힘차게 문질렀다. 아니나 다를까 이제 매운 냄새가 나지 않았다. 식탁 건너편에서 할머니는 한 손으로 호두껍질을 깨서 온전한 호두 알맹이만 쏙 빼낸 다음 척척 하로셋 그릇에 담았다. 그러다 내가 순식간에 고추냉이를 다 간 것을 본 할머니는 놀라더니 고개를 흔들며 재미있어하셨다. 이런 괴상한 방식으로라도 내가 부엌에서 유용한 존재임을 증명한 것이 무척 자랑스러웠다.

"자, 마로르는 이걸로 충분할 거예요."

할머니가 플라스틱 커버를 덮은 조리대를 깨끗이 닦고 부엌을 정리한 직후, 친척들이 유월절 식사를 위해 속속 도착했다. 모든 음식은 유월절에만 쓰는 특별한 그릇에 담아 냉장고 안에 차곡차곡 쌓아놓았다. 레이철 고모가 세 딸을 데리고 가장 먼저 도착했다. "구트 욘티프Gut yontif(즐거운 명절입니다), 구트 욘티프." 고모가 커다란 목소리로 인사를 하며 들어왔다. 고모는 할머니의 뺨에 키스를 하면서도 눈은 다른 곳을 보고 있었다. 고모의 싸늘한 시선이 닿은 곳에는 삐걱대는 긴 식탁이 있었다.

"엄마, 이 식탁보는 식탁을 다 못 덮잖아요. 하나 더 덮어야죠. 여기 보세요, 깔판이 보이잖아요." 레이철 고모가 어이없다는 듯 혀를 찼다.

"제가 하나 더 갖고 올게요." 내가 선뜻 자원했다. 고모는 나는 안중에도 없다는 듯 거울을 보면서 왼쪽 눈을 덮은 캐러멜색 가발을 손질했다. 레이철 고모는 우리 집안에서 유일하게 100퍼센트 인모 가발을 썼다. 할아버지는 늘 우리에게 경고하셨다. 한 발짝만 잘못 들여도 사탄에 이끌려 깊은 수렁에 빠지는 허영과 문란함의 문을 열지 말라고.

레이철 고모의 허영심은 모두가 알고 있었다. 고모는 할인 매장이 아니라 백화점에서 브랜드 옷을 사고, 최신 유행에 따라 가발을 손질하고, 다음 날까지 화장기가 유지되도록 안식일이 시작되기 전에 진한 화장을 했다. 삭발도 그만둬서 머리카락이 7~8센티미터나 자랐다고 하비 고모가 수군대는 것을 들은 적도 있다. 어쩌면 이것이 할아버지가 말하는 문란함의 길일 것이다. 하지만 모든 여성이 허영심을 깨끗이 버리기를 원하는 할아버지의 바람은 비현실적이다.

내 또래인 사촌 로이자와 바일라는 헤어 컬링기로 곱슬곱슬하게 만 머리에 벨벳 머리띠를 하고 두 손을 무릎 위에 모은 채 소파 가장자리에 새침하게 앉아 있었다. 나는 그들이 똑같이 차려입은 격자무늬 치마와 검정 캐시미어 스웨터를 부러운 눈으로 바라봤다. 나는 이번 명절에도 새 옷을 선물받지 못했다. 페이지 고모의 딸이 물려준 원피스는 치맛단이 조금 해져서 진홍색 벨벳의 가장자리가 분홍색으로 변해 있었다.

바일라의 금발 머리카락은 무척 예뻤다. 반면 내 우중충한 머리카락은 여름 햇빛에도 색이 옅어지는 법이 없었다. 로이자의 머리카락은 갈색이지만 크고 옅은 푸른색 눈동자, 새하얀 피부와 잘 어울렸다. 우리는 모두 할머니의 돌출된 광대뼈를 물려받았다. 하지만 내 외모는 사촌들과 닮은 구석이 별로 없었다. 그들은 아버지 쪽인 건장한 바이스먼 집안의 핏줄을 물려받았고, 미소를 지으며 눈동자를 이리저리 굴리는 어딘지 재수 없는 아이들이었다. 나는 할머니의 두꺼운 눈꺼풀과 회색 눈동자, 그리고 두껍고 억센 모발과 이를 드러내지 않는 수수한 미소를 물려받았다. 피셔 집안의 유전자가 발현된 사람은 할머니와 나뿐이었다.

할머니를 도와 식탁보를 새로 깔고 있을 때 노크 소리가 나더니 아기를 안은 하비 고모가 들어왔다. 로이자와 바일라가 달려가 아기를 받아 들고 얼굴을 들여다보며 수선을 떠는 동안 하비 고모는 레이철 고모와 정다운 키스를 주고받은 후 할머니와 함께 헝가리어로 수다를 떨러 부엌으로 갔다.

나는 사촌들이 아기 주위에서 호들갑을 떠는 모습을 지켜보았다. 그들이 뺨을 쓰다듬자 조막만 한 아기가 짜증을 내며 몸을 웅크렸다. 아기의 이름은 시몬이었다. 그는 뮤진카muzinka(외동)이자 늦둥이였다. 하비 고모 부부가 결혼한 지 17년 만에 아이를 낳았을 때 다들 기뻐서 어쩔 줄 몰랐다. 할머니는 할례 의식 때 울음을 터트리셨다. 하비 고모를 보러 병원에 갔다 온 날 할머니는 무자식인 팔자보다 더 큰 저주는 없다고 말씀하셨다. 아이를 가져보지 못하고 세상을 뜬 사라 이모할머니의 운명이 그러했다.

"새라의 난관을 산acid으로 태웠던 그 찢어 죽여도 시원치 않을 악마의 자식 요제프 멩겔레(강제 수용소의 '죽음의 천사'라고 불린 나치 의사이다. 생체 실험으로 악명 높다-옮긴이)." 악마가 가까이 오지 못하도록 침 뱉는 소리를 내고 손을 휘저으면서 할머니가 말했다. 마이모니데스 병원에서 퇴원한 시몬의 오른쪽 손목에는 두툼한 붉은 실이 감겨 있었다. 그것은 '악마의 눈'으로부터 아이를 보호하기 위한 부적이었다.

나도 가끔 붉은 실을 손목에 감고 다녀볼까 하는 생각이 들기도 했지만, 낡은 벨벳 드레스를 입고 축 처진 생머리를 가진 나 같은 아이에게 악마가 관심을 가질 리 없을 듯해 그만두었다. 나는 로이자와 바일라의 벨벳 머리띠가 내게도 어울릴지 궁금했다.

저녁 9시 30분이 되자 남자들이 쿵쿵거리며 계단을 올라왔다. 명절을 맞아 다들 새로 장만한 구두 징이 요란한 소리를 냈다. 내가 문을 열자 할아버지와 삼촌, 고모부, 사촌들이 줄지어 들어왔다.

"구트 욘티프! 구트 욘티프!" 다들 명절 인사를 나눴다. 아들들은 할머니 뺨에 키스하고 사위들은 공손히 묵례했다. 나는 할아버지의 주름진 손에 입을 맞추고 명절 인사를 드렸다.

할아버지는 하얀 키텔kittel(특히 정통파 유대교 남자가 입는 의식용 흰 가운이다-옮긴이)을 입고 계셨는데, 할머니는 옷에 주름이 진 것을 보고 고개를 가로저었다. 다른 남자들도 유월절 식사를 위해 키텔을 입었다. 하얗고 긴 리넨 상의의 버튼을 아래부터 위까지 다 채운 다음 벨트로 허리를 묶은 차림이었다. 남자들은 식탁 오른쪽에 줄지어 앉고 여자들은 부엌에 가까운 반대편에 자리를 잡았다. 그들은 오늘 밤 천사 역할을 담당했는데—그래서 흰색 키텔을 차려입었다—내게는 그저 남자들이 원피스를 입은 것처럼 보였다.

할아버지가 키두쉬를 준비하실 동안 나는 유월절 베개를 가져와 식탁 상석에 놓았다(유월절 식사 때 인도자는 의자 뒤에 베개를 놓고 편안한 자세로 음식을 먹으며 출애굽에 대한 설명을 재현한다. 이때 인도자가 베개를 베는 이유는 자신들은 노예가 아니라 자유인이라는 의미이다-옮긴이). 나머지 사람도 모두 식탁 주위로 모였다. 어른들이 앞에 서고, 아이들은 그 뒤에 섰다. 할머니가 가장 좋은 은 식기를 죄다 꺼내 차린 식탁은 와인잔과 촛대로 꽉 차 있었다. 황동 샹들리에 불빛이 너무 휘황찬란해서 눈을 뜨고 있기 힘들 지경이었다.

우리는 키두쉬를 위해 와인을 가득 채운 은잔을 들고 모였다. 축복 기도 후에는 잔을 마지막 한 방울까지 비우고 다음 잔을 받아야 하지만 나는 한 모금도 삼키기 힘들었다. 할머니는 유월절 와인을 직접 담그셨고, 나는 지난 2주간 그 와인이 냉장고에서 숙성되는 것을 지켜보았다. 로이자가 내 표정을 보고 웃음을 터트렸다.

"왜 그래? 맛이 너무 강하니?" 로이자가 내 쪽으로 몸을 기울이며 물었다.

"어허!" 상석에 앉은 할아버지가 근엄하게 말씀하셨다. "잡담을 하는 거냐? 유월절에?"

나는 말없이 팔꿈치로 로이자를 쿡 찔렀다. 우리는 식사가 시작될 때까지는 말을 하면 안 된다. 그때까지는 조용히 앉아서 할아버지가 느릿느릿 하가다Haggadah(유월절 만찬의 절차를 담은 책이다-옮긴이)를 다 읽기를 기다려야 했다. 나는 할아버지의 설교가 너무 길지 않기를 빌었다. 지금처럼 가족이 많이 모이면 설교도 길어졌다. 오늘은 유월절의 첫 밤이기에 새벽 1시가 되기 전에 무교병matzo(유대인이 출애굽의 수난과 신의 은총을 기념하며 유월절 다음 날부터 일주일간 먹는 빵-옮긴이)을 먹어야 한다. 벌써 10시 반이니 할아버지도 오래 끌진 않으실 것이다.

할아버지는 마 니쉬타나Mah nishtanah(네 가지 질문) 후 하가다를 덮고 옆으로 밀었다. 설교를 하실 차례다.

"또 시작이네." 로이자가 내 귀에 대고 속삭였다. "올해도 변함없이."

2차 세계대전 당시 헝가리 군대에 복무했던 이야기가 이어졌다. 할아버지는 1년에 한 번 선조들이 당한 박해를 기리는 밤에는 이 이야기가 적절한 주제라고 여기셨다. 유월절을 기념하는 이유를 후세에 알려주고 싶어서일 것이다. 이집트 탈출이든 나치로부터의 해방이든 상관없다. 중요한 것은 지금 우리에게 주어진 자유를 소중히 여기고 그것을 당연하게 생각하지 말아야 한다는 점이었다. 할아버지는 언제든 신께서 우리의 자유를 박탈하실 수 있다고 경고하셨다.

"부대 전체를 위해 삼시 세끼를 지어야 했단다. 아무도 모르게 코셔 요리법을 따랐지. 조리법을 모를 때는 하녀에게 요리를 부탁하고 내가 설거지를 했단다. 기도할 시간도 없었고, 시간이 있어도 안전한 장소가 드물었어."

나는 내 하가다의 금박 입힌 옆면을 손가락으로 쓸어보았다. 고급 소가죽 표지에는 할머니의 이름이 새겨져 있었다. 프레이다. 오직 할아버지만 할머니를 그렇게 불렀다. 하지만 할머니는 할아버지의 이름을 부르지 않고 마인 만meyn mahn(나의 남편)이라고 불렀다.

"유월절인데 무교병을 만들 밀가루는 없고 감자만 있지 않았겠어. 그래서 우리는 무교병 대신 감자를 먹었다. 한 사람당 반 개씩, 소금물에 듬뿍 찍어서."

　　나는 할머니 쪽으로 시선을 돌렸다. 할머니는 고개를 숙이고 굳은살이 박인 손으로 할아버지 쪽을 가린 채 진저리를 치고 계셨다. 당연한 일이다. 할머니는 나보다 훨씬 오랫동안 이 얘기를 들었을 테니까.

　　반면 할머니의 이야기는 거의 들을 기회가 없었다. 할머니는 2차 세계대전 때 가족을 전부 잃었다. 할머니가 베르겐벨젠 강제 수용소의 공장에서 강제 노동을 하는 동안 다른 가족은 아우슈비츠의 가스실에서 죽임을 당했다. 종전 무렵에 할머니는 발진티푸스로 사경을 헤매고 있었다.

　　아기였던 민델부터 열네 살이던 하임까지 희생된 모든 이를 위해 야짜이트yahrzeit(죽음 기념일) 촛불을 밝히는 사람도 할머니였다. 하지만 할머니는 그때의 이야기를 하시는 경우가 거의 없다. 비록 수염과 귀밑머리가 잘리긴 했어도 군대에 끌려간 할아버지는 운이 좋은 편이었다.

　　우리는 서양고추냉이 접시를 차례로 건네며 각자의 몫을 덜었다. 할머니는 듬뿍 퍼가셨지만, 나는 수북이 푸는 척하면서 접시에 조금만 담았다. 머뭇거리면서 조심스레 맛을 보았는데 쓴 허브가 혀를 태우며 치익 하는 소리가 나는 것만 같았다. 너무 매워서 눈물이 절로 났다.

　　할머니를 바라보니 묵묵히 자신의 몫을 씹고 계셨다. 과거의 핍박에서 진정으로 해방되지 못한 할머니가 어떤 심정으로 이 의식에 동참하시는지 상상하기 어려웠다. 할머니의 노동이 끝날 날이 과연 오기는 할까? 하가다가 끝나면 저녁 식사를 차려야 하고, 그런 다음에는 남자들이 의식을 마칠 때까지 기다렸다가 어질러진 집을 다 청소한 후에야 잠자리에 들 수 있을 것이다.

"악! 아! 아!" 갑자기 로이자가 자기 목구멍을 가리키며 소리를 질렀다. 물을 달라는 것이다.

"왜 그래? 너한테는 맛이 너무 강하니?" 내가 비아냥거렸다. 그러자 할아버지가 혀를 차며 말씀하셨다. "어허! 그만 떠들지 못할까!"

*

여드레간의 유월절이 끝나고 찬장이 평소에 쓰는 식기들로 도로 채워진 후, 할아버지는 오메르omer를 세기 시작하셨다. 유대 민족이 시나이산에서 토라를 받은 날을 기념하는 명절인 칠칠절Shavuos까지 49일을 세는 것이었다. 세피라sefirah라고도 불리는 이 성스러운 기간에는 음악을 듣거나 머리를 자르거나 새 옷을 입을 수도 없다. 아이러니하게도 봄마다 찾아오는 이 엄숙한 기간은 늘 날씨가 화사했다.

할아버지는 이 기간이 오면 유독 생각에 잠기셨다. 안식일을 끝내는 의식인 하브달라havdalah를 마치고 나면 할아버지는 연기가 피어오르는 노란색 하브달라 초 냄새를 맡으면서 오랫동안 식탁에 머물렀다. 그사이에 식기세척기가 뜨거운 김을 내며 맹렬히 진동했고, 내가 든 거대한 청소기의 소음이 다른 모든 소리를 압도했다.

할머니와 내가 침실에서 리넨을 접고 있을 때, 식기세척기 돌아가는 소리 사이로 할아버지가 부엌에서 우리를 부르는 목소리가 희미하게 들렸다.

"프레이다, 오븐에 케이크가 들어 있소? 타는 냄새가 나는데."

할머니는 못마땅한 듯 혀를 끌끌 차면서 부엌으로 가셨다. "케이크는 무슨? 모쩨이 샤밧motzei Shabbos(안식일이 끝난 직후의 시간을 뜻한다-옮긴이)에 케이크 구울 시간이 있겠어요? 말해봐요. 빨래를 세탁기에 넣기 전이요, 아니면 그 후요?"

할머니를 따라 부엌으로 간 나는 곧 연기탐지기를 울린 원인을 찾아냈다. 할아버지의 머리 위에서 밍크 모자가 타닥 소리를 내며 연기를 내뿜고 있었다. 타고 있던 초에서 불이 옮겨붙은 것이다.

할머니가 짜증 섞인 목소리로 중얼거리며 급히 달려갔다. "여보, 케이크가 아니라 당신 슈트레이멜shtreimel(정통파 유대교 중 하레디파 기혼 남성이 안식일과 유대교 축일 등에 착용하는 털모자이다-옮긴이)이 타고 있잖아요!" 할머니는 모자를 휙 낚아채서 싱크대에 던졌다.

"할아버지가 너무나 성스러우셔서 슈트레이멜까지 타오르네요." 내가 미소를 머금고 말했다. 잠시 후 할아버지의 신앙심과 일상에 무심한 태도(많은 사람이 이 두 가지가 일맥상통한다고 여길 것이다)의 증거인 털모자가 엉망이 된 채 식탁 위에 놓였다. 나는 신이 나서 이이야기를 사촌들에게 전달했고, 그들은 슈트레이멜이 타오르는 줄도 모른 채 식탁에 앉아 있던 할아버지의 모습을 상상하며 배를 잡고 웃었다.

일요일에 할아버지는 새 모자를 사러 가셨다. 그러면서도 혹시 고쳐 쓸 수 있을지도 모른다며 불에 탄 모자를 버리지 못했다. "여기저기 좀 잘라내고 잘 손질하면 안식일에 쓸 수 있을 거요." 하지만 할머니는 토브예 삼촌이 할아버지를 모자 가게로 모시고 간 뒤 불탄 슈트레이멜을 쓰레기봉투에 담아 길 건너편 공사장의 대형 쓰레기통에 던졌다.

할아버지의 새 모자는 예전 것보다 훨씬 컸다. 요즘 유행이라고 하셨는데, 번들거리는 밍크의 광택을 보니 그저 싼 물건을 골라 오신 게 분명했다. 비싼 슈트레이멜은 은은하고 자연스러운 광택이 나는 데 비해 새 모자는 너무 뻣뻣하고 거만해 보여서 할아버지와 어울리지 않았다.

"결혼식에 갈 때만 쓸 거요." 할아버지는 이렇게 말하면서 모자 상자를 벽장 꼭대기에 진열된 다른 모자들 뒤로 밀어 넣었다.

할아버지는 내가 아는 가장 품위 있는 사람이지만 늘 낡고 해진 옷만 입었다. 비싼 새 옷을 입는다는 생각만으로도 몸서리쳤다. 나도 품위를 갈망했지만, 할아버지와는 달리 깔끔한 새 옷을 입을 때만 당당할 수 있었다. 할아버지는 어떤 종류의 자부심을 품었기에 가난뱅이처럼 입고도 사람들의 존경을 받을 수 있는 걸까?

할머니도 나와 같은 심정이셨다. 할아버지는 고모와 삼촌들이 어렸을 때 새 옷을 사주지 않으셨다. 그래서 할머니는 시내 백화점에 가서 유행하는 옷을 구경한 뒤 집에 와서 가장 좋은 천으로 옷을 직접 지었다. 다행히 할아버지는 할머니가 옷 만들 천을 사는 것은 허락했다. 할아버지는 할머니의 절약 정신을 칭찬하면서 솜씨 좋은 아내를 둔 것을 자랑스러워했다. 덕분에 고모와 삼촌들은 늘 좋은 옷을 입고 다닐 수 있었는데, 신기한 것은 다른 사람들은 집에서 만든 옷이라는 사실을 눈치채지 못했다는 점이다.

할머니의 젊은 시절 사진을 보면 어쩜 그럴 수 있을까 싶을 정도로 기품 있고 여성스러웠다. 날씬한 굽의 스트랩 구두는 앙증맞았고, 우아한 긴치마 아래로 드러난 종아리는 맵시 있었다. 그 사진을 찍었을 때는 아이 셋을 낳은 후인데도 허리가 잘록했다. 몸매는 아이를 열한 명이나 낳은 후에도 변하지 않았다. 한 해가 멀다 하고 임신과 출산을 거듭했는데 어떻게 그럴 수 있었는지 놀라울 따름이다. 지금도 할머니는 스몰 사이즈의 옷을 입는다.

세월이 흐르면서 할머니는 모든 것을 투쟁해서 얻어내는 데 지쳐버렸다. 이제 더 이상 할아버지에게 새 옷을 사자고 애원하지 않고 재봉틀로 옷을 만들지도 않는다. 나는 딱 한 번이라도 할머니가 재봉틀을 꺼내 내 옷을 만들어주기를 바랐지만, 그런 부탁은 주제넘은 짓이었다. 운이 좋으면 불쌍한 조카 생각이 난 고모가 할인 매장에서 산 원피스 하나를 집에 놓고 갈 것이다.

　　＊

봄이 오면 윌리엄스버그의 우중충한 거리가 마법처럼 화사해졌다. 꽃이 만발한 나무들이 머리 위로 가지를 드리우고, 창을 열면 집 안에 꽃향기가 퍼졌다. 숨 막히는 여름이 올 때까지 우리 동네는 햇살이 환하게 쏟아지는 보도 위로 분홍색과 흰색 꽃잎이 휘날리는 완벽함을 누렸다.

5월에 할아버지는 맨해튼에서 열리는 반시온주의 가두 행진에 참가했다. 매년 이스라엘 독립기념일이 되면 사트마 유대인들은 이스라엘 국가에 반대하는 시위를 벌이기 위해 맨해튼에 집결했다. 유대인이 이스라엘을 지지한다는 통념과 달리 사트마 렙베는 이스

라엘의 파멸을 위해 싸워야 한다고 주장했다. 렙베에 따르면 시온
주의는 우리 역사상 유례가 없는 모반이다. 유배 생활로부터 스스
로를 구원할 수 있다는 생각 자체가 가당찮은 소리였다. 신앙에 충
실한 유대인은 구세주를 기다리지 직접 총칼을 들고 나서지 않는
다. 왜 유대인이 뉴욕에서 "이스라엘에 파멸을"이라고 적힌 팻말을
들고 시위하는지 비유대인은 이해하지 못했다. 하지만 내게 그것은
지당한 일이었다. 나는 이스라엘 국가가 애초에 존재하지 말았어야
한다고 배웠다.

사트마 렙베는 반시온주의의 성경이라 할 수 있는 『바요엘
모세Vayoel Moshe』라는 책에서 시온주의의 극악한 죄를 우리가 속죄
해야 한다고 피력했다. 사트마 공동체의 집집마다 있는 이 책은 시
온주의의 역사, 다시 말해 20세기 초에 출현한 소규모 유대인 집단
이 어떻게 조국을 힘으로 쟁취한다는 기괴한 주장을 하게 되었는지
설명한다. 처음에는 모두가 그들을 미친놈으로 치부했지만 렙베는
그들이 어떤 세력으로 성장할지 알고 있었다.

렙베의 책에 따르면 시온주의자들은 사악한 목표를 이루려
는 시도를 거듭했으나 오직 홀로코스트가 벌어진 후에야 실제로 권
력을 쟁취할 정치적, 사회적 영향력을 확보할 수 있었다. 할아버지
는 그들이 홀로코스트를 겪은 유대인에 대한 동정 여론을 이용했으
며, 이는 홀로코스트 희생자에 대한 모욕이라고 말씀하셨다.

할머니도 시온주의자들에 대한 분개를 감추지 않았다. 할머
니는 시온주의자들이 나치를 피해 이스라엘로 간 유대인 피난민을
받아들이지 않고 수용소로 되돌려보냈다고 말씀하셨다. 그들은 자
신들의 새 땅에 유대인촌 출신의 무지한 유대인이 들어오는 것을

원치 않았다. 오직 교육 수준이 높고, 개화되고, 시온주의에 헌신하는 새로운 부류의 유대인만을 원했다. 시온주의자들은 아직 생각이 여물지 않은 어린아이는 받아들였고, 사람들은 아이라도 살리기 위해 자식과 생이별했다.

학교에서는 이스라엘에서는 아이들을 구타하고 학대해서 신앙을 포기하고 시온주의에 영원히 헌신하도록 만든다고 가르쳤다. 유대인과 시온주의자는 다른 부류였다. 나는 진짜 유대인은 하시딕뿐이라고 생각했다. 약간이라도 동화되면 진정한 유대인이라 불릴 자격이 박탈되기 때문이다. 여성의 시위 참여가 허용되었더라면 나는 할머니를 위해서, 그리고 2차 세계대전 때 희생된 할머니의 가족들을 위해서라도 기꺼이 시위에 나갔을 것이다. 누군가는 시온주의자들에게 대항해야 했고, 만일 소위 '해방'된 유대인들이 여기에 힘을 보태지 않는다면 우리가 두 배로 노력하는 것이 당연했다.

나는 할머니의 가족사진을 본 적이 있다. 흑백사진 속 할머니의 형제자매, 부모님, 조부모님은 이제 모두 세상을 떠났다. 나는 그 사진을 키친타월에 싸서 내 방 맨 위 서랍에 넣어두었다가 마음을 단단히 먹은 후 꺼내 보곤 했다. 그들의 얼굴이 너무나 생생해서 이미 죽고 없는 사람들이라는 사실이 믿기지 않았다. 그중에는 고작 두 살 때 죽임을 당한 아기도 있었다. '어떻게 이럴 수 있나요?' 나는 신에게 물었다. '이 살아 숨 쉬는 얼굴들이 왜 죽어야 했나요? 이들은 내 조상이라고요!' 사진을 볼 때마다 눈물이 났다. 나는 소리 없는 흐느낌이 통곡으로 변하기 전에 재빨리 사진을 다시 타월로 감쌌다.

할머니는 시온주의자들이 동정심을 얻기 위해 홀로코스트

를 이용했다고 말씀하셨다. "그들이 홀로코스트에 관해 뭘 안다고? 그들 중에 진짜로 강제 수용소에서 살아남은 생존자는 아무도 없어, 단 한 명도." 나는 이 말을 의심하지 않았다.

우리의 랍비는 이스라엘 여행을 금지했다. 구세주가 오실 때까지 약속의 땅은 금단의 영역이다. 학교에서도 학생들의 이스라엘 방문을 허락하지 않았다. 이 규칙을 어겼다가는 영영 퇴학당하고 만다. 나는 우리 민족이 유래한 근원이자 영광스러운 역사를 배울 때 언급되는 나라를 잠깐 방문하는 것조차 금지하는 규칙이 몹시 부당하게 여겨졌다. 가끔씩 규칙을 어기고 가족과 함께 다른 나라를 경유하여 금지된 나라를 방문한 학생들도 있었다. 라그 바오메르Lag Ba'Omer(유대인의 전통 모닥불 축제이다-옮긴이)가 시작되면 미국 유대인 수천 명이 이스라엘로 간다. 이날은 카발라Kabbalah(유대교 신비주의 사상이다-옮긴이)의 가장 위대한 경전인 『조하르Zohar』를 저술한 2세기의 현자 랍비 시몬 바 요하이의 죽음을 기리는 날이다. 하비 고모도 아들이 태어나기 1년 전에 랍비 시몬의 묘에서 기도를 드리고 왔다. 여성들이 아들을 얻기 위해 그곳에서 기도하는 전통이 있기 때문이다. 그렇게 해서 얻은 아이가 세 살이 되면 라그 바오메르 때 다시 방문해 첫 이발 의식을 치르는 것이 조건이라고 했다(유대인, 특히 하레디 유대인은 남자아이가 세 살이 되면 이발 의식을 치르며 그 전에는 머리카락을 자르지 않는 풍습이 있다-옮긴이). 하비 고모도 시몬을 다시 이스라엘로 데려갈 것이다. 시몬이 태어난 것은 기적이며, 오직 랍비 시몬만이 그런 기적을 행할 수 있다는 것은 모두가 아는 사실이었다. 할아버지조차도 하비 고모의 노력을 인정하셨다. 출산을 위해서라면 사트마 렙베가 정한 규율을 어길 수 있었다.

라그 바오메르는 신나는 명절이다. 남자들은 윌리엄스버그 거리 곳곳에 거대한 모닥불을 피우고 새벽까지 전통 노래를 부르며 춤을 췄고, 여자들은 창문이나 현관 계단에서 그 광경을 구경했다. 날름거리는 모닥불이 남자들의 얼굴을 기괴한 오렌지색으로 물들였고 흔들리는 귀밑머리는 불빛을 받아 번뜩였다. 비록 정확한 의미는 몰랐지만 나는 이 광경에 완전히 매료된 채 밤늦게까지 남아 구경하곤 했다.

이날이 되면 길목마다 소방차가 대기했다. 소방수들은 소방차에 기대서서 냉담한 표정으로 행사를 지켜봤다. 대부분의 소방수는 우리를 보호하는 일에 익숙했지만 일부는 늘상 우리 공동체로 출동해야 하는 것이 못마땅한 듯했다. 나는 소방수 아저씨와 이야기를 나눌 수 있기를 바랐지만 누가 볼까 봐 감히 그럴 수 없었다. 그것은 매우 부적절한 행동으로 간주될 것이기 때문이다.

대신 나는 그들을 관찰했다. 몸 위로 늘어지는 소방복을 입은 아저씨들의 깔끔하게 면도한 얼굴은 평소에 보는 이곳 남자들의 얼굴과 너무 달랐다. 하시딕 유대인의 명절 풍경을 바라보는 그들의 눈은 두꺼운 안경이나 모자에 가려지지 않아 또렷하고 선명했다. '저 소방수 아저씨를 계속 쳐다보면 나를 봐줄지도 몰라.' 나는 눈이 마주치기를 간절히 바라면서 줄곧 시선을 보냈지만 그는 내가 자신을 바라본다는 사실을 몰랐다. 유대인 무리 속에 섞여 있는 내가 무슨 생각을 하고 있는지 그는 알 도리가 없었다.

나는 우리 사이에 난 깊은 골짜기에 다리를 놓고 싶다는 강렬한 열망에 사로잡혔다. 마치 모닥불의 불길이 내 안에서 활활 타오르는 것처럼 얼굴과 가슴이 화끈거렸다. 우리 공동체에 서비스를 제공하는 비유대인에 대한 내 감정을 주변 사람들이 안다면 경악을 금치 못할 것이다. 나조차도 이 터무니없는 끌림이 부끄러웠다. 그러나 나는 비유대인보다 더 위험한 존재는 없음을 알면서도 우리 세계와 이렇게 가깝게 맞닿아 있는 이질적인 세계의 신비로움에 끌렸다.

훗날 내가 만난 비유대인들은 그들이 내게 얼마나 매력적인 존재였는지 짐작도 하지 못했다. 나의 갈망은 오랜 세월 내 안에 잠복했다가 깔끔하게 면도한 턱을 가진 남자가 아무런 혐오나 멸시 없이 나를 똑바로 응시할 때마다 불붙는다.

＊

6월이 되니 아침부터 더웠다. 거리에 늘어선 단풍나무에서 이슬이 뚝뚝 떨어졌다. 샤부엇Shavuos(유대교의 오순절로, 곡식을 추수한 후 50일째에 지내던 감사제이다－옮긴이)에는 그 무렵 황량한 시나이산에 꽃이 만발했던 것을 기리며 집 안을 꽃과 양치식물로 장식하는 전통이 있다. 할아버지가 정원으로 내려가 꽃을 꺾었고, 그 모습을 베란다에서 내려다보던 할머니는 정원에서 색깔이 사라지는 것을 슬퍼하면서 큼직한 장미꽃과 연약한 붓꽃을 뭉텅뭉텅 잘라내는 할아버지에게 조심하라고 소리쳤다. 할아버지는 땅에서 자라는 꽃이 할머니를 얼마나 행복하게 만드는지 절대로 이해하지 못할 것이다. 무참히 잘린 아름다운 꽃들은 하루 이틀 후면 시든다. 하지만 할아버지는 토라를 찬미하기 위해서가 아니라면 정원이 다 무슨 소용이냐고 강변했다.

우리는 달달한 쿠키로 만든 말랑말랑한 치즈 케이크와 버터로 튀긴 파머치즈를 채운 크레플락을 먹었다. 그리고 얇게 썰어서 칵테일소스를 듬뿍 바른 훈제 칠면조, 노릇노릇한 양파와 함께 볶은 닭다리, 다진 간 요리도 먹었다. 유제품과 고기를 따로 먹는 데는 상징적 이유가 있다. 시나이산에서 유대인들은 토라 율법을 따르는 데 동의했다. 그중 하나가 우유와 고기를 함께 먹지 말라는 계명이다. 시나이산에서 유대인들은 "먼저 계명을 받아들인 다음 나중에 어떤 내용인지 듣겠다"고 말해서 맹목적인 믿음을 입증했다. 할아버지는 우리도 이 사실을 자랑스러워해야 한다고 강조하셨다. "우리 모두 시나이산에 있었다." 식사가 끝나고 배를 두드리고 있을 때 할아버지가 말씀하셨다. 미드라시Midrash(성서를 구체적 상황에 적용할 목적으로 성서에 대한 설교적 주석을 시도한 유대 문학의 유형을 일반적으로 일컫는 용어이다-옮긴이)에 따르면 선택된 민족이 토라를 받았을 때 모든 유대인의 영혼이 그곳에 있었으며, 설사 우리가 그 사실을 기억하지 못하더라도 그 자리에서 정한 책임을 받아들여야 한다. 할아버지는 우리 중 누군가가 율법을 하나라도 거부한다면 그것은 우리 모두가 위선자라는 의미라고 말씀하셨다. 어느 누구도 이 약속에서 벗어날 수 없었다.

내가 그때 시나이산에 있었다면 내 영혼은 대체 몇 살이란 말인가? 혹시 혼자 눈총받기 싫어서 나도 동의한다고 말했던 것은 아닐까? 남들과 다른 생각을 입 밖으로 내기 두려워하는 내가 했을 법한 행동이다.

할아버지가 50년 전 렙베와 맺은 계약은 오래전 유대인이 신과 맺은 계약과 달랐다. 사트마 렙베가 윌리엄스버그에 케힐라

kehillah(공동체)를 세우겠다는 계획을 선포했을 때, 할아버지는 어떤 조건이 수반되는지 알기도 전에 그에게 충성을 맹세했다. 할아버지 자신의 가족과 후손들을 이 공동체에 귀속시켰다. 과거 유럽에서 할아버지의 가족은 지금과 같은 방식으로 살지 않았다. 그들은 극단주의자가 아니었다. 나의 조상은 나무 마루에 페르시안 카펫을 깐 집에서 살던 지식인이었고 유럽 대륙을 자유롭게 여행했다.

영어로 된 책을 읽거나 붉은색 옷을 입는 것을 금지한 사람도 지금의 렙베이다. 렙베는 우리가 외부와 동화되지 못하도록 철저히 고립시켰다. 할아버지는 2차 세계대전을 겪은 유대인 생존자인 자신이 겁에 질리고 외롭고 어느 곳도 안전하다고 느끼지 못할 때 맹목적으로 렙베를 따랐던 것처럼 나도 그래야 한다고 기대하는 걸까?

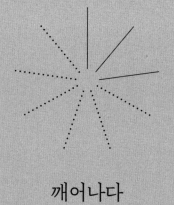

3장

깨어나다

아이는 무엇이 중요한지 배우면서, 윌리엄스버그의

테너먼트가 세상의 전부가 아니라는 사실을 깨달으며

자라나게 될 거야.

_베티 스미스, 『나를 있게 한 모든 것들A Tree Grows in Brooklyn』 중에서

✳

방학이 시작된 후 여름 캠프에 가기 전까지 3주간 견딜 수 없이 무더운 날씨가 이어졌다. 잠시 밖에 나가 건물 앞 그늘진 계단에 앉아 있으면 찌는 듯한 더위에 무기력이 엄습했다. 이런 날에는 머리카락이 축 늘어지고 기분도 덩달아 가라앉는다. 두꺼운 모직 타이츠 때문에 더 덥고 가렵지만, 그렇다고 타이츠가 모기를 막아주는 것도 아니다. 나는 메이어 슈퍼마켓에서 파는 형광 핑크색 아이스크림에 중독되었다. 한 통 사서 끝도 없이 긁어 먹고 바닥이 드러날 즈음이 되면 목에서 체리 맛 신물이 올라왔다.

지루해서 죽을 것 같다는 생각이 들 무렵 예시바에서 쫓겨난 사촌 모셰가 우리 집에 와서 지내게 되었다. 나는 할머니가 전화기에 대고 한숨을 쉬며 나지막이 말씀하시는 것을 들었다. "그 녀석은 늘 말썽이구나."

새벽 5시 반이 되면 할아버지가 훈련 교관처럼 모셰를 깨우는 소리가 내 침실까지 울려 퍼졌다. "일어나. 기도할 시간이다. 어서 일어나. 빨리빨리 못 하겠니? 해가 뜨고 있다. 동이 트자마자 기도를 드려야지. 얼른 일어나서 옷 입어라." 날마다 할아버지가 모셰의 귀를 잡아 침대에서 끌어냈고, 모셰는 옷을 주워 입느라 허둥거렸다. 내 사촌은 할아버지의 훈육을 받으러 이곳에 와 있었다. 자식이 열둘이나 더 있는 모셰의 부모님은 그를 감당할 여력이 없었다.

할아버지는 모셰에게 좋은 시더흐shidduch(중매)가 들어오기를 바라셨지만, 예시바에 다니지 않는 열여덟 살 청년과 결혼할 사람이 나타날 확률은 희박했다. 나는 수염 자국 하나 없이 매끈한 모셰의 턱을 보고 그가 수염을 기르기 싫어서 손을 쓰고 있는지, 아니면 그냥 성장이 늦은 것인지 궁금했다. 일부러 수염을 기르지 않는 것이라면 아주 심각한 율법 위반이다. 나는 사촌의 검은 속마음을 상상하며 스릴을 느꼈다. 하루는 모셰에게 수염이 없는 이유를 물어보았다.

"사실대로 말해봐. 뽑는 거야, 아니면 면도기를 쓰는 거야?"

"닥쳐, 이 고자질쟁이야." 그가 으르렁거렸다. "네가 뭘 안다고 그래? 참견하지 마."

말은 그렇게 했지만 모셰는 날마다 저녁 기도를 마치고 내 방으로 와서 이것저것을 뒤지며 장난을 쳤다. 성별이 다른 우리는 시시덕거리면 안 되지만 할머니는 야단치지 않았고 할아버지는 그 시간에 집에 안 계셨다. 나중에 나는 할아버지가 모셰에게 여자와 친하게 지내는 것은 잘못된 행동이라고 설교하시는 것을 들었다. "네가 여자아이들과 이야기할 일이 뭐가 있느냐?" 할아버지는 모셰를 불러 세운 후 낮은 목소리로 질책했다. "지금은 매 순간 토라를 공부하고 네 미래에 집중해야 한다. 하루 종일은 고사하고 한 쉬우르 shiur(수업)도 열중하지 못하는 너 같은 녀석에게 어떤 여자가 눈길을 주겠느냐?"

나는 그쪽을 힐끔 바라보았다. 아무 대꾸 없이 안절부절못하며 바닥만 내려다보는 모셰가 몹시 불행해 보였다. 나는 이 상황에 동질감을 느꼈다.

할아버지의 설교는 효과가 없었다. 모셰는 종교 책을 공부하는 대신 나와 잡담을 했고, 호기심과 연민이 뒤섞인 나는 그런 그를 말리지 않았다. 할머니가 저녁에 친구를 만나러 외출하시면 나는 모셰에게 가스레인지로 마시멜로 굽는 법을 알려주었다. 우리는 할머니가 시시 케밥(중동 지역의 요리로 포도주와 조미료로 양념한 양고기, 쇠고기 등을 꼬챙이에 끼워 조리한다-옮긴이)을 만들 때 사용하는 쇠꼬챙이에 코셔 마시멜로를 꿰어 구웠다. 코셔 요리법에 따르면 쇠꼬챙이가 육류용이기 때문에 우리는 구운 마시멜로를 초콜릿, 시럽, 우유를 섞은 소스에 찍어 먹을 수 없었다.

모셰는 내게 장난 전화를 하는 법을 가르쳐줬다. "여보세요? 네, 콘솔리데이티드 에디슨(가스 전기 회사의 이름이다-옮긴이)입니다. 거주하시는 지역에 문제가 생겨서 전화드렸어요. 지금 냉장고가 돌아가고 있는지(running) 확인해주시겠습니까? 아, 잘 돌아가고 있다고요? 그럼 운동화 신고 얼른 쫓아가세요(run)!" 나는 수화기를 꽝 내려놓고 모셰와 배를 잡고 웃었다.

어느 날 저녁 모셰는 1-800-부기맨bogeyman 같은 단어를 넣어서 무작위로 전화를 걸어보자고 제안했다. 이따금씩 상대방이 전화를 받았는데, 1-800-토일렛toilets은 변기 배관을 뚫어주는 회사였다.

"야, 이거 들어봐." 그는 이렇게 말하더니 1-800-팻레이디fatlady를 누른 다음 스피커를 켰다. 어떤 여자가 전화를 받더니 숨이 가쁜 듯 이상한 목소리로 말했다. "아주 축축이 젖은…." 나는 재빨리 종료 버튼을 눌렀다. 모셰는 내 반응을 보더니 큰 소리로 웃었고 나는 속은 기분이었다.

"데버라, 너 몇 살이냐?" 그가 물었다.

"열세 살. 왜?"

"진짜? 놀랍네. 당연히 열일곱은 됐을 줄 알았는데."

"열세 살 맞아." 나는 쇠꼬챙이에 붙은 마시멜로를 이로 긁어

먹었다. 모셰는 내가 입술을 핥는 것을 바라보며 믿기지 않는다는 듯 고개를 저었다.

"왜?"

"아무것도 아냐. 그냥 네가 그렇게 어리다는 게 안 믿겨서."

다음 날 아침 할아버지는 나를 불러서 학교에서 이후드yichud 규율을 배웠느냐고 물어보셨다. 나는 조금 배웠다고 대답했다. 이 를테면 여자는 주변에 다른 여자들이 있더라도 남자와 방 안에 단둘이 있어서는 안 된다. 남자가 두 명 이상이면 여자 혼자여도 괜찮다. 혹시 남자와 단둘이 있는 상황이 되면 꼭 문을 열어두어야 한다. 남녀는 신체 접촉을 해서는 안 되며, 함께 노래를 불러서도 안 된다. 하지만 할아버지와 할머니는 밤에 모셰와 나 둘만 남겨두셨고, 나는 어쨌든 규율대로 방문을 열어놓았다. 게다가 모셰는 내 사촌인데 무슨 문제가 될까? 이후드 규율은 그저 겉치레에 불과했다.

할머니가 요양원에 환자 식사를 돕는 봉사활동을 하러 가신 날 나는 아이스크림을 사 먹으러 골목 끝 메이어 슈퍼마켓으로 달려갔다. 체리 맛을 살까? 레몬 맛을 살까? 쉽게 마음을 정할 수 없었다. 레몬은 새콤하고 깔끔한 맛이고, 체리는 혀와 이를 진홍색으로 물들이는 진득한 단맛을 낸다. 내가 냉동고의 투명한 문 위로 몸을 굽힌 채 아이스크림을 고르고 있을 때 슈퍼마켓에서 일하는 멕시코 청년 로드리고가 내 옆을 지나갔다. 통로가 좁았기 때문에 나는 별 생각 없이 몸을 피했다. '체리 맛 먹어야지.' 마음을 정한 뒤 냉동고 문을 닫으려는데 엉덩이에 손이 닿는 느낌이 났다. 살을 꽉 잡는 느낌이 분명했다. 뒤를 돌아보았을 때 로드리고는 곰팡이 핀 어두운 안쪽 방으로 들어가고 있었다.

나는 손에 아이스크림 통을 든 채로 얼어붙었다. 얼굴이 달아오르고 모욕감이 목을 타고 올라왔다. 나는 이 상황을 바로잡기 위해 구두를 또각이며 계산대로 다가갔다. 파킨슨병이 있는 메이어 씨가 두 손을 떨며 장부를 들여다보고 있었다.

나는 25센트짜리 동전 두 개를 탁 하고 내려놓았다. 상점 주인에게 돈을 직접 건네주는 것은 허용되지 않는다. 메이어 씨는 고개를 들지 않았다. 나는 방금 있었던 일을 말해야 할지 그냥 넘겨야 할지 결정하지 못한 채 머뭇거렸다. 입 밖으로 꺼내는 게 너무 쑥스러웠다.

"메이어 씨."

가는귀가 먼 그는 고개를 들지 않았고, 나는 주의를 끌기 위해 목소리를 높였다.

"메이어 씨!"

그가 고개를 살짝 들고 나를 쳐다봤다.

"멕시코인 점원을 똑바로 교육시키세요! 손님에게 절대로 손대지 못하도록 말이에요."

메이어 씨는 누런 눈동자로 무표정하게 나를 응시했다. 내 말을 못 들었을 것이라고 생각한 찰나 그의 입술이 무언가 말하려는 듯 꿈틀거렸다. 하지만 아무 말도 새어 나오지 않았다. 가게 주인은 여위고 굽은 손을 카운터 위로 내민 채 한동안 굳어 있다가 곧 한 손으로 동전을 움켜쥐며 다른 손으로는 흰 종이에 싸인 아이스크림용 막대를 내밀었다. 그리고 여전히 아무 말도 하지 않았다.

집에 돌아온 나는 건물 앞 계단에 앉아서 할머니가 앞뜰에 뿌려놓은 빵가루를 서로 차지하려고 다투는 비둘기들을 바라보았다.

뚜껑도 열지 않은 아이스크림이 녹아서 손바닥 위로 흘러내렸다. 손가락을 붉게 물들인 체리색 액체가 역겨웠다.

누군가에게 말해야 했다. 할아버지에게 말씀드리면 당장 슈퍼마켓으로 달려가서 메이어 씨에게 고함을 치실 것이고, 그렇다면 메이어 씨도 묵살하지 못할 것이다. 그는 점원이 무슨 짓을 하든 그저 방관할 수 없다는 것을 알게 될 것이다. 잘못에는 대가가 따라야 한다. 나는 유대인 소녀이고, 적어도 내가 속한 공동체 안에서는 안전해야 한다.

하지만 할아버지에게 어떻게 이런 얘기를 할 수 있을까? 그 경험을 뭐라고 묘사한단 말인가? 생각만 해도 창피했다. 만약에 할아버지가 나를 탓하면 어떡하지? 내가 원인을 제공한 것이 아니냐고 추궁하시면? 나는 할아버지의 실망한 얼굴을 보고 싶지 않았다.

나는 마치 악령을 떨쳐버리려는 듯 부르르 몸서리를 치고 흠뻑 젖은 아이스크림 통을 쓰레기통에 버렸다. 안으로 들어가려고 자리에서 일어나니 흘러내린 아이스크림으로 발치가 어둡게 물들어 있었다.

✳

안식일은 6월에 가장 길다. 나는 이번 주 내내 평소에 먹던 제산제로도 나아지지 않는 복통 때문에 소파에 웅크린 채 오후를 보냈다. 할아버지는 토요일 밤 10시 30분에 안식일을 끝내는 하브달라 축복 기도를 낭송하셨고, 11시가 되자 버러파크에 사는 레이철 고모와 토브예 삼촌이 아이들을 데리고 멜라베 말카Melaveh Malkah(안식일이 끝난 후 먹는 식사이다-옮긴이)를 위해 찾아왔다. 타이레놀을 몇 알 먹은 덕분에 통증이 조금 가신 나는 사촌들과 함께 다이닝룸 식탁에서 스크램블드에그와 채소 샐러드를 먹었다. 모셰는 마시애비뉴의 코셔 가게에서 피자를 사 오라는 심부름을 받고 나갔다.

모셰가 기름이 번진 커다란 종이 상자를 들고 돌아왔을 때 할아버지와 삼촌은 탈무드 토론에 여념이 없었다. 아이들에게 피자를 나눠주고 나자 할아버지가 내게 가까이 오라고 손짓하셨다. "데버라, 지하 저장고에 가서 노란 레이블이 붙은 케뎀 브랜드의 버건디 와인을 가져오너라." 나는 망설였다. 혼자 어두운 지하실에 가기 싫었기 때문이다. 지하에는 쥐가 있었고, 가끔 길고양이가 숨어들기도 했다.

"혼자 가고 싶지 않아요." 내가 말했다.

"그럼 모셰와 같이 가거라. 꼭 내가 말한 그 병을 가져와야 한다. 모셰! 데버라가 와인을 찾을 수 있게 불을 켜주거라. 열쇠도 챙겨 가고." 할아버지는 집 안의 모든 열쇠가 달린 열쇠고리를 우리에게 건네주셨다.

모셰와 나는 터벅터벅 계단을 내려갔다. 마지막 층 계단에는 거미줄이 있었다. 모셰가 사용하는 디오더런트 냄새(원래는 향이 없는 제품을 쓰게 되어 있음에도 불구하고)가 훅 끼쳐왔다. 그의 발소리가 내 것보다 더 묵직하게 울렸다. 나는 할아버지가 왜 우리 둘만 지하 저장고로 보내셨는지 의아했다. 분명히 율법 위반일 텐데? 하지만 그랬다면 할아버지가 허락하셨을 리 없으니 아마 괜찮을 것이다.

모셰가 어둠 속에서 전등 스위치를 찾아 벽을 더듬었다. 마침내 천장 파이프에 매달린 전구에 희미한 불이 들어왔다. 차곡차곡 쌓인 오래된 슈트케이스, 바퀴가 하나 빠진 유모차, 낡은 매트리스 등 잡동사니가 눈에 들어왔고, 그 뒤편에 와인 상자가 보였다.

임시로 연결해놓은 희미한 전구 불빛으로는 레이블을 제대로 읽을 수 없었다. 내가 병을 하나씩 꺼내 보며 버건디를 찾으려 애쓰는 동안 모셰는 내 뒤를 서성거렸다.

드디어 병을 찾은 것 같았다. 케뎀 버건디, 노란 레이블. 나는 다시 한번 병을 확인한 다음 모셰에게 건넸다.

"이거 갖다 드려. 내가 불 끄고 문 잠글게."

모셰는 병을 받아 들더니 그것을 바닥에 툭 하고 내려놓았다.

"뭐 하는 거야? 깨지면 어쩌려고!" 내가 병을 집으려 하자 모셰가 가로막으며 내 양 손목을 움켜잡았다. "뭐, 뭐 하는 거야?" 내 목소리가 갈라졌다.

모셰가 나를 벽으로 밀었고 나는 놀라서 움직일 수 없었다. 토마토소스 냄새를 풍기는 그의 입김이 내 이마에 닿을 정도로 바짝 다가왔다. 모셰의 몸이 거대하고 단단한 벽처럼 느껴졌다. 꽉 잡힌 손목이 나뭇가지처럼 툭 부러질 것만 같았다. 이동형 에어컨을 들고 계단을 척척 올라갈 수 있는 내가 아무것도 할 수 없다니!

나는 어색하게 웃으면서 그가 지금 장난을 치고 있는지 보려고 얼굴을 살폈다. 예시바에서 쫓겨난 이 불량아가 지하실에서 날 겁주려는 거겠지. 하지만 모셰의 표정은 평소와 달랐다. 긴장한 턱과 가늘게 뜬 눈이 위협적이었다.

모셰를 걷어차려고 무릎을 들었지만 그가 두꺼운 허벅지로 내 다리를 꽉 눌렀다. 그러고는 한 손으로 내 두 손을 머리 위로 들어올리고 다른 손으로 원피스의 지퍼를 확 내렸다. 나는 소리를 지르면서 반사적으로 몸을 앞으로 구부렸다.

"그만해! 제발 그만해! 뭐 하는 거야? 미쳤어?"

모셰가 손으로 내 입을 막았다. 짠맛이 났다. 그는 나를 바닥
으로 눕히려고 했다. 그 순간 손을 움직일 수 있게 된 나는 들고 있던
열쇠로 모셰를 마구 찔렀다. 열쇠의 날카로운 끝부분이 그의 배에
닿는 것을 느낀 나는 열쇠를 더 힘껏 찌르고 비틀었다. 지금 내가 움
직일 수 있는 것은 손목뿐이고, 나는 그가 내 귀에 욕설을 내뱉는 것
을 들으면서도 최선을 다해 열쇠를 비틀었다. 모셰가 열쇠를 빼앗
으려고 몸을 약간 일으킨 틈을 타서 나는 그 자리에서 벗어났다. 그
는 배를 움켜쥐고 신음하며 내게 욕을 했다.

나는 도망가면서 옷의 지퍼를 올렸다. 그리고 삐걱거리는 나
무 계단을 정신없이 달려 올라가 2층에 도착했다. 그제야 와인을 까
맣게 잊어버렸음을 떠올렸다.

몰래 다이닝룸을 지나 방으로 가려고 했지만 할아버지가 나
를 발견하셨다. "데버라, 와인 갖고 왔느냐?"

나는 조용히 고개를 끄덕였다. "모셰에게 줬어요."

잠시 후 버건디를 손에 든 모셰가 숨을 헐떡이며 들어와서 아
무 일도 없었다는 듯 평소처럼 능글맞게 웃으며 병을 식탁에 내려놓
았다. 그리고 내 쪽으로 돌아서서 위압적이고 득의양양한 눈빛으로
나를 응시했다. 나는 달아오른 뺨을 두 손으로 가린 채 자리를 떴다.

방으로 돌아온 나는 불도 켜지 않고 침대에 누웠다. 창밖 가
로등의 어슴푸레한 불빛이 칠흑 같은 어둠을 갈랐다. 좁은 방 벽에
단풍나무 그림자가 어른거렸다. 나는 손가락으로 목부터 가슴 사이
를 지나 배까지 차례로 더듬으며 저릿저릿 타오르는 이 감각이 피

부에서 느껴지는 것인지 확인했다. 피부는 평소처럼 차갑고 매끈했다. 나는 다이닝룸에서 들려오는 말소리가 잠잠해질 때까지 가만히 누워 있었다. 이윽고 사람들이 밖으로 나가는 소리가 들렸다.

할머니는 침실로 들어가셨고, 할아버지는 다이닝룸에 남아 조금 더 공부하시는 것 같았다. 모셰는 새벽 2시에 자기 방으로 들어갔다. 나는 바깥 소리에 귀를 기울이며 새벽까지 깨어 있었다.

금요일 밤, 안식일 만찬에서 할아버지의 찬송을 들으며 앉아 있던 나는 별안간 울음을 터트렸다. 몹시 놀란 할아버지를 비롯하여 누구도 내가 왜 울고불고 난리를 치는지 알지 못했다. 할아버지는 내게 메누하스 하네페시menuchas hanefesh(영혼의 평화)를 위해 기도하라고 말씀하셨다. "네가 울 일이 뭐가 있느냐?" 다정하게 묻는 할아버지께 나는 '그건 그렇죠. 할아버지에 비하면, 할아버지가 겪은 고통에 비하면 제가 울 일이 뭐가 있겠어요!'라고 소리치고 싶었다.

우는 까닭을 말할 수 없었던 이유는 내가 배은망덕한 아이같이 여겨졌기 때문이다. 신께서 내 자리가 없는 세상으로 나를 보내신 것이 어찌 할아버지의 잘못이겠는가? 무언가로 채우지 않으면 나를 집어삼켜버릴 것만 같은 이 거대한 심연을 어떻게 설명한단 말인가? 내 자존심과 욕구, 그리고 박탈에서 오는 불행을 어떻게 할아버지에게 털어놓을 수 있단 말인가?

할아버지는 이 세상에 우리가 소유할 수 있는 것은 아무것도 없다고 말씀하셨다. 언제든 가진 걸 빼앗길 수 있기 때문이다. 내가 가진 한 줌의 소유물마저 오밤중에 사라질 수 있다니, 위안이 안 되는 얘기였다. 할아버지는 부모, 형제자매, 집, 옷 등 모든 것이 '소유물'에 속하기 때문에 신의 말씀을 따르는 일보다 중요하지 않다고 하셨다. 자신은 모든 것을 잃는 것의 의미를 알기 때문이라고 덧붙이셨다. 우리 삶에서 유일하게 가치 있는 것은 오직 영혼의 평화, 다시 말해 어떤 박해도 극복할 수 있는 내면의 힘이라고 설명하셨다. 우리 선조들은 참으로 강인해서 어떤 위험 속에서도 평온을 유지할 수 있었다. 극심한 고문과 이루 말할 수 없는 괴로움도 그들의 평정심을 흔들지 못했다. 신앙을 통해 세상을 보면 인간의 삶이 얼마나 무의미한지 이해하게 된다고 말씀하셨다. 하늘에서 내려다보면 인간의 고통은 티끌에 불과하며, 눈앞에 있는 것 너머를 보지 못하면 결코 행복해질 수 없다고 하셨다.

절대로 흔들리지 않는 평정심은 어떻게 얻는 것일까? 나를 둘러싼 이 세상은 너무나 생생해서 거부하기 힘들었고, 하늘나라도 그에 비하면 그다지 매혹적인 곳이 아니었다.

마침내 모셰에게 중매가 들어왔다. 할아버지는 거의 포기했던 손자의 혼삿길이 열렸다는 사실에 몹시 기뻐하셨다. 하지만 남자의 성품을 알아보기 위해 여자의 집안에서 내게 전화를 걸어왔을 때, 나는 관습이 요구하는 대로 칭찬을 늘어놓지 않았다. 오히려 모셰는 문제아, 미친놈, 불량아라고 폭로했다. 할아버지가 나를 야단치셨지만, 나는 손바닥으로 식탁을 내려치면서 소리를 질렀다.

"뭐? 지금 뭐라고 하는 거냐?"

"모셰가 저를, 저를." 하지만 나는 그가 나를 어떻게 하려고 했던 것인지 몰랐다. 나는 그만 포기하고 자리를 떴다. 할아버지가 당장 돌아오라고 불렀지만 이제 나는 말하고 싶지 않으면 말하지 않기로 했다.

할아버지는 큰어머니에게 나와 이야기를 해보라고 부탁했

고, 큰어머니는 나를 살살 달래며 무슨 일인지 실토하게 만들었다. 그날 발생한 모든 상황을 전한 것은 아님에도 큰어머니는 분노로 얼굴을 일그러뜨리며 중얼거렸다. "짐승 같은 놈들. 짐승이나 다를 바 없는 놈들."

"누구요?"

"남자아이들 말이다. 네 할아버지가 무슨 생각으로 그 애를 너와 한집에 두었는지 모르겠구나."

결국 모셰는 이스라엘 여자와 약혼했다. 이스라엘인과의 중매가 최후의 수단이라는 것은 모두가 아는 사실이다. 이스라엘 하레디 공동체의 아버지들은 너무 가난해서 돈을 가져오는 사람이라면 누구에게든 딸을 내어주었다. 모셰는 이스라엘로 가서 아내의 가족들과 살게 될 것이고, 나는 다시는 그를 만날 일이 없을 것이다.

∗

내 속옷에 끈적한 피가 잔뜩 묻어 있는 것을 발견했을 때 할머니는 고모와 통화 중이었다. 욕실 문 너머로 긴 한숨을 내쉬며 한탄하는 할머니의 목소리가 들렸다. 겁에 질린 나는 문을 빼꼼 열고 할머니에게 통화를 끝내라고 손짓했다. 할머니는 수화기에 대고 기다리라고 말한 뒤 귀찮은 표정으로 다가오셨다.

"무슨 일인데 그러니?" 할머니가 터번으로 귀를 덮으며 재촉했다. "피가 나요." 나는 할머니께 하찰라Hatzolah라고 불리는 유대인 공동체의 응급 의료 봉사 단체를 불러달라고 했다.

하지만 할머니는 욕실 세면대 제일 아래 서랍을 열고 길고 좁은 면직물을 꺼내 건네주며 건조하게 대답하셨다. "자. 여기 있다, 얘야. 이걸 속옷 안에 넣어. 이따가 약국에 가서 생리대를 사줄 테니."

나는 할머니가 어떻게 이렇게 침착할 수 있는지 이해되지 않았다. 할머니는 내 몸에서 피가 줄줄 흘러나오는 것이 별일 아니라고 하셨다. 누구에게나 일어나는 일이며, 어디가 아픈 것도 아니라고 하셨다. "몸이 스스로 정화하는 것이라고 생각하렴. 며칠 후면 끝날 테니까."

할머니는 약국에서 사온 코텍스(일회용 생리대 브랜드이다-옮긴이) 한 박스를 주면서 옷장 구석에 보이지 않게 감춰두라고 말씀하셨다. "이런 일은 괜히 입에 담을 필요가 없단다. 아무에게도 좋을 것이 없어."

몇 시간마다 한 번씩 생리대를 가는 과정을 아무도 모르게 하기란 쉬운 일이 아니었다. 나는 할머니가 알려주신 대로 다 쓴 생리대를 휴지로 감싸고 비닐에 담은 뒤 아무도 눈치채지 못하도록 태연하게 부엌 쓰레기통에 버려야 했다. 기분이 바닥으로 가라앉았다. 마치 내 몸이 다른 몸으로 바뀐 것 같았다. 할머니가 장담하신 것처럼 피가 얼른 멈추기를 바랐다. 그리고 다시는 이런 일이 생기지 않으면 좋겠다고 생각했다.

머지않아 나는 더 이상 내 몸을 예전처럼 마르고 날렵하게 유지할 수 없게 되었다. 옷을 입을 때마다 체형이 달라져 있었고 거울에 비친 모습도 계속 변했다. 내 몸의 기능과 모양을 스스로 통제할 수 없다는 사실에 좌절감이 들었다.

친구들은 다이어트에 집착하며 점심에 크림치즈를 바른 베이글을 먹는 대신 양상추가 든 도시락을 싸왔다. 하지만 나는 아무리 노력해도 땅콩버터를 듬뿍 바른 빵과 초콜릿과 바닐라가 섞인 아이스크림을 거부할 수 없었다. 어떤 애들은 도가 지나칠 정도로 다이어트를 했다. 셰이니 라이히는 섭취하지도 않은 것 같은 칼로리를 태운다며 쉬는 시간마다 복도를 뛰어다녔다. 브러히 허시는 수업 시간에 쓰러져서 몇 주나 입원했다. 부모님 말씀을 듣지 않고 단식한 결과였다.

정숙함은 젊은 여성이 추구해야 할 최고의 성취였다. 실제로 가장 정숙한 아이들은 호기심 어린 눈길이 자신의 몸에 닿지 않도록 온몸을 꽁꽁 싸매고 어린 시절의 천진함과 순수함을 유지하는 마른 아이들이었다. 나는 여자아이들이 머지않아 자신이 여성이 된다는 사실을 얼마나 오랫동안 무시할 수 있을지 궁금했다.

어쨌든 이제 우리 모두 아이를 낳고 엄마가 될 날이 머지않았다. 어린 시절의 끝자락인 이 몇 년은 진짜 인생이 시작되기 전에 근심 걱정 없이 보낼 수 있는 마지막 시기였다.

나는 이제 성숙한 소녀가 된 것 같은, 그리고 뭔가 중대한 일이 기다리고 있을 것만 같은 느낌을 안고 속옷과 생리대를 챙겨 여름 캠프로 떠났다. 캠프장은 고속도로에서 한참 떨어진 캐츠킬산맥(뉴욕주에 위치한 광활한 산간 지역이다-옮긴이)의 습하고 무더운 골짜기의 제일 끄트머리에 있었다. 사트마 유대인들은 캐츠킬산맥에 사는 비유대인들과 최대한 멀리 떨어진 곳에 캠프를 세웠고, 우리는 비포장도로를 수 킬로미터 달려야 나오는 외딴곳에서 여름을 보냈다.

얼마 전에 내린 비로 캠프장 곳곳에 물웅덩이가 생겼고 온통 습하고 질퍽했으며 음지에서는 버섯이 솟았다. 물에 젖지 않은 곳은 널따란 들판뿐이었다.

숙소에 도착한 나는 금발에 푸른 눈과 허스키한 목소리를 가진 말썽꾸러기 레일라의 아래쪽 침상을 선택했다. 밤에 야간 감독관이 바람을 쐬러 밖에 나가 야간 당번을 서는 다른 소녀들과 잡담할 때면 나는 힘을 다해 레일라의 매트리스를 발로 찼고, 그 반동으로 철제 침대가 들썩였다. 레일라가 소리를 지르면 OD(우리는 야간 당번overnight duty을 서는 사람들을 이렇게 불렀다)가 달려와서 손전등을 이리저리 비췄다. 그러면 나는 얇은 여름 이불 아래 꼼짝 않고 누워 고르고 느리게 숨을 쉬면서 세상모르고 자는 척했다.

여름은 반항의 계절이다. 그래서 나는 하지 말라는 짓은 다 했다. 수영 시간에 빠지고 침대에서 빈둥거리다가 누군가 나를 찾으러 오면 화장실에 숨었다. 나는 우리가 사트마 유대인임을 상기시키는 야자수 그림으로 장식된 파란 수영복이 싫었다. 우리의 랍비 성인 타이텔바움Teitelbaum은 독일어로 '야자수'라는 뜻이기에 오두막, 버스, 문구류, 수영복 등 모든 것에 야자수가 찍혀 있었다. 수영복 치마는 물에 젖으면 무겁게 축 처져서 걸을 때마다 종아리를 때렸다.

어떤 애들은 수영복의 소매와 다리 부분을 걷어 올린 뒤 뜨겁게 달아오른 콘크리트 위에 수건을 깔고 누워서 선탠을 했다. 높이 솟은 벽이 풀장 대부분에 긴 그림자를 드리워서 볕을 쬘 수 있는 곳이 별로 없는데도 아이들은 캠프 2주차가 되면 다들 보기 좋게 그을렸다. 하지만 나는 레일라가 갈색 피부와 탄력 있는 몸으로 변해가는 동안 딱지 않은 무릎과 코에 생긴 주근깨밖에 보여줄 게 없었다. 나는 매일 있는 수업에 빠지고 기도 시간에 졸아서 야단맞기 일쑤

였기에 빠른 속도로 벌점이 쌓였다.

이곳에서 시원한 장소는 캠프 참석자 전원이 번갈아 식사하는 거대한 식당뿐이었다. 한 번에 천오백 명을 수용할 수 있는 식당의 천장에는 에어컨이 줄지어 매달려 있었다.

식사 시간이 되면 학생 한 명이 마이크를 잡고 큰 소리로 기도를 이끌었다. 나는 여름 내내 대표로 뽑힐 날을 기다렸지만 오직 착한 아이만 앞에 나갈 수 있었다. 연극 활동 오디션에서 나는 크고 분명한 발음으로 캠프 지도자들의 감탄을 자아냈지만 결과는 단역이었다. 주연은 행실이 참하고 영향력 있는 아버지를 둔 페이지와 미리엄 말카에게 돌아갔다. 할아버지가 좀 더 적극적으로 개입했다면 내가 이런 대우를 받지 않았겠지만, 할아버지는 그런 쪽에는 관심이 없었다. 캠프 지도자들은 내 감정 따위는 신경 쓰지 않았다. 할머니는 가끔 내 부탁을 받고 금요일마다 캐츠킬에 도착하는 버스편으로 소포를 보내주셨다. 하지만 상자 안에는 내가 기다리던 과자 대신 포일에 싼 스펀지케이크와 자두가 들어 있었다. 그래도 나를 챙겨주는 사람이 있다는 걸 보여줄 수 있으니 아무것도 못 받는 것보다는 나았다.

그해 여름, 미리엄과 페이지가 같이 샤워를 해서 다들 수군거렸다. 레일라는 내게 그 둘이 욕실 문을 닫고 수영복을 입은 채 욕조에서 첨벙거렸다고 속닥거렸다. 어느 날 밤 OD는 밖에서 잡담을 하고 나머지 아이들은 모두 잠든 사이, 레일라가 내 침대로 들어와서 내 가슴을 만지더니 자기 가슴도 만져보라고 했다. 물론 그 애 가슴이 더 컸고, 레일라는 마치 경쟁에서 이기기라도 한 듯 으스댔다. 캠프 후반부에 나는 베개에 얼굴을 묻고 흐느낄 때 외에는 찍소리도 내지 않는 조용한 프리멧의 위쪽 침대로 자리를 바꿨다. 그 애는 울때 장난감 트럭의 고무 타이어에서 나는 소리처럼 들릴 듯 말 듯 끅끅거렸다.

여름 캠프는 두 곳에서 진행되었다. 하나는 나처럼 사트마 렙베의 막내아들인 잘만 라입을 지지하는 가족의 아이들을 위한 캠프이고, 다른 하나는 렙베의 장남인 아론을 지지하는 가족의 아이들을 위한 캠프다. 렙베의 두 아들은 아버지가 세상을 뜨면 그 자리를 물려받기 위해 경쟁하고 있었고, 장기화된 대립은 갈수록 추잡한 양상을 띠었다.

나는 아론파 캠프에 참석한 친구 골다를 여름 내내 만나지 못했다. 그러다 내 생일을 맞아 골다가 우리 캠프로 나를 찾아왔다. 캐츠킬의 하시딕 유대인 마을과 여름 캠프를 순환하는 에어컨이 달린 버스가 정류장에 섰다. 마중을 나갔던 나는 버스에서 내린 골다와 함께 조용히 이야기를 나눌 수 있는 곳을 찾아 소란스러운 본관에서 최대한 멀리 떨어진 곳으로 발걸음을 옮겼다.

우리는 캠프 앞쪽에 위치한 들판, 간 예후다gan yehudah로 걸어 들어갔다. 캠프에서 가장 가까운 마을이 30킬로미터나 떨어져 있음에도 불구하고 외부에서 캠프를 들여다보지 못하게 풀이 무성히 자라도록 내버려둔 들판이다. 골다와 나는 풀 위에 양반다리를 하고 앉아서 잡초를 꺾어 팔찌를 만들었다. 풀을 가르느라 손끝이 녹색으로 물들었다. 우리 둘 다 여름 캠프를 싫어했다. 아무 이유도 없이 크게 고함을 질러야 하는 것도 싫었고, 하루 종일 뜨거운 콘크리트 위에서 캠프 지도자들이 고안한 게임을 해야 하는 것도 싫었다. 골다는 취미로 작곡을 했고 나는 일기를 썼다. 나는 골다처럼 노래를 부를 수 있다면, 아니 적어도 골다처럼 진한 올리브색 피부와 다정하고 아름다운 미소를 가졌으면 하고 바랐다. 그 애는 웃을 때 광대뼈가 봉긋 솟으면서 이가 다이아몬드처럼 빛났다. 골다는 이마에 난 여드름 따위는 상관없이 예뻤다. 나는 이런 얼굴을 가진 아이는 멋진 인생을 살 것이라고, 골다에게는 상상을 뛰어넘는 근사한 일들이 일어날 것이라고 생각했다.

어느 순간 나는 들판에서 잠들었다. 골다가 하는 말이 꿈속에서 중국의 붓글씨처럼 위에서 아래로 흐르다가 사라졌다. 뜨거운 햇볕이 옷을 달구었고, 옷은 내 몸을 달구었다. 치마의 금속 지퍼는 손도 못 댈 정도로 달아올랐다. 골다도 내 옆에서 잠이 들었다.

얼마 후 골다와 나는 사이렌 소리에 화들짝 놀라 잠에서 깼다. 들판과 그 너머 주차장은 텅 비어 있었다. 다들 본관에 모여 마하나임machanayim이라는 피구와 비슷하지만 그보다 정숙한 게임을 구경하고 있었다. 지지직거리는 사이렌 소리가 가까워졌다 멀어지기를 반복했다. 확성기에서 나는 소리였다. 소리가 난 쪽을 살피던 우리는 캠프 책임자 핼버스탬 부인이 실내복에 터번 차림으로 풀숲을 헤치고 다가오는 모습을 목격했다. 캠프장에 거주하는 몇 안 되는 남자 중 한 명인 로젠버그 씨와 함께였다. 핼버스탬 부인은 손에 확성기를 들고 있었다.

골다와 나는 어리둥절해하며 마주 보았다. 일어나야 하나? 숨어야 하나? 저들이 왜 여기 있는 거지?

"너희들!" 낡은 확성기에서 핼버스탬 부인의 목소리가 울려 퍼졌다. 우리를 부르고 있는 것이었다. "들판에서 나와. 둘 다 지금 당장 나와." 땀으로 얼룩진 부인의 뺨과 햇빛 때문에 잔뜩 찡그린 눈이 보였다. 더 이상 가까이 다가오진 않았지만 우리를 보고 있다는 사실은 명백했다. 엉뚱한 곳에서 노닥거린다고 혼내려는 것인지도 몰랐다. 어쩌면 진드기를 걱정하는 것일지도 모르고.

골다와 나는 풀을 헤치며 나가서 웃음을 참기 위해 이를 꽉 깨물었다. 허둥지둥하는 핼버스탬 부인의 모습이 우스꽝스러웠다. 눈을 부릅뜨고 우리를 빤히 쳐다보는 로젠버그 씨는 평소보다 더 엄한 표정을 짓고 있었다. 그들은 말없이 우리를 들판 밖으로 데려갔다.

무슨 대단한 잘못을 했다고 캠프 직원 중에서 제일 높은 두 사람이 우리를 혼내러 온 것일까? 들판 가장자리에 멈춰선 핼버스탬 부인이 우리 쪽으로 뒤돌아섰다. 로젠버그 씨는 암묵적인 지지의 표시로 우리를 무섭게 쏘아보면서 양손으로 짙은 오렌지색 파요스를 꼬아댔다.

"너희들 거기서 뭐 하고 있었니?" 핼버스탬 부인이 물었다.

"아무것도 안 했는데요. 그냥 수다 떨었어요." 골다가 대답했다. 골다는 원래 권위를 두려워하지 않는 데다, 저녁이면 자신의 캠프로 돌아갈 테니 겁을 낼 이유도 없었다.

핼버스탬 부인은 더욱 화를 냈다. "너희들이 거기서 뭘 하고 있는 것처럼 보였는지 아니? 대체 왜 그러는 거니? 다른 사람들이 뭐라고 생각하겠어? 집으로 돌아가고 싶어?"

나는 혼란에 빠졌다. 골다는 뺨을 맞은 것 같은 표정이었다. 이게 대체 무슨 소리지?

"저기요, 저희는 정말 그냥 수다 떨고 있었어요. 우리는 친구 사이인데 여름 내내 만나지 못했거든요. 얘는 다른 캠프에서 왔어요." 내가 핼버스탬 부인의 화를 누그러뜨리려고 말했다.

핼버스탬 부인이 골다를 바라봤다. "그게 사실이니?" 골다는 고개를 끄덕였다.

"왜 굳이 들판까지 나갔니? 왜 피크닉 테이블에 앉아서 얘기하지 않았어? 아니면 풀을 깎아놓은 들판으로 가도 되잖아. 그러니까 너는 그냥 친구랑 얘기를 나누러 온 게 아니야!" 핼버스탬 부인이 의기양양하게 선언했다.

'대화 말고 우리가 뭘 했다는 거지?' 나는 이해할 수 없었다. 아무리 머리를 쥐어짜도 우리가 비난받는 이유를 알 수 없었다. 골다도 당혹스러운 표정이었다. 우리 둘 다 겁이 났다. 나는 눈물을 짜내며 울기 시작했다. 나는 눈물 연기에 능했고, 곧 엉엉 소리를 내며 통곡했다. 내가 후회하며 우는 모습을 본 어른들은 얼굴이 확연히 누그러졌다.

"얘들아, 얘기를 나누고 싶으면 식당 옆 피크닉 테이블에 가서 하도록 해." 핼버스탬 부인이 말했다. "거기서도 충분하잖니? 이번엔 봐줄 테니 다시는 너희끼리 간 예후다에 들어가지 말거라."

골다와 나는 재빨리 그 자리를 뜬 다음, 그들이 아직도 우리를 지켜보고 있나 뒤돌아보며 피크닉 테이블에 앉았다. 우리는 동시에 안도의 한숨을 내쉬었다. 나는 골다의 맞은편에 앉아서 양손을 비틀었다. 서로 아무 말도 하지 않았다. 우정이 더럽혀진 기분이었다. 뭔가 심각한 잘못을 한 것 같은데, 죄목도 모르는 혐의에 대해 우리가 어떻게 스스로를 변호한단 말인가? 아까의 즐거운 분위기는 온데간데없이 사라졌다.

그날 오후 다른 아이들과 함께 자신의 캠프로 돌아간 골다는 여름 내내 아무 연락이 없었다. 그 이후로 나는 누가 같이 간 예후다에 가자고 하면 정중히 거절했고, 조용히 이야기할 곳을 찾는 것 외에 다른 이유로 그곳에 가는 아이들이 더 있는지 궁금해졌다. 그곳은 캠프장에서 유일하게 비밀스러운 장소였다.

레일라는 내게 다시 자기 아래 침상을 쓰라고 졸랐다. 다들 덩치가 크고 힘도 센 레일라를 두려워했다. 그 애는 내게 특별한 친구가 되자고, 자기가 나를 챙겨주겠다고 말했다. 잔뜩 내리깐 목소리가 위협적으로 들렸다.

여름 캠프가 끝나기 2주 전, 업스테이트 뉴욕에 폭우가 내렸고 이내 작은 날벌레가 들끓었다. 캠프로 몰려든 날벌레 떼가 역병처럼 우리를 덮쳤다. 입과 코로 날벌레가 들어와서 숨을 쉬기도 힘들었다. 결국 날벌레 한 마리가 내 눈에 붙어 염증이 생겼다.

모세가 이집트에 불러온 열 가지 재앙 이야기가 떠올랐다. 학교에서 배운 바에 따르면, 첫 번째 '피의 재앙'을 겪은 파라오가 유대인을 해방시키고자 했음에도 불구하고 신은 더 모진 벌을 내리셨다. 모세로 하여금 지난번보다 더 경이롭고 잔혹한 열 가지 재앙을 차례로 내리게 함으로써 하셈의 힘이 얼마나 강한지 보여주려는 의도였다.

나는 캠프장을 점령한 날벌레 떼가 세 번째 '각다귀의 재앙'과 더 비슷한지 아니면 여덟 번째 '메뚜기의 재앙'과 더 비슷한지 궁금했다. 날벌레 떼는 이집트에서 메뚜기가 그랬듯이 모든 곳을 뒤덮었다. 아이들은 날벌레를 피하려고 눈을 꼭 감고 입을 꾹 다문 채 비틀거리며 캠프장을 오갔다. 하지만 날벌레는 티투스의 뇌를 파고든 각다귀처럼 코안으로 기어들어왔다(유대인들에게 전해 내려오는 이야기에 따르면 예루살렘을 멸망시킨 로마 장군 티투스는 각다귀가 뇌를 파먹어 죽었다-옮긴이). 나는 날벌레가 내 머릿속으로 침입해 뇌를 파먹고 빈껍데기만 남길까 봐 두려움에 떨었다.

내 영혼은 뇌 안에 존재하는가? 그렇다면 뇌가 사라지면 영혼도 사라지는 걸까? 생각이나 말을 할 수 없게 된다면 나란 존재는 대체 무엇인가? 그런데 영혼을 갖고 있지 않은 비유대인들은? 그들은 어떻게 다른 거지? 학교에서는 유대인은 첼렘 엘로힘tzelem Elokim, 즉 우리를 영원히 특별한 존재로 만드는 불꽃을 갖고 있다고 가르쳤다. 우리는 모두 신에게서 나온 작은 불빛을 지니고 있다. 그것이 악마가 우리를 유혹하는 이유이다. 악마는 그 빛을 손에 넣고 싶어 했다.

기괴하고 불가사의한 날벌레 떼를 불러온 것은 악마일까, 아니면 그것은 신이 내린 벌일까? 나는 거울에 비친 내 하얀 얼굴, 선택받은 민족인 유대인 소녀의 얼굴을 바라보면서 대체 내가 언제 이런 벌을 받을 만한 잘못을 저지른 것인지 고민했다.

여름 캠프는 엉망이 되어버렸다. 우리는 일정을 일주일 앞당겨 집으로 돌아갔다. 윌리엄스버그 거리는 캐츠킬에서 일찍 돌아온 하시딕 유대인들로 가득 찼다. 리애비뉴를 따라 줄지어 늘어선 버스는 멍한 표정의 아이들과 해진 짐 가방을 차례로 토해냈다. 남자아이들은 주름진 검정 재킷을 매만지고 침 묻힌 손가락으로 모자를 정돈한 후 집으로 향했다. 여자아이들은 마중 나온 아버지와 함께 포장 테이프를 두른 상자를 미니밴 트렁크에 실었다.

캐츠킬은 우리를 너무 일찍 복잡하고 습한 뉴욕시로 내쫓았다. 먼지와 배기가스 섞인 탁한 공기가 성난 동물의 뜨거운 날숨처럼 휘몰아쳤다. 나는 짐 가방을 다리 사이에 끼우고 회색 하늘을 올려다보면서, 저 하늘이 무심하고 교교하게 나를 내려다보던 캠프장의 하늘과 같은 하늘인지 고민했다. 어쩌면 캠프장을 덮친 재앙은 역병이 아니라 그저 자연의 변덕에 불과할지도 모른다. 어쩌면 이세상에 필연적 결과란 없으며 그저 추함만 존재하는지도 모른다. 그리고 어쩌면 징벌은 신이 아니라 사람들이 내리는 것인지도 모른다.

✳

개학이 일주일 남았을 때 내게도 자유 시간이 주어졌다. 새학년을 맞아 할머니와 구두와 스타킹을 사러 갔다 온 뒤, 몰래 책을 몇 권 빌려올 작정으로 버스를 타고 버러파크로 향했다. 캠프에 가느라 나는 여름 내내 아무것도 읽지 못했다. 이제 다시 자유 시간을 즐기면서 남들 눈치를 보지 않을 수 있어서 좋았다.

도서관에는 여전히 학교 독서 목록이 전시되어 있었고, 도서 카트에는 책등이 반짝반짝한 새 문고본이 있었다. 나는 『해리 포터 Harry Porter』 최신판과 필립 풀먼 3부작의 제1권, 그리고 도서관에서 추천한 베티 스미스의 『나를 있게 한 모든 것들』을 골라 집었다. 『선택된 자』를 읽을 때의 그 따스하고 포근한 느낌, 마치 추운 겨울날 할머니의 치킨 수프를 후루룩 마시는 것 같은 느낌이 아직도 머릿속에 남아 있었기 때문이다. 이 책의 주인공도 나처럼 브루클린에서 성장한 여자아이였다. 먼지투성이인 이 거리에 사는 그녀와 내가 달라 봐야 얼마나 다를까?

작품 속 어휘는 우아했지만 그것이 묘사하는 척박한 환경과 빈곤한 여주인공의 삶은 정반대였다. 그녀의 세계는 너무나 많은 불행으로 가득 차 있었다. 나는 주인공 프랜시가 극도로 빈곤한 환경에서 벗어나 조금씩 꾸준히 더 큰 물질적 안락을 누릴 수 있는 위치로 나아가는 과정을 꿈꾸듯 지켜보면서도, 한편으로는 내가 바라는 행복한 결말이 끝내 오지 않을 것 같은 기분을 떨칠 수 없었다. 프랜시의 이야기에 빠져들수록 그녀의 실패와 낙담이 마치 내 일처럼 와닿았다. 그녀가 이곳을 탈출해야만 나도 이 초라하고 지저분한 세계를 탈출할 수 있을 것 같았기 때문이다.

이야기 끝에서 프랜시는 대학에 진학했는데 나는 그것이 행복한 결말인지 알 수 없었다. 이제 그녀의 꿈은 모두 실현될까? 나는 내가 절대로 대학에 갈 수 없다는 사실을 알고 있었다. 우리 공동체에서는 교육은 아무 소용없다고 말한다. 왜냐하면 교육은, 그리고 대학은 윌리엄스버그 밖으로 나가는 길이자 문란함으로 이어지는 길이기 때문이다. 할아버지는 늘 한번 잘못된 길에 발을 들이면 빠져나올 수 없으며, 신에게서 멀어진 유대인의 영혼은 영적 혼수상태에 빠지게 된다고 말씀하셨다. 그래, 교육이 영혼에 독약인 걸 누가 모르나. 그런데 프랜시는 대학을 졸업한 후 어디로 갔을까? 그 아이는 언젠가 다시 이곳으로 돌아올까? 사람이 나고 자란 곳을 진짜로 떠난다는 것이 가능할까? 다른 곳에 뿌리내리려다 실패하는 위험을 무릅쓰기보다 자신이 속한 곳에 머무르는 것이 최선이 아닐까?

월요일에 새 학기가 시작되었다. 학교를, 그리고 내 어린 시절을 졸업하기까지 딱 3년 남았다. 나는 언젠가 브루클린을 떠나기로 결심했다. 드넓은 바깥세상이 기다리고 있는데 이 작고 숨 막히는 테너먼트 구역에 평생 갇혀 있는 여자 중 한 명이 될 수는 없다. 어떻게 탈출할지는 아직 모르지만 프랜시처럼 단계를 차근차근 밟는다면 이루어질 것이다. 어쩌면 수년이 걸릴지도 모른다. 하지만 나는 언젠가는 반드시 그렇게 되리라고 확신했다.

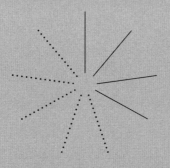

4장

도와줄 사람은 아무도 없지만

제가 당신 집안의 열등함을 반기리라 생각하지 않았을

테지요? 이렇게 조건이 차이 나는 사람들과 가족이 된다는

사실이 자랑스러울 리 없지 않나요?

_제인 오스틴, 『오만과 편견Pride and Prejudice』 중에서

*

오른손으로 천장 들보를 움켜쥐고 왼손으로 내 옆에서 위태롭게 균형을 잡고 있는 여자의 어깨를 짚은 채 나는 유대교 회당 신도석에서 자세를 유지하려 애썼다. 심핫 토라Simchas Torah(1년에 한 번씩 토라를 완독한 것을 기념하는 날이자 신이 토라를 선물로 주신 것을 감사하는 축제이다-옮긴이)의 밤에 나는 사트마 유대인 회당의 앞자리를 차지하고 렙베가 모습을 드러내기를 기다리고 있었다. 여자들은 유대인 회당을 둘러싼 좁은 갤러리에 마련된 여성 구역에서 나무 칸막이에 난 작은 구멍을 통해 아래층에서 춤추고 있는 남자들을 엿보았다.

심핫 토라 행사에 참석한 것은 이번이 처음이다. 나는 벌써 괜히 왔다고 후회하는 중이다. 좁은 갤러리를 가득 채운 여자들 사이에 끼여 있는 일은 여간 고역이 아니었다. 수천 명의 여자가 가장 좋은 외출복을 입고 이 자리에 모였다. 결혼한 여자들은 하얀 실크 머릿수건으로 치장했고, 미혼인 여자들은 완벽하게 손질한 단발머리에 새로 풀을 먹인 정장 차림이었다. 다들 렙베가 춤추는 모습을 조금이라도 가까이에서 보려고 서로 밀치며 야단법석이었다. 열네 살밖에 되지 않은 나와 내 친구들은 어른들과의 자리 경쟁이 힘에 부쳤다.

자정까지 2분 남았다. 더 잘 보려고 목을 길게 빼는 친구들의 모습을 바라보면서 나는 이 모든 것이 무의미하다고 생각했다. 고작 두루마리를 든 늙은 남자가 몸을 이리저리 흔드는 모습을 보려고 이렇게나 노력하다니, 지루하고 목이 아팠다. 렙베는 아직 도착하지도 않았다. 아래층에서는 기도 숄을 두른 남자들이 떼를 지어 빙빙 돌고 있었다. 그들은 좌우로 몸을 흔들면서 느릿느릿 움직였다. 오늘 밤 유대인 회당에 모인 사람의 수는 법적 수용 인원을 초과한 지 오래였지만, 출동한 경찰들은 경찰차 밖으로 나오지 않았다. 10분에 한 명씩 누군가가 혼절했고 그때마다 하찰라를 부르라는 고함이 들렸다. 내 주위에서는 렙베를 기다리는 여자들이 조바심을 내며 몸을 들썩였다. 이 모든 것은 렙베가 그의 신성한 신부인 토라를 안고 춤추는 절정의 순간을 위한 전희일 뿐이다. 그리고 1년에 한 번뿐인 사트마 렙베의 춤을 구경할 기회를 포기할 여자는 윌리엄스버그에 나밖에 없을 것이다.

　　남자들이 가사 없는 노래를 불렀다. 심핫 토라 노래는 모두 일곱 가지인데, 의미 없는 음절이 이어지는 원시적인 멜로디로 구성되어 있다. 하지만 이 노래야말로 전형적인 유대인의 소리이자 언어를 초월하는 순수하고 동물적인 감정의 표현이다. 오늘 밤 말은 필요치 않다. 수천 명의 남자가 하늘을 향해 손을 치켜든 채 돌바닥에 리드미컬하게 발을 구르면서 노래했다. "오이 요이 요이, 예이 티 리 레이 티 리 레이 티 리 레이 오이 요이." "아이 야이 야이, 아이 디 리 라 라 아이 디 리 라 라." 한데 어우러진 강력한 목소리의 힘이 순식간에 나를 덮쳤다. 하늘과 땅 사이의 경계가 흐려지는 것 같았다. 그들이 더 이상 인간으로 보이지 않았다. 성인이 된 그들의 모든 죄는 깨끗이 지워졌고, 오직 나만이 불완전한 필멸자로 남아 있었다. 드디어 내가 이 행사의 찬란한 아름다움을 이해하게 된 것일까? 어쩌면 나의 냉소적인 태도는 내가 지금까지 신성한 빛의 은혜를 입지 못한 채 무지한 상태로 살아왔기 때문인지도 모른다. 오늘 밤 나는 마침내 나의 역할과 운명을 이해하고 내가 속한 공동체 사람들과 나를 가르는 차가운 의심의 가닥을 떨쳐버릴 수 있을 것만 같았다.

오늘 나는 우리 반에서 가장 잘나가는 무리에 속한 다섯 명의 친구와 함께 이곳에 왔다. 미리엄 말카라는 완벽한 이름을 가진 무리의 리더는 빛나는 적갈색 뻗친 머리와 깊은 보조개를 자랑했다. 나는 미리엄이 윌리엄스버그의 다른 수백 명의 아이들과 달리 멋진 이름을 가진 덕분에 여왕처럼 군림한다고 확신했다(이름이 데버라인 아이는 우리 반에만 다섯 명, 학교에는 백 명쯤 있다. 내 평범한 이름은 고귀함과는 거리가 멀다). 그 애가 한 발은 의자 손잡이에, 다른 발은 칸막이 위에 올려놓고 힘든 기색도 없이 아래를 내려다보는 모습을 바라보면서 나는 그 아이의 확실성을 욕망했다. 미리엄 말카는 확실히 이곳에 속했다.

미리엄은 같이 다니는 친구를 고르는 데 까다로웠다. 나는 운 좋게도 그 애의 수행단에 발탁되었지만 그 집단에서 밀려나지 않으려면 끊임없이 내 가치를 증명해야 했다. 오늘 밤 내가 이곳에 있는 이유는 렙베를 보기 위해서가 아니라, 내가 다른 아이들과 다를 바 없다는 사실을 미리엄 말카에게 보여주기 위해서이다.

"쉿, 조용히 해. 렙베가 도착했어." 한 아이가 내 옆구리를 팔꿈치로 쿡 찔렀다. 여성 구역이 즉시 조용해졌다. 나는 다시 칸막이 구멍으로 아래를 내려다보려고 애썼지만 열 명쯤 되는 여자가 같은 구멍을 두고 경쟁하며 나를 밀쳐냈다. 아래층에서는 인산인해를 이룬 남자들이 렙베에게 길을 터주었다. 중앙에 그를 위한 작은 공간이 마련되었고, 렙베의 수행원 역할을 하는 젊고 힘센 예시바 학생들이 팔짱을 끼고 렙베 주위에 인간 울타리를 만들었다. 남자들은 그 뒤에서 서로 밀치며 야단법석을 떨었다. 모두가 렙베 모셰를 만지고 악수를 하고 그의 머리와 몸을 덮은 아이보리색 기도 숄에 키스하고 싶어 했다. 혹은 늙어서 게슴츠레해진 그의 성스러운 눈을 들여다보고 싶어 했다. 등이 굽은 렙베가 두루마리를 가슴에 안고 보일 듯 말 듯 몸을 흔들기 시작했다. 구부정한 그의 몸에서 느껴지는 기운이 너무나 미약해서 전혀 특별한 사람처럼 보이지 않았다. 이 왜소한 노인에게 후광을 부여하는 것은 신이 아니라 유대인 회당을 가득 메운 사람들의 경외심이다. 나는 렙베보다 그를 보고 환희에 취한 군중의 아낌없는 헌신이 더 감탄스러웠다. 나도 그들 중 하나가 되고 싶은 마음도 들었다. 하지만 저 아래의 노인은 내 안에 절대적이고 의심할 여지없는 열의를 불러일으키기에는 너무 평범했다.

　세 번째 춤이 끝난 후 나는 자리에서 일어섰다. 동틀 녘 행사가 끝날 때까지는 네 번의 춤이 더 남아 있었다. 하지만 이미 새벽 3시 반이었고, 나는 원래 이렇게 늦은 시간에는 맥을 추지 못했다. 진심으로 원하지도 않는 자리를 두고 다른 여자들과 힘을 겨루는 데도 지쳤다. 지금이라도 캄캄한 어둠을 헤치고 집에 가야 한다. 나는 친구들에게 할머니가 집에 가자고 하신다는 핑계를 대고 먼저 가겠다고 인사했지만 어차피 들리지 않았을 것이다. 나는 초대 렙베의 하나뿐인 딸이 배 속의 아기와 함께 떠밀려 죽음을 맞았다는 바로 그 계단을 걸어 내려왔다. 다른 사람들이 탐내며 눈독을 들이던 렙베 자리를 물려받을 운명이었던 아기는 예정일이 몇 주 남지 않은 시점에 죽었다. 나는 혼자 계단을 내려가는 것이 싫었다. 렙베의 소중한 딸 로이즈가 나를 노려보고 있는 것만 같았다. 다른 사람들과는 달리 나는 그 이야기를 그냥 흘려들을 수 없었다. 그 아이의 고통은 내게 생생히 와닿았다. 그때는 사트마가 아직 신생 공동체였고, 렙베 자리는 욕심을 낼 만큼 명예롭지도 않았다. 그러나 지금은 렙베의 두 아들이 왕좌를 놓고 옥신각신하고 있다. 독실한 유대인을 자처하는 이 공동체에서 신이 유대인에게 명한 동포애는 어디로 갔는가?

할아버지는 과거 유럽에서는 렙베 자리를 놓고 싸움을 벌이는 일은 꿈도 꿀 수 없었다고 말씀하셨다. 오히려 많은 사람이 렙베의 지위를 고사했다. 진정으로 렙베가 될 자격이 있는 사람은 겸손한 사람이며, 권력이나 인정을 추구하지 않았다. 하지만 오늘날 렙베들은 기사가 모는 검정 캐딜락을 타고 다니면서 호화로운 자택을 짓고 개인용 미크바mikvah(정결 예식을 위한 유대인 의식 목욕탕이다-옮긴이)를 만들었다. 말하자면 그들은 하시딕 공동체의 연예인 같은 존재이다. 아이들은 렙베의 얼굴이 인쇄된 카드를 수집하고 렙베의 집안과 연줄이 있음을 자랑했다. 이렇게 자란 아이들은 커서 렙베나 렙베의 부인이 되기를 꿈꿨다.

나는 텅 빈 윌리엄스버그의 어두운 거리를 지나 집으로 걸음을 재촉했다. 간혹 크라운하이츠에서 온 루바비치파(러시아의 시골 마을인 루바비치에서 태동한 하시딕 공동체. 주로 브루클린 크라운하이츠에 모여 산다-옮긴이) 하시딕 유대인이 홀로 거리를 배회하는 것을 제외하면 거리에는 나 혼자였다. 집에 도착했을 때는 조금 전 가슴속에서 불타오른 신앙의 불꽃이 사라지고 없었다.

나는 렙베의 부인이 되고 싶었던 적이 없다. 그것이 할머니처럼 늘 남편에게 순종하며 살아야 한다는 뜻이라면 다 무슨 소용이란 말인가? 나는 힘을 간절히 원했지만 그 이유는 다른 사람을 내게 복종시키기 위해서가 아니라 나 자신의 주인이 되고 싶기 때문이다.

월요일에 학교에 가니 다들 심핫 토라를 깨끗이 잊은 듯했다. 앞으로 1년간 우리가 렙베를 만날 일은 없을 것이다. 유대인 회당을 방문할 일도 없을 것이고. 평소에 여자아이들은 유대교 회당에 가지 않고 집이나 학교에서 기도를 드린다. 우리가 어디서 어떻게 기도하는지는 중요하지 않다. 오직 남자들의 기도만 엄격히 조직되며, 그들의 기도만 중요했다.

우리는 평상시처럼 수업을 시작했다. 첫 시간에는 히브리어 기도서를 읽으며 아침 기도를 드렸다. 나는 맹렬한 속도로 기도를 읊는 다른 아이들에 비해 히브리어를 잘 읽거나 말하지 못했다. 그래서 대충 입술을 움직이고 가끔 소리도 가미하면서 기도하는 시늉만 했다. 어렸을 때는 기도마다 선율이 있어서 문구를 기억하는 데 도움이 되었다. 그런데 열두 살부터는 노래를 부르는 것이 철저히 금지되었다. 멜로디 없는 기도는 재미없었다. 다른 사람에게 들키지 않으려고 열심히 기도하는 척하긴 했지만 기도는 더 이상 내 안에 아무런 감정도 불러일으키지 않았다.

이제 본격적으로 새 학년이 시작되었다. 개학은 9월이었지만, 9월에는 로쉬 하샤나Rosh Hashanah(유대인의 새해 명절), 대속죄일, 초막절 등 여러 명절이 잇달아 있어서 실제로 등교한 날은 며칠에 불과했다. 지금은 10월 중순이고 당분간 연휴가 없는 긴 학기를 앞두고 있다. 나와 친구들은 마침내 고등학생이 되었다는 사실에서 위안을 얻었다.

널찍한 새 교실 벽에는 여기저기 흰 타일이 붙어 있었다. 들자 하니 이 교실은 예전에 화장실로 사용되었다고 했다. 배관을 완전히 제거하지 않아서 파이프가 벽 여기저기에 튀어나와 있었다. 이 건물은 원래 이스턴 디스트릭트 공립학교였는데, 사트마 유대인이 이 동네를 완전히 점령하면서 학군제가 제 기능을 하지 못하게 되었다. 이후 빈 건물을 사트마 탈무드 아카데미 연합United Talmudical Academy of Satmar이 사들여 여학생을 위한 사립학교로 개조했다.

이 거대한 고딕 양식 건물(건물을 장식하고 있던 괴물 석상들은 렙베에 의해 우상이라 선포되어 즉시 절단되었다)은 한 블록을 모두 차지하는 규모로, 교실이 80개가 넘었다. 개교한 지 반세기 가까이 지나면서 학생 수가 크게 불어났다. 칸막이로 나누어진 교실마다 30~40명이 속해 있었다. 우리 학년에서 학생 수가 가장 많은 우리 반(37명)은 큰 교실을 배정받은 덕분에 교실 뒤에 공기놀이와 비슷한 게임인 쿠글라흐kugelach를 할 공간이 있었다. 이것은 다섯 개의 황금색 금속 공깃돌을 다양한 조합으로 던지고 받는 놀이인데, 나는 보통 3단을 넘기지 못했다.

반 아이들이 다음 수업을 위해 책과 준비물을 꺼내는 동안 나는 창밖을 구경했다. 교실 창문으로 브루클린퀸스 고속도로가 보였다. 고속도로가 통과하는 작은 삼각형 블록에는 공공 도서관이 있다. 두꺼운 담쟁이넝쿨에 뒤덮인 붉은 벽돌 건물이 홀로 위풍당당하게 서 있었다. 넓은 3단 계단이 웅장한 고딕 양식 입구로 이어지는 도서관 출입구는 고속도로가 내려다보이는 디비전애비뉴 방향으로 나 있었다. 사트마 학생들은 이 도서관에 들어갈 수 없었다.

할아버지는 영어는 영혼에 스며드는 독약이라고 말씀하셨다. 영어를 읽고 말할 때마다 영혼이 더럽혀져서 더 이상 신성함을 받아들일 수 없게 된다고 했다. 할아버지는 신이 허락하신 우리 조상의 언어인 이디시어로만 말해야 한다고 고집하셨다. 하지만 이디시어는 독일어, 폴란드어, 러시아어, 히브리어, 그 밖의 다양한 지역어가 섞인 언어의 잡탕이다. 이 중 대부분은 한때 영어와 마찬가지로 세속적인 언어였다. 그런 이디시어가 어떻게 갑자기 순수하고 지당한 언어가 되었단 말인가?

나는 이제 머릿속 생각조차 이디시어로 하지 않는다. 할아버지가 요사한 뱀과 같다고 묘사한 책들이 나의 막역한 친구가 되었다. 나는 이미 타락했다. 그 사실을 숨기는 데 능숙해졌을 뿐이다. 나는 교실 창문 너머로 도서관을 바라보면서, 어쩌면 할아버지의 예견대로 그동안 읽은 책들로 인해 내 영혼이 타락한 것은 아닌지 생각했다. 그렇다면 내가 심핫 토라 때 렙베의 춤에 감동하지 않은 이유도 설명할 수 있다. 나는 오염된 것이다.

내가 저 금지된 건물에 마지막으로 숨어든 것은 열 살 때이다. 그때도 나는 다른 사람의 눈에 띄지 않는 것이 얼마나 중요한지 알고 있었다. 도서관 내부는 대부분 텅 비어 있었다. 거대한 방 안에는 오직 고요한 침묵만 존재했다. 나는 나를 감시하는 신의 시선을 두려워하며 몰래 도서관을 탐험했다. 하지만 지금 나는 잃을 것이 너무 많아졌기에 다시 그곳으로 들어갈 용기가 없다. 만약 그렇게 한다면 공들여 쌓은 사회적 지위가 무너져내릴 것이다. 미리엄 말카에게 들키기라도 한다면 그걸로 끝장이다. 한 번의 경솔한 실수로 3년이나 남은 학교생활을 망칠 수는 없다. 위험을 무릅쓰지 않고 두 마리 토끼를 잡을 방법을 찾아야 한다.

결국 나는 버스를 타고 30분이 걸리는 메이플턴 공공 도서관으로 갔다. 그곳에서는 누가 나를 알아볼 걱정 없이 천천히 책을 고를 수 있었다. 새 도서관 카드는 반짝반짝 윤이 나는 하얀 플라스틱에 도서관 로고가 찍혀 있었다. 나는 이 카드를 얇은 문고본과 함께 침대 매트리스 아래에 숨겼다.

*

교실이 갑자기 조용해지는 바람에 화들짝 몽상에서 깨어났다. 2교시를 담당하는 프리드먼 선생님이 문 앞에 서서 학생들이 자세를 바로잡기를 기다리고 있었다. 우리는 책상 옆에 똑바로 서서 선생님이 들어오실 때까지 대기해야 했다. 선생님은 창가에 선 나를 보고 헛기침을 했다. 얼굴이 달아오른 나는 황급히 자리로 돌아갔다. '벌써부터 찍히다니.'

프리드먼 선생님은 사트마 공동체의 왕족 집안 출신이다. 결혼 전 성은 타이텔바움이고, 렙베 가계에 속하는 운 좋은 사람 중 하나였다. 꽁꽁 싸맨 머리 스카프와 구부정한 어깨, 그리고 화장기가 전혀 없는 얼굴에서 성자다운 분위기가 물씬 풍겼다. 아이들은 그 위엄에 눌려 찍소리도 못 하고 바른 자세로 앉아 있었다.

선생님이 칠판에 데레크 에레츠Derech eretz(명예 규율)라고 히브리어로 큼직하게 썼다. 선생님은 앞으로 졸업할 때까지 하시딕 사회에서 기대되는 올바른 행실과 법도를 배울 것이라고 말했다.

"데레크 에레츠의 첫 번째이자 가장 기본적인 규칙은 손윗사람을 삼인칭으로 지칭해야 한다는 거예요. 예를 들어 연장자와 대화할 때 '선생님' 또는 '교장 선생님'이라고 해야 하는 것이죠. '당신'이라고 부르면 절대로 안 됩니다."

'할아버지도 내 손윗사람인데 어떻게 부르라는 말이지?' 나는 의아했다. "할아버지는 그의 차에 레몬을 넣어 드시겠어요?" 그리고 할머니는? 이런 식의 대화는 정이 없다. 명예 규율은 우리를 사랑하는 사람들에게서 멀어지게 하려고 고안된 게 확실하다. 명예 규율은 혈연이나 친분은 고려하지 않고 오직 나이만을 기준으로 삼은 규칙이다. 나는 그러고 싶지 않았다. 그런 식으로 내게 몇 안 되는 가까운 사람들과 거리를 둘 수는 없다.

수업이 시작된 지 5분쯤 지나자 나는 아무 생각 없이 멍해졌다. 선생님의 얼굴이 흐릿해지면서 입술의 움직임만 보일 뿐 아무 소리도 들리지 않게 되었다. 그런 상태로 몇 초밖에 지나지 않은 것 같은데 종이 울렸다. 그사이에 나는 머릿속에서 내 미래의 성을 짓고, 거기에 풍성한 벨벳과 오크로 장식한 서재, 그리고 나니아 왕국으로 통하는 옷장을 채워넣었다. 언젠가 나도 옷장 뒤에서 꿈같은 세상을 발견할 수 있을 것이라는 기대는 진즉에 접었다. 다만 내가 속한 이곳의 바깥세상에는 근사한 미래가 기다릴 것이라는 희망만큼은 버리지 않았다.

창문도 없는 삭막한 구내식당에서 점심을 먹고 교실로 돌아왔다. 다음 시간은 내가 제일 좋아하는 영어 수업이다. 하지만 이름과 달리 이 시간에는 법으로 규정된 비종교 과목을 매일 짧게 가르쳤다. 이 수업은 학교에서 내가 유일하게 빛나는 시간이었다.

영어 선생님들은 버러파크에서 온 소위 '모던 걸'이다. 대학 졸업생은 아니지만 정식 고등학교 졸업장을 갖고 있었다. 샤트마 학교 졸업생보다 더 많이 배운 모던 걸들은 우리보다 덜 보수적인 하시딕 환경에서 자랐다. 우리는 전통적 교육과 종교를 등한시하는 그들을 존경하지 않았다. 그 덕분에 영어 시간에는 나쁜 행동을 해도 크게 야단맞지 않았다.

맨들바움 선생님은 큰 키에 머리는 밝은 금발을 포니테일로 묶었다. 선생님은 망측하게도 분홍색이 도는 립글로스를 즐겨 발랐고, 웃을 때 이와 잇몸이 훤히 드러났다. 항상 쉰 목소리로 말하는 그녀는 학생들의 환심을 사고 싶어서 긴장한 모습이 역력했다. 맨들바움 선생님은 문학과 독해를 가르쳤다. 오늘은 학교의 검열을 거쳐 상당 부분이 삭제된 다섯 페이지짜리 단편 소설을 가지고 왔다.

반 아이들이 영어를 잘 읽지 못했기 때문에 단편을 모두 낭독하는 데 시간이 오래 걸렸다. 일주일에 한 번씩 미국 초등학교 4학년 수준의 교재를 읽는 수업을 제외하면 영어를 접할 기회가 없었기 때문이다. 나는 그런 문학 수업이 지루해서 견딜 수 없었다. 유인물을 받고 2분이면 다 읽을 수 있는데, 그러고 나면 나머지 시간을 다른 아이들이 더듬거리며 읽는 소리를 들으며 보내야 했기 때문이다. 10분쯤 아무 방해도 받지 않고 몽상에 빠져 있으려니 맨들바움 선생님이 창밖을 바라보고 있는 나를 발견했다. 프리멧이 영어 단어를 더듬거리는 동안 선생님은 내게 수업에 집중하라는 표시로 손에 든 유인물을 손가락으로 가리켰다. 나는 이미 다 읽었다고 손짓했다. 그 모습을 본 선생님은 내가 자신을 무시하고 거짓말을 한다고 생각했다. 영어를 읽을 줄 모르면서 다 읽은 척하는 멍청이라고 여긴 거겠지. 선생님은 프리멧에게 그만 읽으라고 지시했다.

"데버라, 이제 네가 읽어보렴."

"좋아요. 어디부터 읽을까요?"

내 앞에 앉은 루시가 읽어야 할 부분을 알려주었다. 나는 검열로 군데군데 삭제된 책을 읽기 시작했다. 두 문장을 읽은 후, 나는 맨들바움 선생님의 놀란 표정을 힐끗 쳐다보았다. 버러파크에서 온 그녀는 내가 어떻게 영어를 완벽하게 구사할 수 있게 되었는지 궁금해하는 기색이 역력했다.

내 영어 실력을 알고 있던 반 아이들은 이 상황을 즐겼다. 아이들은 내가 크고 생동감 넘치는 목소리로 감정을 실어서 영어로 말하는 것을 좋아했다. 하지만 맨들바움 선생님은 약이 바짝 오른 표정이다.

"그래, 네게 이 수업이 필요 없는 건 확실하구나. 하지만 다른 학생들은 연습이 필요하니까 모두에게 기회를 줘야겠지?"

엣지가 평소처럼 들릴 듯 말 듯한 목소리로 교재를 읽기 시작하자 반 아이들이 신음 소리를 냈다. 그 애는 실수를 해도 들리지 않도록 작은 소리로 책을 읽었다. 맨들바움 선생님은 더 크게 소리 내라고 명령했지만, 그래 봐야 별 수 없다는 걸 아는 우리는 히죽거렸다. 엣지는 어깨를 잔뜩 구부리고 볼을 빨갛게 물들이면서 수줍음을 타는 척해서 결국 선생님이 포기하도록 만들었다. 나는 몰래 미소 지었다. 교실 안에서 게임이 시작된 것이다.

맨들바움 선생님이 한 사람씩 지목하며 크고 또박또박하게 읽으라고 지시했지만 학생들은 엣지가 한 행동을 반복했다. 결국 선생님은 다시 나를 시킬 수밖에 없었고, 나는 득의양양하게 실력을 과시했다. 다른 아이들은 손으로 얼굴을 가리고 웃겨죽을 것 같다는 표정을 지었다.

이것이 내가 친구들의 인기를 얻은 비결이다. 나는 영어 시간에 고분고분한 학생이 될 의사가 전혀 없었다. 똑같은 행동을 이디시어 시간에 했다면 교실에서 따돌림을 당했겠지만 영어 시간은 내가 영웅 혹은 악동의 명성을 얻을 기회였다. 어차피 이 수업에서 중요한 무언가를 배우는 것도 아니다.

하교 종이 울린 뒤 나는 가방을 움켜쥐고 1층까지 잽싸게 뛰어 내려갔다. 마시애비뉴는 집으로 돌아가는 학생들로 가득 차 있었다. 조용히 이야기를 나누면서 걷던 학생들은 남자와 마주칠 때면 인도 아래로 내려가 길을 피해주었다.

평소처럼 집에는 아무도 없었다. 할머니는 요양원 환자의 식사를 돕는 봉사활동에 가셨고, 덕분에 나는 방에서 편안히 책을 읽을 수 있었다. 나는 루이자 메이 올컷의 『작은 아씨들Little Women』을 펼쳤다. 책 속의 네 딸 가운데 조가 마음에 들었다.

몇 분 안 지난 것 같은데 계단에서 할아버지의 무거운 발걸음 소리가 들렸다. 나는 재빨리 책을 매트리스 아래에 숨긴 다음 시트를 매트리스 밑으로 접어 넣었다.

'나는 착한 아이야, 나는 착한 아이야, 나는 착한 아이야.'

나는 착한 아이처럼 온순하고 공손한 표정을 지었다. 때때로 날카로운 푸른 눈과 새하얗게 빛나는 수염을 가진 할아버지가 나의 가면을 꿰뚫어보실까 봐 두려웠다. 할아버지가 내 진실을 알게 된다고 생각하면 견딜 수 없었다. 이제 나는 할아버지가 그토록 염원하던 참한 소녀가 아니기 때문이다.

＊

　　새 스타킹은 뒤에 두꺼운 갈색 솔기가 나 있다. 솔기가 있는 스타킹은 고등학생이 되어야 신을 수 있기 때문에 이제 누구나 내가 고등학생이라는 사실을 알 수 있다. 원래는 10학년부터 이 스타킹을 신지만, 렙베가 9학년부터 신도록 규정을 바꾸었다. 선생님은 다른 사람이 스타킹을 맨살로 착각하지 않게 하기 위해 솔기를 붙인 것이라고 했다. 하지만 내 피부는 이렇게 흰데 누가 커피색 스타킹을 맨살로 착각한다는 것인지 모를 일이다.

　　다른 아이들처럼 새 스타킹에 갈색 가죽 페니 로퍼를 신은 내 발목이 날씬하고 예뻐 보였다. 내가 벌써 고등학생이라는 사실이 믿기지 않았다. 졸업까지 3년밖에 남지 않았고, 4년 후면 누군가의 아내가 되어 있을지도 모른다.

　　고등학교 선생님들은 전에 나를 가르친 적이 없는데도 모두 나를 아는 것 같았다. 그들은 내가 부모님과 함께 살지 않는다는 이유로 내게 특별한 관심을 기울였다. 우리 반에 부모님과 살지 않는 아이는 나밖에 없었다. 학년 전체를 봐도 어렸을 때 부모님이 돌아가셔서 고모와 함께 사는 라이자 루시 할페른을 제외하면 내가 유일했다. 다들 뒤에서 라이자를 딱한 애나 가여운 애라고 불렀기 때문에 나도 그렇게 불리고 있을까 봐 가끔 두려웠다. 나는 불쌍한 아이, 돌봄이 필요한 하찮은 아이로 대우받고 싶지 않았다.

　　"제발 저를 자선의 대상으로 만들지 말아주세요." 하루는 선생님이 수업이 끝난 뒤에 다가와 혹시 얘기할 사람이 필요한지 묻기에 이렇게 대답했다. 나는 이 상황을 견디기 힘들었다. 친구들 중에는 언니가 약혼한 아이도 있었다. 사람들은 내가 정상적인 부모님이 없어서 결혼하기 힘들다는 것을 알았고, 그것은 내 처지가 남과 다름을 의미했다. 모두 알지만 입 밖으로 말하지 않는 이 차이가 모두를 불편하게 만들었다.

엣지 오버랜더는 집에 스물두 살인데도 미혼인 언니가 있었다. 언니는 큰오빠가 결혼할 때까지 기다리다가 결혼 적령기가 지났다. 오버랜더 가족처럼 괜찮은 집안의 사람도, 돈이 많은 집안의 사람도 스물둘 된 여자를 결혼시키는 일은 쉽지 않았다.

비정상적인 부모가 혼삿길을 막고 있는 나는 결혼하기 힘들 것이다. 나는 길에서 커피로 얼룩진 셔츠를 바지 안에 대충 구겨 넣고 손을 흔들며 다가오는 아빠를 만날 때마다 못 본 척하고 지나갔다. 게다가 엄마는 우리 공동체를 떠났다. 내가 엄마의 정신병을 물려받지 않았다고 누가 보장해준단 말인가? 미치지 않고서야 누가 엄마처럼 신이 정한 방식을 거부한단 말인가?

다행스럽게도 나에게는 혼삿길을 막을 언니는 없다. 할아버지는 내가 열여섯 살이 되면 중매를 알아보기 시작하실 것이다. 나는 할아버지가 오래 기다리지 않으리라는 것도 알고 있었다.

뿌리가 없는 사람은 물려받을 유산도 없다. 우리의 모든 가치는 우리 조상의 가치에 의해 결정된다. 그렇기 때문에 자식에게 물려줄 명성을 구축하려고 노력하는 것이다. 물려줄 명성이 없는 나를 누가 원하겠는가? 엄마는 이미 수년 전에 떠났고, 그 일은 지금도 여러 사람의 입에 오르내린다. 나는 불명예를 지고 가야 한다.

"나쁜 일은 왜 일어나는 건가요?" 나는 할머니에게 물었다. "하셈으로부터 비롯된 건가요?"

"아니, 하셈이 아니야. 사탄의 짓이란다." 설거지한 접시를 내게 건네주던 할머니가 말씀하셨다. "나쁜 일은 다 사탄 때문에 일어나는 거란다."

그렇다면 사탄이 아빠의 정신을 심통 난 어린이 수준에 머물게 만들어 자신과 자식을 돌볼 수 없게 한 것인가? 내가 업둥이 처지가 되고, 나이 든 할아버지 할머니가 나를 맡아 키우시는 것도 사탄의 계략인가? 이해가 되지 않았다. 하솀은 전지전능한데 어떻게 사탄이 마음대로 일을 꾸미고 다닐 수 있단 말인가? 하솀이 모든 것을 창조하셨다면 사탄도 창조하셨을 것이다. 왜 그렇게 끔찍한 존재를 만드셨을까?

"히틀러의 발은 닭발이었던 걸 아니? 그래서 절대 신발을 벗지 않은 거야. 자기가 악령이라는 사실을 사람들이 알지 못하도록." 할머니가 수십 년의 가사노동으로 굳은살이 박인 손으로 무쇠 프라이팬에 눌어붙은 닭고기를 긁어내면서 말씀하셨다. 하지만 나는 이 세상이 신체의 기형으로 선악을 구별할 수 있는 단순한 곳이 아니라고 생각한다. 세상은 그런 식으로 돌아가지 않는다. 악한 사람도 우리와 똑같이 생겼다. 고작 신발로는 진실을 감출 수 없다.

학교에서는 스스로 깨달음을 얻은 유대인을 벌하기 위해 신이 히틀러를 이 세상에 보냈다고 가르쳤다. 히틀러는 선택받은 민족이라는 멍에를 벗어버릴 수 있다고 생각했던 동화된 유대인을 모조리 제거하고 우리를 정화하기 위해 이 세상에 왔다. 그리고 이제 우리가 그들을 대신해 신께 속죄해야 한다.

사트마 공동체를 조직한 가장 위대한 렙베는 우리가 옛날처럼 훌륭한 유대인으로 거듭나면 신께서 흡족하시어 홀로코스트 같은 일이 다시 일어나지 않을 거라고 말했다. 하지만 두꺼운 스타킹이나 긴치마 따위로 어떻게 신을 기쁘게 할 수 있단 말인가?

할머니는 재앙이 다시 올 수 있다고 염려하셨다. 사람들은 잊고 있지만 수 세기에 걸쳐 유대인들에게 홀로코스트 같은 일이 50년 주기로 반복됐다. 할머니는 이제 슬슬 또 다른 사건이 일어날 때가 되었다고 말씀하셨다. 포그롬(러시아제국에서 비유대인이 유대인에게 자행한 폭력과 학살을 뜻한다-옮긴이), 십자군전쟁, 종교재판 등이 모두 마찬가지였다. 할머니는 재앙을 막을 수 없다고 이야기하셨다. 하지만 할머니는 사트마 렙베가 모든 재앙으로부터 우리를 구할 수 있다고 믿는 할아버지 앞에서는 절대로 이 말을 하지 않았다. 렙베는 기적적으로 강제 수용소에서 구조되지 않았던가. 우리 공동체는 매년 그날을 기념했다.

할머니는 모두가 유대인을 증오한다고, 자기는 아닌 척하는 사람도 다 마찬가지라고 말씀하셨다. 신께서 세상을 그렇게 만드셔서 어쩔 수 없는 일이며, 비유대인이 아무리 친절해 보여도 절대로 믿지 말라고 경고하셨다.

나는 아직 어리고 아무 짓도 하지 않았는데 벌써부터 세상 모든 사람들의 증오를 받는다고 생각하니 기분이 이상했다. 엄마는 이제 비유대인이다. 그럼 엄마도 다른 사람들처럼 나를 증오할까?

할머니는 내 질문에 코웃음을 치셨다. "유대인은 아무리 애써도 비유대인이 될 수 없어." 그렇다. 아무리 그 사람들처럼 옷을 입고 말하고 살아도 유대인이라는 정체성은 결코 지울 수 없다. 히틀러도 그 사실을 알았다.

*

　거리의 차 소리가 잦아든 늦은 밤, 나는 반으로 접은 베개를 껴안고 웅크린 채로 신에게 나를 사랑하시는지 물었다. 신이 또 다른 악령, 또 다른 히틀러를 보내 나를 죽이려는 것일까? 내 배 속에 이런 격렬한 통증을 심어놓은 것은 신인가, 사탄인가?

　나는 모두에게 버림받은 기분이었다. 부모님에게는 물론이고, 그들의 자식이기에 가문의 수치라며 나를 거부하고 멸시하는 친척 어른과 사촌들에게, 그리고 무엇보다도 나를 이곳에 두고 까맣게 잊어버린 것이 틀림없는 신에게 버림받은 것 같았다. 신의 사랑을 받지 못하는 아이가 어떻게 행복해질 수 있을까?

　꿈에서 나치 친위대 유니폼을 입고 복면을 쓴 장교들이 말을 타고 윌리엄스버그를 질주했다. 달아나는 인파에 휩쓸려 어쩔 줄 모르고 있는데 갑자기 헬리콥터 소리가 들렸다. 하늘을 올려다보니 엄마가 나를 구하러 오고 있었다. 우리는 밝아오는 새벽하늘을 향해 날아갔다. 나는 겁에 질린 사람들의 무리를 내려다보며 마침내 안전하다고 느꼈다.

　그때 거리에서 들려오는 고함 소리가 나를 깨웠다. 자명종 시계를 보니 새벽 3시였다. 창가로 다가가니 옆방의 할머니와 할아버지도 창밖을 내다보고 계셨다. 거리에서 흰 파자마와 슬리퍼 차림의 남자들이 미친 듯이 뛰어가며 소리쳤다. "저놈 잡아라! 저놈 잡아라!"

　한밤중에 우리 동네에 침입자가 들어온 모양이다. 저놈 잡으라는 목소리가 동네에 울려 퍼지면서 점점 많은 남자들이 파자마 차림으로 추격에 합류했다.

"무슨 일이에요?" 나는 창문으로 할머니에게 물었다.

"도이치 부인의 아파트에 도둑이 들어서 은 식기를 죄다 훔쳐 갔다지 뭐니." 할머니가 충격을 받은 표정으로 고개를 가로저으며 대답하셨다. "한 무리의 흑인이 브로드웨이에서 건너온 모양이야."

브로드웨이는 철도 건너편의 흑인 구역인데 우리는 그곳을 돌아다니는 것이 금지되어 있었다. 고가도로는 방치된 공장과 창고가 잡초처럼 돋아나는 이 지역에서 유대인과 다른 사람들의 경계를 구분하는 장벽 역할을 했다. "이렇게 흉한 윌리엄스버그에 하층 계급이 아니면 누가 와서 살고 싶겠니?"

하지만 유대인은 하층민 가운데에서도 비교적 잘살았다. 할머니는 남들이 우리를 가난하고 우둔한 사람들로 여기는 편이 시샘과 적의를 사지 않아 좋다고 말씀하셨다. 과거 유럽에서는 비유대인이 자신들보다 돈을 잘 벌고 더 좋은 교육을 받는 주제넘은 유대인에게 분노했다고 하셨다.

등에 형광 로고가 새겨진 방탄조끼를 입은 쇼므림shomrim(유대인 공동체의 파수꾼이다-옮긴이)이 옆집으로 오토바이를 타고 왔다. 이어서 수염을 기른 남자 세 명이 흑인 남자아이를 질질 끌고 왔다.

"열네 살도 안 된 것 같네." 붙잡힌 범인을 내려다보던 할머니가 탄식하셨다. "왜 도둑질을 해야만 했을까? 갱단에 들어갈 자격을 얻으려고? 참 슬픈 일이구나."

쇼므림 무리가 바들바들 떨고 있는 소년을 둘러쌌다. 그리고 무자비한 발길질이 이어졌다. 소년은 흐느끼며 소리쳤다. "저는 아무 짓도 안 했어요. 맹세해요! 아무 짓도 안 했다고요!"

발길질은 끝날 기미가 보이지 않았다. "네가 여기 와서 마음 대로 할 수 있을 줄 알았어? 네 친구들에게 거들먹거리려고? 봐라, 지금 네 친구들은 어디 있니!" 그들은 흑인 소년을 조롱했다. "더러운 자식. 어림도 없지. 경찰은 부르지 않겠지만 우리가 제대로 손을 봐줄 거다. 알겠느냐?"

"네, 네, 알겠어요." 소년이 울부짖었다. "제발 보내주세요. 전 아무 짓도 안 했어요."

"한 번 더 붙잡히면 죽여버린다. 알아들었어? 죽여버릴 거야. 가서 친구들에게도 전해. 다시는 여기에 얼씬도 하지 말라고. 또 얼씬대면 너희들의 검은 영혼을 지옥에 던져버리겠어!"

그들이 뒤로 물러났다. 소년은 몸을 일으켜 어두운 거리로 달아났다. 쇼프림은 번쩍이는 방탄조끼를 탁탁 털고 오토바이에 올라탔다. 15분간의 소란 후 거리는 다시 무덤처럼 고요해졌다. 구역질이 날 것 같았다.

할머니가 창문을 닫으며 단속하셨다. "우리 자경단이 있어서 얼마나 다행이냐. 진짜 경찰은 나무에서 떨어지는 열매조차 못 잡는데. 우리에겐 의지할 사람이 아무도 없단다, 데버라. 우리 자신 외에는 누구에게도 의지할 수 없어. 그걸 잊지 말아라."

나는 다시 한번 부적절한 대상에게 동정심을 느낀 것을 자책했다. 흑인 소년을 불쌍하게 여겨서는 안 된다. 그는 우리의 적이다. 나는 무서운 일을 당하고 소중한 가보를 도난당한 도이치 부인에게 연민을 느껴야 한다. 이 사실을 상기하면서 뺨에 흘러내리는 부끄러운 눈물을 훔쳤다. 어두워서 아무도 눈물을 보지 못한 것이 다행이었다.

아빠가 쿵쾅거리며 계단을 올라와서 현관문을 쾅쾅 두드렸다. "엄마!" 문밖에서 흥분한 목소리가 들렸다. "봤어요? 방금 전 사건 봤어요?"

할머니가 문을 열자 구깃구깃 지저분한 파자마를 입은 아빠가 맨발을 동동거리며 서 있었다. "내가 쫓아갔어요!" 아빠가 의기양양하게 외쳤다. "그놈을 잡았을 때 나도 거기 있었어요." 할머니가 한숨을 내쉬었다. "신발도 안 신고 뭐 하러 쫓아갔니, 시아?" 발톱에서 흘러나온 피가 도어 매트에 스며드는데도 아빠는 개의치 않고 백치처럼 히죽거릴 뿐이었다.

"집에 가거라, 시아." 할아버지가 슬픈 목소리로 타이르셨다. "가서 그만 자거라." 할아버지는 침통한 표정으로 아빠가 서 있는 현관문을 가만히 닫았다. 아빠의 발소리가 멀어진 후에도 할아버지는 문고리를 놓지 못했다.

✳

나는 아빠를 피하려고 애썼다. 아빠와 거리를 둬야 그의 정신장애와 괴팍한 행동이 야기하는 수치를 모면할 수 있기 때문이다. 안식일에 친구들과 거리를 걷다가 후퍼스트리트에서 턱에 긴 털이 난 컵케이크 장수 아주머니를 보거나, 키프스트리트와 리애비뉴가 만나는 길목에서 냄새가 고약한 담배를 피우는 미치광이 골리를 지나칠 때면 마음이 몹시 불편했다. 친구들은 눈살을 찌푸리며 그들을 피하려고 길을 건넜다. 나는 만약 친구들이 리애비뉴에서 아빠와 마주친다면 어떻게 행동할지 궁금했다. 어쩌면 내 아빠라는 사실을 모른 채 이미 피한 적이 있는지도 모른다.

무엇보다도 이런 온갖 악조건이 주어진 내 인생에 화가 났다. 부모가 이혼하고 엄마가 비유대인이 된 것도 모자라서 미친 아빠까지 감당해야 한단 말인가? 아무리 완벽한 아이가 되려고 노력해도, 아무리 남들처럼 되려고 애를 써도 그가 내 아버지라는 사실은 달라지지 않기 때문에 절망스러웠다.

나와 전혀 닮지 않은 자가 어째서 내 아빠인지 알 수 없었고, 무엇보다도 왜 집안사람 누구도 아빠가 치료를 받도록 돕지 않는지 이해할 수 없었다. 그들은 내가 느끼는 수치심은 안중에도 없이 아빠가 거리를 배회하도록 내버려두었다.

할머니는 속 썩이는 자식은 벌이라고 말씀하셨다. 할아버지는 그런 자식은 신이 주신 시험이라고 하셨다. 문제를 해결하려 한다면 신이 내린 고통을 피하는 셈이 된다. 뿐만 아니라 할머니는 문제의 원인을 파헤치기 시작하면 그 문제에 무서운 이름표가 붙고, 그러면 모든 사람이 알게 된다고 하셨다. "의사에게 문제가 있다고 진단받은 아들이 있으면 누가 그의 형제들과 결혼하려고 하겠니? 모르는 게 낫다. 그저 신의 계획을 받아들이는 게 낫지." 할머니는 그렇게 토로하셨다.

그들은 나름의 방식으로 최선을 다했다. 스물네 살이 될 때까지 아빠에게 중매가 들어오지 않자 할머니와 할아버지는 해외에서 신부를 찾기 시작했다. 더 나은 삶을 꿈꾸며 미국으로 오고 싶어 하는 젊은 유대인 여성이 그 대상이었다. 내 가족은 브라운스톤 건물 3층에 방 일곱 개짜리 집을 마련한 후 원목 마루를 새로 깔고 우아한 벽지를 바르고 안락한 가구와 화려한 양탄자를 채워 넣었다. 돈은 문제가 되지 않았다. 그들은 결혼식 비용과 비행기 삯을 모두 부담하고 신부가 원하는 것은 무엇이든 사주겠다고 했다. 그렇게 해서 찾은 사람이 나의 엄마다. 가난한 이혼녀의 딸로 자라서 런던의 한 후원자가 주는 장학금을 받으며 유대인 여학교에 다니던 엄마는 과거를 훌훌 털고 온갖 가능성이 기다리는 새로운 세상으로 갈 기회를 덥석 잡았다.

나를 거두기 전에 할머니와 할아버지는 이제 양육의 의무는 다 끝났다고 여기셨을 것이다. 하지만 내가 태어나고 얼마 지나지 않아 부모님의 결혼 생활이 삐걱거리기 시작했다. 엄마가 대학에 진학하는 꿈을 좇아 떠나버리자 조부모님이 나를 떠맡게 되었다. 이것도 할머니와 할아버지에게 내려진 벌이었을까? 할아버지에게 내 존재란 영적 기쁨을 누릴 기회를 제공하는 또 다른 고난에 불과한 것일까?

나는 책에 등장하는 완벽한 부모를 골라 그들의 아이로 태어났다면 내 삶이 어땠을지 상상해보곤 했다. 캐노피 침대, 분홍색 벽지, 창밖으로 파란 잔디밭이 보이는 집에서 산다는 건 어떤 기분일까? 상상 속 부모님은 내게 치아 교정을 시켜주고 근사한 옷을 사줄 것이다. 나는 진짜 학교에 다닐 것이고, 어쩌면 대학에도 갈 수 있으리라. 테니스를 치고 자전거도 타겠지. 그리고 나에게 조용히 말하라고 강요하는 사람도 없을 테지.

안식일이 되면 섬처럼 고립된 내 처지가 평소보다 더 뼈저리게 느껴졌다. 내게는 돌봐야 할 동생, 찾아갈 언니 오빠도 없었다. 안식일은 가족과 함께 보내는 날인데 내게는 가족이 조부모님뿐이었다. 그래서 나는 늘 집에 손님이 오기를 고대했다. 가끔 결혼한 사촌이 할머니와 할아버지를 뵈러 왔고, 그러면 나는 잠시나마 지루함에서 벗어날 수 있었다.

하지만 사촌들이 아이를 낳기 시작하면서 방문이 뚝 끊겼다. 안식일에는 물건을 운반하는 일이 금지되기 때문이다. 유모차를 사용할 수 없게 된 아기 엄마들은 안식일이 끝날 때까지 꼼짝없이 집에만 머물러야 했다. 지난 몇 주간 안식일 만찬 자리에서 이 문제가 뜨거운 논쟁거리였다. 최근에 윌리엄스버그의 한 랍비가 새로운 에루브eiruv를 적용하여 안식일에도 물건을 운반할 수 있다고 결정했기 때문이다. 유대법은 공적 영역에서 물건 운반하기를 금한다. 하지만 상징적 울타리인 에루브를 치면 그 구역은 사적 영역으로 간주되어 아기나 집 열쇠, 그 밖의 다른 필요한 물건을 지니고 다니는 것이 허락된다.

다른 랍비들은 새 에루브가 유대교 율법에 어긋난다고 반박했다. 그들은 브루클린 같은 곳에서 '사적 영역'을 만들 방법은 없다고 주장했다. 나는 왜 이걸 두고 논쟁하는지 이해할 수 없었지만, 요즘 다들 이 얘기만 한다는 것은 잘 알고 있었다.

처음에는 누구도 에루브를 사용하지 않았다. 밤마다 온 동네 벽에 새 그라피티가 생기는 곳에서 에루브가 손상되지 않고 제자리에 걸려 있을지 의문이었기 때문이다. 하지만 점차 더 많은 랍비가 에루브를 승인하면서 안식일 오후에 길에서 유모차를 밀고 가는 여자들이 등장하기 시작했다. 그 모습을 보고 격분한 하시딕 남자들은 여자들이 지나가면 소리를 질러댔다. 그들은 여자들이 안식일 법을 어기고 있다고 생각했다. 어떤 이는 돌을 던지기도 했다고 할아버지가 분노하며 말씀하셨다. "그 자식들은 할라카에 관심이 있는 것이 아니다. 그저 소리 지를 평계가 필요했던 거지."

할아버지는 직접 이 문제를 폭넓게 검토한 후 에루브는 합법 이라고 결론 내리셨다. 나는 탈무드 지식과 열린 마음을 모두 가진 할아버지를 존경했다. 할아버지는 다른 랍비처럼 그저 금지하기 위해 금지하는 법이 없었다. 할아버지는 유연한 랍비가 좋은 랍비라고 가르치셨다. 반면 탈무드 지식이 부족한 랍비는 자신의 능력에 대한 확신이 없기 때문에 늘 엄격한 쪽으로 기울었다.

하지만 할아버지는 내게는 에루브를 사용하지 말라고 말씀 하셨다. 만일 다른 사람이 그것을 죄라 여기면 나는 '다른 사람이 사실을 잘못 판단하게 만든 죄'를 짓는 것이라고 하셨다. 할아버지 는 그런 독선적인 분노가 자신의 가족에게 향하길 원치 않으셨다. 나는 어차피 데리고 다닐 아기가 있는 것도 아니라 크게 개의치 않 았다.

＊

2001년 9월 11일 화요일, 아침에 늦게 일어난 나는 세 블록 떨어진 학교를 향해 부리나케 걸어가고 있었다. 모퉁이를 돌아 해 리슨애비뉴로 접어들자 뭔가 낌새가 이상했다. 별안간 불길한 회색 먼지 구름이 건물 지붕 위로 무겁게 가라앉아 있었다. 교실에 도착 하니 창문이 활짝 열려 있었다. 평소에는 거리 소음 때문에 선생님 의 목소리가 잘 들리지 않을 정도여서 수업 시간에는 창문을 닫아 야 했는데 오늘은 기이할 정도로 조용했다. 굴착기 소리도, 경적 소 리도, 트럭이 지나가는 소리도 들리지 않았다.

오후 1시가 되자 교실 스피커가 지지직거렸다. "학생들은 집으로 돌아가세요. 차분하게 줄 서서 나가세요. 먼 곳에 사는 학생들을 위한 버스가 밖에 대기하고 있습니다. 다시 등교하는 날은 따로 통보하겠습니다."

나는 혼란에 빠져 반 아이들을 둘러보았다. 학교가 문을 닫은 건 화재 같은 비상사태가 일어났을 때뿐이다. 하지만 비상사태를 알리는 경보는 울리지 않았다. 왜 우리를 집으로 보내는 거지? 대부분의 아이들은 그저 학교가 빨리 끝난 게 좋아서 이유를 물을 생각도 하지 않고 키득거리며 가방을 싸고 복도에 줄을 섰다. 이유를 궁금해하는 사람은 나뿐인 것 같았다.

나는 곰곰이 생각에 잠겨 집으로 걸어갔다. 할아버지는 내 말을 믿지 않으실 텐데. 학교를 빼먹으려고 거짓말한다고 생각하실 것이다. 갑자기 돌아가라고 했다고? 말도 안 되는 소리 같았다.

조용히 현관을 열고 살금살금 걸어가며 보니 사무실에 할아버지가 안 계셨다. 사무실 문이 활짝 열려 있었지만 책상은 비어 있었다. 위층에 올라가니 할머니가 부엌에서 할라빵 반죽을 치대고 계셨다. 귀와 어깨 사이에 전화기를 끼우고 통화 중인 할머니는 내게 아무 말도 하지 않았다. 할머니는 별말 없이 이따금 고개를 끄덕이면서 "왜?", "어떻게?" 같은 질문만 하셨다.

계단을 올라오는 할아버지의 무거운 발걸음 소리가 들렸다. 손에 신문을 들고 계셨다. 할아버지는 절대 집에 일반 신문을 가져오시는 법이 없었고, 때때로 주식 현황을 알고 싶으면 브로드웨이 건너편의 멕시코 식품 잡화점에 가서 『월스트리트저널The Wall Street Journal』 경제면을 읽으셨다. 나는 할아버지가 왜 신문을 갖고 오셨는지 의아했다.

　할아버지는 할머니에게 전화기를 내려놓으라고 손짓하셨다. "이것 좀 보오." 할아버지가 식탁에 신문을 펼치며 말씀하셨다. 1면에는 세계무역센터가 불타는 사진이 있었다.

　"이게 뭐예요?" 내가 물었다.

　"테러 공격이다. 오늘 아침에 일어난 일이야. 믿어지느냐? 비행기가 트윈 타워에 충돌했다는구나."

　"오늘 아침에요?" 나는 믿기지 않아 되물었다. "아침 몇 시요?" 지금은 오후 2시 15분이다.

　"8시였어. 뉴스를 듣게 나가서 라디오를 사 와야겠다."

　나는 어안이 벙벙했다. 할아버지가 라디오를 찾을 정도라면 심각한 상황이 분명하다. 그래서 학교도 문을 닫은 것이다. 그날 우리는 작은 라디오 주변에 모여 방송을 들으며 오후를 보냈다. "오늘 오전 8시 46분, 비행기가 첫 번째 타워에 충돌했습니다."

　"그들은 유대인을 비난할 거요." 할아버지가 고개를 저으며 우려하셨다. "늘 그런 식이니까."

　"유대인의 잘못이 아니죠." 할머니가 답하셨다. "이스라엘의 잘못이지 유대인의 잘못은 아니에요."

　"프레이다, 모르겠소? 그들은 유대인과 이스라엘은 같은 것이라고 생각하오."

　할머니는 또 다른 홀로코스트가 벌어질 것이라고 생각하셨다. 폭동이 일어나고 미국인들이 유대인을 죄다 추방하고 싶어할 것이며, 늘 이런 일이 생길 걸 알고 있었다고 말씀하셨다.

　"회개하거라." 할머니가 내게 간청하셨다. "속죄일에 맞춰 회개해야 해. 세상이 한순간에 뒤집어질 수도 있어."

업스테이트 뉴욕의 소규모 하시딕 유대인 거주지인 뉴스퀘어에서 물고기가 말을 했다는 소문이 들렸다. 도마 위에서 퍼덕이던 잉어가 속죄하지 않으면 큰 벌이 내릴 것이라고 경고했고, 이 소식에 사람들이 크게 동요했다. 들리는 바에 의하면 생선 가게 주인은 잉어를 손질하고 있었다. 그가 물고기 머리에 큼직한 식칼을 내려치려는 순간 물고기가 말을 했다. 목격자도 있었다. 수산 시장에서 일하는 유대인과 비유대인이 한 목소리로 물고기가 말하는 것을 똑똑히 들었다고 주장했다. 물고기는 자신의 이름을 밝힌 뒤, 신께서 여전히 너희를 지켜보고 계시며 유대인의 비행을 경고하기 위해 자신을 보냈노라고 선포했다. "용서를 구하라. 그렇게 하지 않으면 파괴가 너희 위로 비처럼 쏟아질 것이다."

이 소문이 속죄일 직전에 퍼졌기 때문에 더욱 그럴듯하게 들렸다. 이것이 우리에 대한 경고가 아니면 무엇이란 말인가? 진정 회개할 때였다. 바로 우리 가운데에서 환생의 증거가 나타나지 않았는가.

물고기 이야기는 세부 사항이 계속 바뀌면서 빠르게 퍼졌다. 매일 누군가가 우리 집에 와서 새로운 버전을 들려주고 갔다. 하지만 무엇이 사실인지는 중요하지 않았다. 이야기의 핵심은 변하지 않았기 때문이다. 만일 물고기가 말을 했다면 그 입에서 나온 말은 모두 사실이리라. 두려운 일이 아닐 수 없다. 더 이상 속죄일에 의무감으로 기도하는 흉내만 내면서 대충 때울 수 없었다. 내 주변의 모든 사람이 진심으로 죄를 씻고 싶어 했다.

나도 물고기가 말을 했다고 믿고 싶었지만, 그 이유는 남들과 달랐다. 나는 내 죄와 내게 닥쳐올 벌에 관해 생각하고 싶지 않았다. 대신 물고기가 마지막 숨을 내쉬기 전 입을 열어 말을 했다는 마법 같은 사건에 집중했다.

할아버지는 말하는 물고기 이야기를 믿지 않으셨다. 오히려 오늘날 신은 더 이상 기적을 행하지 않는다고 말씀하셨다. 신은 이제 사람들의 주의를 끌지 않도록 만물의 자연 체계를 따르는 편을 선호했다. 하지만 나는 할아버지의 추론에 동의하지 않았다. 무엇때문에 신이 기적을 멈추시겠는가? 홍해를 가르고 사막에 만나man-na(이집트를 탈출한 유대민족이 가나안 땅으로 가고 있을 때 날마다 하늘에서 내려왔다는 기적의 음식이다-옮긴이)를 내리신 신이 갑자기 기적의 극적 효과에 흥미를 잃으실 리 없었다. 나는 지옥보다는 차라리 환생을 믿고 싶었다. 사후세계라는 개념은 다시 돌아올 수 있다는 선택지가 있어야만 견딜 만하기 때문이다.

말하는 물고기 사건에도 불구하고 할아버지는 여느 해와 마찬가지로 속죄일에 뉴스퀘어를 방문하셨다. 할아버지와 뉴스퀘어의 스크버파 렙베는 오래 알고 지낸 사이였다. 할아버지는 한때 그곳으로 이사하고 싶어 했으나 할머니의 반대로 무산되었다. 할머니는 뉴욕주 로클랜드의 북서쪽 구석에 위치한 그 마을이 처음부터 찜찜했다고 말씀하셨다. 할머니의 직감이 맞았다. 이제 그곳에는 남자와 여자가 다니는 인도가 색깔로 구분되어 있다.

학교에서는 대속죄일에 숫양의 뿔나팔이 마지막으로 울리기 전까지 죄를 용서받지 않으면 하솀께서 정의를 구현할 것이라고 가르쳤다. 선생님은 이 세상에 부당한 것은 없으며 모든 고난은 신이 분배하여 내린다고 강조했다. 나는 인간의 본성은 악하다는 관점이 이해되기 시작했다. 수난은 우리의 나약함 때문이다. 하지만 할머니와 할아버지는 내가 아는 가장 독실한 유대인인데도 삶이 고난으로 점철되었다. 대체 그들이 무슨 잘못을 했기에….

할머니는 현재의 고난은 과거와 다르다고 설명하셨다. 요즘 사람들은 좋은 옷이나 비싼 차를 갖지 못하면 불평을 한다. "내가 어렸을 때는 집에 먹을 게 조금이라도 있으면 행복했단다." 할머니가 과거를 회상하며 말씀하셨다. "우리에겐 서로가 있었고, 그것으로 족했지."

할머니는 과거를 들추는 것을 좋아하지 않으셨지만 가끔 내가 조르면 할머니의 어머니 얘기를 해주셨다. 증조할머니의 이름은 하나 레이철로, 내 사촌 여럿이 그 이름을 물려받았다. 하나 할머니는 일곱 자녀 중 다섯째로 태어났지만 다 자라 결혼할 무렵에는 형제가 둘밖에 남지 않았다. 증조할머니가 어렸을 때 디프테리아 전염병이 헝가리의 작은 마을을 휩쓸었고, 내 할머니의 할머니는 자식들이 하나둘씩 기도가 막혀 죽어가는 모습을 지켜보아야 했다. 네 명의 자식이 세상을 떠난 후 어린 하나 할머니에게도 증상이 나타나자 고조할머니가 딸의 목에 손을 쑤셔넣고 위막을 찢었다고 한다. 이후 열이 내리고 하나 할머니는 건강을 회복했다.

이 이야기는 내게 말로는 설명할 수 없는 감동을 주었다. 내게 이 일곱 자식의 어머니는 자식을 살리기 위해 뭐든지 하는 차데케스tzadekes(성인)와 같았다. 할머니는 고조할머니의 기도가 효험을 발휘한 것이라고 말씀하셨지만 나는 그렇게 생각하지 않았다. 고조할머니는 직접 자신의 손으로 딸을 살려낸 여성이다! 나는 고조할머니가 수동적인 여성이 아니라 두려움을 모르는 용감한 분이었다는 생각에 짜릿했다.

　　나도 신의 기적을 기다리는 대신 직접 기적을 만드는 여성이
되고 싶었다. 다른 사람들과 함께 속죄일 기도를 중얼거리긴 해도,
나는 기도문의 의미를 생각하지 않았고 자비를 구하고 싶은 마음도
없었다.

　　'만일 신이 나를 악한 인간이라고 판단한다면 벌을 내리시라
지.' 나는 이런 도발에 하늘이 어떻게 반응할지 궁금해하며 심술궂
게 생각했다. '할 테면 해보세요.' 화가 치밀어 오른 나는 마음속으
로 신에게 소리쳤다. '한번 실력을 발휘해보라고요!' 이토록 잔인
한 세상을 만든 게 신이라면 자비를 호소해봤자 무슨 소용이 있을
까? 차라리 할 테면 해보라고 도전하는 편이 나았다.

　　불현듯 만사가 해결된 듯한 기분이 들면서 마음속으로 평화
가 밀려왔다. 이 느낌은 속죄받았을 때 찾아온다는 전통적인 속죄
일 계시였다. 나는 다른 사람들의 말처럼 내가 신 앞에서 무력한 존
재가 아니라는 사실을 직감적으로 깨달았다. 앞으로 내 매력과 설
득력을 발휘하여 신의 협력을 이끌어낼 수 있을지도 모른다!

　　　✳

　　윌리엄스버그에 유대인 도서관이 있다는 소문이 은밀히 학
교에 돌았다. 일주일에 한 번씩 누군가의 아파트에 문을 여는 도서
관으로, 유대인 작가가 쓴 책들 가운데 코셔로 확인된 책을 두 권씩
대출해준다고 했다. 나는 할아버지를 설득하여 그곳에 가도 좋다는
허락을 받아냈다. 앞으로 코셔 도서관에서 빌린 책은 매트리스 아

래에 숨기지 않아도 된다.

도서관이 있다는 아파트의 허름한 로비는 텅 비어 있었다. 나는 곧 고장날 것 같은 엘리베이터를 타고 5층으로 올라갔다. 엘리베이터에서 내리자 살짝 열린 ○○호 문이 보였다. 문틈 사이로 불빛이 쏟아져 나오고 있었다.

안에서는 고등학생 여자아이 두 명이 벽을 가득 채운 책꽂이에서 책을 고르고 있었다. 그중 한 명은 아는 아이였다. 검은색 생머리에 넓은 턱, 그리고 연한 녹색 눈 위로 각진 눈썹을 가진 그 애의 이름은 민디였다. 나보다 한 살 많은 그 애는 우리 학교에서 제일 똑똑한 학생으로 유명하다. 민디는 작가를 자칭했고, 실제로 어딜 가든 일기장을 옆구리에 끼고 다녔다. 나는 그 애가 구내식당에서 왼손으로 샌드위치를 먹으면서 무언가를 휘갈겨 쓰는 것을 본 적 있다.

다가가서 인사를 해도 내가 누구인지 모를 것이다. 게다가 동급생도 아니고 나보다 한 학년 위 선배다. 그 애가 나랑 얘기하고 싶어 할 이유가 뭐가 있겠는가?

민디는 두툼한 책 두 권을 빌려서 친구와 함께 돌아갔다. 그 모습이 무척 부러웠다. '우리 반에도 책을 읽는 친구가 있다면 얼마나 좋을까. 그럼 함께 도서관에 올 텐데.'

어느 날 할아버지가 길거리에 잔뜩 붙어 있던 전단지 한 장을 가져오셨다. 윌리엄스버그에 매혹된 새로운 '예술가'들을 비방하는 내용이 쓰여 있었다. 윌리엄스버그는 약에 취해 해롱대며 큰 소리로 음악을 연주하고 영감을 찾는 사람들을 끌어들일 만한 장소가 아니었다. 배수로에서 고약한 냄새가 올라오는 이 비좁은 곳에 살고 싶어 하는 사람들이 있으리라고는 아무도 상상하지 못했다. 그런데 갑자기 힙스터들이 몰려온 것이다.

랍비들은 새로 온 예술가들이 우리의 땅을 빼앗고 있다고 목소리를 높였다. 그러더니 힙스터에게 집을 팔거나 세를 주지 말라면서 부동산 거래를 금지시켰다. 하지만 낡은 가축우리 같은 집에 월세를 세 배나 내고 들어오겠다는 사람들을 막을 수는 없었다.

하시딕 유대인들은 거리로 나가서 시위를 벌였다. 날마다 베드퍼드애비뉴에 늘어선 부유한 부동산 거물들의 저택 앞에 줄지어 서서 주먹을 흔들고 창문을 향해 돌을 던졌다. "반역자들!" 우리는 부자들을 그렇게 불렀다. "비유대인보다 나을 것 없는 놈들!"

힙스터라는 새 이웃에 호기심이 생긴 나는 그들이 주로 모여 사는 윌리엄스버그 북쪽 부둣가를 구경하러 갔다. 맑은 날 브루클린 네이비야드에서는 맨해튼의 스카이라인이 한눈에 들어온다. 그 광경에 나는 그만 숨이 막혔다. 이 황홀한 도시는 우리 집에서 이토록 가까우면서도 또 너무 멀다. '왜 저런 멋진 곳을 놔두고 이 동네로 오려는 걸까?' 나는 힙스터의 행동을 도무지 이해할 수 없었다. 이 지저분한 게토(과거에 유대인들이 모여 살도록 법으로 강제한 거주 지역으로, 여기에서는 윌리엄스버그의 하시딕 지역을 가리킨다-옮긴이)가 그들에게 무엇을 제공한단 말인가?

나 혼자 맨해튼을 탐험해보기로 결심했다. 도서관에서 지하철 노선도, 버스 노선도, 지도를 보고 지리를 외웠다. 길을 잃는 것이 두려웠다. 아니, 모래 구멍에 빠진 것처럼 맨해튼에서 빠져나오지 못할까 봐, 알 수 없는 무언가 속으로 빨려 들어갈까 봐 두려웠다.

윌리엄스버그 다리로 이어지는 낡은 고가를 천천히 달리기 시작한 전철 안에서 내가 사는 동네의 지저분한 흙빛 지붕들을 내려다보았다. 갑자기 내가 이 좁고 납작한 세계를 넘어설 만큼 커진 기분이었다. 동네 밖으로 나가는 게 이렇게 기분 좋은 일인지 몰랐다.

그러나 전철을 갈아탄 뒤에는 더 이상 평온한 마음으로 여정을 즐기지 못했다. 맞은편에 하시딕 유대인 중년 여성 두 명이 앉아 있었기 때문이다. 살이 늘어진 그들의 얼굴은 무표정했지만, 나를 의심하고 있다는 사실은 알 수 있었다. 불현듯 겁이 났다. '혹시 나를 알아보면 어떡하지? 나를 아는 사람을 알고 있으면 어떡하지? 들키면 끝장이야.'

다음 역에서 내려 밖으로 나오니 유니언스퀘어 근처 14번가였다. 대로는 차들이 내는 소음과 노점상에서 풍기는 고기 냄새로 꽉 차 있었다. 그 감각이 너무나 압도적이어서 어디로 가야 할지 알 수 없었다. 그때 반스앤노블 서점의 간판이 눈에 띄었다. 나는 필사적으로 그곳으로 향했다.

매력적인 진열대에 추천 도서가 전시되어 있어서 무슨 책을 골라야 할지 헤맬 필요가 없었다. 이제 막 출간된 책들은 표지가 너무 화려하고 저속해서 관심이 가지 않았다. 나는 레이스 장식이 달린 실크 드레스를 입은 여인이 표지에 그려진 옛날이야기를 읽는 것이 좋았다. 현대 소설보다는 고전 소설 속의 등장인물들이 나와 더 닮은 것 같았다.

나는 저렴한 『오만과 편견』 문고본을 사기로 결정했다. 첫 문장부터 흥미를 유발했다. "부유한 독신 남성에게 아내가 꼭 필요하다는 것은 누구나 인정하는 진리다." 이 책이 무엇에 관한 내용인지 바로 감이 왔다. 결혼! 특히 결혼에 이르는 과정을 둘러싼 책략들이 나의 호기심을 자극했다. 내 주변 사람들은 내 앞에서 결혼 이야기를 꺼내지 않았다. 나는 비밀스러운 그 내막이 무척 궁금했다. 어쩌면 이 책이 답을 줄지도 모른다.

『오만과 편견』은 무척 재미있는 책이다. 우선 등장인물의 격식을 차린 말투가 신기했고, 그 점이 무척 마음에 들었다. 게다가 신중하고 예리한 상황 묘사가 팽팽한 긴장을 더했다. 나는 이 책에서 빅토리아 시대 이전의 영국을 처음 접했다. 엄마가 영국 출신이긴 했지만 소설의 배경은 시대가 달랐다. 처음에는 낯설었지만 얼마 지나지 않아 베넷 집안의 딸들이 속한 세계와 내가 속한 세계가 무척 비슷하다는 사실을 깨달았다. 여성 등장인물들의 쉴 새 없는 가십과 내숭은 새로운 이야기가 아니었다. 내가 속한 세계의 여자들도 여기에서 재미를 찾지 않던가? 그들은 끊임없이 남을 험담하다가도 당사자 앞에서는 태도를 바꾸어 예의 바른 척했다. 나는 주인공 엘리자베스에게 동질감을 느끼면서 그녀가 속한 사회에 존재하는 불의에 공감했다. 스스로 우월하다 여기는 등장인물들의 위선과 편협함을 그녀와 함께 조소했다.

내 처지는 책 속 상황과 다를 바 없다. 이제 내 인생도 조건이 좋은 남자와 결혼하느냐에 달려 있다. 사회적 지위와 평판은 이곳에서도 중요하고, 그곳과 마찬가지로 사소한 조건에 의해 결정된다. 고상하기 그지없는 영국인들에게 돈이 주된 관심사였다면 내가 속한 세계에서는 보다 영적인 형태의 화폐를 중시한다는 점만 달랐다. 엘리자베스가 느끼는 본질적 좌절감이 내 마음을 사로잡았다. 엘리자베스도 여성이 권력을 독점한 남성에게 선택받는 대상에 불과한 현실에 분노하고 있었다. 그런 지성과 기지를 가진 여성에게 부잣집 아들의 관심을 끌기 위해 자신을 전시하는 행위는 가당치 않다. 엘리자베스는 부자를 낚는 데 관심이 없었다. 다른 등장인물과 달리 독립적인 영혼의 소유자였고, 바로 그 점 때문에 나는 그녀가 좋았다. 엘리자베스에게 어떤 결말이 기다리고 있는지 알고 싶어 견딜 수 없었다.

　나는 기회가 생길 때마다 『오만과 편견』을 펼쳤다. 수업 시간에 열심히 필기를 하는 척하면서도 생각은 먼 곳을 헤맸다. 머릿속에 영국 교외의 하트퍼드셔가 생생하게 되살아났고 그곳 주민들의 얼굴이 어른거렸다.

　결혼 적령기 여자가 다른 사람이 내린 결정을 거부하고 스스로 결정권을 행사하는 이야기보다 내게 더 와닿는 이야기가 어디 있으랴? 자신의 처지에 낙담한 사람이 나 혼자가 아니었다니! 엘리자베스가 책 바깥의 진짜 세상으로 나와서 내게 조언을 해준다면 얼마나 좋을까?

　　＊

　이제 나는 고등학교 3학년이 되었다. 올해가 지나면 졸업이다. 일찍 졸업하는 이유는(미국 고등학교는 보통 4년제이다-옮긴이) 사트마의 여자아이들은 불필요한 교육에 시간을 낭비할 이유가 없기 때문이다. 우리는 뉴욕주에서 발급하는 졸업장 대신 교장 선생님과 렙베의 사인이 들어간 그럴듯한 졸업 증서를 받는다. 어차피 공동체 바깥에서 일할 수 없는 우리에게 졸업장은 쓸모없는 종이이다. 따라서 더 이상의 교육은 낭비다.

　고등학교 마지막 해에 이 학교의 교사들 가운데 능력이 가장

출중한 버거 선생님에게서 영어를 배울 기회가 생겼다. 커다란 모자에 머리카락을 밀어 넣고 매일 퀸스에서 통근하는 버거 선생님은 석사 학위가 두 개나 있었다. 그래서인지 늘 거만한 분위기를 풍겼으며 학생들 사이에서도 악명이 높았다. 나도 학생들로 북적이는 복도를 또각또각 걸어가는 선생님의 거만한 걸음걸이를 본 적이 있었다. 혐오와 짜증을 감추지 못한 얼굴이었다. 이 직업이 그렇게 성에 차지 않는다면서 왜 매일 출근하는지 의아했다.

학년 초에 우리 교실에 들어온 버거 선생님은 넌더리 난다는 표정으로 우리를 바라보았다. "여러분 가운데 다음번 '위대한 미국 소설Great American Novel'을 쓸 사람이 나오지 않는 건 확실하겠죠." 나는 선생님의 목소리 아래에 깔린 극도의 피로와 환멸을 느꼈다. 그 말을 반박하고 싶었다. '우리 중 누구도 중요한 사람이 되지 못할 거라고 어떻게 장담하세요? 책을 못 쓴다고 위대한 미국인이 되지 못하나요? 히브리어 책이 영어 책보다 가치가 떨어지나요? 선생님이 누구길래 우리를 함부로 재단하나요?' 그 순간 나는 내가 우리 공동체를 변호하고 있다는 사실에 놀랐다. 평소에는 내가 남과 다르다는 사실을 누군가가 알아봐주기를 바라지 않았던가.

첫 수업 시간에 버거 선생님은 문법책에서 금지된 단어를 검열하여 재구성한 소책자를 나눠주셨다. "내 수업 시간에는 구어 표현, 관용구, 완곡 어구를 사용하지 말 것. 이것이 첫 번째 규칙이에요." 선생님이 분필을 들고 칠판에 단어를 적은 다음 굵게 밑줄을 치면서 말했다. 모두 내가 처음 듣는 단어였다. 나는 갑자기 우리를 매섭게 노려보는 이 매몰찬 선생님이 좋아졌다. 포기하지 않고 매년 우리 학교에 와서 제대로 따라오지도 못하고 배운 지식을 활용할 의지도 없는 학생들을 붙잡고 가르쳐주는 선생님이 고마웠다. 그동안 나는 줄곧 내가 모르는 것을 가르쳐줄 사람을 고대해왔다.

　　나는 날마다 영어 공부에 관심도 없는 학생들에게 모욕을 던지면서 동기부여라는 선물을 주는 버거 선생님을 숭배했다. 선생님의 노력이 헛되지 않은 학생이 있음을 증명하고 싶었다. 선생님이 매년 가르치는 300명의 학생 가운데, 지난 10년간 가르친 수천 명의 학생 가운데 진지하게 수업을 따라가는 단 한 명이 지금 여기 있다고 말하고 싶었다. 그럴 수 있다면 선생님은 자신이 이곳에서 얼마나 중요한 사람이며 얼마나 큰 감사와 인정을 받고 있는지 알게 될 것이다.

　　"내 수업에서 A를 받은 사람은 지금까지 없었고 앞으로도 없을 거예요." 버거 선생님이 단호하게 선언했다. "지금까지 가장 좋은 성적은 A마이너스였어요. 작년에 나왔고, 내가 15년 전 이곳에서 가르치기 시작한 이래 처음 있는 일이었죠." 모두 그 유일한 학생이 민디라는 사실을 알고 있었다.

　　나는 꼭 A를 받겠다고 결심했다. 주변 학생들도 관심을 갖고 술렁였다. 도전은 어떤 종류든 틀에 박힌 일상에 변화를 줄 수 있다는 점에서 신나는 일이다. 우리는 모두 A에 도전할 생각에 들떴다.

　　실제로 나는 몇 달간 열심히 공부한 끝에 A를 받았다. 마침내 성적표를 받았을 때 나는 의기양양하게 선생님을 올려다보았다.

　　"보셨죠? 제가 해냈어요! 아무도 못 할 거라고 말씀하셨지만 제가 해냈어요!" 드디어 그동안 선생님께 당한 것을 되갚아줄 수 있게 되었다는 생각에 신이 난 나는 우쭐거리며 말했다.

　　버거 선생님은 아무 반응도 없이 무표정하게 나를 바라보더니 갑자기 어깨를 축 늘어뜨리며 한숨을 쉬었다. 나는 그것을 항복의 표시로 착각했다.

"그래서?" 선생님이 내 눈을 바라보며 응수했다. "이제 A를 받았으니 그걸로 뭘 할 건데?"

나는 슬픈 얼굴로 뭘 할 거냐고 묻는 선생님이 이해되지 않았다. 내가 좋은 성적을 받은 것은 선생님 덕분이니 자랑스러워하셔야 마땅하다고 생각했다.

올해 나는 영어와 이디시어 과목에서 좋은 성적을 받았다. 이번 해가 마지막 기회라는 생각으로 공부에 열중한 덕분에 할아버지가 바라던 완벽한 성적표를 받을 수 있었다. 나도 당연히 졸업 후를 걱정했다. 좋은 성적표와 추천서가 있어야 내가 희망하는 초등학년 영어 교사로 취직할 수 있다. 만일 내가 어렸을 때 지금의 나 같은 선생님을 만났다면 모든 게 달라졌을 것이다. 그리고 나처럼 더 많은 것을 알고 싶어 하는 아이들이 더 있을지도 모른다. 나는 그런 학생들을 위해 교사가 되고 싶었다.

나처럼 독서와 글쓰기를 좋아하는 민디는 졸업 후 우리 학교 7학년의 비종교 교육 담당 선생님이 되었다. 다들 이 얘기로 수군거렸다. 민디의 집안으로 봤을 때 다들 그 애가 선생님이 된다면 종교 교육을 담당하리라 여겼기 때문이다. 나는 민디가 어떻게 집안의 허락을 받아냈는지 궁금했다. 그 애의 어머니는 가발을 두건으로 가리고 이마 위로 인조 모발을 약간만 드러내는 슈피츨shpitzel을 썼다. 나의 할아버지조차도 할머니에게 그런 것을 쓰라고 하지는 않았다.

교사로 취직하려면 늦봄에 8학년 교실에서 시범 수업을 진행하고 평가를 받아야 한다. 교과 담당 교사인 뉴먼 선생님과 영어 과목 수석 교사인 큰어머니가 내가 진행하는 시범 수업을 참관했다. 큰어머니가 수석 교사이기 때문에 다들 내 취직은 따놓은 당상이라고 생각했지만 그들은 큰어머니의 힘을 과대평가하고 있었다. 큰어머니는 남성 중심으로 구성된 학교 당국의 꼭두각시에 불과했다. 게다가 비종교 교육인 영어 과목의 수석 교사는 실제 권력은 없고 수치만 주어지는 자리였다. 큰어머니는 원래 1~8학년을 담당했지만 서서히 권한을 빼앗겨 현재는 6~8학년만 담당한다. 학교의 영어 수석 교사 가운데 큰어머니가 가장 높은 자리에 있었고, 따라서 최악의 처지였다. 큰어머니는 가발만 쓰고 그 위에 모자나 스카프는 쓰지 않았다. 그렇다고 가발을 진짜 머리카락이라고 착각할 사람도 없건만, 당국은 이런 행동이 학생들에게 잘못된 본을 보일까 봐, 사트마 여학생이 가발을 가리지 않고 당당하게 쓰고 다녀도 괜찮다고 여길까 봐 걱정했다.

8월 말, 통지서가 도착했다. 나는 주급 128달러를 받고 6학년을 가르치는 교사가 되었다. 그날 남색 모직 정장 스커트와 재킷, 그리고 하늘색 옥스퍼드 셔츠를 구입했다. 새로 왁스칠을 한 복도에서 또각또각 소리를 낼 두툼한 사각형 굽의 남색 가죽 로퍼도 구입했다. 나는 학교 복도를 순찰하는 힘 있는 어른들을 두려워하던 과거를 떠올렸다. 그들은 삐걱거리는 엘리베이터를 이용할 수 있는 열쇠를 지니고 다녔고 내키는 대로 우리에게 벌을 줄 수 있었다. 이제는 나도 엘리베이터 열쇠를 지닌 사람이 될 것이다. 더 이상 혼잡한 계단을 이용하지 않아도 된다.

민디와 나는 내가 늘 바라던 것처럼 친구가 되었다. 이제 우리는 서로 동등한 위치에 서 있다. 수업이 끝난 후 나는 민디와 리애비뷰의 피자 가게로 가서 뜨거운 커피가 담긴 잔을 두 손으로 감싸고 학교라는 직장에 관해 이야기를 나눴다. 시간이 지나면서 나는 민디도 기회가 있을 때마다 몰래 책을 숨겨놓고 읽었으며 우리는 같은 책을 여러 권 읽었다는 사실을 알게 되었다. 놀랍게도 민디는 헤드폰으로 몰래 FM 라디오를 들었고, 내게 다이얼을 돌려 채널을 찾는 법을 가르쳐주었다.

〈라디오 디즈니〉에서 리지 맥과이어의 '왓 드림스 아 메이드 오브What Dreams are Made of'가 흘러나왔고, 나는 즉시 이 신세계에 빠져들었다. 웸!의 '라스트 크리스마스Last Christmas'를 틀지 않는 채널이 없는 것 같았다. 브리트니 스피어스와 백스트리트 보이스, 샤니아 트웨인의 노래도 툭하면 나왔다. 나는 퇴근 후 집에 돌아와서 그동안 존재하는 줄도 몰랐던 이질적이고 문란한 선율을 헤드폰으로 들으며 몇 시간씩 누워 있었다. 나는 일렉트로닉과 트랜스 음악이 좋았다. 민디는 틴팝을 좋아했다.

나는 민디와 사랑에 빠진 것 같았다. 그 아이를 위해 시를 썼고, 그 애를 위해서라면 뭐든 해주고 싶었다. 우리는 팝콘과 슬러시를 사서 불량배들만 찾는 임대 주택 뒤편 벤치로 갔다. 그곳에서 우리는 집으로 돌아가기 싫어하면서 새벽 4시까지 추위에 떨었다.

1월의 어느 안식일에는 눈이 펑펑 쏟아지는 바람에 민디가 오지 않아 오후 내내 외로웠다. 일요일 아침, 민디에게 전화를 걸어 말했다. "우리 맨해튼에 갈까? 몰래 전철을 타고 가서 브로드웨이를 배회하자. 그리고 아이맥스 영화를 보는 거야! 누가 보면 어쩌냐고? 괜찮아, 스카프를 둘러쓰면 돼. 아무도 알아보지 못할 거야."

민디도 나처럼 충동적이고 심지어 무모하다는 사실이 너무 좋았다. 우리는 누가 알아볼까 봐 고개를 숙인 채 전철을 타고 맨해튼으로 향했다. 지저분하게 녹은 눈더미를 피해 링컨센터까지 가는 길이 혁명군의 행진처럼 느껴졌다. 소니 극장 매표소에 있던 직원은 분명히 우리를 이상하게 여겼을 것이다. 영화는 2관에서 상영되었다. 유리 건물 꼭대기 층이 2관인 것 같았고, 우리는 붉은 커튼과 붉은 벨벳 좌석이 있는 작은 영화관으로 들어갔다. 영화가 시작되자마자 나는 영화를 잘못 골랐다는 사실을 깨달았다. 포스터와 달리 애니메이션이 아니었기 때문이다. 실사 영화를 보면 큰 죄를 짓는 것 같다면서 민디가 겁에 질렸다. 사실은 나도 무서웠지만 이제 와서 도망간다면 그것도 웃기는 일이다.

그날 우리가 본 영화는 〈미스틱 리버Mystic River〉였다. 한 아이가 친구들 앞에서 유괴를 당하고, 그 아이에게 나쁜 일이 일어났다. 한 젊은 여성은 살해당했다. 그 밖에도 많은 사람이 죽었고, 모든 사람이 화가 난 채로 비밀을 숨기고 있는 것 같았다. 이것이 내가 태어나 처음 본 영화이다. 나는 도대체 무엇을 위해 영화라는 것을 만드는지 이해할 수 없었다. 영화가 연출된 장면인지 실제 사건인지조차 알지 못했다. 오직 내가 더럽혀졌다는 느낌과 죄책감만 꽉 찼다. 혹시 이 감정은 그동안의 내 생각이 틀렸다는 증거일까? 나의 자립심과 반항기는 나를 오직 비극으로만 이끄는 게 아닐까?

밖으로 나오자 거리에 쌓인 눈에 햇빛이 반사되어 눈이 부셨다. 나는 민디의 장갑 낀 손을 잡은 채 68번가와 브로드웨이가 교차하는 곳에 서서 눈을 깜빡였다. 우리 둘 다 아무 말도 하지 않았다. 우리는 그날 이후 다시는 영화를 보러 가지 않았다. 훗날 그 영화를 떠올릴 때면 배우들의 얼굴은 하나도 그려지지 않고 오직 불길한 느낌만이 기억났다.

　　나는 어쩌면 주변 사람들의 말처럼 바깥세상이 무서운 곳일지도 모른다고 생각했다. 폭력에 갇혀 사는 일은 악몽 같겠지. 나중에 더 나이가 든 뒤 나는 그 영화에 나오는 위험이 우리 공동체 안에도 존재하며, 그저 다들 쉬쉬해서 곪아가고 있을 뿐임을 깨달았다. 그리고 내부에 존재하는 위험을 솔직히 인정하는 사회가 위험을 감추는 사회보다 더 낫다고 결론 내렸다.

　　어쩌면 나는 울타리 안에서 살았기 때문에 겁 많은 사람이 되었는지도 모른다. 훗날 바깥세상으로 나가게 되었을 때 나는 나를 보호하기 위해 물속으로 풍덩 뛰어드는 대신 물가에 서서 발을 담그듯 매사에 조심스레 접근했고, 내 감각이 새로운 세계에 압도되면 발을 빼고 익숙한 삶으로 돌아갔다. 수년간 나는 양쪽 세계에 한 발씩 들여놓은 채 저편으로 넘어갔다가 내 안에서 위험을 알리는 경고 벨이 울리면 몸을 돌려 달아나기를 반복했다.

5장

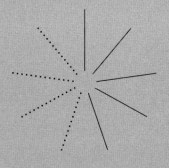

목표를 품다

현재 그녀를 사로잡은 목표는 가난한 야심가 소녀에게

당연한 것이었으나, 그 목표를 성취하기 위해 선택한 방법은

최선이 아니었다.

_루이자 메이 올컷, 『작은 아씨들Little Women』 중에서

*

하루가 멀다 하고 저녁마다 전화가 왔다. 할아버지는 내가 통화 내용을 엿듣지 못하게 하려고 사무실로 내려가셨는데, 오히려 그 행동 때문에 나는 중매인의 전화라는 것을 알 수 있었다. 내가 위층에서 몰래 수화기를 들면 할아버지는 말이 없어졌다가 특유의 피곤한 목소리로 "여보세요, 여보세요"를 반복하셨고, 그러면 나는 딸깍 소리가 나지 않도록 조용히 수화기를 내려놓을 수밖에 없었다. 할머니는 수화기 선을 끌고 욕실에 들어가서 문을 닫고 물을 틀어놓은 다음 고모와 통화하는 척하셨다.

두 분은 내가 무슨 일이 일어나고 있는지 모를 것이라고 생각하신 걸까? 나는 열일곱 살이고, 윌리엄스버그에서 이 나이 무렵 여자아이들에게 무슨 일이 일어나는지 안다. 밤마다 할머니와 할아버지가 부엌에서 낮은 목소리로 내 중매를 의논한다는 것도 잘 알고 있다.

할아버지는 독실한 사트마 집안의 남자, 체면을 세울 수 있는 집안의 남자를 원할 것이다. 뭐니 뭐니 해도 결혼에서 가장 중요한 요소는 평판이다. 좋은 집안과 결혼할수록 우리 집안의 평판이 올라간다. 할머니가 손녀사위로 원하는 사람은 대화할 때 땅바닥을 내려다보지 않는 남자였다. 내 사촌 케일라가 신앙심이 과도한 나머지 자신의 할머니와도 말 섞기를 거부하는 남자와 결혼했기 때문이다. 나는 내가 책을 읽고, 글을 쓰고, 지하철을 타고 유니언스퀘어에 가서 거리의 악사를 구경할 수 있도록 허용해주는 남자를 원했다. 내 친구 민디는 아직 미혼인 오빠가 있기 때문에 앞으로 적어도 2년은 여유가 있겠지만 내게는 결혼을 늦출 이유가 전혀 없었다. 민디는 내가 좀 더 모던한 사람, 어쩌면 우리처럼 몰래 세속적 음악을 듣고 영화를 보고 볼링을 치는 사람과 결혼하기를 바랐다.

이제 나는 학생 시절보다 더 큰 자유를 누린다. 직장을 다니고 외출할 때 일일이 허락을 구하지 않아도 된다. 다른 선생님을 만나 함께 수업안을 짤 수도 있고 학교 비품을 구입하러 갈 수도 있다. 하지만 내가 획득한 것은 일종의 불확실한 신뢰였다. 고등학교 마지막 해에 우수한 성적을 따서 괜찮은 직업을 얻은 나는 겉보기에는 할아버지와 큰어머니가 바라는 모든 것을 이루었다. 어른들이 애쓴 결과(어른들은 그렇게 생각했다) 나는 꽤 괜찮은 조건을 갖추게 되었다. 덕분에 조건이 좋은 배우자를 얻을 가능성도 커진 것 같았다. 내게는 비밀로 진행되고 있었지만 나를 둘러싼 들뜬 분위기는 감춰지지 않았다. 성숙한 레이어드컷 헤어스타일로 한결 어른스러워진 거울 속의 나를 바라보면 중요한 사람이 된 것 같은 느낌에 괜히 얼굴이 붉어졌다. 주변 세계가 신비로운 가능성으로 가득 찬 지금이 내 삶의 최고 전성기가 아닐까?

나는 내 결혼을 두고 조부모님과 친척들이 나누는 열띤 대화에 관심을 갖지 않았다. 내가 안다고 해서 달라질 것도 없고, 오히려 마음 졸이고 걱정할 일만 늘어날 것이기 때문이다. 닥칠 일은 어차피 닥친다. 어른들이 원하는 대로 될 것이다. 내가 할 수 있는 최선은 지금 이 시간을 최대한 즐기는 것이다.

할아버지는 더 이상 내 방을 검사하지 않으신다. 이제 나는 방에서 누구의 간섭도 받지 않고 책을 읽을 수 있다. 하루는 반스앤노블 서점에 가서 직접 번 돈으로 양장본을 샀다. 나는 어렸을 때 도서관에서 읽었던 소중한 책들을 골랐다. 그렇게 산『작은 아씨들』

의 최신판을 서랍장 제일 아래에 보관했다. 어렸을 때는 활기찬 자매들의 장난과 소동을 읽으며 재미있어했지만 다시 읽으니 조가 어떤 난관을 겪었는지 눈에 들어와서 마음이 아팠다. 그 시대 여성상과 거리가 멀었던 조는 자신에게 기대되는 삶과 운명을 받아들일 수 없었다. 왜 내가 읽은 책의 주인공들은 하나같이 저주받은 운명을 가졌는지…. 그들은 끊임없는 부조리와 고통을 감내해야 했다. 사회는 마치 갑갑한 드레스처럼 그들을 꽉 조였다. 『작은 아씨들』의 조처럼 나도 사회에 길들겠지. 이 책이 내게 준 희망이 있다면, 그것은 설사 주변과 양보하고 타협해야 하더라도 어떻게든 자신이 속한 세계에서 살아갈 길을 찾아내리라는 것이다. 어쩌면 나도 지금까지 줄곧 반목해온 이 세상에서 내 자리를 만들어낼 수 있을 것이다. 이제 나도 조처럼 성장하고 변했으니 스스로를 억압하지 않으면서도 가족이 기대하는 참한 여성, 아내의 역할을 해낼 수 있을 것이다. 조는 결국 사랑과 결혼을 통해 그토록 오랫동안 거부했던 숙녀가 되었다. 어쩌면 내 반항적인 영혼도 마법처럼 잠잠해질 수 있지 않을까?

＊

어느 화요일, 퇴근 후 4시 15분경 집에 도착했을 때 밖은 이미 어두워지고 있었다. 자줏빛 구름이 하늘을 가로지르며 헐벗은 나뭇가지 위로 분홍빛 후광을 드리웠다. 할머니가 문 앞에서 나를 기다리고 계셨다.

"얘야, 왜 이렇게 늦게 왔니? 늦었다. 금방 나가야 해. 빨리 샤워하고 머리를 손질하거라. 그리고 남색 정장을 입도록 해." 내가 중요한 약속을 잊어버렸나?

"자, 서두르거라." 할머니는 마음이 급할 때면 헝가리어를 섞어 말씀하셨다. 나는 무슨 일인지 궁금했지만 고분고분 시키는 대로 했다. 지퍼 달린 푸른색 목욕 가운을 걸치고 수건을 머리에 두른 채 욕실에서 나오자 전화벨이 울렸다. 할머니는 내가 듣지 못하도록 수화기를 입 가까이 대고 손으로 가리셨다. 그런 식으로 몇 분 정도 통화를 하더니 전화를 끊고 아무 일도 아니라는 표정을 지으셨다. 나도 아무것도 모르는 척했다.

방에서 옷을 입고 있는데 할머니가 노크를 하고 닫힌 문 너머에서 말씀하셨다. "데버라, 6시에 누구를 만나러 갈 거다. 드라이하고 남색 정장을 입고 진주 귀걸이도 하거라. 화장도 좀 하렴. 너무 많이는 말고 파운데이션이랑 블러셔 정도만."

"누구 만나요?" 재빨리 셔츠 단추를 채우면서 내가 방 안에서 물어보았다.

"네 결혼 상대를 알아봤는데, 오늘 그 집 어머니와 여동생을 만나게 될 거야. 한 시간 뒤 네 큰어머니와 토브예 삼촌이 같이 갈 거야."

셔츠를 치마 속으로 넣고 있던 내 손이 옆구리에서 얼어붙었다. 첫 만남이라니. 이것은 중매결혼의 첫 단계이다. 여자는 장래 시어머니가 될 사람과 시누이 등 상대 집안의 여자를 만나고, 남자도 같은 과정을 거친다. 그런 다음 양측이 다 마음에 들어 하면 당사자들의 만남이 주선된다.

그들은 내 외모를 보려는 것이었다. 뚱뚱하거나 키가 작거나 흠이 있는지 알고 싶을 테지. 그게 이 '만남'의 목적이다. 이 시점에서 상대방은 나에 관한 정보를 이미 다 알고 있다. 오늘의 만남은 내 행색이나 몸가짐을 직접 보기 위해서이다. 내가 오늘 어떻게 처신해야 하는지도 잘 안다. 나는 머리를 말린 후 참하게 중간 가르마를 타고 머리를 귀 뒤로 넘겼다. 그리고 얼굴에 오렌지색 파운데이션을 발랐다. 화장품 가게에서 산 저렴한 제품이다. 더 좋은 제품은 어디서 사야 하는지 몰랐다. 뺨에는 커버걸(마스카라 제품으로 유명한 화장품 브랜드이다-옮긴이) 블러셔를 발랐다. 자연스럽게 보이려면 손가락으로 열심히 문질러야 한다. 하지만 화장을 다 마치고도 메이크업한 티는 거의 나지 않았다. 내 얼굴은 적당히 수수했고 귀에 걸린 진주만 희미하게 반짝였다.

만남 장소는 란다우 마트였다. 형광등 불빛 아래에서 내 피부는 유령처럼 창백해 보일 것이다. 큰어머니와 안으로 들어가면서 나는 검정 가죽 장갑을 낀 손을 배배 꼬았다. 큰어머니가 나를 안심시키려 했다. "몇 분이면 끝나. 길게 얘기할 일은 없을 거야. 그저 네가 어떻게 생겼고 예의 바른 아이인지 보고 싶어 하는 거야. 잠깐 보고 금방 나올 거다. 다른 사람들의 이목을 집중시킬 필요 없으니까."

나는 너무 긴장됐다. 안식일 준비로 마트가 붐비는 날이 아닌 게 그나마 다행이었다. 우리는 한동안 마트 안을 돌아다녔지만 엄마와 딸로 보이는 손님은커녕 아무도 만나지 못했다. 냉동식품 코너의 유리문에 내 모습이 비쳤다. 파리한 입술에 생기 없는 눈을 가진 저 창백한 소녀가 나란 말인가? 나는 코트 앞자락의 보푸라기를 떼어내고 뻗친 머리를 매만지고 혈색이 돌도록 뺨을 꾹꾹 눌렀다.

장래 내 시어머니가 될 사람은 화장지 코너에서 기다리고 있었다. 작고 비쩍 마른 몸에 얼굴에는 주름이 많았다. 입술이 너무나 얇아서 마치 연필로 줄을 그어놓은 것 같았다. 나는 그녀가 머리에 슈피츨을 단단히 싸매고 있는 것을 보고 낙심했다. 머리보다 두 배는 더 큰 머리쓰개가 작은 체구 위에서 위태롭게 휘청거리는 것 같았다. 갈색 피부에 칙칙한 갈색 머리를 가진 딸은 어머니보다 키가 더 작고 얼굴은 사각형이었다. 그녀는 눈도 깜빡이지 않고 나를 빤히 쳐다봤다. '무슨 생각을 하는 걸까? 내가 자기 오빠에게 어울릴 만큼 예쁜지 심사라도 하나? 흥, 네 걱정이나 하시지. 그런 외모로 결혼이나 하겠어?' 속으로 이렇게 쏘아붙인 나는 어렴풋한 승리감을 느끼며 차분히 상대방을 마주 보았다.

큰어머니가 슈피츨 쓴 여자와 말을 주고받았지만 대화 내용이 귀에 들어오지 않았다. 여동생이 저렇게 추하고 엄마도 못생겼는데 신랑 될 사람이라고 별수 있을까 싶었다. 나라고 대단한 미인은 아니지만, 이 사람들은 완전 시골뜨기였다. 이런 집안은 나와 어울리지 않는다. 큰어머니는 나를 왜 이렇게 모르는 걸까?

낡은 자동차가 마트 밖에서 우리를 기다리고 있었다. 나는 뒷문을 열고 안쪽 자리에 앉은 다음 창밖으로 이스트강을 따라 늘어선 창고와 그 위로 반짝이는 윌리엄스버그 다리를 바라봤다. 숨을 내뱉을 때마다 창문에 김이 서렸고, 나는 그것을 장갑 낀 손으로 닦았다. 큰어머니가 운전사에게 주소를 댔다. 이어서 치마를 바로 펴고 가발 앞부분을 정돈하는 소리가 들렸다. 큰어머니는 아무도 보고 있지 않을 때조차 늘 완벽하게 보여야 하는 사람이다. 나는 보지 않아도 등을 꼿꼿이 세우고 턱을 내민 큰어머니의 목 힘줄이 떨리고 있음을 알 수 있다.

큰어머니는 내 궁금증에 답해주지 않을 것이고, 그렇다고 직접 물어보기에는 자존심이 상했다. 큰어머니는 약점을 드러내는 것은 수치스러운 일이라고 가르쳤다. 그리고 그 약점은 바로 감정이다. 나는 아무것도 느끼지 않아야 했다. 내게 무슨 일이 일어나든 개의치 말아야 했다. 택시가 펜스트리트로 접어든 후에야 큰어머니가 넌지시 말했다. "소식이 있으면 알려주마."

위층으로 올라가니 할머니는 이미 잠자리에 드셨고 할아버지는 유대인 회당에서 돌아오지 않으셨다. 나는 조심스럽게 옷을 벗어 침대 옆에 있는 트렁크 위에 올려놓았다. 그리고 한동안 거친 장미색 카펫 위에 무릎을 꿇고 앉아 체크 무늬 스카프를 만지작거렸다. 새 코트와 함께 매라고 큰어머니가 사준 스카프였다. "칼라 메이들kallah maidel(신부가 될 처녀)은 우아한 옷을 갖고 있어야 해." 평생 이렇게 많은 새 옷과 아름다운 장신구를 가져본 적이 없다. 그런데 갑자기 부터 나는 검은색 핸드백과 이태리제 가죽 구두, 진주 귀걸이와 내 히브리어 이름이 달린 은 목걸이가 새로 생겼다. 나는 줄곧 친구들처럼 장신구를 갖게 되기를 간절히 소망했지만 감히 사달라고 말하지 못했다. 설사 말했더라도 아무도 내 말에 귀를 기울이지 않았을 것이다. 하지만 지난 6개월간 젊은 여자가 갖고 싶어 할 모든 것을 선물받았다. 무엇을 위해서? 나를 남 앞에 내놓을 만한 모습으로 바꿔놓기 위해서였다. 아니면 나를 회유하기 위해서였을지도. 어느 쪽이든 너무 깊이 생각하고 싶지 않다. 내가 눈앞에서 달랑거리는 사탕을 잡으려고 깡충거리는 어린아이처럼 동요하고 있음을 잘 알고 있었기 때문이다. 어쩌면 값비싼 선물과 쏟아지는 관심에 정신이 팔려 다른 생각은 못 하고 있는 것은 아닌가라는 불안이 머리를 스쳤다.

*

　　다음 날 집에 돌아오니 아무도 없었다. 집 안의 불이 꺼져 있고 냉장고는 텅 비어 있었다. 어쩔 수 없이 빵과 피클로 저녁을 간단히 때웠다. 방으로 돌아온 나는 책을 읽는 대신 침대에 누워서 생각에 잠겼다. 늘 저 멀리 있다고 느꼈던 때가 이렇게 빨리 다가왔다는 사실이 놀라웠다. 결국 곤두박질치게 될 끝, 절벽이 매 순간 다가오고 있었다. 어느새 잠이 든 나는 말들이 협곡 위를 달리는 꿈을 꾸었다. 창밖에서 나는 전철 소리가 달가닥거리는 말발굽 소리처럼 들렸다.

　　자정이 넘어서 대문이 삐걱거리며 열리는 소리를 듣고 잠에서 깼다. 할아버지와 할머니의 발소리 뒤로 문이 요란하게 닫혔다. 할머니의 목소리가 들렸지만 무슨 말인지는 알 수 없었다. 나는 두 분이 위층으로 올라오기 전에 다시 잠에 빠져들었다.

　　목요일 아침이 되었는데도 아무도 결과를 말해주지 않았다. 그런데 그날 낮에 큰어머니가 교무실로 전화를 해서 오늘 밤 내가 맞선을 보게 될 거라고 알려주었다. "제일 좋은 옷을 입거라. 그리고 걱정 마. 모든 게 다 잘될 거야. 어젯밤에 그쪽 남자를 만나고 왔단다." 큰어머니가 말했다. "할머니, 할아버지와 함께 면로에 가서 만나고 왔단다. 참 괜찮은 사람이더라. 우리가 널 아무하고나 결혼시킬 줄 알았니?"

　　남자의 외모가 궁금했지만 가만히 있었다. 일찍 퇴근해서 집으로 돌아가는 길에 나는 칼라 메이들답게 우아하게 걸으면서 사람들이 나를 알아볼지 궁금해했다. 오늘 밤 내가 처음으로 맞선에 나간다는 사실을 알면 사람들은 나를 달리 볼 것이다. 하지만 며칠 전

마트에서 만났던 여자들을 떠올리자 마음이 무거워졌다. 나는 그 여자의 아들이 어떤 외모일지 상상해보려 애썼다. 둥근 턱수염에 적갈색이 섞인 밤색 머리카락을 가진 땅딸막한 남자가 그려졌다. 콧구멍은 넓고 작은 눈은 한데 몰려 있고 안짱다리로 걸을 것 같았다. 집에 돌아와 샤워를 할 때도 수염 난 남자가 나를 쳐다보는 기분이 들었다.

나는 어깨까지 내려온 갈색 생머리에 웨이브를 넣으려고 애쓰고 있었다. 그때 거울에 비친 내 얼굴이 너무나 평범해서 새삼 놀랐다. 납작하고 희멀건 얼굴에 입은 작고 눈꺼풀은 두툼하고 볼도 넓었다. 그가 나의 내면을 알아볼 수 있을까? 나를 아내로 맞고 싶어 할까? 나는 그의 마음을 사로잡고 말겠다고 결심했다.

할머니가 요양원 봉사를 마치고 집에 돌아와서 준비를 마친 나를 보고 흡족하게 고개를 끄덕이셨다. "아주 우아하구나." '우아하다'라는 단어는 헝가리어였다. "어쩜 이렇게 종아리가 날씬하니." 날씬한 종아리는 여자의 중요한 매력이라는 것이 할머니의 지론이다. 할머니는 서랍장에서 금 초커(목에 꼭 끼는 짧은 목걸이-옮긴이)를 꺼내주셨다. "내가 결혼식 때 했던 장신구란다. 네 이름을 따온 친척 어른이 주신 거지. 오늘 밤에 하고 가거라."

나는 초커를 조심스레 목에 걸고 가운데 부분이 하늘색 모직 터틀넥 아래 정숙하게 숨겨진 쇄골 사이에 오도록 매만졌다.

할아버지도 옷을 갈아입으러 오셨다. 할머니는 제일 좋은 개버딘 정장 재킷을 꺼내 할아버지께 드렸고, 할아버지는 광을 낸 안식일 신발과 새 슈트레이멜을 챙기셨다. 나는 할아버지가 오늘 밤 새 털모자를 써서 기뻤다. 여태껏 결혼식 외에는 쓰는 모습을 못 봤기 때문이다. 평소답지 않게 복장에 신경 쓰시는 것을 보니 할아버지도 오늘 행사를 중요하게 생각하는 게 틀림없었다.

6시 반 무렵에 큰어머니와 삼촌이 도착했다. 큰어머니는 모피로 장식한 가장 좋은 안식일 망토를 걸치고, 가장 밝은 금발 가발을 쓰고 있었다. 뺨은 붉은 기가 돌았고, 앞머리는 볼륨을 넣고 스프레이로 고정했다. 나는 걱정스레 머리를 매만졌다. 나도 헤어스프레이를 쓸 걸 그랬나?

"준비 다 됐니?" 큰어머니가 쾌활하게 말했다.

"어디로 가요? 집에서 보는 거 아니에요?"

"아니란다, 얘야. 하비 집에서 할 거야. 그 집이 더 크니까."

우리는 다섯 블록 떨어진 하비 고모의 집으로 걸어갔다. 보도를 다 차지하고 나란히 걸어가는 우리 다섯 명은 참 볼 만한 광경이었을 것이다. 나는 양손을 코트 소매에 넣고 1월의 추위에 어깨를 움츠렸다. 성큼성큼 걸어가는 어른들을 따라 나도 탁, 탁, 탁 확신에 찬 발걸음으로 걸으려 애쓰며 길을 재촉했다.

그쪽이 먼저 와 있으면 어떡하지? 거실로 들어갈 때 다리 힘이 풀리면 어쩌지? 온갖 걱정이 머릿속에 떠올랐을 때 드디어 앞창으로 불빛이 쏟아져 나오는 하비 고모의 집이 보였다. 다리가 덜덜 떨린다고 생각했는데 실제로는 아주 멀쩡했다. 내 날씬한 발목을 보며 감탄하는데 문득 목에서 쓴맛이 올라왔다.

나는 남편이 될 그를 똑바로 쳐다보지 않기로 결심했다. 얌전한 척하며 바닥만 바라볼 생각이다. 하비 고모의 집은 따뜻했고, 벽에 달린 촛대는 불을 밝히고 있었다. "그쪽은 아직 도착하지 않았어." 고모가 레이스 커튼이 쳐진 창가에 서서 말했다. 나는 큰어머니 옆, 가죽 소파 가장자리에 걸터앉아 그들이 오기를 기다렸다. 큰어머니에게 소곤거리듯 작은 목소리로 그쪽이 도착하면 몇 분간 내 옆에 있어달라고, 곧바로 나와 그 남자만 남겨두고 가지 말라고 부탁했다. 마음을 추스를 시간이 필요했다. 얼마나 긴장했는지 목소리가 갈라졌을 정도다.

똑똑. 짧은 노크 소리가 들리자 하비 고모가 가발을 정돈하면서 문으로 달려갔다. 고모의 갈색 눈이 반짝였고 입가에는 미소가 번졌다. 반면 나는 긴장되고 떨려서 필사적으로 억지 미소를 짓고 있었다.

내가 앉은 자리에서는 바깥 복도가 보이지 않았지만 한 무리의 사람이 들어오는 발소리와 소곤거리는 말소리, 도어 매트에 신발을 문지르는 소리가 차례로 들렸다. 그리고 마침내 여러 사람의 목소리가 집을 채웠다.

앞으로 내가 슈비거shviger(시어머니)라고 부르게 될 슈피츨 쓴 여자와 시아버지로 짐작되는 남자가 시야에 들어왔다. 두 사람 다 키가 몽땅했다. '딸은 안 왔나 보네?' 나는 약간 안도했다. 그때 두 사람 사이로 납작한 검정 벨벳 모자가 눈에 들어왔다. 얼굴을 슬쩍 보고 싶었는데 플로칙plotchik 모자의 넓은 테에 가려 보이지 않았다.

아니, 그런데 플로칙 모자잖아? 나는 화들짝 놀랐다. 삼촌이 쓴 높은 비버 모피 모자도 아니고 할아버지가 쓴 크라흐힛krach-hit 모자도 아니고, 플로칙 모자다! 왜 아무도 이걸 눈치채지 못하는 거지? 머릿속이 물음표로 가득 찼다. 넓고 납작한 벨벳 플로칙 모자는 렙베의 장남 아론을 따르는 아론파의 표식이다. 할아버지가 나를 아론파와 결혼시킬 리 없는데? 우리 집안은 사트마 렙베의 막내아

들인 잘만을 지지한다. 남자 쪽 가족이 사는 커야스 조엘은 유대인
의 90퍼센트가 아론파라는 점을 미리 의심했어야 한다. 하지만 할
아버지가 집에서 정치 이야기를 금하셨기 때문에 가족이 모인 자리
에서 렙베의 두 아들이 벌인 분쟁에 관한 이야기를 할 수는 없었다.
그런 할아버지가 나를 아론파 남자와 결혼시키려 한다고?

그러나 모두가 나를 지켜보고 있는 이 자리에서는 아무 말도
할 수 없었다. 남자는 검은색 새틴 레클rekel(유대인이 입는 긴 검은색 코
트-옮긴이)을 입고 겸손한 예시바 학생답게 어깨를 구부리고 고개를
숙인 채 서 있었다. 반짝이는 금발 귀밑머리가 눈에 띄었다. 턱까지
오는 길이로 단정하게 자르고 굵은 컬을 넣은 귀밑머리가 그가 움
직일 때마다 가볍게 달랑거렸다.

나는 남자의 혀가 얇은 분홍색 입술을 훑은 뒤 감쪽같이 사라
지는 모습을 바라봤다. 분명 스물두 살이라고 했는데 십 대 소년처
럼 얼굴에 금색 솜털이 나 있었다. 이름은 가장 위대한 초대 사트마
렙베의 이름을 딴 일라이였다. 그런데 지금 이곳에서는 세상을 떠
난 렙베의 왕좌를 차지하려고 자식들이 다툼을 벌이고 있었다. 급
기야 공동체 밖 세속 법원에서 소송을 벌였고, 할아버지는 그것이
수치이자 신의 이름을 모독하는 짓이라고 비판하셨다. 공동체의 치
부가 외부에 공개된 것에 분노했다. 할아버지는 소송이 끝나고 승
자가 결정되더라도 다스릴 무언가가 남아 있지 않을 것이라면서,
이 일은 사트마 공동체의 망신이라고 경고하셨다. 할아버지의 말씀
이 맞을 수도 있지만 나와는 상관없는 일이다. 내 몸에 사트마의 피
가 흐르고 있는 것도 아니고 DNA에 새겨진 것도 아니다. 그것은 언
제든지 내 정체성에서 떼어내어 버릴 수 있는 꼬리표에 불과하다.

나는 과연 일라이는 사트마 공동체의 일원이라는 정체성을 결코 지울 수 없다고 여기는지 궁금해졌다. 나중에 우리끼리 있을 때 물어봐야겠다. 그가 어떤 사람인지 더 알 필요가 있다. 우리가 속한 이 세계에 대한 자기 주관을 가진 사람인지 아니면 주변 사람들의 견해를 앵무새처럼 따라 하는 사람인지 알고 싶다. 설사 결혼 상대를 정하는 문제에서 내게 발언권이 없다 하더라도 이 결혼에 동의하기 전에 상대방을 최대한 많이 알고 싶다.

우리는 하비 고모네 좁은 다이닝룸으로 가서 식탁에 둘러앉았다. 나는 일라이의 맞은편에 앉고 큰어머니가 내 오른쪽, 할머니가 내 왼쪽에 자리를 잡았다. 할아버지는 상석에, 장래의 시아버지는 아내와 함께 할아버지의 오른편에 앉았다. 하비 고모는 할아버지의 맞은편을 서성이면서 손님에게 탄산수와 케이크를 권했다.

할아버지와 장래 시아버지가 관습대로 이번 주 토라 구절에 관해 토론하였다. 그 대화를 들으면서 나는 할아버지가 명백하게 영적으로 우위에 서 있는 분이라는 사실이 내심 자랑스러웠다. 나의 할아버지보다 박식한 사람이 있을까? 사트마 렙베도 할아버지의 특별한 재능을 인정했다. 시아버지가 될 사람의 평범한 얼굴과 번들거리는 눈을 주의 깊게 지켜보면서 나는 그가 신체적으로나 지성적으로나 보잘것없는 사람임을 알아챘다. 할아버지는 분명 나를 더 괜찮은 남자와 맺어주고 싶으셨겠지만 유감스럽게도 내가 가진 배경으로는 이보다 나은 집안과 연을 맺기 힘들었다.

형식적인 대화가 끝난 후 어른들은 화기애애하게 부엌으로 자리를 옮기고 나와 일라이만 식탁에 남았다. 나는 고개를 숙인 채 손가락으로 식탁보 가장자리를 집요하게 만지작거렸다. 남자가 먼저 이야기를 시작해야 한다는 정도는 나도 안다. 남자가 입을 열지 않으면 여자는 말없이 기다려야 한다. 나는 살짝 고개를 들어 문을 쳐다봤다. 부엌문은 조금 열려 있었다. 어른들이 우리 이야기에 귀를 기울이고 있을까?

일라이는 자세를 바꾸고 코트 매무새를 가다듬더니 마침내 침묵을 깼다. "동생이 그러는데, 교사라면서요?"

나는 그렇다는 뜻으로 고개를 끄덕였다.

"좋네요, 아주 좋아요."

"그쪽은요?" 나는 뜸 들이지 않고 곧장 되물었다. "아직 예시바에 다니나요? 스물두 살에 예시바에 다니는 건 어떤가요? 나이가 비슷한 사람들이 있나요?" 나는 그의 나이를 언급해서 아픈 곳을 찔렀다. 이곳에서는 대부분의 남자가 늦어도 스무 살에는 결혼하기 때문이다. 스물을 넘기고도 미혼인 일라이 때문에 동생들에게 중매가 들어오지 않았을 것이고, 그런 입장에 놓인 사람은 죄책감을 느끼기 마련이다.

"당신이 나이가 찰 때까지 기다려야 했던 모양이죠." 그가 상냥하게 미소 지었다.

오히려 내가 한 방 먹었다. 나는 그의 모자에 대해 물어보기로 마음먹었다.

"집안이 아론파인가요? 플로칙 모자를 쓰고 있더군요."

"우리 집안은 중립이에요." 그가 잠시 생각하더니 이렇게 대답하고 입술을 핥았다. 마치 말을 할 때마다 입을 닦는 것이 정화 의식인 양 말이다. 공들여 연습한 대본대로 답하고 있다는 느낌이 들었다. 질문을 던질 때마다 내가 믿고 싶은 대로 해석할 수 있는 신중

하고 무난한 대답이 돌아왔다. 그는 금발 파요스를 손가락으로 빙
빙 돌리며 대답했다.

"탄산수 드려요?"

"아니, 괜찮아요. 목마르지 않습니다."

우리는 좀 더 이야기를 나눴다. 주로 내가 질문하고 그가 대
답했다. 일라이가 여행을 갔던 이야기를 들려주었다. 그의 아버지
가 명망 높은 랍비들의 무덤을 방문하는 비싼 유럽 여행에 그를 데
려갔다고 했다. 일라이와 그의 아홉 명의 형제는 묘비 앞에서 기도
할 때를 제외하고는 승합차에 쭈그리고 앉아서 유럽을 일주했다.

"유럽까지 가서 무덤만 보고 왔다고요?" 나는 목소리에 비웃
음이 드러나지 않도록 신경 쓰며 물었다. "다른 건 전혀 못 봤어요?"

"다른 것도 보려고 노력은 했는데 아버지가 허락하지 않으셨
죠. 하지만 언젠가 다시 가서 제대로 구경하고 싶어요."

순간 나는 일라이에게 연민을 느꼈다. 영적인 것에만 집착하
느라 진정으로 중요한 것이 무엇인지 모르는 편협한 그의 아버지
가 잘못된 것이다. 내 할아버지는 그렇게 하지 않으실 것이다. 할아
버지는 늘 이 세상은 우리가 아름다움을 누릴 수 있도록 창조된 것
이라고 말씀하셨다. 어쩌면 일라이와 나는 함께 유럽을 방문할지도
모른다. 나는 늘 다른 세상을 볼 수 있기를 바랐다. 결혼이 내게 이런
자유를 누리게 해줄 수 있다고 생각하니 갑자기 솔깃해졌다.

언제라도 어른들이 우리 대화를 중단시킬 수 있었기에 나는
일라이와 솔직한 대화를 시도해보기로 했다. 손은 식탁 아래 무릎
위에 둔 채, 나는 몸을 넌지시 앞으로 기울이며 말했다.

"난 일반적인 여자가 아니에요. 그러니까, 정상이긴 하지만

남들과 다르다고요."

"대화해보니 알 것 같네요." 그가 살짝 미소 지으며 말했다.

"그쪽이 알아야 할 것 같아서 얘기하는 거예요. 경고인 셈이죠. 나는 쉽게 다룰 수 있는 사람이 아니에요."

별안간 일라이가 긴장을 풀더니 식탁 위에 두 손을 펼쳤다. 두꺼운 손가락 마디 아래로 울퉁불퉁 정맥이 돌출해 있고 손바닥을 가로지르는 손금은 굵고 붉었다. 남성적이면서도 우아한 노동자의 손이다.

"그게 내 특기예요." 그가 진심 어린 눈빛으로 나를 바라보며 말했다. "어떤 사람도 다룰 줄 알거든요. 난 걱정 안 해요. 그쪽도 걱정하지 말아요."

"어떤 사람도 다룰 줄 안다니, 그게 무슨 뜻인가요?"

"내 친구 중에 다루기 힘든 사람도 있거든요. 저는 그런 사람이 흥미롭더라고요. 인생에 풍미를 더한다고 해야 하나. 세상에는 따분한 사람이 너무 많잖아요. 개성 있는 사람을 아내로 맞는 편이 낫다고 생각해요."

그는 마치 신랑 오디션을 보고 있는 사람 같았다. 그의 태도는 우리 사이에 근사한 로맨스가 존재하기를 바라는 사람처럼 간절했고, 나는 그 답을 듣고 안도했다. 앞으로 어떤 일이 생기든 내 책임이 아니다. 나는 분명히 경고했다.

큰어머니가 다이닝룸의 미닫이문을 열고 나를 쳐다봤다. 나는 고개를 끄덕였다. 문득 30분이나 얘기를 나눴는데도 그에 관해 알게 된 것이 별로 없다는 사실을 깨달았다. 하지만 적어도 그가 금발에 푸른 눈, 그리고 치아를 다 드러내는 함박 미소를 짓는 사람이라는 점은 보았다. 자식들의 외모는 걱정하지 않아도 될 것 같다.

　　큰어머니의 눈은 기대로 빛나고 있었지만, 태도는 평소처럼 엄숙했다. 좁고 어두운 복도에 선 나는 축하 행사가 열릴 환한 부엌으로 가는 것 외에는 다른 길이 없었다. 내가 선택할 수 있는 다른 문도 없다. 미소를 지으며 고개를 끄덕이는 것 외에 내게 다른 선택지는 없고, 나는 그 유일한 선택지를 따랐다. 방금 인생을 좌우할 중요한 결정을 내렸다는 느낌은 들지 않았다.

　　부엌에 가니 우리의 약혼을 선포하며 건배할 수 있도록 술이 담긴 은잔이 남자들 앞에 놓여 있었다. 큰어머니는 친척들에게 전화를 돌리기 시작했고, 나도 몇몇 동창에게 전화를 걸어 약혼 소식을 알렸다. 얼마 지나지 않아 나와 남편 될 사람을 축하하러 온 사람들로 집이 북적거렸다.

　　일라이의 어머니가 나에게 꽃무늬 디자인의 못생긴 은팔찌를 선물로 주었고, 나는 그것을 받고 기뻐하는 척했다. 추운 밤공기에 뺨이 빨갛게 된 내 친구들이 헬륨 풍선을 들고 도착했다. 큰어머니는 일회용 카메라로 사진을 찍었다.

　　결혼 날짜는 7개월 뒤인 8월로 정해졌다. 그때까지 나는 예비 신랑을 고작 한두 번 정도 만날 것이고, 할아버지는 예비 신랑과 신부의 통화도 달가워하지 않으실 것이다. 손님들이 돌아간 후 나는 작별 인사를 하면서 그의 얼굴을 마음에 새기려고 애썼다. 지금 내가 그에 관해 확실히 아는 건 얼굴뿐이다. 하지만 그 이미지도 금세 흐릿해져서, 보름 뒤에는 마치 그를 만난 적도 없는 것 같았다.

*

　　우리가 약혼한 지 일주일이 지났을 때, 예비 신랑의 여동생 슈프린자도 약혼을 했다. 벌써 스물한 살인 예비 시누이가 더 일찍 약혼할 수 없었던 이유는 오빠의 짝이 정해지지 않았기 때문이다. 매서운 눈초리와 이가 다 드러나는 미소, 까칠한 목소리와 여성스럽지 않은 행동거지가 특징인 슈프린자와 결혼하겠다는 사람이 있다니 알 수 없는 일이다. 알고 보니 오빠의 제일 친한 친구와 결혼을 한다고 했다. 오빠와 결혼할 수는 없으니 오빠와 가까이 지내기 위한 차선책을 택한 것은 아닌지 궁금했다.

　　내가 약혼한 그날 밤, 슈프린자는 같이 사진을 찍자며 나를 한쪽으로 데려가더니 자신이 오빠와 얼마나 친한 사이인지 아느냐고, 그 어떤 남매보다 훨씬 더 가까운 사이라고 말했다. 눈을 번득이며 그렇게 말하는 시누이는 마치 '내 오빠는 절대 나만큼 너를 사랑하지 않을 거야'라고 위협하는 것 같았다. 하지만 일라이는 나를 더 사랑할 것이다. 늘 나를 가장 소중히 여길 것이다. 내가 슈프린자보다 더 예쁜 데다 더 명랑하고 재미있기 때문에 당연한 일이다.

　　다음 주에는 일라이와 내가 약혼 계약서에 사인할 예정이다. 계약서에 사인하면 결혼을 물릴 방법이 없다. 랍비들은 약혼 계약을 깨는 것은 이혼보다 더 큰 죄라고 말했다. 약혼 파티에서 나는 다이아몬드 반지를 받을 것이고(제발 우아한 스타일이었으면 좋겠다), 일라이에게는 예물 시계를 줄 것이다. 나는 큰어머니와 귀금속점을 방문하여 평평한 금 문자반에 가는 그물망 형태의 금 체인이 달린 2000달러짜리 시계를 골랐다. 큰어머니는 주저하는 기색 없이 할아버지가 준 수표에 금액을 적었다. 갑자기 돈은 문제가 되지 않았다. 내 약혼과 관련된 일이라면 뭐든지 살 수 있었다. 큰어머니는 드레스숍에서 구릿빛 새틴 테두리로 장식한 청동색 벨벳 드레스를 고른 뒤 내 몸에 완벽하게 맞도록 재봉사에게 수선을 맡겼다(큰어머니는 솜씨 좋은 재봉사가 여자의 가장 좋은 친구라고 말했다). 레이철 고모가 와서 드레스의 높은 칼라 위로 목이 드러나도록 내 머리를 단발로 잘라주었다. 고모는 결혼식을 할 무렵이면 머리가 다시 자라 있을 것이라고 말했다.

약혼 파티 날 아침에 일어나니 눈이 퉁퉁 부어 있었다. 낭패다. 아무리 눈 주위에 파운데이션을 발라도 부기를 가릴 수 없었다. 정신없이 헤이워드스트리트의 병원으로 달려가서 안약을 넣었지만 염증은 가라앉지 않았다. 태연함을 가장하고 눈병에 걸리지 않은 척하는 수밖에 없었다. 파티장에 도착할 때까지 줄곧 미소를 짓고 있었지만 사실 정신이 멍했다. 앞이 잘 보이지 않을뿐더러 머리가 지끈거렸다. 나는 아무도 눈치채지 못하게 해달라고 기도했다. 약혼 축하 파티에서 주인공이 환하게 웃지 않는다고 큰어머니에게 꾸지람을 듣는 것보다 더 분한 일은 없을 테니까.

사진사가 여러 가지 포즈를 요구할 때마다 나는 붓지 않은 눈이 카메라를 향하도록 신경 썼다. 그는 우리를 디저트 테이블로 이끌더니 내게 쁘띠 푸르petit four(한 입 사이즈의 작은 케이크 등-옮긴이)를 일라이의 입에 넣어주는 자세를 취해보라고 했다. 사진사 뒤로 일라이 어머니의 경악한 얼굴이 보였다. 시어머니는 우리의 부적절한 포즈를 못마땅해하며 입술을 삐죽였다. 다른 사람이 이 장면을 보지 못해서 다행이라 생각하고 있는 게 틀림없다.

안약 때문에 뿌옇게 보이긴 하지만 나는 일라이가 마음에 들었다. 특히 화사한 미소와 밝고 푸른 눈, 넓은 어깨, 남성적인 손과 조심스러운 움직임 등 외모가 꽤 마음에 들었다. 그도 내 외모가 마음에 드는지 궁금했다.

남학교 구내식당에 몇 가지 장식을 달고 레이스 식탁보를 깔아서 파티장 분위기를 낸 회관으로 손님들이 들어오기 시작하자, 신랑과 시아버지는 철제 칸막이 뒤편의 남자 구역으로 사라졌다. 이쪽 여성 구역에는 내가 가르치는 학생들이 찾아와서 전통적으로 신부에게 하는 마젤 토브mazel tov 축하 인사를 건넸다.

고대 히브리어로 작성되어서 도무지 읽을 수 없는 약혼 계약서에 서명할 차례가 되었다. 우리는 남자 구역이 보이는 칸막이 끝쪽에 모여 섰다. 할아버지가 약혼 접시를 깨뜨렸다. 약혼식을 위해 특별히 구입한 장미 문양 테두리의 도자기다. 약속의 상징인 접시가 깔끔하게 조각났고, 할머니가 깨진 조각을 모아 따로 보관하셨다. 이 조각으로 반지를 만드는 여자들도 있다고 했다. 보석 세공인에게 맡기면 꽃문양 부분을 가공한 다음 심플한 금반지에 세팅해주었다. 아니면 펜던트로 만들 수도 있지만, 나는 그럴 생각이 없다.

다음으로 예비 시어머니가 내게 다이아몬드 반지를 주었고, 모두 반지를 구경하려고 주위로 몰려들었다. 밴드가 너무 두껍고 다이아몬드 알은 작고 밋밋하긴 하지만 심플한 반지라서 다행이라고 생각했다. 신랑은 예물 시계가 마음에 들 것이다. 내가 직접 고른 것이고, 나는 좋은 안목을 가졌으니까.

금시계는 일라이의 손목에 잘 어울렸다. 친구들은 내가 바탐테batampte(군침 도는 남자)를 낚아챘다고 생각하는 것 같았다. 최소한 외모는 괜찮은 남자와 결혼하게 되어 기분이 으쓱했다. 나는 일라이를 바라보면서 '평생 트로피처럼 과시할 수 있는 잘생긴 남자를 얻었구나'라고 생각했다. 그의 금빛 목을 둘러싸고 있는 흰 셔츠의 빳빳한 깃이 아주 보기 좋았다.

∗

민디와 나는 퇴근 후 단골 가게인 리애비뷰 피자집에서 내 약혼식 사진을 구경했다. 민디는 오빠에게 마침내 중매가 들어왔고 곧 약혼하게 될 것 같다고 했다. 오빠의 혼사가 결정되는 대로 민디의 차례가 될 것이다.

민디는 앞으로 우리가 자주 만나지 못하게 될까 봐 아쉽다고 했다. 다른 한편으로는 결혼하면 부모님으로부터 독립할 테니 그게 좀 부럽기도 하다고 솔직하게 털어놓았다.

"부모님이 어떤 사람이랑 맺어주실 것 같아?" 내가 물었다. 민디가 자신의 어머니처럼 슈피츨을 쓰는 운명을 받아들일지, 아니면 부모님의 뜻에 맞설지 궁금했다. 결혼이 곧 우리가 갈망하는 독립을 뜻하지는 않기 때문이다.

민디는 전혀 그런 티를 내지는 않았지만, 혹시 민디가 열일곱 살에 자유와 독립으로 가는 열쇠를 손에 넣게 된 나를 질투하지는 않는지 궁금했다. 민디는 나보다 나이가 많았고, 설사 곧 결혼한다 해도 삶이 달라지리라는 보장이 없었다. 나는 내가 종교적 극단주의자나 부인을 엄격하게 통제하는 사람과 결혼하는 것이 아니라는 사실에 감사했다.

"네가 고르도록 허락해주실까?" 나는 민디가 아버지에게 자신과 잘 어울릴 짝을 찾아달라고 간청하면 어떻게 될지 궁금해하며 이렇게 물었다. "가족 중 누군가가 네 편을 들어줄 수 있지 않을까?"

"모르겠어." 민디는 수심에 잠긴 채 빛나는 검은색 머리카락을 쓸어 올리며 대답했다. "아직 그 문제는 생각하고 싶지 않아. 닥치면 고민할래."

나는 충분히 이해한다는 의미로 고개를 끄덕였다. 내가 아는 기혼 여성 대부분은 결혼 전과 다를 바 없는 삶을 살고 있다. 부모님 집과 신혼집을 오가면서 딸의 의무와 아내의 의무를 다하는 데 몰두하며 바쁜 하루를 보낸다. 어쩌면 그것이 어른들이 바라는 삶이리라. 하지만 민디와 나에게 그런 삶은 충분치 않았다. 특히 민디는 절대로 전업주부로 살지 않을 것이다.

민디는 불쾌한 생각을 털어버리려는 듯 머리를 세차게 흔들었다. "결혼 수업에서 뭘 가르쳐주는지 나한테 다 말해야 해!" 민디의 얼굴에 익숙한 장난기 어린 미소가 번졌다.

"물론이지." 나는 킥킥거리며 대답했다. "일요일에 첫 수업이 있어. 끝나고 전화할게."

내 직감이 맞았다. 1년 후 민디의 결혼 상대가 정해졌고, 언니들과 마찬가지로 아주 독실한 남자와 결혼했다. 민디는 독서를 포기하고 아이들 키우는 데 전념했다. 우리 사이가 멀어지기 전 마지막으로 만났을 때, 민디는 아이 셋을 낳고 넷째를 임신하고 있었다. 문간에 선 그녀는 갓난아기를 추스르며 미소 지었다. "이게 신께서 원하시는 거야." 나는 치밀어오르는 울화를 억누르며 아파트 계단을 내려왔다. 방금 전에 만난 여자는 내가 아는 민디가 아니다. 내가 아는 민디는 자신을 포기하고 운명을 받아들이지 않았을 것이다.

그 삶은 신이 아니라 인간이 원하는 거겠지. 민디의 운명은 신이 아니라 주변 사람에 의해 정해졌다. 나의 소중한 친구에게 해 줄 수 있는 말이 아무것도 없었다. 민디의 남편은 나를 나쁜 영향을 주는 친구라고 여겼다. 만남을 지속해서 그녀의 삶을 힘들게 만들고 싶지 않았다. 하지만 나는 늘 민디를 기억할 것이다.

6장

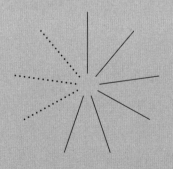

투쟁할 가치가 없는 일

나는 무언가를 쟁취하기 위해 투쟁하고 싶지 않다. 누구의

허락을 받을 필요도 없이 그저 존재하고 행동하고 싶다.

_펄 에이브러햄,『로맨스 리더The Romance Reader』중에서

*

결혼 수업 선생님은 '닛다Niddah'를 문자 그대로 해석하면 '내쳐짐'이라는 뜻이지만 실제로 그 의미가 아니라고 설명하며 나를 안심시키려 했다. 닛다는 유대 율법이 정한 한 달 중 2주간의 '여성의 시간'을 이르는 말일 뿐이라고 했다. 나는 지금 결혼 수업에서 이런 내용을 담은 정결법law of niddah을 배우고 있다.

선생님에게 닛다가 영어로 무슨 뜻인지 물어보았다. 처음에는 대답을 피하던 선생님도 거듭된 재촉에 마지못해 대답해주면서 정결법이 결혼 생활에 가져오는 혜택을 늘어놓았다. 그런데 듣고 있자니 피가 거꾸로 솟는 기분이다. 특히 '내쳐진다'는 개념이 굴욕적이다.

선생님은 성전의 시대에 여자는 성전에 들어갈 수 없었다고 설명했다. 갑자기 피를 흘려 성전을 더럽힐 위험이 있기 때문이었다. 월경 주기는 종잡을 수 없고, 그래서 월경이 시작되는 느낌이 들면 바로 확인하는 게 중요하다고 강조했다.

자궁에서 출혈이 시작되는 즉시 여성은 '내쳐진다'. 이 기간에 남편은 아내를 만질 수 없을 뿐만 아니라 음식을 건네주는 것도 허용되지 않는다. 아내의 몸을 보아서도 안 되고 아내가 노래 부르는 소리를 들어서도 안 된다. 아내는 금단의 대상이 된다.

결혼 수업에서는 이런 것들을 가르쳤다. 수업을 마치고 선생님 집을 나설 때면 나도 모르게 거리 여성들을 닛다를 아는 사람과 모르는 사람 두 부류로 나누어 바라보게 되었다. 그리고 나는 여전히 어중간한 자리에 위치했다. 2인용 유모차를 밀고 리애비뉴를 걸어가는 독실한 기혼 여성들에게 묻고 싶었다. "당신은 여자이기 때문에 더럽다는 말을 들어도 상관없나요?" 내가 아는 모든 여성에게 배신당한 기분이었다.

결혼이 이렇게 복잡한 일인 줄은 몰랐다. 나의 가정을 꾸리는 일이라고 단순하게 생각했다. 그리고 최고의 살림꾼, 최고의 요리사, 최고의 아내가 될 작정이었다. 하지만 결혼 수업 선생님은 월경이 끝난 후 일주일간 하루 두 번씩 천으로 아래를 닦아 피의 흔적이 없는지 검사해야 한다고 말했다. 7일 연속 '하얀 날'이 계속된 후에는 미크바에 가서 정결 의식을 치러야 했다. 나는 결혼한 내 사촌들이 모두 그렇게 하고 있다고 상상하기 힘들었다.

통상 한 달 중 나머지 2주간 지속되는 정결 기간에는 모든 것이 허용되었다. 여자가 '깨끗'할 때에는 따라야 할 규칙이 별로 없었다. 선생님은 유대식 결혼이 오래 지속되는 이유가 바로 이 때문이라고 확신했다. 이 방식을 따르면 남편과 아내가 늘 새롭게 유대를 다질 수 있으며 싫증이 나는 법이 없다고 장담했다("남자가 싫증을 안 낸다는 말인가요?" 나는 목구멍으로 넘어오는 질문을 조용히 삼켰다).

선생님은 남자란 원래 금지된 것만 원하는 속성이 있기 때문에 거부와 허용을 반복하는 일관된 패턴이 필요하다고 설명했다. 나는 그런 식으로 여성을 남성의 소유물로 보는 것이 과연 옳은가 하는 의문이 들었다.

"결혼하기 싫으니?" 이런 거북한 심경을 토로하자 선생님이 짜증을 냈다. 나는 움찔했다. 여기다 무슨 대답을 할 수 있으랴? '결혼하고 싶다'라는 대답 외에 어떤 말도 문제가 될 것이다.

"아니에요. 당연히 하고 싶죠. 그냥 제가 이 많은 규칙을 기억하지 못할까 봐 겁나서요."

선생님은 월경혈을 검사할 때 쓸 하얀색 무명천을 보여주었다. 작은 사각형 천의 한쪽 모서리에 짧은 꼬리가 달려 있었다. "이건 뭐예요?" "빼기 힘들 때 잡아당기는 용도야." 기름진 비닐 식탁보 위에 놓인 무명천이 부엌 창문으로 들어온 산들바람을 따라 팔랑거렸다.

월경이 끝나면 아침에 일어나자마자 한 번, 그리고 해가 지기 전에 한 번, 이렇게 매일 두 번씩 검사해야 한다. 한 번이라도 빠뜨리면 랍비에게 연락해서 그래도 괜찮은지, 아니면 처음부터 다시 시작해야 하는지 물어봐야 한다. 피가 아닌 다른 얼룩이 묻어도 가져가서 보여주고 율법에 따라 코셔인지 아닌지를 판정받아야 한다. 속옷에 뭔가가 묻어도 마찬가지다. 남편을 대신 보낼 수도 있다. 7일 후 14장의 깨끗한 천이 쌓이면 미크바에 가서 남편을 위해 몸을 씻고 정화한다. 미크바에 다녀올 때마다 새 신부가 되는 것과 같다나.

그동안 그 건물을 수없이 지나쳤지만 그곳에 미크바가 있는지도 몰랐다. 미크바는 브루클린퀸스 고속도로가 보이는 윌리엄스버그스트리트의 평범한 벽돌 건물에 있었다. 나는 여자들이 남의 눈을 피해 밤에만 미크바를 방문한다는 사실을 알게 되었다. 미크바에서는 완경기 여성들이 직원으로 일했다. 그들은 의식을 마친 후 정결을 증명해주는 역할을 담당했다.

나는 결혼식 닷새 전에 처음으로 미크바를 방문했다. 결혼식 직전에 월경이 시작되지 않도록 미리 피임약도 처방받았다. 결혼수업 선생님은 월경은 부정하므로 그 상태로는 첫날밤을 치를 수 없다고 말했다. 부정한 신부는 결혼식 후 신랑의 손을 잡을 수 없고, 그러면 동네 사람들이 모두 신부가 부정하다는 것을 알게 될 것이라고 했다. 결혼식 후에 동침할 수도 없고, 의식을 통해 정결해질 때까지 줄곧 소멜shomer(지키는 자)의 감독을 받아야 했다.

나는 다른 여자 앞에서, 그것도 낯선 미크바 직원 앞에서 옷을 벗어야 한다는 사실이 영 거북했다. 이 마음을 털어놓자 선생님은 가운을 입고 검사한다고 설명해주었다. 몸을 물속에 완전히 담갔다가 탕에서 나올 때는 가운으로 몸을 가린다고 했다.

하지만 나는 평생 가구에게도 벗은 몸을 보이지 말아야 한다고 배우며 자랐다. 샤워 후 욕실 거울에 낀 수증기를 닦아내지도 않았다. 내 몸의 은밀한 곳을 본 적조차 없다. 그런데 낯선 사람에게 알몸을 보여줘야 하다니, 옳지 않다.

동네 조산원에서 받은 피임약을 복용하는 일은 여간 고역이아니었다. 나는 한밤중에 잠에서 깨 배를 움켜잡고 파도처럼 밀려오는 구역질을 참았다. 속을 진정시키려고 크래커와 토스트를 먹어보았지만 물컹해진 통밀 덩어리를 토해낼 뿐이었다. 조산사는 시간이 지나면 차차 나아진다면서 결혼식 때까지만 참으라고 했다. 결혼식 전 몇 주간 나는 아침마다 메스꺼움과 싸우면서 혼수품을 마련하러 다녔다.

나이 든 할머니와 할아버지는 결혼식을 준비하기에 힘이 부쳤기 때문에 큰어머니가 대부분의 일을 도맡았다. 우리는 디비전애비뉴의 브라흐 침구점에서 리넨 제품을 구입하고, 근처 빌헬름 가정용품점에서 그릇과 주방용품을 샀다. 나는 우리가 살게 될 아파트의 작은 주방에 맞춰 주문 제작한 식탁에 어울리는 아름다운 빌레로이앤보흐(독일의 유명한 도자기 회사-옮긴이) 식탁보를 골랐다. 결혼 후 우리는 윌어바웃스트리트에 위치한 5층 아파트에서 살 예정이다. 과거 윌리엄스버그의 상업 지구였고 아직도 낡은 창고와 방치된 창고가 곳곳에 널린 그 동네는 커다란 화물차가 밤낮을 가리지 않고 시끄러운 소리를 내며 거리를 질주했다.

600제곱피트(약 17평) 아파트는 작은 부엌과 거실 겸 다이닝룸, 작은 침실이 있는 구조였다. 침실이 더블 사이즈 침대 두 개를 들여놓기에는 좁아서 슈퍼싱글 사이즈로 구입했다. 하지만 내 친구 셰인디는 나중에 아이를 돌보려면 더 넓은 침대가 필요하다고 권했다. 아파트 거실에는 리애비뷰가 내다보이는 작은 베란다가 딸려 있었다. 베란다로 나가면 똑같이 생긴 베란다가 양옆으로 쭉 늘어선 모습을 볼 수 있었다. 대부분 신혼부부가 사는 집이었다. 하루는 베란다에 나가니 왼쪽에서 한 젊은 남자가 담배를 피우고 있었다. 그는 내 시선을 느끼고는 재빨리 담배를 끄고 안으로 들어갔다.

나는 신혼집을 정리한다는 핑계로 종종 그 아파트에 갔다. 거실에 앉아 이웃에게 내가 비유대인 음악을 듣는다는 것을 들키지 않도록 작은 소리로 힐러리 더프의 노래를 틀었다. 손가락으로는 원목마루의 나뭇결을 매만지면서, 펜스트리트의 조부모님 댁으로 돌아갈 필요가 없어질 일상을 상상했다.

그리고 책들을 옮겨와 욕실장에 숨겼다. 할머니는 내가 빈 집에서 무엇을 하며 그렇게 오랜 시간을 보내는지 궁금해하셨다. 나는 맨바닥에 웅크리고 앉아 책을 읽었다. 지금 읽고 있는 책은 민디가 빌려준 『로맨스 리더』이다. 이 책은 우리처럼 독서를 하고 수영복을 입고 싶어 하는 유대인 여자아이에 관한 이야기다. 저자는 초정통파 출신으로, 지금은 종교 공동체를 떠난 상태다. 민디는 저자의 어머니를 알았다. 시내 중심가에서 작은 자수 가게를 운영하는 그녀는 가발 위에 스카프까지 두르는 엄격한 유대인이었다. 들리는 말에 의하면 이 모녀는 절연했다고 한다.

이 책은 소설로 발표되었지만 내게는 사실을 적나라하게 파헤친 르포 같았다. 책 속에 묘사된 이야기가 현실적으로 와닿았기 때문에 저자가 경험을 바탕으로 쓴 책임을 알아챘다. 주인공은 나처럼 중매결혼을 했다. 그리고 남편의 심약함에 크게 실망한다. 결국 이혼하였으나 다시 친정으로 돌아가야만 했다. 내가 속한 세상에서 이혼은 궁극의 실패다. 어째서 그토록 탈출하려 애썼던 세계로 다시 돌아간 것일까? 결혼으로 독립을 쟁취할 수 있으리라, 나중에는 이혼으로 자유로워지리라 판단했겠지. 그러나 우리에게 자유로 가는 길은 아예 존재하지 않는다.

나는 현실에 대한 불만은 그만 접기로 마음먹었다. 일라이는 심약하고 우둔한 사람이 아니다. 용감하고 강한 사람이며 우리는 함께 금지의 굴레를 벗어날 것이다.

*

나는 큰어머니가 신청한 하시카파hashkafah 수업에도 참석했다. 이 역시 결혼 생활을 준비하는 수업의 일종이지만, 율법보다는 성공적인 결혼 생활에 필요한 마음가짐을 가르쳐준다. 결혼을 앞둔 여자 10여 명을 모아서 단체로 진행되었다. 새 신부들은 수업이 시작되기 전에 소파에 모여 앉아 키득거리면서 예물을 비교하거나 혼수 준비 이야기를 주고받느라 바빴다.

수업은 레베친 선생님 집에서 열렸다. 레베친은 우리를 다이닝룸의 커다란 참나무 식탁에 둘러앉히고는 화이트보드 앞에 섰다. 그러고는 다양한 시나리오를 제시하면서 결혼 생활에서 맞닥뜨린 문제들을 어떻게 해결해나가면 좋겠느냐고 질문했다. 정답자에게는 칭찬의 눈길을 보냈다. 하지만 나는 똑같은 문제를 다른 형태로 되풀이하고 있음을 간파했다. 모든 질문에는 오직 한 가지 정답만 존재했다. 선생님은 타협이라 불렀지만 내게는 굴복이나 다름없었다.

선생님의 시나리오에 등장하는 부부는 늘 격식을 차리는 관계였다. 저렇게 상대방을 낯선 사람처럼 대하는 부부가 정말로 있을까? 결혼한 지 오래된 레베친 부부가 서로를 가전제품처럼 대할 리 없다. 다른 사람들은 수업 내용을 아무 의심 없이 받아들이는 것 같았다. 나는 로봇 같은 그들을 잡아 흔들며 소리치고 싶은 충동에 사로잡혔다. '다들 보석과 새 리넨 때문에 눈이 멀어버린 거니? 너희는 중요한 걸 놓치고 있어! 결국 너희에게 남는 건 벽장 가득 들어찬 새 물건과 리모컨이 딸린 남편뿐이야!'

나는 그들과 다르다는 우쭐한 기분이 들었다. 결코 남편을 서먹서먹하게 대하지 않을 것이다. 우리는 서로를 인간으로 대하며 살얼음판을 걷듯 숨 막히게 살지 않을 테다. 세상은 남자와 여자는 서로를 이해할 수 없다고 말하지만, 실제로 우리 공동체에서 남녀 사이에 존재하는 차이점은 공동체에 의해 부여된 것일 뿐이다.

큰어머니는 끊임없이 수업을 잘 받고 있느냐고 물었다. 시도 때도 없이 전화를 걸고 내 삶에서 일어나는 아주 사소한 일에도 관심을 보였다. 그리고 특별히 두 선생님을 골랐다면서, 내게 아주 딱 맞을 거라고 호언장담했다. 반박하지는 않았지만 어이가 없었다.

'딱 맞는다고요? 좀 더 젊고 활기찬 선생님은 없나요?' 큰어머니는 그동안 내 삶을 통제하며 일일이 간섭했으면서도 여전히 나를 모른 다는 사실이 놀라웠다.

          ＊

      특별한 날이나 명절이 되면 일라이 집안에서 선물을 보냈다. 늘 예쁘게 포장되어 캔디나 꽃과 함께 도착했다. 첫 선물은 나무들 의 새해인 투 비슈밧Tu B'Shvat을 맞아 보낸 반짝이는 진주 목걸이 였다. 나는 장래 남편에게 초막절에 유대인 회당에 갈 때 에트로그 etrog(초막절에 준비하는 귤과의 과일-옮긴이)를 담아갈 화려한 은상자를 보냈다. 내가 직접 금색 스프레이를 칠한 선물 상자 안에 양치식물 과 레몬을 넉넉히 깔고 그 위에 은상자를 놓은 뒤 그의 형제와 누이 들을 위한 선물도 함께 넣어서 부쳤다. 약혼자에게 선물을 보내는 풍습은 오래된 전통으로, 약혼 기간 동안 경쟁하듯 주고받는다.

      부림절Purim(유대인이 페르시아의 음모에서 벗어난 일을 기념하는 축 제이다-옮긴이)에는 시어머니에게 보낼 선물로 작은 초콜릿 트라이 플 컵을 스무 개 진열한 은쟁반과 비싼 와인 한 병, 그리고 밀크 초 콜릿과 화이트 초콜릿 무스를 번갈아 깐 크리스털 잔 두 개를 준 비했다. 나는 선물을 투명한 셀로판지로 싸서 커다란 은색 리본으 로 장식했고, 사촌이 그것을 커야스 조엘까지 직접 배달했다. 일라 이에게는 따로 에스더서 메길라megillah(두루마리 성서)를 보냈다. 부 림절에는 유대민족을 구한 황후 에스더의 이야기를 두 번 낭독하 는 전통이 있다. 필경사에게서 메길라를 구입하는 데 할아버지 돈

1600달러가 들었다. 양피지를 돌돌 만 뒤 이런 종류의 문서를 위해 특별히 제작한 호화로운 가죽 통에 담고, 샴페인 한 병과 얼음 모양 사탕을 함께 넣어서 보냈다. 약혼자에게 좋은 선물을 할 수 있어 기뻤다. 유대인 회당에서 젊은 남자들이 메길라와 에트로그 상자를 비교하며 과시한다는 것을 알고 있었기 때문이다. 할아버지는 장래 손녀사위에게 돈을 아끼지 않았다. 할아버지가 이렇게 기쁘게 돈을 쓰는 모습을 본 건 처음인데 마치 지금을 위해 안 쓰고 아껴둔 사람 같았다.

오늘은 특별히 할아버지가 일라이에게 부림절 축하 전화를 하라고 허락해주셨다. 줄이 짧은 부엌 전화를 써야 했고 의례적 인사만 겨우 주고받을 수 있었지만 그래도 일라이의 목소리를 들어서 기뻤다. 몇 주 전에는 슈프린자가 그의 사진을 보내주었다. 내가 보낸 선물 옆에 앉아 다정하게 웃고 있는 모습이었다. 이후 나는 툭하면 그 사진을 꺼내서 햇볕에 그을린 일라이의 팔과 쇄골을 바라봤다. 그의 몸이 어떤 모습일지 상상해보려 애썼지만 전혀 그려지지 않았다. 그래서 이번에는 명절 후에도 그의 목소리를 되새길 수 있도록 잘 기억해두겠다고 마음먹었다.

할아버지는 그쪽 집안 어른들과 명절 인사를 주고받은 뒤 수화기를 넘겨주셨다. 시어머니였다. "네가 보낸 선물 잘 받았다. 근사하게 꾸몄더구나." 그리고 내가 받을 선물은 지금 배달 중이라고 했지만 무엇일지 캐묻지 않았다. 시계일까, 아니면 브로치일까?

시어머니가 일라이를 바꿔줄 테니 기다리라고 말했다.

"즐거운 부림절입니다." 그의 쾌활한 목소리를 듣자 수화기 너머로 장난스러운 미소가 보이는 듯했다. 그는 명절 중에서 부림절을 가장 좋아한다고 말했다. 이날은 모두가 마음껏 즐기는 하루였다.

"내가 보낸 선물, 도착했어요?" 내가 물었다. "와인이 마음에 들던가요? 특별히 당신을 위해 고른 거예요."

"네, 받았어요, 고마워요. 근사하던데요. 그런데 와인은 아버지가 가져가셨어요. 코셔가 아니라고 못 마시게 하시네요. 우리 아버지 알잖아요, 렙베의 직인이 붙은 와인만 구입하시거든요. 다른건 용납하지 않으세요."

놀라서 말문이 막혔다. 그 와인을 구입할 때 할아버지도 동행했다. 우리 할아버지가 얼마나 경건하고 독실한 분인데! 일라이의 아버지와는 비할 바도 아니다. 그런데 감히 내 할아버지를 욕보여? 화가 치밀었다.

"나도 당신에게 뭔가 보냈어요." 일라이가 어색한 침묵을 깼다. "곧 도착할 거예요. 돕긴 했지만 사실 여동생들이 다 했죠. 그래도 당신 마음에 들었으면 해요."

나는 관심 없는 척했다. 선물 때문에 들뜨는 건 꼴사나운 일이다. 문득 부엌 안 모두가 통화에 귀 기울이고 있음을 의식하고 작별 인사를 했다.

"즐거운 부림절 보내요, 일라이." 그 순간 내가 그의 이름을 소리 내어 부른 게 처음이라는 사실을 깨달았다. 묘하게 친밀해진 느낌이 들었지만, 다른 말을 하기도 전에 딸깍 하고 전화가 끊어졌다.

그날 오후, 일라이가 보낸 부림절 선물이 특급 택배로 도착했다. 교통 체증 때문에 이렇게 오래 걸렸을 테지. 부림절을 맞이한 거리는 파티 트럭과 술에 취해 흥청거리는 사람들로 가득 찼다. 보라색 리본으로 장식한 커다란 소포를 든 택배 기사는 계단을 올라오는 것도 버거워 보였다. 상자 안에는 바이올린 모양의 거대한 케이크가 들어 있었다. 퐁당(설탕 반죽)으로 줄을 만들어 붙이고 심지어 활도 들어 있는 케이크 주변으로 음표 모양의 초콜릿이 흩어져 있었다. "당신의 미래가 바이올린 선율처럼 달콤하기를." 카드에는 이렇게 쓰여 있었다. 바이올린 몸통 안에 얌전히 놓인 검은색 벨벳 상자에 뭐가 들어 있는지 궁금했다. 조심스럽게 상자를 빼내어 열어보니 무거운 금시계가 나왔다. 두꺼운 체인이 반짝거리고 시계 문자반을 장식한 다이아몬드가 후광처럼 빛났다. 모두 시계를 구경하려고 주위로 모여들었다.

"사이즈를 줄여야겠구나." 할머니가 말씀하셨다. 시계 체인이 너무 길었다. 나는 내 팔에 걸린 이질적인 장신구를 내려다보았다. 지금껏 비싼 시계를 가져본 적이 없다. 두께가 최소 반 인치(1.2센티미터)는 되는 시계반 위로 다양한 패턴의 보석이 반짝였고, 굵은 금 체인은 손목을 움직일 때마다 자꾸 돌아갔다. 이 시계는 나보다 더 중요한 존재인 양 두드러졌다.

하지만 나는 자랑스럽게 손목을 내밀고 사촌과 고모 등에게 선물을 보여주었고, 그들은 감탄사를 내뱉으며 가격을 추측했다. 문득 시계 뒤에 뭐라고 새겨져 있을까 궁금해서 확인해보았지만 아무것도 적혀 있지 않았다. 나는 일라이에게 그의 이름을 새긴 시계를 선물했다. 일라이 아닌 다른 누구도 그 시계를 차지 못하도록 말이다. 어쩌면 이 시계는 존재하지 않는 여자를 위한 것인지도 모른다는 생각이 들었다. 내 시어머니 될 사람이 기대하는 장래 며느리를 위한 물건인 것이다.

훗날 이 물건들을 두고 떠날 때 나는 해방감을 느낄 테지. 과거를 잇는 연결고리를 하나씩 제거할 때마다 내 삶은 점점 더 가벼워질 것이다.

＊

최악의 시기에 스캔들이 터졌다. 결혼한 하시딕 유대인 여성이 쓰는 가발인 셰이틀sheitel을 제조할 때 사용한 모발이 인도의 사원에서 왔다는 사실이 밝혀지는 바람에 랍비들이 가발 제작과 판매를 일시 중단시켰다. 하시딕 공동체가 우상 숭배의 결과물을 취한셈이기 때문에 여간 큰일이 아니었다. 랍비는 이 사건은 악마의 계략이며 우리 공동체 여자들이 문란해서 내려진 벌이라고 주장했다. 그들은 기혼 여성이 아름다운 인모 가발을 쓰고 돌아다녀서 신이 노했으며 여자의 허영심 때문에 우리 모두 사탄의 유혹에 넘어갔다고 목소리를 높였다. 아침마다 집으로 배달되는 이디시어 일간지도 분노의 헤드라인을 내걸고 브루클린의 유대인 회당에서 랍비들이 주먹을 쳐들며 규탄하는 사진을 실었다. 결국 종교 법정에서도 인모 가발 금지가 선포되었다. 앞으로는 인조 가발만 쓸 수 있다.

나는 결혼식을 코앞에 두고 또 문제가 생긴 것에 저주를 퍼부었다. 결혼식이 끝나고 터졌으면 얼마나 좋아? 결혼을 앞둔 신부는 다들 풍성하고 비단결 같은 인모 가발을 쓰고 싶어 하는데, 나는 그럴 수 없을 것이다. 인조 가발은 플라스틱 특유의 광택 때문에 가짜 티가 나는 데다 6개월도 쓰지 못했다. 나중에 인모 가발 제한이 풀리더라도 그것을 구입할 돈이 있을 리 없다. 인모 가발은 하나에 3000달러가 훌쩍 넘는다.

큰어머니와 가발 제작자를 찾아가 치수를 재던 날, 나는 회전형 미용실 의자에 뚱하게 앉아서 억울한 심정으로 앞에 놓인 선택지를 바라보았다. "이 제품은 다 좋은데, 앞으로 바람에 머릿결이 찰랑거리는 걸 느낄 수 없다는 게 흠이에요." 모형에 씌운 가발들을 보여주면서 스타일리스트가 말했다. "그 외에는 가발이 훨씬 편하답니다. 머리를 감고 마르기를 기다릴 필요도 없고 스타일링에 몇 시간씩 들일 필요도 없죠. 얼마나 좋은데요." 하지만 내 진짜 머리카락은 손질하지 않아도 곧게 잘 마른다. 나는 가발을 쓴 내 모습이 어떻게 보일지 걱정스러웠다.

세 종류의 가발을 골랐다. 하나는 안식일에 쓸 좀 긴 가발이고, 다른 두 개는 우리 집안 여자들이 쓰는 짧고 맵시 있는 스타일의 가발이다. 할아버지는 어깨 아래로 내려오는 긴 가발을 허락하지 않으셨다.

그날 밤 사트마 유대교 회당 앞에 거대한 모닥불이 지펴졌다. 군중이 환호성을 지르는 가운데 남자들은 부인의 인모 가발을 가져와서 불태웠다. 함성은 새벽까지 계속되었다.

다음 날 아침 할아버지가 집에 가져오신 『월스트리트저널』 1면에는 간밤의 모닥불 사진과 함께 '가발 태우기는 새로운 브라 태우기'라는 제목이 달려 있었다. 무슨 뜻인지 이해되지 않았지만 조롱이라는 점은 분명했다. 기사를 읽던 할아버지가 낙심하여 고개를 가로저었다.

"우리 일을 비유대인들까지 다 알게 할 필요가 있었나?" 할아버지는 화난 목소리로 혼잣말을 하셨다. "좀 조용히 처리할 수는 없었나? 아, 젊은이들이란. 늘 고함을 지를 일이 필요하지."

*

큰어머니가 점심 식사를 함께하자며 새로 이사한 베드퍼드 애비뉴의 집으로 나를 초대했다. 큰어머니와의 점심이 그저 단순한 점심일 리 없다. 거북한 대화를 나누기 위한 핑계일 뿐이다. 나는 긴장한 채로 새로 산 실크 블라우스에 남색 펜슬 스커트를 차려입고 큰어머니의 집으로 향했다.

큰어머니의 새 아파트는 윌리엄스버그의 산업 지구에 우후죽순처럼 세워진 건물 1층에 위치했다. 우아한 벽돌 건물에 복도에는 대리석이 깔린 이 아파트는 브라운스톤 꼭대기 층에 있던 큰어머니의 예전 집보다 그녀와 잘 어울렸다. 부엌에는 마호가니 수납장들이 서 있었고 바닥과 조리대 앞의 타일은 푸른빛이 감도는 회색이었다. 그리고 최소한의 가구만 들여놓은 커다란 방이 여럿이었다. 나는 우아한 점심 식사가 놓인 긴 유리 식탁에 앉았다. 모두 오늘 아침에 큰어머니가 직접 만든 음식일 것이다.

큰어머니가 쓸데없는 소리를 늘어놓는 동안 나는 접시 위 음식을 이리저리 뒤적였다. 빨리 본론을 말해서 이 울렁거리는 긴장감을 그만 떨쳐버리면 좋겠는데, 왜 늘 이런 식으로 나를 괴롭히는 걸까? 큰어머니는 이 상황을 즐기는 것 같았다.

"그런데 말이야." 포크를 내려놓고 잔을 향해 손을 뻗으며 큰어머니가 마침내 말했다. "네 엄마가 전화했더구나."

뜻밖의 얘기였다. 나는 불편한 침묵을 채우기 위해 잔을 들고 물을 홀짝거렸다.

"네 결혼식에 오고 싶다고 하네."

나는 어깨를 으쓱했다. "갑자기 결혼식에는 왜 오고 싶대요? 이유를 모르겠네요. 몇 년째 만난 적도 없는데."

"글쎄, 자기한테 그럴 권리가 있다고 하더구나. 아마 네 결혼을 막을 수 있다고 생각하는지도 모르지. 어디로 튈지 모르는 사람이니까."

"엄마가 결혼식에 오면 낭패예요. 다들 수군댈 거예요. 저도 곤란하고 일라이의 가족도 난처해지겠죠. 비유대인 행색으로 올 거 아니에요!"

큰어머니는 잔을 내려놓고 입술을 깨물었다. "우리가 좋든 싫든 네 엄마가 나타날 거라는 게 문제야. 와도 좋다고 허락하면 적어도 조건을 내걸 수는 있지. 가발을 쓰고 긴치마를 입고 오도록 조건을 달고 내가 내내 감시할 거야. 혹시 경솔하게 행동하면 식장에서 쫓아낼 거고."

"그렇다면 저에겐 선택권이 없네요." 이럴 거면 왜 부른 걸까? 내 의견이 필요한 것도 아니면서.

✳

결혼식 전주에 나는 마지막으로 결혼 수업 선생님을 찾아갔다. 신부들끼리 은밀하게 수군거리지만 절대 구체적으로 언급하지는 않는 미스터리한 무언가에 관한 특별 수업이 예정되어 있었다.

나는 내키지 않으면서도 한편으로는 호기심이 생겼다. 대체 무엇이기에 가족은 설명해주지 못하는 걸까? 심각하고 흥미로우면서도 말하기 쑥스러운 주제겠지?

나는 딱딱한 의자 모서리에 걸터앉은 채 단서를 찾기 위해 부엌을 둘러보았다. 식탁 위에는 낯선 그림이 여러 장 놓여 있었다. 반복된 고리 패턴이 기계장치의 설계도를 연상시키면서도 그보다는 덜 정확하고 어쩐지 괴기한 그림이었다. 8월 중순인데 이 집에는 에어컨이 없다. 무겁게 가라앉은 공기가 갑갑했다.

선생님이 맞은편에 앉아 결혼의 신성함에 대해 설교하기 시작하자 나는 조바심이 났다. 빨리 대화를 끝내고 시큼한 피클 냄새에 찌든 부엌에서 벗어나고 싶었다. 그곳에 앉아 있는 동안 나는 차츰 선생님이 어떤 사람이고 어떤 삶을 살았는지 알 것 같았다. 잃어버린 젊음을 갈망하는 마음이 느껴졌다. 그리고 근심 걱정 없이 환한 광채를 발산하는 내 젊음을 증오하면서 그것을 짓밟고 싶어 한다는 기분도 들었다. 선생님은 내게 오싹한 시선을 보내며 여자의 몸에 있는 성스러운 공간에 관해 이야기하기 시작했다.

선생님은 남자와 여자는 서로 맞물리는 퍼즐로 만들어졌다고 했다. 여자의 몸 안에는 벽이 있는 복도가 있으며, 거기 달린 작은 문이 자궁으로 이어진다고 했다. 선생님은 자궁을 '원천'이라고 불렀다. 나는 이런 구조물이 내 몸 어디에 위치하는지 전혀 짐작이 가지 않았다. 선생님은 엄지와 검지손가락으로 만든 원 안에 다른 손의 검지손가락을 넣었다 뺐다 하는 우스꽝스러운 동작을 반복하면서 '원천'으로 이어지는 통로를 설명했다. 그 동작은 남자와 여자의 몸이 맞물리는 과정을 의미하는 것 같았다. 하지만 여전히 입구가 어디에 있다는 것인지 알 수 없었다. 마침내 나는 선생님의 말을 중단시켰다.

"저기, 저는 그게 없는데요." 내게는 그런 구멍이 없는 것이 확실했고, 설사 있다고 해도 저 통통한 집게손가락이나 그것이 대변하는 무엇인가가 들어갈 만큼 클 리도 없었다.

선생님은 아연실색해서 나를 바라보았다. "당연히 있지. 모두가 갖고 있어."

"아뇨, 진짜로요. 저는 없어요." 초조함이 고조되었다. 나는 스스로를 의심하기 시작했다. 선생님이 말하는 그 통로가 있는데 내가 모르고 있었단 말인가? 어떻게 내 몸에 난 구멍을 모를 수 있지? 불쑥 겁이 나기 시작했다. '원천' 없이 태어난 신부라고 결혼식이 취소되면 어떡하지?

"정말로 없다고요. 처음부터 없었던 게 분명해요. 그런 게 존재했다면 모를 리가 있겠어요? 제 몸이잖아요."

"알았다." 선생님이 한숨을 내쉬었다. "너는 없다고 생각하지만 분명히 있어. 네가 결함을 갖고 태어난 게 아니라는 건 약속하마. 금방 찾을 수 있을 게다."

나는 아무것도 찾고 싶지 않았다, 특히 이 집에서는. 하지만 감히 선생님의 말을 거역할 수 없었다. 욕실로 가서 화장지를 뜯은 다음 오른손 검지손가락에 감았다. 그리고 머뭇거리며 아래쪽을 더듬었다. 뒤에서 앞으로 천천히 손을 움직이며 움푹 파인 구멍이 있는지 꼼꼼하게 확인했다. 하지만 아무것도 없었다. 그런 문이 있다면 지금까지 왜 아무도 알려주지 않았단 말인가? 그래 놓고 왜 지금 와서 갑자기 문의 존재를 인지하도록 강요하는가? 결혼을 하면 갑

자기 그 통로가 성스러워진다고? 나는 분노와 혼란에 빠진 채 선생
님 앞으로 갔다.

　　그날을 떠올리면 가슴이 저린다. 나의 몸과 내가 가진 힘을
아는 여자가 되고 싶었지만, 내 삶은 그날을 기준으로 둘로 나뉘었
다. 결혼 수업을 받기 전의 나는 그저 여자아이였지만, 이후에는
'원천'을 가진 여자아이가 됐다. 나는 내 몸이 섹스를 위해 설계되
었다는 충격적인 사실을 들었다. 누군가가 내 몸 안에 섹스를 위한
장소를 만들어놓았다니! 그때까지는 사실상 섹스와 관련된 모든 것
으로부터 차단된 채 살았다. 우리는 영적 존재이고, 몸은 영혼을 담
는 그릇이다. 그동안 호기심을 갖기는커녕 있는 줄도 모른 채 살아
왔던 신체 부위를 앞으로 평생 직시하며 살아야 한다. 기존의 생활
방식에 적응해서 살아온 나의 몸은 이 변화에 반발했다. 그 대가로
나는 머지않아 행복을 잃게 되며, 결국 결혼 생활을 산산조각 낼 파
괴의 씨앗이 뿌리내리게 된다.

＊

　　결혼식 닷새 전은 미크바에 가는 날이다. 난데없이 여름 감기
에 걸려 목이 아팠던 나는 하루 종일 구릿빛의 진한 립톤 티를 들이
켰다. 할머니는 벨기에 수입품이 더 믿을 수 있는 제품이라고 생각
했기 때문에 늘 플라망어(벨기에 북부 지역에서 사용하는 네덜란드어―옮긴
이)가 적힌 유리병에 든 립톤 티를 구입하셨다.

　　큰어머니가 미크바에 갈 때 무엇을 가져가야 하는지 알려주
었다. 대부분의 물품은 미크바에서 제공하지만 드레싱 가운은 본인

것을 가져가는 것이 좋고(비치된 것은 너무 작아서 몸을 제대로 가려주지 못한다고 했다), 비누와 샴푸도 따로 챙기는 것이 좋다고 했다. 큰어머니는 목욕용 막대 브러시가 든 쇼핑백을 건네주었다. "손이 닿지 않는 곳을 씻을 때 사용하거라. 직원이 씻겨줄 수도 있지만 네가 거북할까 봐 말이야."

큰어머니와 나는 비유대인이 모는 택시를 타고 미크바로 향했다. 남자는 여자들이 언제 미크바에 가는지 알면 안 되기 때문에 토브예 삼촌에게 데려다달라고 부탁할 수도 없었고, 그렇다고 미크바에 가는 티를 내며 짐을 들고 걸어갈 수도 없었다. 나는 우리를 태우고 가는 이 푸에르토리코인 택시 기사가 목적지의 의미를 아는지, 그리고 이런 이유로 호출을 많이 받는지 궁금했다.

우리는 골목 옆으로 난 미크바 입구로 가서 벨을 누르고 문 위에 달린 작은 카메라가 윙 소리를 내는 것을 지켜보았다. 삐 소리가 나더니 육중한 금속 문이 불쑥 열렸다. 프런트에는 고령의 접수 담당자가 따분한 표정으로 앉아 있었다. 내가 들어가자 그녀의 표정이 밝아졌다.

"아, 신부로군요!" 직원이 내 머리카락을 보고 말했다. "마젤토브! 특별한 날이네요. 전문가를 불러줄게요. 잘해줄 거예요."

잠시 후 직원이 손톱깎이와 손톱 손질 도구가 담긴 커다란 쟁반을 내밀었다. "골라요. 원하는 건 뭐든지." 마치 금과 은, 진주와 다이아몬드 중에서 고를 수 있는 선택권을 주는 것처럼 말했다. 눈도 깜빡하지 않은 채 나를 탐욕스럽게 쳐다보는 푸른 눈 위로 성긴 눈썹이 회색 아치를 그렸다.

아무래도 상관없었다. 작은 손톱깎이 하나를 집어 들어보니 날은 이가 빠지고 흠집이 많이 나 있었다. 얼마나 많은 여자들이 이 물건을 사용한 것일까? 나는 손톱깎이를 쟁반에 되돌려놓았다. "제 것을 가져왔어요."

그때 누군가가 다가오는 소리가 들렸다. 고개를 돌려 보니 짙은 색 피부의 여자가 문가에 서 있었다. 말아 올린 꽃무늬 실내복 소매 아래로 근육질 팔이 드러났다. 예비 시어머니처럼 슈피츨을 쓰고 있었다.

"어서 와요." 직원이 싹싹하게 말을 걸었다. 하지만 그 미소는 가짜였다. 머리를 한쪽으로 기울인 모양새가 나를 업신여기는 태도였다. 나를 보고 자신이 더 우월하다고 생각하는 것이 틀림없었다. 느끼한 미소를 지으며 내 어깨에 팔을 두르기 전에 이 모든 상황을 간파했다. 직원이 다른 손으로 큰어머니에게 손짓하며 말했다. "여기서 기다리세요, 멘들로위츠 부인. 따님은 제가 잘 돌볼 테니 걱정 마시고요." 큰어머니는 딸이 아니라 조카라고 바로잡지 않았다.

미크바 직원인 멘델슨 부인이 우아한 샹들리에와 은은한 벽 조명이 늘어선 긴 대리석 복도로 나를 이끌었다. 복도 양쪽으로 작은 통로가 수없이 나 있었다. 나를 신부에게만 제공하는 특별한 방으로 안내하겠다고 했다. 그 방은 벽장처럼 좁았다.

"뭘 해야 하는지 알고 있니?" 그녀가 자신의 권위를 과시하려는 듯 양손으로 허리를 짚고 다리를 약간 벌린 채 서서 물었다. 나는 내가 그리 만만한 상대가 아님을 보여주려고 똑같이 가짜 미소를 지으며 대답했다.

"물론 기억하죠. 좋은 결혼 수업 선생님께 배웠거든요." 밝게 말하려 애썼지만 긴장해서 새되고 가는 목소리가 흘러나왔다.

"훌륭하구나, 얘야." 그녀가 한발 물러났다. "필요한 게 있으면 벽에 있는 버튼을 누르렴." 욕조 옆 호출 버튼을 가리켰다. 하나는 '도움', 다른 하나는 '준비 완료'라고 적혀 있었다. 작은 인터콤도 있었다. 나는 알았다는 표시로 고개를 끄덕였다.

그녀가 방의 다른 쪽 문으로 나간 후 나는 재빨리 가방을 풀고 가져온 물품을 모두 꺼냈다. 그리고 수도꼭지를 틀어 욕조에 물을 받고 체크리스트 순서대로 움직이기 시작했다. 제일 먼저 렌즈를 빼서 케이스에 넣었다. 화장을 지우고, 귀를 씻고, 치실을 하고, 손톱을 깎았다. 욕조에서 머리를 두 번 씻고 빗은 다음 선생님이 알려준 대로 발톱이나 배꼽, 귀 뒤에 때가 끼어 있지 않도록 구석구석 몸을 씻었다. 피부가 접힌 부분을 빠짐없이 씻는 것이 중요했다. "그 무엇도 너와 물 사이를 가로막지 않아야 해." 선생님이 경고하듯 말했었다. "나중에 불순물이 발견되면 처음부터 다시 해야 하거든." 나는 그런 일이 일어나지 않기를 바라며 열심히 씻었다.

손가락이 대추처럼 쭈글쭈글하게 변한 후 나는 욕조에서 나와 두꺼운 드레싱 가운으로 몸을 감싸고 '준비 완료' 버튼을 눌렀다. 잠시 후 인터콤에서 멘델슨 부인의 목소리가 지지직거리며 흘러나왔다. "벌써 다 했니?" 나는 대답하지 않았다. 잠시 후 그녀가 들어왔다. 그녀는 드레싱 가운을 입고 변기 뚜껑 가장자리에 얌전하게 앉아 있는 나를 보고 짜증을 내며 손을 저었다.

"아니, 아니야, 그렇게 드레싱 가운을 입은 채로는 내가 확인할 수 없잖아. 무슨 생각인 거니? 욕조 안에 들어가 있어야지. 이런식으로 하는 게 아니야!"

나는 뺨이 확 달아올랐다. 왜 욕조에 들어가라고 하는 거지? 결혼 수업 선생님은 분명히 드레싱 가운을 입은 채로 검사한다고 했다. 항의하려고 입을 열었지만 아무 말도 나오지 않았다.

엄한 표정을 짓고 있는 멘델슨 부인의 태도에서 승리감이 엿보였다. 부인이 나를 욕조로 데려가면서 말했다. "시간이 별로 없어. 오늘 밤에 내가 봐줘야 하는 여자아이들이 아주 많거든. 겁낼 것 없단다, 얘야. 결혼 수업 선생님이 안 가르쳐주시든? 배운 걸 잊어버렸니?"

부인은 자기 말이 맞다는 듯이 우쭐거렸다. 나는 배운 내용을 되새겨보았지만 선생님의 아파트는 너무 더웠고 어쩌면 잠시 졸았는지도 모를 일이다. 멘델슨 부인의 말대로 하는 수밖에 다른 도리가 없었다. 나는 재빨리 드레싱 가운을 벗고 욕조에 들어가 무릎을 끌어안고 앉았다. 몸이 오싹하고 팔에 소름이 돋았다. 득의만만한 표정으로 욕조 옆에 무릎을 꿇고 앉은 멘델슨 부인을 보니 패배감이 엄습했다. 그녀의 권력이 내 의지를 꺾었다는 생각이 들자 눈물이 새어 나왔다. 하지만 절대로 감정을 내비치지 않을 작정이다. 이 따위는 대수롭지 않은 일이며 아무렇지도 않다는 것을 보여주고 싶었다. 나는 강철처럼 강해서 세상 누구도 내게 수치를 강요할 수 없다고 증명하고 싶었다.

물속에서 내 몸이 일그러져 보였다. 부인이 내 머리에 비듬이 있는지, 피부에 딱지가 앉은 곳이 있는지 검사하는 동안 나는 다리를 몸에 딱 붙이고 팔로 무릎을 꽉 껴안은 채 감정이 드러나지 않도록 버텼다.

"자, 얘야, 준비가 됐구나. 미크바로 안내해줄 테니 드레싱 가운을 입고 슬리퍼를 신으렴." 이번에도 그녀는 내가 욕조 밖으로 나올 때 뒤돌아서지 않았다.

나는 멘델슨 부인이 이끄는 대로 따라갔다. 우리는 작은 푸른색 탕이 있는 조그만 방에 도착했다. 나는 드레싱 가운을 벗어 그녀에게 건네준 다음 탕으로 들어가는 계단을 내려갔다. 내 몸에 닿는 시선이 느껴졌지만 너무 서두르지 않으려고 애를 썼다. '아무도 나를 상처 입힐 수 없어. 그들은 무슨 짓을 해도 나를 상처 입힐 수 없어. 나는 강철이야.'

물에 들어가니 안도감이 밀려왔다. 왼쪽 벽에는 히브리어로 축복이 적혀 있었다. "하셈이시여, 물에 잠기라는 계율로 저를 축성하는 당신께 감사드립니다." 나는 조용히 중얼거렸다. 물에 몸을 완전히 넣었다가 부인이 "코셔"라고 말하는 것을 들을 수 있도록 머리만 물 위로 내놓았다. 그런 다음 규칙대로 발을 바닥에서 떼고 온몸이 물에 잠기는 행동을 세 번 반복했다. 머리카락이 물 밖에 나오지 않도록 신경 쓰면서 자세를 취했다. 세 번의 잠수 후, 나는 배운 대로 가슴 위에 팔을 가로지르고 축복 기도를 읊었다. 의식은 이걸로 끝났다.

탕의 계단을 걸어 올라가자 멘델슨 부인은 결혼 수업 선생님이 말한 대로 드레싱 가운을 펼쳐 들고 서 있었다. 호기심 가득한 검은 눈이 내 몸을 훑는 게 느껴졌다. 순간 참고 있던 눈물이 왈칵 쏟아졌다. 나는 재빨리 눈물을 훔치고 그 여자가 눈치채지 못하도록 조용히 뒤따라 걸었다. 하지만 뒤돌아선 멘델슨 부인이 울고 있는 나를 발견하고 말았다.

"어머, 무슨 일이니? 내가 어떻게 해줄까?" 아양을 떨면서 비위를 맞추려는 모습을 보니 감정이 북받쳤다. 목에서 흐느낌이 터졌고, 나는 동심을 강탈당한 아이처럼 엉엉 울기 시작했다.

"저런, 저런. 처음이라 놀랐구나? 하지만 괜찮아. 기뻐해야지. 오늘은 인생에서 가장 기쁜 날이잖니!"

내가 영적 체험을 하고 눈물을 흘린다고 생각하다니, 이 얼마나 말도 안 되는 상황인가? 하지만 그런 척하는 것도 나쁘지 않다. 이게 다 독실한 신앙심 때문이라고, 나를 이 바보 같은 목욕탕의 성스러움에 압도된 신앙심 깊은 괴짜라고 생각하라지.

부인은 내가 옷을 입기를 기다렸다가 큰어머니가 앉아 있는 대기실로 안내했다. 그러고는 환하게 웃으며 큰어머니에게 말했다. "따님은 정말 참한 아가씨네요. 순수한 영혼이고 성자 같은 아이예요. 이 경험이 좀 감당하기 힘들었던 모양이지만, 부인도 아시잖아요. 다들 처음에는 그렇다는 걸요."

큰어머니는 멘델슨 부인에게 팁을 건네준 다음 내 팔짱을 끼고 문으로 이끌었다. "그렇게 불쾌했니?" 나는 아무 말도 하지 않았다. 큰어머니는 내가 무슨 일을 겪었는지 알고 있었다. 하지만 나는 대답하지 않았다.

그 뒤로도 매달 미크바를 방문했지만 다른 직원들은 욕조 안 검사를 고집하지 않았다. 오직 그 여자만 그랬다. 나중에는 그 사람이 나에게 모질게 굴었던 이유가 나를 더 강하게 만들려고 그런 것은 아닐까라는 생각이 들기도 했다. 그날 밤 멘델슨 부인이 한 짓이 사적 욕망을 채우기 위한 것이었다고는 상상도 못 했다. 수년 후 경찰이 수많은 하시딕 여성을 성추행한 미크바 직원을 체포했지만 사람들은 곧이곧대로 믿으려 하지 않았다. 신이 내린 계율을 따르라고 종용하는 사람의 말을 감히 의심할 수 있겠는가? 그건 신을 의심하는 행동이나 다름없다.

밖으로 나오니 택시가 기다리고 있었다. 나는 시원한 가죽 의자의 감촉을 느끼며 안쪽 자리에 앉았고 큰어머니는 옆에 앉아 문을 닫았다. 마시애비뷰에서 신호등에 섰을 때 불현듯 지금 내 옆에 큰어머니가 앉아 있다는 사실이 이상하게 느껴졌다. 큰어머니는 우리 공동체에서 모녀가 공유하는 가장 중요한 의식인 첫 미크바 방문에서 엄마 역할을 한 것이다. 우리는 전혀 그런 사이가 아닌데 큰어머니가 무슨 권리로 엄마의 자리를 차지한단 말인가?

"뭐가 잘못됐던 거예요?"

"무슨 말이니?" 큰어머니가 어리둥절한 미소를 지으며 상냥하게 되물었다. 큰어머니의 얼굴에 오렌지색 가로등 빛줄기가 비쳤다.

"엄마 말이에요. 뭐가 잘못됐던 거예요?"

순간 큰어머니의 얼굴이 어둠에 잠겼다. "신경쇠약. 너를 낳은 후 정신이 이상해졌다. 네 엄마가 너를 돌보게 내버려둘 수 없었어. 병원에 입원시켜야 했거든."

"엄마가 날 버린 거라고 했잖아요."

"그게 그거잖니. 너를 위해서 정신을 차리고 강한 엄마가 될 수도 있는데, 네 엄마는 그렇게 하지 않은 거야."

정신이 이상한 사람에게 정신을 차리라고 한다고 문제가 해결되나? 하지만 뭐라고 반응하기도 전에 택시가 집 앞에 도착했고, 큰어머니는 나를 내려준 다음 자신의 집으로 향했다.

*

큰어머니는 웨딩드레스를 빌려주는 게마흐gemach(유대인 공동체에서 무이자로 대출해주거나 무료로 물건을 빌려주는 곳이다-옮긴이)에 갈 때도 나와 동행했다. 내게 맞는 드레스는 여덟 벌밖에 없었으며, 하나같이 스팽글과 모조 다이아몬드, 반짝이는 보석이 잔뜩 붙은 레이스와 망사로 뒤덮여 있었다. 마치 여러 벌의 웨딩드레스를 재조합하여 한 벌로 만든 옷 같았다. 나는 그중에서 가장 수수한 드레스를 골랐다. 그 옷도 레이스로 덮인 치맛자락이 발목까지 내려오고 허리 부분에는 보석이 잔뜩 붙어 있었다. 그나마 몸통은 깔끔한 흰색에 목 부분은 쇄골 바로 위까지 브이자로 파여 있어서 다행이었다. 접수처의 직원이 내 결혼식 날짜를 받아 적었다. 드레스는 2주간 대여할 수 있고, 정해진 날짜에 깨끗하게 세탁해 반납해야 했다. 우리는 드레스를 커다란 검정색 비닐봉지에 넣어서 조심스럽게 집으로 운반했다. 나는 나의 존재가 드레스의 풍성한 주름 사이에서 길을 잃고 영영 사라져버릴 것만 같아 두려웠다.

결혼식 전 마지막 금요일 밤, 자정 직전에 잠자리에 들었다. 주말을 맞아 조용한 바깥 거리가 평화로웠고 가로등이 방 벽에 한 줄기 빛을 드리웠다. 꿈속에서 환한 오렌지색으로 밝혀진 안식일 촛불 두 개가 점점 커지더니 결국 불길이 온 세상을 가득 채웠다. 머리 위에서는 할머니와 큰어머니, 레이철 고모가 커다란 냄비를 휘젓고 있었다. 나는 내가 냄비 안에 들어가 있음을 깨달았다. 그들이 명절날처럼 야단법석을 떨며 요리하고 있는 것은 다름 아닌 나였다. 냄비의 스테인리스 벽이 내 주위로 까마득하게 치솟으면서 가족들의 얼굴이 저만치 멀어졌다. 그들은 요리에 집중하느라 이마를 잔뜩 찌푸렸고, 오렌지색 촛불은 머리 주변에서 맹렬히 타오르고 있었다. 어떻게 자신들이 불에 타고 있는 걸 모를 수 있지? 의아했다. 그들은 점점 빠른 속도로 냄비를 저으면서 나에 관한 이야기를 나누었다. 내가 한 나쁜 짓과 내가 한 번도 자랑스러운 아이가 아니었다는 얘기가 들렸다. 그들이 나에 관해 이렇게 솔직하게 말하는 것은 들어본 적이 없다. 경멸의 눈초리야 늘 느꼈지만 이유를 설명해준 사람은 없었다. 그저 내가 우리 집안의 결함을 상기시키는 존재이기 때문이라고 짐작했을 뿐이다.

"이번에는 괜찮은 결과가 나오겠지." 그들이 말했다. 그때 레이철 고모의 이마에서 땀이 흘러내리더니 내 위로 뚝 떨어졌다. 그들은 마치 다시 한번 나를 잘 요리해서 나의 구차한 상황이 유발한 골칫거리를 해결할 묘안을 얻은 듯했다. 이번이야말로 내 존재가 대변하는 우리 집안의 어두운 과거에 종지부를 찍을 기회였다.

이제 나를 오븐에 구울 차례가 됐다. 얼마나 오래 구워야 하는지 의논하는 소리가 들렸다. 그들은 오븐을 180도로 예열하고 나를 알루미늄 빵틀에 부었다. 레이철 고모가 35분만 구우면 촉촉하고 부드러운 스펀지 케이크가 될 거라고 말했다. 완성되면 오븐 밖으로 나갈 수 있겠지. 얼룩진 오븐 문 유리 너머로 손목시계를 톡톡 두드리는 가족이 보였다. 나는 왜 뜨거운 열기가 느껴지지 않는지 의아했다. 오히려 오븐 안이 편안했다. 타이머가 울리자 문이 열렸고, 나는 밖으로 끌려 나갔다. 위를 올려보았더니 가족들이 입을 떡 벌리고 있었다. 그리고 마침내 모습을 드러낸 나는 입에 작은 사과를 물고 껍질이 윤이 날 때까지 노릇노릇 구워진 새끼 돼지였다.

화들짝 놀라 잠에서 깼다. 방 안은 어둠에 잠겨 있었다. 오렌지색 불길에 휩싸인 채 맹렬히 냄비를 젓는 레이철 고모의 화난 얼굴이 눈앞에 선했다. 옆으로 돌아누워 끔찍하고 충격적인 이미지를 떨쳐버리려고 애썼다. '그게 나일 리 없어!' 앞으로 결혼 생활을 잘해내면 내 수치심도 지워질 것이다. 성공적이고 순종적인 아내가 된다면 누구도 우리 가족을 두고 이러쿵저러쿵하지 못하리라.

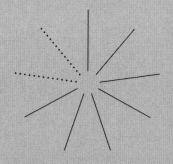

7장

야망에는 대가가 따른다

세상에서 뭔가 얻거나 취하려면 그 값을 치러야 한다.

야망을 품는 건 가치 있는 일이지만 노력과 절제, 불안과

좌절이라는 대가 없이 거저 이룰 수 있는 일은 없다.

_루시 모드 몽고메리,『빨간 머리 앤Anne of Green Gables』중에서

*

결혼식 날 아침은 너무나 맑고 눈부셨다. 웨딩드레스의 두툼한 띠에 수놓은 모조 다이아몬드가 햇빛을 받아 반짝였다. 관습에 따라 하루 종일 금식을 했지만 배가 고프지 않았다. 나는 시편을 들고 기도를 중얼거렸다. 신부로서 나의 의무는 인도와 구원이 필요한 모든 이를 위해 신께 기도드리는 것이다.

나는 생전 처음으로 전문 메이크업을 받게 되어 무척 들떴다. 한 여자가 신부 화장을 해주기 위해 집으로 찾아왔다. 화장품이 담긴 상자 안에는 반짝이는 아이섀도와 립글로스가 가득 들어 있었다. 지금까지 내가 해본 화장은 파운데이션에 블러셔를 살짝 바르는 게 전부였다. 그녀가 금속 장치를 사용하여 내 속눈썹을 말아 올릴 때는 눈썹이 끊어질까 봐 겁이 났다. 화장을 마치고 거울을 보니 마치 딴사람이 된 것 같았다. 풀메이크업을 받을 수 있다는 이유 때문에 결혼을 고대하는 여자도 있을 것이다. 오직 신부만 이렇게 화려하게 화장할 수 있다.

웨딩드레스가 구겨지지 않도록 뒷좌석에 조심스레 앉은 나를 태운 차가 베드퍼드애비뉴의 남학교 안에 마련한 웨딩홀로 향했다. 오후 5시인데도 밖이 환했고, 우리는 지나가는 사람들의 시선을 피해 서둘러 안으로 들어갔다. 나는 실크 조화로 장식한 신부 의자로 안내되었고, 할머니가 드레스 자락을 펴서 레이스 달린 가장자리가 바닥에 완벽한 원을 그리도록 정돈해주셨다. 번쩍, 카메라 플래시가 터졌다. 나는 재빨리 포즈를 취했다. 오늘 같은 날에는 사소한 일에 신경 쓸 시간이 없다.

하객이 도착하기 시작했다. 내 동창들은 휴가를 떠났다가 결혼식에 오기 위해 일찍 돌아왔다. 미소 띤 장밋빛 뺨과 날씬한 발목을 가진 신붓감을 물색하는 중매인의 눈에 띌 절호의 기회였기 때문이다. 친구들은 차례로 다가와 뺨에 키스하면서 축하를 건네고 행운을 빌어주었다. 신부석 옆에 앉은 할머니는 슬픈 미소를 머금은 채 티슈로 눈물을 닦았다. 수많은 사람이 줄지어 다가왔다. 시어머니의 친구나 일라이 친구의 부인 등 알지도 못하는 사람들이 축하를 건네는 동안 나는 줄곧 기쁜 표정으로 눈웃음을 지으면서 모두에게 자애로운 미소를 선물했다.

문득 한쪽 구석에서 어쩔 줄 모르고 서 있는 엄마가 눈에 들어왔다. 옆에는 큰어머니가 딱딱한 표정으로 엄마의 팔을 잡고 서 있었다. 엄마는 긴 자주색 원피스를 입고 약간 기울어진 금발 가발을 쓰고 있었다. 사람들은 그녀가 신부 어머니라는 사실을 눈치채지 못할 것이다. 큰어머니는 엄마가 결혼식장에서 소란을 피우지 못하게 하겠다고 약속했다.

한참 뒤 마침내 음악이 울리면서 행진이 시작되었다. 여자들이 내 양쪽으로 물러나면서 바데켄badeken(베일) 의식을 행하러 들어오는 남자들에게 길을 터주었다. 할아버지가 내 머리 위에 덮을 흰 천을 들고 오셨다. 베일이 덮이면 추파chuppah(차양) 의식이 마무리되고 공식적 부부가 될 때까지 아무것도 볼 수 없다.

할아버지가 결혼을 축복해주실 때 나는 엄숙한 표정을 유지하려고 입술을 깨물었다. 가장 성스러운 순간에 웃음을 보이는 것은 부적절한 일이다. 일라이를 슬쩍 곁눈질했다. 새로 장만한 밍크 슈트레이멜을 쓴 그의 몸집이 이상하게 작아 보였다. 밍크 모자는 마치 머리 위에 웅크린 채 불안에 떠는 동물 같았다. 검정 새틴 코트를 입은 그의 어깨가 양쪽으로 툭 튀어나와 있었다. 그와 눈이 마주치면 비죽 웃음이 날 것 같아 시선을 피했다.

마침내 머리 위로 흰 베일이 덮였다. 차양을 친 곳까지 걸어가는 동안 내내 훌쩍거리는 척했고, 누군가가 베일 아래로 손수건을 내밀었다. 나는 우아한 동작으로 휙 손수건을 잡아채서 베일 아래로 가져갔다.

이어서 다른 이에게 이끌려 신랑의 주위를 일곱 바퀴 돌았다. 주변에 모인 남자들의 발이 눈에 들어왔다. 조용히 발을 구르는 남자들은 모두 똑같은 검은색 구두를 신고 있었다. 일곱 바퀴를 다 돈후 일라이 옆으로 갔다.

주례자 랍비가 결혼 축복을 내리자 일라이가 내 손가락에 결혼반지를 끼워주었다. 유리잔이 부서지는 소리가 들리더니 일라이가 베일을 들어 올리고 내 손을 잡았다. 우리는 하객 사이를 지나 이후드 방으로 향했다. 이곳은 신부와 신랑을 위해 준비된 신방으로 단둘이 저녁 식사를 할 수 있도록 마련된 장소이다. 물론 이것은 상징에 불과할 뿐 실제로 문을 잠그고 둘만의 시간을 보낼 수 있는 것은 아니다. 가발 스타일리스트가 들어와서 내 머리카락을 가발로 가린 뒤 다시 면사포를 씌워줘야 했기 때문이다. 수프를 먹을 시간조차 없었다.

이후드 방에 도착하자 전통에 따라 일라이가 내게 그의 어머니가 고른 다이아몬드 귀걸이를 주었다. 나는 달고 있던 심플한 진주 귀걸이를 떼고 커다란 사각형 귀걸이를 달았다. 귓불이 살짝 늘어졌다. 그가 갑자기 키스하려는 듯 내 쪽으로 몸을 기울였다. "잠깐

만요. 누가 들어올 수도 있으니까 나중에 해요."

아니나 다를까, 가발 스타일리스트가 새 가발이 든 커다란 가죽 가방을 들고 불쑥 들어왔다. 그녀는 내 머리카락을 모두 흰 망 안에 쑤셔 넣기 위해 분주하게 움직였다. 이제부터는 남편을 제외한 어떤 남자에게도 내 머리카락을 보여줘선 안 된다. 그녀는 내 머리 위에 가발을 얹고 귀 옆으로 잡아당겨 밀착시켰다. 나중에 가발을 벗으면 머리카락이 눌려서 엉망이 되어 있겠다는 생각이 들었다. 곧이어 일라이의 형제들이 사진을 찍자며 그를 데려갔고, 나는 혼자 남아 할라빵과 수프를 마저 먹었다. 하지만 음식이 넘어가지 않았다. 입에 넣은 빵 조각을 씹고 또 씹어도 목이 바짝 타서 제대로 삼킬 수 없었다.

웨딩드레스를 입고 춤추는 게 이렇게 힘든 일인지 몰랐다. 차례로 춤을 청하는 사람들을 번갈아 상대하면서 줄곧 미소를 유지하는 데는 엄청난 노력이 필요했다. 사람들이 리본과 꽃다발을 내 위로 빙빙 돌리면서 나를 테이블 위로 들어 올리고 인간 터널 아래로 이끄는 내내 즐거운 표정을 유지하려고 무진장 애를 썼다.

새벽 1시경 밴드의 연주가 끝나자 대부분의 하객은 돌아가고 양가 친척들만 미츠바 탄츠mitzvah tanz(결혼식을 마치고 친척들이 신부 앞에서 춤을 추는 전통 결혼식 행사-옮긴이)를 위해 남았다. 나는 물을 몇 잔이나 마신 뒤 신부 대기실 에어컨 앞에 서서 몸이 식기를 초조히 기다렸다. 피아니스트가 아르페지오를 연주하는 소리가 들려서 연회장으로 나가니 남자와 여자가 따로 앉을 수 있도록 양쪽으로 의자가 나뉘어 있었다. 신랑은 나와 맨 앞자리에 앉아서 춤을 구경할 것이다. 이제 시조카가 된 아이들이 포도를 담은 접시를 건네주었다.

부모님의 허락을 받아 이 시간까지 남은 소녀들은 모두 내 주변으로 쭈뼛쭈뼛 다가와서, 내가 어렸을 때 그랬듯이 공주 같은 신부의 모습을 부러워하며 곁눈질로 구경했다. 할아버지가 검은색 가르틀gartel(정통파 유대인들이 기도할 때 허리에 두르는 띠-옮긴이)을 건네주셨다. 이것은 춤추는 사람과 신부가 맞잡는 긴 띠로, 내가 한쪽 끝을 잡고 있으면 가족이 차례로 나와 다른 쪽 끝을 잡고 섰다. 사회자는 관습에 따라 새 신랑에 대한 칭송을 재치 있게 늘어놓았다.

"일라이. 늘 동포 유대인을 돕는 것으로 유명한 이. 이토록 아량이 넓은 젊은이가 또 있으랴. 학구적인 젊은이로 칭송이 자자하네. 앞으로 돈도 잘 벌기를 기대하네. 많은 자녀를 두고 그들이 무수한 기쁨을 가져오기를 바라며, 머지않아 아들의 결혼식에서 춤추는 날이 오기를 바라오." 운율도 단순하고 리듬도 대충이었지만 다들 취하고 지쳐 있어서 재미있어했다.

결혼식의 대미는 신랑 신부의 춤으로 장식되었다. 사실 춤이라기보다는 몸을 좌우로 천천히 흔드는 단순한 동작이다. 관습에 따라 일라이와 나는 양팔을 벌린 정도의 거리를 두고 마주 서서, 결혼했지만 여전히 정숙함을 유지한다는 의미로 손을 마주 잡지 않고 손가락만 스치며 춤을 췄다. 얼굴을 보면 웃음이 터질 게 확실했기 때문에 나는 고개를 들지 않았다. 마침내 예식이 모두 끝났을 때 나는 안도의 한숨을 내쉬었다.

친척들이 집으로 돌아가면서 웨딩홀이 슬슬 비기 시작했다. 대부분은 몇 시간 후면 출근해야 한다. 몇몇 사람이 다가와 마지막으로 "마젤 토브!"라고 인사를 건넸지만 대꾸할 기운이 없었다. 빨리 드레스를 벗고 싶다는 생각만 머릿속에 꽉 찼다. 일라이의 부모님이 우리를 신혼집에 내려주자마자 나는 흰 펌프스화를 벗어던지고 욕실로 걸어가며 드레스 훅을 풀기 시작했다. 천천히 소매에서 팔을 빼고 팔뚝과 어깨를 따라 부어오른 자리를 손가락으로 살살 만져보았다. 웨딩드레스가 이렇게 큰 고통을 줄지 누가 생각이나 했겠는가?

떡이 진 머리를 감은 후 어깨 위에 늘어뜨렸다. 화끈거리는 등이 타는 것 같았지만 이렇게 머리를 늘어뜨릴 수 있는 날도 오늘이 마지막이다.

샤워를 마치고 뿌연 거울 앞에 서서 공기가 식을 때까지 몇 분간 기다렸다. 곧 무표정한 얼굴이 거울에 비쳤다. 나는 본능적으로 고개를 돌렸다. 그리고 드레싱 가운을 걸치고 밖으로 나왔다.

"욕실 비었어요, 샤워하세요." 나는 어두운 아파트 안을 향해 말했다. 일라이는 예복을 입은 채 부엌에서 값싼 코셔 샴페인을 따고 있었다. "당신이 제일 좋아하는 거예요. 당신 큰어머니가 알려줬지요." 나는 미소로 대답했지만, 사실은 어떤 종류든 와인을 즐기지 않는다.

그가 샤워를 하는 동안 나는 샴페인 잔을 들고 침실로 가서 침대 옆 협탁에 내려놓았다. 시어머니가 값싼 수건을 침대 위에 깔고 러브젤도 놓고 가셨다. 나는 흰 잠옷으로 갈아입었다.

침대에 걸터앉아 러브젤 뚜껑을 열고 완두콩 크기만큼 손가락에 짜보았다. 의외로 차갑고 끈적거렸다. 나는 엉덩이가 수건 위에 오도록 누운 뒤 아래로 손을 뻗어 조심조심 젤을 발랐다. 새 이불을 더럽히고 싶지 않았다. 일라이가 욕실 문을 열자 컴컴한 방 안으로 희미한 불빛이 스며들었다. 곧 그가 허리에 수건을 두른 채 다가

왔다. 몸의 윤곽이 낯설고 새로웠다. 일라이는 거북한 미소를 짓더니 선생님에게 배운 대로 내 위로 올라와서 수건을 풀고 엎드렸다. 방 안이 어두워서 그가 무엇을 하는지 잘 보이지 않았다. 허벅지 안쪽에 단단한 것이 닿았다. 일라이는 어둠 속에서 불안한 표정으로 나를 바라봤다. 내가 목표 지점을 알려주기를 기다리는 것 같았다. 하지만 나도 뭘 어떻게 해야 하는지 모르기는 마찬가지였다.

마침내 그가 맞는 지점을 건드리는 것 같았기에 나는 엉덩이를 들고 다음 동작을 기다렸다. 하지만 아무 일도 일어나지 않았다. 일라이는 끙끙 소리를 내면서 밀고 또 밀었지만 통로는 열리지 않았다. 사실 내 몸에 무슨 통로가 있어서 열린다는 것인가? 지금 무슨 일이 일어나야 하는 것인가?

얼마 후 그는 포기하고 내려가서 등을 돌린 채 누웠다. 나는 얼마간 어두운 천장을 올려다보고 있다가 몸을 돌려 일라이를 슬쩍 건드렸다. "괜찮아요?"

"네, 그냥 많이 피곤해서요." 그가 중얼거렸다.

곧 코 고는 소리가 들렸다. 나는 내 침대로 가서 한참 동안 생각에 잠긴 채 누워 있었다. 우리가 첫날밤을 성공적으로 치른 것인지 아닌지, 그리고 각각의 상황이 가져올 결과는 무엇일지 생각하면서.

*

아침에 눈을 뜨니 햇살이 창문 블라인드 틈새로 스며들고 있었다. 굼뜨게 돌아가는 에어컨은 8월의 무덥고 습한 공기를 식히기에 역부족이었다. 나는 창문을 조금 열고 스모그가 깔린 거리를 내려다보았다. 트럭과 시내버스가 덜컹대며 도로를 지나갔다. 건너편 창고에서는 일꾼들이 짐 싣는 곳을 오가며 바삐 물건을 나르고 있었다.

일라이가 옷을 입고 트필린tefillin(토라 구절이 적힌 양피지를 담은 가죽 상자-옮긴이)을 챙겨 드는데 시아버지가 아침 기도 시간이라며 대문을 두드렸다. 두 사람이 집을 나선 후 나는 양귀비 무늬가 프린트된 얇은 가운을 입고 새집을 둘러봤다. 밤새 마른 뻣뻣한 머리카락이 버석거렸다. 리넨장을 열고 라벤더 향기가 풍기는 새 수건과 식탁보를 손으로 쓸어보았다. 그러고는 찬장을 열고 은제 커트러리와 도자기 그릇을 바라보았다. 이 모든 것이 내 물건이라는 생각에 황홀해졌다.

얼마 지나지 않아 큰어머니가 전기면도기를 들고 우리 집으로 왔다. 우리는 욕실 거울 앞에 의자를 놓고 내 머리카락을 밀 준비를 했다. 의외로 서운한 감정은 들지 않았다. 오히려 이제 어른이 된다는 느낌, 새로운 삶이 시작된다는 설렘이 컸다. 삭발이 너무 순식간에 끝나서 머리카락이 원래부터 없었던 것만 같았다. 내 두상이 완벽한 균형과 대칭을 이루고 있다는 사실을 발견하고 조금 놀랐다. 짐을 벗어버리고 몸이 가벼워진 것 같은 기분이 들었다.

큰어머니에게 뭔가 의미 있는 말을 건네고 싶었지만 마땅한 단어가 생각나지 않아서 그저 미소를 머금고 이렇게 말했다. "다 끝났군요. 별일 아니네요." 이렇게 차분하게 말하는 내가 어른스럽고 용감하게 느껴졌다.

"별일일 게 뭐가 있니? 당연한 일인걸." 큰어머니는 면도기를 치우면서 대수롭지 않게 대꾸했다.

나는 가벼워진 머리를 감싼 터번의 매듭을 매만지며 생각했다. 별일 아니야, 당연한 일이야.

복도에서 발소리가 들렸다. 일라이가 온 줄 알았는데 시어머니였다. 시어머니는 입술을 비쭉 내민 채 팔짱을 끼고 옆을 바라보고 있었다. 큰어머니는 커다란 검은색 핸드백에 면도기를 집어넣고 시어머니와 간단히 인사한 후 뒤도 돌아보지 않고 복도로 나갔다.

나는 시어머니에게 커피와 차를 권했다. 새 식기를 써보고 싶어서 굳이 은그릇에 초콜릿도 예쁘게 담아 내놓았다.

"그래서 일은 잘 치렀니?"

나는 공손한 미소를 지었지만 속으로는 당황했다. 질문의 의미를 몰라서가 아니라 이렇게 대놓고 물어볼 줄은 몰랐기 때문이다. 시어머니의 질문이 웽웽거리는 파리인 양, 손을 휘저으면서 대충 "아, 네" 하고 얼버무렸다. '이건 부부 사이의 일이야. 우리 일은 우리가 알아서 할 수 있어. 그는 이 문제에 누군가를 끌어들이는 것을 바라지 않을 거야.'

시어머니의 얼굴이 딱딱하게 굳는 게 보였다. "네 시아버지에게 들었는데, 제대로 치르지 못했다면서."

너무 놀라 말문이 막혔다. 무슨 말을 꺼내기도 전에 별안간 현관문이 열렸다. 일라이와 시아버지였다. 시어머니는 자리에서 일어나 내 뺨에 작별 키스를 하기 위해 몸을 굽혔다. 나는 딱딱하게 굳은 채로 서 있었고, 시어머니는 시아버지와 함께 현관문을 닫고 사라졌다. 일라이를 바라봤지만 그는 바닥만 보고 있었다.

"어떻게 된 거예요? 아버지에게 뭐라고 말한 거예요?"

"내가 먼저 얘기한 게 아니라 아버지가 물어봤다고요!" 그가 재빨리 항변했다. "갑자기 물어봐서 사실대로 말한 것뿐이에요. 다른 사람에게 말할 줄은 몰랐죠!"

"그걸 곧이곧대로 말했어요? 당신 어머니도 아세요! 이제 모든 사람이 알게 되겠죠! 당신 가족은 이미 다 알 테고요! 내 가족도 마찬가지겠죠! 대체 무슨 생각으로 그런 거예요?"

"갑자기 물어보는데 그럼 어떡해요!"

"이건 우리 둘이 해결해야 할 문제 아닌가요? 부부끼리 의논해야 할 사적인 문제라고요. 모든 사람에게 다 까발리는 게 나나 당신에게 창피한 일이라는 생각이 안 들던가요?"

내가 속한 이 세계에서 소문이 얼마나 빨리 퍼지는지 잘 아는 나는 쑥덕쑥덕 가십을 전하는 입들을 떠올리며 공황에 빠져들었다. 사람들이 나를 가리키며 첫날밤을 치르지 못한 여자라고 수군거릴 거라는 생각이 머릿속을 지배했다. 아, 끔찍해. 어떻게 얼굴을 들고 다닌단 말인가?

일라이가 찌푸린 얼굴로 말했다. "걱정 말아요. 아버지가 오늘 밤에 하면 된다고 하셨어요. 일단 일을 치르고 나면 아무도 뭐라고 하지 못할 거예요. 쉐바 베라콧sheva berachos(일곱 가지 축복이라는 뜻. 보통 결혼식 후 일주일간 축하 행사가 열리고 일곱 가지 축복문을 낭독한다-옮긴이)이 끝나자마자 바로 자리를 뜨도록 하죠. 어젯밤에는 우리가 너무 피곤했던 게 문제였을 거예요."

"그럴지도 모르죠." 하지만 나는 그게 문제가 아님을 예감하고 있었다.

오후가 되자 일라이가 저녁 행사 전에 낮잠을 자자고 제안했다. 하지만 나는 잠이 오지 않아서 베개 밑에 손을 넣고 잠에 빠진 그의 무표정한 얼굴을 바라보았다. 그때 초인종이 울렸다. 조용히 거실로 나가 인터콤 버튼을 눌러보니 큰어머니였다.

"무슨 일이 있었는지 들었다." 나는 큰어머니가 내 입장을 옹호해주기를, 뭔가 위로가 되는 말을 해주기를 기다렸다. 그러나 말을 잇는 큰어머니의 얼굴은 차가웠다. "결혼 생활의 비결이 하나 있다면 침실에서 남편을 왕처럼 떠받들어주는 거다. 침실에서 왕 대접을 받는 남자가 다른 곳에서도 기죽지 않는 거야."

큰어머니는 말을 멈추고 두 손으로 핸드백을 쥔 채 나를 뚫어져라 바라봤다. "무슨 말인지 알겠니?" 이렇게 묻고는 대답을 기다렸다. 나는 너무 어처구니가 없어서 아무 말도 하지 못하고 고개를 끄덕였다.

"알아들었다니 됐다." 큰어머니는 자리에서 일어나 치마를 반듯하게 펴면서 엄하게 말했다. "그럼 모든 게 저절로 해결될 거다. 할머니, 할아버지께는 말씀드리지 않으마. 그렇지 않아도 노쇠하신 분들에게 또 나쁜 소식을 전해드릴 필요는 없으니까." 큰어머니가 돌아간 후 나는 멍하니 앉아 방금 전의 대화를 곱씹었다. 대체 어떻게 저절로 해결된다는 거지? 큰어머니에게 무슨 대책이 있는 것일까? 왜냐하면 나는 어떤 방법도 떠오르지 않았기 때문이다.

✳

결혼식 후 7일간 이어지는 축복 기간에는 근사한 옷을 마음껏 입을 수 있다. 나는 매일 밤 다른 옷을 입고 축하연에 참석했다.

하나같이 신경 써서 골라서 몸에 꼭 맞도록 재봉사에게 수선을 맡긴 옷이었다. 가발도 모두 새로 스타일링해 스프레이로 고정했다.

축하 행사가 열리는 내내 슈프린자는 언짢은 얼굴로 구석에 앉아 부들부들 떨고 있었다. 그녀는 두 달 전에 오빠가 결혼하기를 기다리지 않고 먼저 결혼한 새댁이다. 하지만 나는 그녀에게 신경 쓸 여유가 없었다. 유감스럽게도 그 주 내내 성사시키지 못한 일에 온통 정신이 팔려 있었기 때문이다.

가장 행복해야 할 신혼이 첫날밤을 치르려는 노력으로 소진되고 있었다. 거듭되는 시도가 실패로 끝나면서 일라이는 갈수록 초조해했고, 빨리 일을 치르라는 가족의 압박도 갈수록 심해졌다. 세 번째 시도 때는 아예 행위 자체가 불가능했다. 일라이는 내게 남자가 흥분하여 발기하는 과정을 설명해주었고, 나는 새벽 5시까지 그가 긴장을 풀고 다시 시도할 수 있도록 도와주었다. 하지만 아무 소용이 없었다.

일라이가 말하기를, 예시바에서 남자들끼리 자위를 해준다고 했다. 그렇게 수년을 보낸 후 갑자기 바꾸려고 하니 이상하다며 그는 한숨을 내쉬었다. "당신에게 성적 매력을 느껴야 하는 건지도 모르겠어요. 당신을 만나기 전에는 여자 몸이 어떻게 생겼는지도 몰랐는걸요."

자괴감이 들었다. 그가 내 몸을 보기만 해도 흥분할 것이라고 생각했는데, 이제 나는 남편의 시선으로 내 몸을 바라보고 있었다. 일라이의 시선에 비친 내 몸은 이질적이고 알 수 없고 혼란스러운 존재였다.

하루는 아침에 일어나 보니 팔과 어깨가 온통 벌건 수포로 뒤

덮여 있었다. 놀라서 병원에 연락하여 응급 진료 약속을 잡았다. 하시딕 공동체가 운영하지만 정부가 자금을 지원하는 ODA 의료 센터는 늘 북적거리고 지저분했다. 평소에는 이용하지 않았지만 지금은 갈 수 있는 병원이 그곳밖에 없었다.

의사는 수두 증상이긴 하지만 확신할 수는 없다면서, 항바이러스제를 처방해주었다.

"증상이 시작되면 48시간 이내에 먹어야 효과가 있습니다. 아직 초기인 듯하니 다행이네요. 약을 먹으면 증상이 가라앉고 금방 괜찮아질 거예요."

믿을 수가 없었다. 어렸을 때 수두 백신을 맞았고 지금까지 멀쩡했는데, 왜 갑자기? 하지만 그 덕분에 미크바에 가지 않아도 되어서 좋았다. 수두라는데 누가 어쩔 것인가?

3주 후 발진에 딱지가 앉기 시작했을 무렵, 한밤중에 심한 복통이 시작되었다. 구토가 몇 시간이나 멈추지 않자 일라이가 응급구조대원으로 일하는 친구 미헬에게 전화를 걸어 조언을 구했다. 미헬은 앰뷸런스와 구급대를 운영하는 지역 하찰라 조직에서 일하는 사람이다. 그는 여성의 복통은 자궁 문제일지도 모르기 때문에 반드시 큰 병원에 가야 한다고 일러주었다. 뉴욕대 병원 응급실은 진통제를 받으러 온 동네 주민으로 북적였다. 나는 해열제를 받은 뒤 한참 동안 방치되어 있었다. 마침내 내 차례가 되자 의사가 전염병 전문의를 호출했다. 작은 체구의 아시아계 남자 의사는 내가 대상포진에 걸렸다고 말했다. 그리고 일라이의 하시딕 유대인 복장을 보더니 아마 의식용 목욕 시설에서 옮았을 것이라고 덧붙였다.

나는 수백 명의 여자들과 공유한 그 온탕을 떠올리며 몸서리쳤다. 신의 계명을 지키다가 전염병에 걸릴 줄은 꿈에도 몰랐다. 나는 늘 미츠바mitzvah(계명)를 지키면 나쁜 일이 생기지 않는다고, 계명이 우리를 보호할 것이라고 배웠다. 저주받은 기분이다. 일라이와 결혼한 이래로 모든 것이 엇나갔다. 만약 이것이 계시라면 너무 늦게 도착했다. 미리 알려줬다면 좋았을 것을. 이미 나는 돌이킬 수 없는 길로 들어서버렸다.

　　　　✳

　　우리가 사는 아파트는 8층 건물이고, 층마다 스무 채쯤 되는 집에는 대부분 신혼부부가 산다. 그렇지만 내 친구 골다가 나와 같은 층에 신혼집을 차린 줄은 미처 몰랐다. 수년 전 여름 캠프에서 간예후다에 들어갔다는 이유로 같이 혼났던 골다는 예상했던 대로 아름다운 여성으로 성장했다. 눈은 예전보다 더 반짝였으며, 몸은 보기 좋은 굴곡을 그리고 허리는 여전히 잘록했다. 그런데 성격이 많이 달라졌다. 수줍은 표정에 나긋나긋한 목소리로 말하는 그녀는 기억 속 모습과 딴판이었다. 골다가 커피를 함께 마시자며 나를 집으로 초대했다. 갓 결혼한 여자들이 그렇듯 우리는 그릇과 리넨을 구경하며 호들갑을 떨고 웨딩 앨범을 감상했다. 그리고 침실에서 육중한 장롱과 땅딸막한 서랍장이 딸린 근사한 마호가니 가구 세트를 구경했다.

　　골다는 두 침대 중 하나에 걸터앉아 가늘고 우아한 손으로 침대보를 매만졌다. 나를 올려다보는 표정에 그늘이 드리웠다.

　　"첫날밤에 이 침대가 어땠는지 네가 봤어야 하는데." 골다가 작은 목소리로 속삭였다. "피가 너무너무 많이 났어." 무슨 말인지 의아했다. 만일 첫날밤에 순결을 잃은 얘기를 하는 거라면 별로 듣고 싶지 않았다. 다른 사람의 첫날밤 자랑에 맞장구칠 기분이 아니었다.

"사방이 피투성이였어. 침대도, 벽도. 병원에 가야 했어." 갑자기 그녀의 얼굴이 일그러졌다. "그이가 잘못 넣었지 뭐야. 결장이 파열되었어. 데버라, 넌 그 고통을 상상도 못 할 거야. 얼마나 아팠는지 몰라."

나는 충격으로 말을 잃었다. 어떻게 했기에 장이 파열된단 말인가?

"결혼 수업에서 그렇게 가르친대." 골다가 서둘러 설명했다. "남자가 기죽기 전에, 여자가 너무 겁을 먹기 전에 빨리 일을 치러야 한다고. 그래서 그이는 계속 밀어 넣었던 거야. 하지만 잘못된 곳이었던 거지. 그이가 어떻게 알았겠어? 나도 어디가 옳은 곳인지 몰랐는걸."

"지금은 좀 어때?"

"아, 이젠 괜찮아!"

집으로 돌아온 나는 욕실로 가서 수건에 얼굴을 묻고 흐느꼈다. 골다가 그런 일을 겪는 동안 가족은 뭘 하고 있었나? 세월이 지나도 이런 실수가 반복되는데 왜 아무도 바로잡지 않는가?

이즈음 집 근처에 코셔 중국집이 문을 열었다. 랍비들은 비유대인 문화가 코셔의 탈을 쓰고 들어오는 상황에 분노했지만 젊은 부부들은 새로운 것을 시도해볼 기회를 반겼다. 중국집에서 외식할 배짱은 없었던 우리는 테이크아웃 메뉴를 주문한 뒤 포장된 음식을 찾아왔다. 나는 시뻘건 소스를 바른 돼지갈비를 은테를 두른 사기 접시에 담았다. 그리고 내 몫을 깨작거리면서 남편이 갈비를 잡고 뜯는 모습을 바라보았다. 나는 먹기만 하면 자꾸 토했기 때문에 식사가 내키지 않았다. 대상포진은 다 나아가지만 뭔가 다른 병에 걸린 것 같았다. 그리고 그 병은 굳게 닫힌 내 질과 관련 있는지도 몰랐다.

큰어머니는 랍비와 상의한 후 우리를 특별한 성 문제 전문의에게 보냈다. 여자 의사는 나와, 남자 의사는 일라이와 상담했다. 그다음 의사들은 우리를 한 방에 모아놓고 벨크로가 달린 플라스틱 인체 부위 모형을 보여주었다. 의사는 우리에게 여성의 생식기관을 구석구석 상세히 설명했다. 그것과 우리 문제가 무슨 상관인지 알 수 없었다. 임상적 접근은 심적 거리감만 키웠다.

잠시 후 남자 의사가 내 몸을 검사하겠다고 했다. 부인과 검사를 받아본 적이 없었던 나는 당황해서 진찰대에 올라가기를 거부했다. 결국 의사가 마취제를 쓰겠다고 말했다. 그는 리도카인으로 국부 마취를 한 뒤에 장갑을 낀 손가락으로 진찰할 것이라고 설명했다. 한동안 이곳저곳 쿡쿡 찌르는 느낌이 나더니 의사가 진단을 내렸다. "질막이 두 겹이군요. 수술이 필요합니다."

내게 처녀성이 두 개라니. 일라이가 의사의 말을 전하자 시어머니는 코웃음을 쳤다. "수술은 의사 한 사람 말만 듣고 하는 게 아니야. 다른 소견을 들어봐야 해." 시어머니는 일라이에게 맨해튼의 부인과 의사 전화번호를 주었다. 자신이 출산할 때마다 찾아갔던 고위험군 전문의라고 했다.

닥터 패트릭의 진료실은 눈 덮인 센트럴파크가 훤히 내려다보이는 5번가에 위치해 있었다. 맨해튼에서도 부촌인 이 동네에 자리 잡은 진료실에서 나는 몹시 주눅이 들었다. 검정 벨벳 모자에 긴 실크 코트를 입고 파요스를 달랑거리는 남자와 불과 열일곱에 결혼한 나를 의사와 간호사들이 한심하게 생각한다는 것을 알고 있었기 때문이다.

내 몸에 스테인리스 검경을 집어넣고 이리저리 살펴보는 데 집중하느라 깊게 주름이 잡힌 닥터 패트릭의 얼굴이 근엄해 보였다. "사이막이 있는 것 같군요. 흉터가 보이는데, 종종 이런 일이 생기기도 합니다. 질에 막이 하나 더 있는 것과 같아요. MRI로 확인해보죠." 패트릭이 나에게 어떤 반응을 기대하는 것 같지는 않았다. 옷을 갈아입고 있으려니 간호사가 들어와서 무표정하게 처방전을 건네주었다. 내 존재가 부서지는 것 같은 자괴감이 들었다.

태어나서 처음으로 MRI를 찍으면서 내게 폐쇄 공포증이 있다는 사실을 깨달았다. MRI 튜브 안에서 어찌나 울었는지 영상이 제대로 잡히지 않았고, 간호사는 작은 인터콤으로 "가만히 계세요!" 하고 소리쳤다. 닥터 패트릭은 MRI 결과가 불분명하다고 말했다. 세로로 된 막은 MRI에 잡히지 않을 수도 있다고 했다. 더 이상할 수 있는 일은 없다면서 그녀는 우리에게 다른 치료사를 추천해주었다.

일라이는 잠자리를 포기한 것 같았다. 초기에는 어떻게든 무너진 남성성을 회복하고 우리의 결혼 생활을 정상 궤도에 올려놓을 수 있으리라는 희망이 있었다. 하지만 병원을 전전하면서 그는 무엇이 잘못되었는지 알아내기 전에는 어떤 시도도 무의미하다고 생각하게 된 듯했다. 그는 심각한 문제가 밝혀져서 사람들이 더 이상 우리를, 아니 자신을 비난하지 않게 되기를 바라는 걸까? 나는 내게 문제가 있다는 주변의 말을 믿지 않았지만 그는 가족이 하는 말이라면 철석같이 믿었다.

그는 매일 늦게 귀가한 후 바로 저녁 기도를 드리러 가버렸다. 결혼 직후에는 나와 함께 있으려고 저녁 기도를 빼먹던 사람인데. 나는 상관없어, 갈 테면 가라지 하는 마음이었다가도 남편이 돌아오면 왜 나를 혼자 내버려두느냐고 질책했다. 혼자 있고 싶지만 사랑받지 못하는 느낌은 싫었다. 마음이 갈팡질팡했다.

어느 날 저녁, 평소처럼 욕조에 들어가서 뜨거운 물을 틀어놓고 차가운 발에 닿는 온기를 만끽하고 있었다. 하지만 몇 분이 지나자 갑자기 전신이 타는 느낌이 몰려왔다. 물에 닿지 않은 얼굴도 불에 덴 듯 뜨거웠다. 열기가 파도처럼 가슴과 머리를 덮쳤다. 도대체 무슨 일이 일어나고 있는지 알 수 없어 덜컥 겁이 났다. 심장이 방망이질 치기 시작했다. 몇 분 지나지 않아 저녁으로 먹은 음식이 식도를 역류했다. 속이 거북한 느낌도 전혀 없었는데 토한 건 처음 있는 일이었다. 이런 일이 일어난 이유를 알 수 없었기 때문에 나는 한동안 상한 음식을 먹어서 그런 걸 거라고 스스로를 납득시켰다.

*

얼마 지나자 일라이가 시도를 재개했다. 랍비가 의사가 뭐라 하든 계속 노력하라고 말한 모양이었다. 우리 일상은 정결한 날과 부정한 날로 명확히 나뉘었다. 한 달에 2주는 헛된 노력임을 알면서도 조심스레 서로에게 다가가는 기간이고, 나머지 2주는 닛다 규율을 위반하지 않도록 주의하며 서로를 피하는 기간이다. 이런 패턴이 반복되면서 내 마음은 끊임없이 요동쳤다. 친밀해졌다 싶으면 또다시 닛다 기간이 시작되면서 나는 버려지고 원치 않는 존재가 되었다.

나를 원하다가 멀리하기를 반복하는 일라이를 지켜보는 일은 괴로웠다. 도대체 속마음이 어떻기에 이렇게 스위치를 끄고 켜듯 쉽게 태도를 바꿀 수 있는 걸까? 왜 나는 그와 같은 자제력을 보여줄 수 없는 걸까? 일라이는 율법을 문자 그대로 따랐다. 남편이 진정으로 사랑하는 것은 신의 계명이었고, 나와의 잠자리도 할라카를 지키기 위한 일일 뿐이었다.

내 감정은 잔뜩 겁을 먹은 어린 고양이 같아서 살살 구슬려 끌어내야 했다. 하지만 남편이 조금 편해졌다 싶으면 또다시 그것을 숨겨야 하는 시기가 돌아왔다. 결국 나는 다시 거부당하는 날이 두려워 마음을 열기 힘들어졌다. 그뿐만 아니라 내 몸도 나로부터 분리되었다. 아침마다 빈껍데기 같은 몸을 일으켜 주어진 일을 해나갔다.

최근 구토가 부쩍 잦아졌고, 증상을 줄일 방법은 음식을 먹지 않는 것뿐이었다. 토해낼 것이 없으면 토할 수도 없다. 이미 식욕을 완전히 잃었기 때문에 음식을 포기하기는 쉬웠다. 한때 거부하기 힘들었던 초콜릿바는 이제 보기만 해도 내장이 뒤틀리는 것 같았다. 다른 사람들이 말해줄 때까지는 살이 빠진지도 몰랐다. 고작 몇 달 전에 산 옷이 헐렁해져서 치마가 흘러내리고 소매가 손등을 덮었다. 포동포동했던 뺨도 핼쑥하고 창백해졌다.

사람이 많은 곳에 가면 심장이 빨리 뛰기 시작하고 사지가 덜

덜 떨리면서 힘이 빠졌다. 심각한 병에 걸린 것 같아 겁이 났다. 억지로 뭔가를 먹으면 바로 심한 구토가 올라왔고 몇 시간씩 헛구역질을 멈출 수 없었다. 노파의 몸처럼 지치고 고단했다.

엑스레이와 CAT 스캔을 포함하여 온갖 검사를 받던 어느 날, 진료실에서 의사가 따뜻한 눈빛으로 나를 보며 흰 알약을 내밀었다. "메스꺼울 때마다 드세요. 한결 나아질 겁니다."

"무슨 약이에요?" 주저하며 물었다.

"불안을 없애주는 약이에요."

"하지만 저는 불안한 게 아닌데요!" 내가 항변했다.

"불안하다는 자각이 없더라도 몸이 그렇게 반응하고 있어요. 이 문제를 해결하지 않으면 증상이 계속될 겁니다."

나는 도무지 의사의 손에서 알약을 받을 마음이 들지 않아서 자리에서 일어나 코트를 입고 진료실을 나설 준비를 했다.

"약을 먹지 않겠다면 다른 전문가를 추천해줄 테니 만나봐요." 그가 명함 한 장을 건넸다. "내가 잘 아는 의사예요. 어쩌면 당신을 도와줄 수 있을 겁니다." 명함에는 '바이오 피드백, 제시카 마리니'라고 적혀 있었다.

바이오 피드백의 진료실은 맨해튼에서도 가장 부자 동네인 어퍼이스트사이드의 파크애비뉴 근처에 있었다. 대기실에서는 매니큐어를 칠한 긴 손톱에 매끈한 다리를 드러낸 여자들이 잡지를 읽으며 진료를 기다리고 있었다. 제시카의 안내로 들어간 안쪽 진찰실은 뜻밖에도 진찰 기구가 하나도 없는 깨끗한 방이었다. 환자가 눕는 진찰대도 없고 그저 편안한 의자와 낯선 기계만 놓여 있었다.

제시카가 내 양 손바닥에 조그만 회색 테이프로 선을 부착하고 그 선이 연결된 기계의 버튼을 눌렀다. 그러자 화면에 98이라고 뜨더니 숫자가 가파르게 상승하기 시작했다. 99, 102, 105.

"스트레스가 많이 쌓였나 봐요." 제시카가 커튼 같은 금발을 왼쪽 귀 뒤로 넘기며 미소 띤 얼굴로 말했다. 나는 그 말이 무슨 뜻인지 몰라서 어색하게 웃었다.

"이 숫자는 당신의 스트레스 레벨을 의미해요." 그녀가 친절하게 설명했다. "바이오 피드백은 몸이 보내는 신호를 읽는 법을 배우고 그 신호에 어떻게 반응할지 이해하는 연습입니다. 앞으로 불안 증세를 인식하고 조절해서 구토하지 않게 하는 법을 가르쳐드릴 거예요."

나는 매주 한 시간씩 진료실 의자에 앉아서 화면의 숫자가 저절로 내려갈 때까지 부신에 압력을 가하도록 호흡하는 법, 마음을 비우고 근육을 이완시키는 법을 배웠다.

"당신이 통제할 수 있다는 점만 기억하세요. 불안에 사로잡히는 건 그 불안을 허용했기 때문입니다."

마지막 세션을 마치고 진료실을 나설 때 제시카가 자신의 이마를 톡톡 두드리며 늘 하는 인사를 건넸다. "마음먹기에 달렸어요. 아시겠죠? 마음먹기에 달린 거예요."

저녁에 소파에 누워 숨쉬기 운동에 집중할 때면 일라이는 곁에서 내 모습을 지켜보았다. 그의 존재가 파도처럼 불안을 몰고 왔기 때문에 나는 숨을 크게 들이쉬면서 끊임없이 고투를 벌여야 했다. 승세를 잡을 수 없는 싸움이었다. 간신히 적의 공격을 막아내고 있었다. 그래도 숨쉬기 운동을 계속했다. 불안 증세를 없앨 수는 없었지만 그것이 불시에 나를 덮치지 못하도록 주시하면서 어느 정도

거리를 두는 것은 가능해졌다.

일라이는 내가 공황 발작을 일으키는 모습을 쭉 보았으면서도 이 상황을 이해하지 못했다. 그는 내가 미쳤다고, 다시는 회복되지 않을 것이라고 생각했다. 6월의 어느 날, 남편이 퇴근 후 집으로 돌아오지 않았다. 전화를 걸어도 받지 않았다. 밤이 될 때까지 기다리다가 시어머니에게 전화를 걸었다. 그런데 말을 꺼내기도 전에 시어머니가 차갑게 말했다. "일라이는 오늘 집에 가지 않을 거다."

"그게 무슨 말씀이세요?"

"이제 네게 돌아가지 않을 거란 얘기야. 그리고 너랑 얘기하고 싶지 않다는구나."

나는 충격에 휩싸여 전화를 끊었다. 큰어머니에게 전화를 걸어보니 이미 상황을 알고 있었다. 큰어머니가 말하기를, 시어머니는 내가 성관계를 가질 수 없는 여자이기 때문에 일라이가 이혼해야 한다고 생각한다는 것이다. 남편이 어떻게 한마디 상의도 없이 이런 결정을 내렸는지, 어떻게 나를 버리고 어머니 편을 들 수 있는지 이해할 수 없었다. 공포가 있던 자리에 분노가 차올랐다. 누구를 향한 분노인지는 확실하지 않지만 지금까지 살면서 겪어야 했던 그 모든 부당함이 억울해서 견딜 수가 없었다. 모두 다 내 탓이라고 비난하는 세상에 신물이 났다.

"알았어요." 나는 냉정해졌다. "원한다면 이혼해주죠. 그게 정말 그가 바라는 바라면 그러라고 해요. 난 상관없으니까." 나는 큰어머니가 뭐라고 대답하기 전에 전화를 끊어버렸다.

말은 그렇게 했지만 사실 상관없지 않았다. 혼자 남는 것이 두려웠다. 이혼하면 당장 살 곳도 없고 내 편이 되어줄 사람도 없다.

재혼도 불가능할 것이다. 하지만 두려움보다 배신감이 더 컸기에 나는 새벽이 올 때까지 잠들지 못했다.

'단지 아이를 갖지 못했다는 이유로 내가 모든 비난을 떠안는 것이 타당한가? 만약 내가 남자였다면 씨를 뿌리지 못했다고 사람들이 나를 비난할까? 발기도 제대로 안 되는 일라이를 위로하며 지샜던 수많은 밤들은? 그것도 내 잘못이라고 할 건가?'

다음 날 아침 7시 무렵에 일라이가 집으로 돌아왔다. 내 앞에서 납작 엎드려 사과했지만 귀에 들어오지 않았다. 나는 이미 마음속에서 남편을 도려냈다. 만약 이 남자와 결혼 생활을 유지한다면 그저 좋은 아내, 충실한 아내를 연기할 뿐 인간적인 애정을 품는 일은 없을 것이다. 나는 아무 말 없이 고개를 끄덕였고, 그는 나를 끌어안으며 고마워했다.

시어머니는 모든 문제는 독서라는 부정한 행위를 저지른 내 탓이라는 듯 일라이에게 내가 더 이상 도서관에서 빌려온 책을 읽지 못하게 하라고 지시했다. 소장한 책도 다 버려야 했다. 그동안 소파 옆 탁자에 버젓이 놓인 책을 보면서 이제 내 집이 있고, 이 집에서는 취미생활을 숨기지 않아도 된다는 사실이 얼마나 좋았는지 모른다. 하지만 앞으로는 그럴 수 없다. 결국 나는 책을 모두 커다란 비닐봉지에 담았다.

『빨간 머리 앤』을 『워터십 다운』, 『제인 에어』와 함께 쓰레기봉지에 넣기 전에 마지막으로 손에 들고 낡고 해진 책장을 넘겨보았다. 앤은 내가 가장 좋아했던 인물이다. 튀는 성격에 이런저런 실수를 하는데도 불구하고 앤은 내가 늘 바라던 방식으로 주변 사람의 사랑을 얻었다. 일라이를 만난 후 마침내 평범하지 못한 나도 그런 사랑을 받을 수 있으리라고 기대했다. 우리가 처음 만난 자리에서 나는 다루기 힘든 사람이라고 경고했을 때 그가 약속하지 않았던가. 하지만 어쩌면 그 약속은 내가 그에게 복종하도록, 그의 세상에 순응하도록 만들 자신이 있다는 의미였는지도 모르겠다.

*

일라이는 시누이 슈프린자 때문에 집을 나갔다고 변명했다. 그는 우리의 불화를 남 탓으로 돌리는 데 열중했다. 그동안 슈프린자가 나에 대한 거짓말을 지어내면서 가족에게 내 험담을 해왔다는 사실을 알게 되었다고 했다. 그래서 다들 그 말을 믿고 나와 이혼하라고 자신을 설득했다는 것이다.

"자신이 받았어야 할 관심이 우리에게 쏠려서 질투가 났던 걸까요?" 내가 일라이에게 물었다. 보통 결혼하면 집안에 다음 새 신부가 나올 때까지 1년 정도는 가족의 주목을 독차지하기 마련인데, 그녀는 주변의 관심을 나에게 빼앗겼다고 생각했다.

"모르죠." 그가 대답했다. "그럴 수도 있지만, 어쩌면 나와 멀어져서 당신을 질투한 걸 수도 있어요. 우리는 늘 가까운 사이였거든요. 아마 당신이 우리 관계를 망쳤다고 느꼈나 봐요."

"하지만 자기도 남편이 있으면서! 게다가 당신의 제일 친한 친구와 결혼했잖아요! 그렇다면 당신도 동생이 당신과 친구 사이에 끼어든 걸 걱정해야 하는 것 아닌가요?"

"아니, 내 입장은 달라요. 아무래도 걔는 내가 어울리는 무리에 계속 속하기 위해서 내 절친과 결혼한 것 같거든요. 걔는 내내 그

242   *

친구를 점찍어두고 있었어요. 중매인에게 그 친구와 중매를 서달라고 한 것도 슈프린자예요."

슈프린자가 이렇게 영악한 사람이었다니 믿을 수가 없었다. 듣자 하니 시누이는 그동안 늘 일라이에게 집착해온 것 같았다. 왠지 모르게 마음 한구석이 찜찜했다. 하지만 모든 것을 시누이 탓으로 돌리고 싶지는 않았다. 일라이가 가족에게 휘둘리는 것도 분명히 문제다. 의지가 약한 사람이 아닐 거라고 확신했는데 어쩜 이렇게 물렁할까? 최소한 아내를 지켜주는 남편의 도리는 했어야 하는 것 아닌가?

일라이에게 우리 문제를 해결할 방법을 찾아내겠다고 약속한 나는 닥터 패트릭이 추천한 성 문제 치료사를 찾아갔다. 그녀는 내게 심리적 문제가 있다고 말했다. 우리의 마음이 신체를 지배한다고 설명했다.

나의 문제는 질경련이 맞았다. 책에서 찾아보니 억압적인 종교 환경에서 자란 여성에게 흔하게 나타나는 문제였다. 나는 이제 몸이 나의 정신을 외면하게 되었음을 깨달았다.

책에 따르면, 이제 나는 다양한 굵기의 긴 튜브처럼 생긴 플라스틱 확장기 키트를 구해 삽입 연습을 해야 한다. 제일 굵은 튜브가 쉽게 들어갈 때까지 계속해야 하는 이 과정은 몇 달이 걸릴 수도 있다. 질 근육이 자연스럽게 이완되도록 훈련하며, 여기에 더해 긴장을 풀어주는 호흡과 근육 운동도 함께해야 한다.

원래는 치료사를 찾아가서 진료실에서 확장기를 사용해야 하지만, 생각만 해도 수치스러웠다. 그래서 나는 인터넷으로 확장기를 구입하여 집으로 배송받았다. 일주일 후 도착한 하얀 상자를 열자 벨벳 주머니 안에 여러 사이즈의 튜브가 마트료시카처럼 차곡 차곡 들어 있었다. 튜브는 베이지색이고 끝부분이 약간 좁았다. 설명서에는 윤활제를 듬뿍 쓰라고 되어 있었다.

매일 저녁 일라이가 저녁 기도를 드리러 가면 나는 침대에 누워 연습에 돌입했다. 첫 2주간은 내 손가락 굵기의 튜브를 넣는 것도 힘들었다. 나는 그것을 넣은 채로 한동안 누워 있다가 최대한 긴장을 풀고 호흡을 고르며 넣었다 뺐다 하는 연습을 해야 했다. 진 빠지고 지루한 과정이었다.

일라이는 매일 밤 진척 상황을 물었다. 제일 큰 확장기를 시도할 수 있게 되기까지는 세 달이 걸렸다. 하지만 아무리 연습해도 통증이 줄어들 기미는 보이지 않았다. 신체 훈련은 제대로 하고 있었지만 정신적, 감정적으로는 아무것도 변하지 않았고, 나는 그것이 문제의 핵심임을 이해하기 시작했다.

결혼 1주년 기념일에 일라이와 나는 라스베이거스에 가서 최면술 쇼를 구경했다. 우리는 행선지를 비밀에 부쳤다. 일라이는 그의 어머니에게 내 휴양차 캘리포니아로 간다고 말했다. 쇼를 마친 최면술사는 담배를 끊거나 살을 빼고 싶은 사람도 최면으로 치료해준다고 홍보했다. 호텔로 돌아온 뒤 불현듯 최면 요법을 시도해봐야겠다는 생각이 스쳤다.

뉴욕으로 돌아온 뒤 나는 맨해튼 미드타운의 최면 치료사와 약속을 잡았다. 치료사는 비용은 250달러이며 나를 낫게 할 수 있다고 자신했다. 의자에 눕자 그녀가 잔잔한 음악을 틀고 내게 숨을 깊이 들이쉬라고 말했다. 한 시간 후 최면 세션이 끝났다. 딱히 최면에 걸린 느낌은 들지 않았지만 그래도 모르는 일이지 않은가?

나는 일라이에게 다시 시도해보자고 말했다. 미크바에 가니 전에 나를 본 적이 있는 직원이 몸을 검사하면서 내 납작한 배를 곁눈질했다. 그리고 이렇게 위로했다. "새댁, 너무 염려 말아요. 시간이 좀 걸리는 사람도 있는 법이야." 나는 미소를 보내며 고마워하는 척했다.

집에 돌아온 나는 자신감을 잃은 일라이가 너무 긴장하지 않도록 분위기를 잡아보려고 레이스 잠옷으로 갈아입었다. 그의 음경을 튜브라고 상상했고, 효과가 있었다. 리드미컬한 움직임이 시작되자 그곳이 몹시 아프고 따갑고 화끈거렸다. 그나마 그가 빨리 끝내서 다행이었다. 그는 행복해하며 계속 울면서 웃었다. 마침내 그가 내 위에서 몸을 격렬히 떨었다.

그는 만족스러운 미소를 지은 채 팔을 베고 천장을 보고 누웠다. 여전히 가쁜 숨을 몰아쉬고 있었다.

"어떤 느낌이에요?"

"뭐가요? 할 때 말인가요?"

"네."

그는 몸을 옆으로 돌려 나를 바라보면서 적절한 표현을 찾으려 애썼다.

"세상에서 제일 좋은 느낌이에요." 그의 눈이 젖어 있었다.

"흠." 나는 속으로 생각했다. 그런 좋은 느낌을 왜 나는 못 느끼는 거지? 왜 여자는 이런 고역을 치러야 하는 걸까? 내가 이걸 즐기게 될 날이 오긴 올까?

어쨌든 끝나서 기뻤다. 다음 날 나는 큰어머니에게 전화를 걸어 일을 치렀다고 말해주었고, 큰어머니는 가족들에게 전화를 걸어이 소식을 전했다. 나는 프라이버시 따위는 신경 쓰지 않은 지 오래였다. 그런 건 아무래도 상관없었다.

금요일 밤이 되자 일라이가 또 하고 싶어 했다. 그는 우리 일상에 새롭게 등장한 이 활동에 무척 들떠 있었다. 그런데 안식일 만찬 후 그가 침대에 올라왔을 때 이상하게도 그의 입에서 콜라 냄새가 났다.

"탄산음료 마셨어요? 당신한테서 콜라 냄새가 나요."

"아뇨! 무슨 소리예요? 집에 탄산음료도 없는데 무슨 콜라를 마셨다고 그래요?"

"하지만 난단 말이에요! 너무 지독해요. 최소한 이는 닦고 오세요."

욕실에서 돌아왔을 때도 일라이는 여전히 가스 빠진 미지근한 콜라 냄새를 강하게 풍겼다. 참기 힘들었다. 그는 아니라고 했지만 내게는 깔고 누운 침대 시트보다도 더 생생한 감각이었다.

이튿날 아침 유대인 회당에서 돌아온 일라이가 말했다. "어쩌면 당신이 임신한 걸지도 몰라요. 친구들이 그러는데 임신부는 이상한 냄새를 맡기도 한대요."

이렇게 빨리 임신했을 리 없지. 정말 이런 식으로 임신이 될 수 있나? 원래 이렇게 쉬운 일이었나? 아무래도 그럴 것 같진 않았다. 하지만 임신은 축적된 성교의 결과가 아니다. 딱 한 번으로도 가능한 일이다. 첫 번째에 성공하지 말라는 법도 없다.

안식일이 끝난 후 우리는 임신 테스트기를 구입했고, 5분 만에 핑크색 두 줄이 나타났다. 진짜 임신인 모양이다. 순간 남자아이라는 느낌이 들었다. 다음 날 서점으로 직행한 나는 임신 정보를 알려주는 책들을 사 와서 일주일 내내 읽었다. 시누이는 약간의 술을 마시는 것은 괜찮다고 생각하는 듯했지만 나는 단 한 방울도 입에 대지 않기로 결심했다. 그 누구보다도 건강한 임신 기간을 보내고 누구보다도 건강한 아이를 낳을 작정이었다. 적어도 그것만큼은 내가 통제할 수 있을 것이다.

일라이는 기쁨에 겨워 눈물을 흘리면서 누군가에게 이 소식을 알려야 할지 아니면 관습대로 세 달 동안 기다려야 할지 고민했다. 나는 아무런 감정도 느껴지지 않는다는 사실을 애써 무시했다. 대신 필요한 물품을 사는 데 필요한 돈을 어떻게 감당할지, 어디서 구매할지, 그리고 배가 부르면 어떤 옷을 입어야 할지 같은 현실적인 문제에 골몰했다.

방에서 일라이가 시어머니와 통화하는 소리가 들렸다. 도저히 기다릴 수가 없었던 모양이다. 그는 곧 방을 나와 소파 옆자리에 앉아서 내 배에 손을 올려놓았다. "어머니가 울음을 터트리셨어요. 얼마나 기뻐하시던지, 당신이 들었어야 하는데. 이런 날이 영영 오지 않을 줄 아셨대요."

참 잘도 그렇겠다. 나는 고작 열여덟 살이고 가임기는 아직 한참 남았다. 시어머니는 내가 마흔이 되도록 우리가 이 문제를 해결하지 못할 거라고 생각한 걸까? 내 큰어머니는 마흔두 살에 여섯 번째 아이를 임신했다. 나는 한숨을 감추며 고개를 흔들었다. 큰어머니와 시어머니는 정말 잘 어울리는 한 쌍이구나. 두 분 다 어쩜 이렇게 호들갑을 떠는지.

"있잖아요." 일라이가 천천히 말했다. "이제 임신했으니 당신은 정결해요. 앞으로 아홉 달 동안 쭉 말이에요. 그 말은 당신은 미크바에 가지 않아도 되고 나는 늘 당신을 만질 수 있다는 뜻이죠."

나는 코웃음을 쳤다. "그래서 그렇게 좋아한 거예요? 언제부터 미크바를 그렇게 신경 썼다고? 거기 가는 건 당신이 아니라 나라고요."

"그렇죠. 하지만 당신이 늘 가기 싫다고 그랬잖아요. 그래서 잘 됐다는 말이에요."

생각해주는 척이라니. 그는 섹스가 어떤 느낌인지 알게 되었고, 앞으로 9개월간 아무 제한 없이 즐기게 되어 기쁜 것이다. 지친 자에게 휴식은 없다.

8장

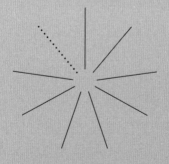

정의라 불리는 불의

탈무드에 따르면 신도 기도한다. "신은 무엇을 기도할까?

'오, 내 자비가 내 정의를 이기기를!'"

_네이선 오수벨 편집,
『유대인 민간전승의 보고 A Treasury of Jewish Folklore』 중에서

✽

윌리엄스버그의 아파트에서는 아이를 키우기 힘들 것이다. 너무 좁아서 아기 침대나 장난감을 놓을 공간이 없다. 그리고 뒤뜰과 나무도 있었으면 했다. 무엇보다도 이제 나는 윌리엄스버그에서 사는 것이 지긋지긋했다. 결혼을 했는데도 불구하고 여전히 남들의 시선과 이웃의 입방아에 시달리고 그 어떤 비밀도 불가능한 생활을 참기 힘들었다. 우리는 참견꾼 이웃이 미행할까 봐 몰래 볼링을 치러 갈 수조차 없었다. 이건 내가 생각했던 결혼 생활이 아니다. 결혼 후에는 더 많은 자유를 누리기를 바랐는데 윌리엄스버그에서는 성인 기혼 여성도 아이 때와 다를 바 없는 면밀한 감시를 받는다. 일라이도 브루클린의 환경이 익숙하지 않았다. 그가 자란 곳은 사람들이 이렇게 다닥다닥 붙어 살지 않았다.

나는 우리의 주거 환경을 바꿀 방법을 끊임없이 모색했다. 일라이는 변화를 꺼리며 어떤 위험도 감수하지 않는 성격이다. 나는 그를 설득하기 위해 몇 주간 공을 들였다. 매일 두 시간씩 걸리는 통근이 얼마나 지치는 일인지, 그로 인해 아이와 보낼 시간이 얼마나 적을지 상기시켰다. 일라이의 형제자매가 모두 업스테이트에 살고 있다는 점도 언급했다. 이 동네에서 계속 살아야 할 이유가 없었다.

일라이는 형 아론에게 전화를 걸어 생각을 물었다. 물론 아론은 즉시 좋은 생각이라고 찬성하면서 이사하면 좋은 이유를 줄줄이 나열했다. 심지어 지금 바로 들어갈 수 있는 집도 알고 있다면서 좋은 가격에 얻게 해주겠다고 했다. 나중에 일라이와 그 지역으로 집을 보러 갔을 때 나는 그 집 상태가 썩 마음에 들지는 않았지만 일단 이 동네로 이사하면 나중에 더 좋은 집을 찾을 수 있을 거라고 판단했다. 당장 윌리엄스버그를 떠날 수 있다는 생각에 기뻤다.

큰어머니에게 이 소식을 알렸을 때는 이미 이삿짐을 반쯤 싼 상태였다. 뜻밖에도 반응은 긍정적이었다. 큰어머니는 나를 가만히 뜯어보다가 말했다. "몬지로 가겠다고? 그래, 좋은 생각이야." 반대하지 않아서 다행이다. 어쩌면 큰어머니는 나를 곁에 두고 챙기는 데에 지쳤는지도 모른다. 몬지 외곽의 에어몬트 마을로 이사하면 나는 모든 사람의 눈에서 멀어질 것이고 드디어 진정으로 자립할 수 있을 것이다.

새집은 뉴욕주 고속도로 근처 동네의 막다른 골목에 위치한 전원주택의 아래층이었다. 밤마다 귀뚜라미 소리와 함께 고속도로에서 들려오는 차 소리가 도시에서 나고 자란 내 마음을 달래주었다.

나는 새 동네가 무척 마음에 들었다. 감시의 눈을 피할 길 없는 도시 생활로 두 번 다시 돌아갈 수 없을 것 같았다. 장을 볼 때는 59번 국도를 따라 상업 지구까지 꽤 먼 길을 걸어갔는데, 나중에 몸이 무거워지면 걸어 다니기 힘들겠다 싶어 걱정이 되었다. 몬지에 사는 여자 중에는 차를 모는 사람도 있다는 걸 알고 있었다. 시누이도 아들이 다니는 학교에서 엄마들이 차로 아이들을 픽업하는 것을 공식적으로 허용하지 않음에도 불구하고 비상시에 대비해 운전면허를 땄다. 나는 그녀처럼 독실한 신앙인도 아니고 아직 취학 연령의 아이도 없었기에 운전 교습을 받기로 결심했다. 운전면허를 따면 장거리 자동차 여행을 할 때 교대로 운전할 수 있고 여러모로 좋을 것이라며 일라이를 설득했다.

운전 강사인 스티브는 유대인이지만 유대교를 믿지는 않는다고 했다. 한 노부인의 주택 지하실에 세 들어 사는 그는 맥주를 캔째 마시면서 미식축구를 시청하는 중년의 독신 남성이었다. 그는 하시딕 유대인 여성을 애 낳는 기계라고 경멸했고, 나는 그런 시선을 받고 싶지 않아서 임신부라는 사실을 말하지 않았다. 아침 일찍 일어나서 속을 비웠고, 보통 그가 밖에서 경적을 울릴 무렵이면 헛구역질을 감출 수 있을 정도로 배 속이 진정되었다.

여성 운전자를 조롱하는 발언을 들으리라 각오했는데, 의외로 그는 강하고 공격적으로 운전하면서 다른 운전자들에게 밀리지 않는 법을 가르쳐주었다. 하루는 주차장에서 차를 긁은 후 그만 다 포기해버리고 싶었다. 평생 여성 운전자를 비웃는 악담을 들어온 터라 내게는 차를 끌고 도로에 나갈 권리가 없는 것처럼 느껴졌다. 하지만 스티브가 집으로 찾아와서 당장 다시 연습하러 가자고 고집했고, 나는 겁이 나긴 했지만 그의 말을 따랐다. 그는 고속도로로 가라고 지시했다. 내가 시속 100킬로미터로 차를 몰아도 별 탈 없을 거라고 생각한다는 게 믿어지지 않았다.

연습 후 집으로 돌아오자 일라이가 앞뜰 안락의자에 앉아 나를 기다리고 있었다. 스티브가 그를 보더니 말했다. "남편이에요?" 나는 고개를 끄덕였다.

"흠, 힙한 친구네요." 집 안에 들어가서 그 말을 전한 나는 귀 옆에서 파요스가 달랑거리는 일라이가 '힙한 친구'라 불렸다는 사실에 그와 함께 배꼽을 쥐고 웃었다.

면허 시험 감독관은 주행하는 내내 나를 노려보고 코너를 돌 때마다 뭔가를 중얼거리는 까다로운 노인이었지만, 결과는 합격이었다. 내가 단번에 합격했다는 사실에 스티브도 좀 놀란 것 같았다.

면허를 따 득의양양해진 나는 어디든 차를 몰고 가고 싶어 안

달이 나서 배가 점점 불러오는데도 지도를 따라 북으로는 오렌지카운티, 남으로는 뉴저지까지 돌아다녔다. 일요일이면 일라이와 함께 9W 국도를 달리면서 아래로 굽이치는 허드슨강의 사진을 찍었다. 그는 사진 찍는 걸 좋아했지만 나는 사진 찍히는 게 싫었다. 임신한 모습을 기억하고 싶지 않았다.

시댁을 방문했을 때 시어머니는 내 부른 배를 보더니 눈살을 찌푸렸다. 배가 좀 크긴 했다. 보는 사람마다 쌍둥이냐고 물어볼 정도였다. 닥터 패트릭은 내가 임신했을 때 표준 체중 이하여서 그렇다고 말했다. 결혼 첫해에 마음고생을 많이 해서 살이 5킬로그램쯤 빠졌다. 그러나 이제는 배가 너무 불러서 맞는 옷이 없다. 시어머니는 펑퍼짐한 원피스를 입으라고 했지만 나는 그러고 싶지 않았다.

최근에는 편두통 때문에 가발을 쓰고 있기 힘들어졌다. 그래서 머리카락을 다시 기르기 시작했다. 임신 기간 동안은 미크바에 가지 않아도 되니 들킬 염려도 없었다. 어느새 머리카락이 5센티미터 정도 자랐다.

뉴욕시 병원에서 매달 받는 임신부 정기 검진을 마친 어느 날, 나는 미용실에 들렀다. 가발을 벗은 후 미용사에게 하이라이트 염색을 하고 멋지게 다듬어줄 수 있느냐고 물었다.

"와, 버진 헤어네요." 미용사가 외쳤다. 미용사의 머리는 붉은색 하이라이트를 넣고 소년처럼 뒤로 넘긴 스타일이었다.

"그게 뭐예요?"

"한 번도 염색을 하거나 특정 스타일로 자른 적이 없는 머리라는 뜻이에요. 깨끗한 백지 같다고요." 그녀는 내 가발에 대해서는 언급하지 않았으나, 나중에 머리를 다시 기르는 암 환자들이 미용실에 많이 오기 때문에 짧은 머리를 다듬어본 경험이 많으니 걱정하지 말라고 했다.

그날 오후 나는 머리카락 끝부분에 벌꿀색 하이라이트를 넣고 붉은 기가 도는 픽시컷을 한 채 미용실을 나섰다. 거울에 비친 내가 달라 보였다. 할아버지가 이 모습을 봤다면 문란하다고 하셨을 테지만 나는 마음에 들었다.

일라이는 내 헤어스타일이 달라진 것을 전혀 눈치채지 못한 것 같더니, 나중에 다시 머리를 밀 생각은 없느냐고 물어보았다. 터번 가장자리로 머리카락이 삐져나와서 티가 난다고, 누가 우리를 욕하는 것을 바라지 않는다면서 말이다.

"누가 욕을 해요?" 일라이는 답을 대충 얼버무리며 넘어갔지만 나는 그게 슈프린자를 가리킨다는 걸 알 수 있었다. 다른 사람을 통해 시누이가 나를 헐뜯고 다닌다는 얘기를 들었지만 그냥 모르는 척하고 있었다. 다만 도대체 나의 어떤 부분을 질투하는지 의문이었다. 시누이는 결혼하자마자 임신해서 이미 일라이의 할아버지 이름을 딴 멘델이라는 아들이 있었다.

"아이 이름은 뭐라고 짓죠?" 내가 일라이에게 물었다. "당신도 알다시피 첫째 이름은 엄마가 지어주는 거지만, 돌아가신 가족 이름 중에서 골라야 하니 선택의 여지가 몇 개 없네요. 최소한 귀엽고 너무 심각하지 않은 이름으로 정해주죠. 놀림받기 쉬운 이름 말고요."

나는 가계도를 샅샅이 훑은 후 할아버지의 형제인 이츠하크 베냐민의 이름을 따오기로 결정했다. 그는 모두가 똑똑하고 원만한 성격이었다고 칭찬해 마지않는 분이었다. 히브리어로 '웃음을 가져오는 자, 아들, 오른손'이라는 뜻이다. 잇지, 비니, 유미 등 사랑스러운 애칭을 지어줄 수도 있었다.

초음파 검사로 아들이라는 사실을 확인한 날 일라이는 또 눈물을 흘렸다. 그는 내 손을 잡더니 자신은 아버지에게서 받지 못한 애정을 줄 아들을 원했다고 털어놓았다. 시아버지는 내가 아는 가장 차갑고 냉담한 사람이다. 나는 일라이가 아버지를 닮고 싶어 하지 않는다는 사실에 안심했다. 그러나 한편으로는 그가 자신이 자기 가족과 얼마나 비슷한지를 자각하고 있는지 궁금했다.

나는 간호사가 뽑아준 초음파 사진을 보며 감탄을 금치 못했다. 사진 속 조그만 아기의 형상은 팔을 구부리고 엄지손가락이 입술에 닿을 듯한 자세를 하고 있었다. 진짜 아기가 내 배 속에서 자라고 있다는 사실이 놀랍기만 했다.

때때로 나는 소파에 누워 스웨터를 걷어 올리고 갈수록 커져가는 배 이곳저곳에 불쑥 튀어나오는 작은 덩어리를 살짝 마주 눌렀다. '내 배를 밀고 있는 것이 팔꿈치일까, 발뒤꿈치일까, 아니면 아기의 작은 머리일까?'

가끔 우울해지면 침대에서 이불을 뒤집어쓰고 울었다. 일라이가 이유를 물으면 이웃집 피아노 소리가 너무 커서 잠을 잘 수 없다거나 이 집에는 욕조가 없어서라고 둘러댔다. 일라이는 형이 임신부가 많이 운다고 말해줬다면서, 열 달 내내 매일 울었다는 시누이에 비하면 나는 아무것도 아니니 걱정 말라고 했다.

*

　일라이는 툭하면 내게 하시딕 유대인 남자는 자위하는 것이 금지되어 있다고 말했다. 내게 자신을 만족시켜줘야 할 의무가 있다는 얘기였다. 만약 거부하면 그는 율법을 위반하게 될 것이고, 그것은 곧 나의 죄이다. 일라이는 성욕을 느낄 때면(최근 들어 그 빈도가 잦다) 내게 접근해서는 가구 다리를 붙잡고 선 발정 난 개처럼 몸을 비벼댔다. 어설픈 욕구 방출 시도를 거부하는 것은 불가능했다. 그는 내가 자신의 육체적 쾌락을 위해 협조하는 게 당연하다고 여겼다. 하지만 나는 실제 삽입 시도보다도 이런 행위가 더 두려웠다. 그의 동작이 끝나기를 기다리는 동안 내 존엄성과 자존감은 처참하게 무너졌기 때문이다.

　만삭에 가까워질수록 섹스를 회피할 구실이 늘어났다. 일라이도 아기가 다칠까 봐 겁을 냈다. 그는 아기가 배 속에서 자신의 신체 부위를 볼 수 있다고 믿었다. 나는 그게 얼마나 말이 안 되는 생각인지 알고 있었지만, 진실을 알려주는 대신 계속 그렇게 생각하도록 내버려두었다. 그럼에도 불구하고 내가 바라는 게 있을 때 그것을 획득하는 가장 좋은 방법은 일라이를 받아들이는 것이었다. 섹스를 하고 나면 그는 얼마간 너그러워져서 내 요구를 들어주었고, 또 매사에 트집을 잡으면서 나를 노려보는 남편보다는 섹스 후에 내게 웃어주는 남편이 더 상대하기 편했다.

　일라이는 일을 치르자마자 옷을 입고 외출했다. 예외는 없었다. 욕구가 충족된 순간 그는 애초에 침대에 들어온 이유를 까맣게 잊어버린 양 서둘러 집을 나섰다. 나를 그렇게 원하던 사람이 갑자기 나를 내팽개치고 사라질 때면 당혹스러웠다. 일라이에게 나는 성욕을 해소하는 대상일 뿐이고, 욕구가 충족된 순간 나라는 사람은 안중에도 없는 것 같았다. 그러나 일라이는 말도 안 되는 소리라고 일축했다. "그럼 내가 어떻게 해야 하죠? 당신 곁에 있으라고? 이제 끝났으니까 유대교 회당에 가서 친구를 만나겠다는데 뭐가 문제죠? 내가 해야 할 다른 일이라도 있어요? 있으면 말해요. 그게 아니라면 이 집에서 내가 하는 행동에 일일이 죄책감을 느끼게 만들지 말아요."

사실을 말하자면 나는 일라이가 곁에 머물러 있길 바라지 않았다. 애초에 그가 내 침대에 들어오기를 바라지 않았다. 이 집에서 내 역할이 무엇인지 적나라하게 드러나지 않기를 바랐다. 나는 그의 섹스를 위한 존재가 아니다.

✳

임신 6개월에 접어들었을 때 예루살렘의 렙베 하임이 뉴욕을 방문했다. 하임은 이스라엘의 유명한 카발리스트kabbalist(유대교 신비주의자-옮긴이)로, 그가 미국에 올 때마다 사람들은 알현 기회를 얻으려고 필사적으로 매달렸다. 올해는 내가 임신했다는 이유로 일라이가 친구를 통해 그 기회를 얻었다. 나는 딱히 카발리스트를 만나고 싶은 생각이 없었는데, 신비주의 자체에 회의적인 데다 신앙에 의문을 갖기 시작한 지 좀 되었기 때문이다. 게다가 만물을 꿰뚫어본다고 공언하는 사람들을 늘 두려워했다. 누가 내 마음속을 들여다보는 것이 내키지 않았다.

나는 동그랗게 솟은 배를 주머니에 넣은 손으로 감싼 채 렙베를 기다렸다. 마침내 방 안으로 안내되었을 때는 새벽 두 시였고, 여성과 남성 단둘이 동석할 수 없다는 율법을 위반하지 않도록 렙베의 아내가 동석했다.

렙베 하임은 내 생일을 적으라고 하더니 몇 분간 종이에 뭔가를 계산했다.

"부모님은 어디 계신가? 왜 곁에 안 계시지? 고아는 아닌데 말이야?"

나는 간단히 설명했다.

"출생의 비밀이 있구먼." 그가 선언했다. "그러나 너무 걱정하지 말게나. 아이가 태어나면 모든 게 풀리기 시작할 게야. 진실이 드러나고 자네 아들을 통해 자신을 알게 될 걸세."

그는 아기 이름을 뭐라고 지을 생각인지 묻더니 좋은 선택이라고 말했다. "기억하게." 그가 마음을 꿰뚫는 듯한 시선으로 나를 똑바로 응시하며 이야기했다. "이 아이는 생각지도 못한 방식으로 자네 인생을 바꿔놓을 거야. 무의미하다는 생각이 들더라도 자네가 갈 길은 다 정해져 있어. 자네는 아주 오래된 영혼이기 때문에 인생의 모든 것이 의미로 가득하네. 징조를 무시하지 말게. 그리고 숫자 9를 기억하게. 자네에게 아주 중요한 숫자라네."

나는 열심히 고개를 끄덕였지만, 내심 말도 안 되는 소리라고 생각했다. 오늘 처음 본 이 남자가 내가 어떤 사람인지 알 턱이 없지 않은가.

방을 나서려는데 그가 문득 고개를 들더니 말했다.

"자네의 샤드한shadchan(중매인)이 불만이 있구먼. 일한 만큼 대가를 받지 못했다고 생각하고 있어. 자네 가족과 남편 가족을 험담하고 다녔네. 그 사람의 악감정이 결혼 생활에 그늘을 드리웠어. 그의 마음이 풀릴 때까지 자네와 일라이는 행복해질 수 없네."

나는 누가 내 중매를 섰는지도 몰랐다. 일라이에게 뭔가 짚이는 데가 있는지 물어보는 수밖에. 집에 돌아가니 일라이가 초조하게 기다리고 있었다. 그에게 중매인 얘기를 전해줬다.

"어머니에게 물어봐야겠어요." 그가 걱정스러운 얼굴로 답했다.

다음 날 일라이는 시어머니에게 전화를 걸어 렙베 하임의 말을 전했다. 시어머니는 방어적인 태도로 중매인에게 평균가인 1000달러를 지불했다고 말했다. 하지만 일라이는 결혼 적령기를 넘겨서 중매 서기 쉽지 않은 조건이었다. 중매인이 수고비를 충분히 받지 못했다고 불평하고 다닌 것은 사실이었다. 하시딕은 중매인이 불만을 품으면 마가 낀다고 믿는다. 일라이는 중매인의 마음을 풀어줘야 한다고 말했지만 우리에게는 그럴 만한 여유가 없었다.

과연 중매인의 험담이 내 불행의 이유일까? 신이 세상을 주관한다면 어떻게 사적인 감정이 허용될 수 있을까? 일개 중매인에게 그런 힘이 있을 리 없다. 일라이와 내가 벌을 받고 있는 것이라면 그건 중매인 때문이 아니다. 나는 그보다 더 그럴듯한 이유를 얼마든지 찾을 수 있다.

＊

체중이 일주일 사이에 5.5킬로그램이나 늘어났다. 툭 튀어나온 배가 너무 무거워서 두 손으로 받치고 걸어야 했고 등과 어깨는 갈수록 더 아팠다. 몸을 가누기 힘들고 단순한 집안일도 버거웠다. 남은 즐거움이라고는 일라이가 퇴근 후 전해주는 가십밖에 없었다. 어느새 나는 그토록 혐오하던 참견쟁이가 되어 있었다.

어느 날 저녁 기도를 드리고 온 일라이가 미간을 잔뜩 찌푸린 모습을 보고 호기심이 불타올랐다. 지루하기 짝이 없는 일상을 밝혀줄 흥미로운 소식을 기대하면서 그에게 차를 만들어준 다음 유대교 회당에서 무슨 얘기를 들었는지 물어보았다.

"브론펠드 씨 알죠? 아들이 예시바에서 퇴학당했대요."

"왜요?" 놀란 내가 반문했다.

"성추행을 당해서래요." 일라이의 목소리가 가라앉았다.

"그게 무슨 말이에요? 자세히 얘기해줘요." 내가 재촉했다.

"유대교 회당에 다니는 이상한 남자 있잖아요, 다리를 저는 사람."

"아, 그 노인이요? 알죠. 그런데요?" 나는 재빨리 고개를 끄덕였다.

"글쎄, 브론펠드 씨 아들이 예시바에서 문제를 일으켜서 교장이 이유를 물어봤더니, 바르 미츠바 수업을 해주던 노인에게 수개월간 성추행을 당했다고 대답했다지 뭐예요."

"말도 안 돼!" 나는 경악했지만 더 자세히 알고 싶어 되물었다. "하지만 왜 그 애가 퇴학을 당해요? 아이 잘못이 아니잖아요."

"교장이 다른 학생들에게 나쁜 영향을 줄 수 있다고 아이 아버지한테 말했대요. 이제 그 애를 받아주는 예시바는 아무 데도 없다는군요."

일라이는 잠시 말없이 스푼으로 차를 휘저었다. "어떨 때는 안전한 곳은 없다는 생각이 들어요. 누가 어디서 손을 뻗칠지 알 수 없는 일이잖아요. 옆집 이웃일 수도 있고, 오래 알고 지낸 가족의 친구일 수도 있고. 이런 일로부터 어떻게 자식을 보호해야 하죠?"

"그 노인이 성추행범이라니 도저히 믿을 수가 없네요. 어떻게 확신한대요?"

"그게 말이죠, 유대교 회당 사람들 말이 앞뒤가 맞는다는 거예요. 다들 그 사람이 동성애자라고 생각한 지 꽤 됐거든요. 늘 옆에 바싹 붙어 앉는다든가 하는 행동을 했대요. 게다가 그 아이에게 비싼 선물을 사줬다는 둥 그런 얘기도 들은 적 있고요. 뭔가 미심쩍었다고 할까, 확실히 이상했어요."

"경찰에 신고한대요?"

"아이 아버지가 일을 크게 만들고 싶어 하지 않는 것 같아요. 애가 훨씬 더 힘들어질 테니까요. 하지만 누군가 이 문제를 해결할 테니 두고 봐요."

며칠 후 노인은 소리 소문 없이 사라졌다. 소문에 의하면 노인의 가족이 그에게 한동안 숨어 지내라고 압력을 넣었다고 한다. 그가 없는 동안 동네 사람 몇 명이 몰래 그 사람 집을 뒤졌고 거기에서 아이들의 나체 사진이 가득 담긴 구두 상자가 나왔다.

그러나 노인은 몇 주 후 집으로 돌아왔다. 소문이 좀 잠잠해졌다고 생각한 모양이다. 그 나이가 되도록 변태 성욕이 남아 있다는 사실이 역겹고 놀라웠다. 길에서 그를 지나칠 때마다 차창을 내리고 침을 뱉고 싶은 충동에 휩싸였지만, 실제로는 차 속도를 줄이고 인도에 바싹 붙어서 노인의 눈을 똑바로 노려보며 지나가는 것이 고작이었다. 그의 얼굴에 있던 음흉한 미소가 머릿속에서 지워지지 않았다.

"감옥에 가기엔 나이가 너무 많잖아요." 일라이의 말에 나는 분노가 치밀었다.

"성추행은 할 수 있는 나이인데 감옥엔 갈 수 없다고요?"

하시딕 사람들은 같은 유대인에게 측은지심을 발휘하는 것으로 유명하다. 끔찍한 범죄자에게도 이토록 무분별하게 적용되는 측은지심이라니, 얼마나 관대한가? 바로 이 무차별적인 사랑, 정당하지 않은 사랑이 하시딕 유대인이 서로를 사랑하는 방식이다. 처벌은 하늘에 맡기고 우리는 그저 조화를 이루며 살아가는 데 힘쓸 뿐이다. '네 이웃에게 대접받고자 한다면 너희도 그를 대접해주어라. 상대방이 이 합의를 이행하지 않거든 나머지는 신에게 맡겨라.'

일라이는 안식일마다 사람들을 집으로 초대했다. 우리는 늘 음식을 푸짐하게 준비했고, 나는 남자들에게 대접할 촐런트cho-lent(전통적인 유대식 스튜-옮긴이)를 한 솥 가득 끓였다. 이 일이 귀찮지 않았다. 남편과 단둘이 안식일 식사를 하며 억지로 대화를 이어가는 것보다 손님들의 이야기를 듣는 게 훨씬 재미있었기 때문이다. 이 동네 사람들은 윌리엄스버그의 고루한 이웃과는 매우 달랐다. 대개 집안의 반항아인 새 이웃들은 나처럼 감시의 눈을 피해 이곳으로 이사왔다. 그래서 이 작은 동네에서는 소문을 걱정하지 않아도 됐고, 들킨다 한들 일러바칠 사람도 없었다.

이번 주의 화제는 단연 그 늙은 변태였다. 다들 그가 아동 성추행범이라는 사실에 충격을 받았다. 어떤 이는 돌이켜 보니 전조가 있었다고 말했다. 어떤 이는 자기가 그 사람의 자식들을 아는데 도저히 믿을 수 없는 얘기라고 했다. 이웃에 사는 요세프는 노인이 어렸을 때 홀로코스트에서 살아남을 수 있었던 이유가 강제 수용소를 감시하던 나치 군인에게 지속적으로 성적 학대를 당했기 때문이라고 했다. 과거 경험 때문에 성추행범이 된 것이니 노인을 불쌍히 여겨야 한다고 말했다. 나는 이 모든 이야기를 주의 깊게 들었다. 그럼 구두 상자에 모아둔 사진은 뭐지? 어떻게 그런 사진을 찍고 보관할 만큼 뒤틀릴 수 있지? 무엇보다도 할라카는 이 문제를 무엇이라고 규정하는지 궁금했다. 유대법은 온갖 문제를 다룬다. 토라는 아무리 사소한 잘못이라도 벌을 내린다. 그렇다면 아동 학대와 소아성애는? 랍비들은 이 문제를 어떻게 처리할 생각이지?

하지만 토라는 아동과 섹스하고 싶어 하는 남자를 벌할 방법을 알려주지 않았다. 토라는 남성 간 성행위나 동물과의 성교는 죄로 규정하지만 아동을 성적으로 학대하는 문제에 관해서는 입을 다물었다. 저녁 식사 자리에서 내가 이 점을 지적하며 분개하자 일라이가 설명을 늘어놓았다. 옛날에는 다들 조혼을 했고 아동과 성인을 오늘날처럼 분명하게 구분하지 않았다. 여자를 아홉 살에 결혼시켰는데 아동과 부부 생활을 금지하는 법이 가당키나 한가?

일라이는 요즘 다들 이 문제에 민감하다면서 냉소했다. "열일곱 살까지는 아기 취급을 하다가 열여덟이 된 순간 갑자기 어른이 되라는 게 말이 되나요?" 이웃들도 일라이에게 맞장구를 쳤다. 나는 남자들이 내가 정성 들여 만든 치킨 수프를 먹는 모습을 바라보았다. 그들은 내 식탁에서 내가 만든 음식을 먹고 있으면서도 나를 보이지 않는 사람 취급했다. 여자는 대화에 낄 수 없고, 음식을 내오고 상이나 치우면 그만이었다.

나는 무안함에 얼굴이 달아오르는 것을 느끼면서 내 접시를 내려다보았다. 일라이는 안식일 만찬에서 내가 너무 열을 올린다고 질책했다. "왜 그렇게 모든 일에 열을 내죠?" 그는 늘 이렇게 불평했다. 다른 여자들은 당신처럼 행동하지 않는다며 꼭 그렇게 참견을 해야겠느냐고 나를 나무랐다.

하지만 나는 걱정스러웠다. 다들 심각하게 받아들이지 않는다면 도대체 누가 문제를 해결한단 말인가? 탈무드에 '내가 아니면 누가 하는가? 지금이 아니면 언제 하는가?'라는 구절이 있다. 우리는 왜 이 구절을 따르지 않을까?

임신한 이후 점점 더 걱정이 늘어났다. 이런 끔찍한 세상에 아이를 내보낼 자신이 없어졌다. 몇 년 전까지만 해도 나는 내가 속한 세계에서 어떤 일이 벌어지는지 모르고 살았다. 이제 이곳이 얼마나 위험한지 알게 되었지만, 위험을 헤쳐 나갈 방법은 막막했다. 이런 곳에서 어떻게 아이를 보호한단 말인가?

*

몇 주 후, 이번에는 일라이의 동생 요시가 동네 가십의 주인공이 되었다. 안식일 만찬 때 다들 그 얘기뿐이었다. 요시는 윌리엄스버그의 세파르딤Sephardim(스페인·북아프리카계 유대인-옮긴이)인 케일라를 3년째 만나고 있었는데, 최근 케일라의 아버지가 그 사실을 알고는 딸의 외출을 금지했다. 요시는 일라이 집안의 반항아였다. 그는 말보로 담배를 피우고, 아버지에게 말대답을 하고, 수염을 짧게 다듬고, 귀밑머리를 귀 뒤로 넘겼다. 제멋대로인 행동에 다들 혀를 찼다.

안식일에 시댁을 방문했을 때 요시는 아침밥을 먹기 전인데도 코냑을 들이켜고 있었다. 이윽고 안식일 만찬 자리에서 시아버지가 와인잔을 들고 축복 기도를 드리려는 찰나에 갑자기 요시가 바닥에 쓰러졌다. "숨은 붙어 있고?" 시아버지가 냉랭하게 묻자 일라이의 형제 체스컬이 몸을 기울여 확인했다. 고개를 든 체스컬의 얼굴이 백지장처럼 하얬다. "병원에 가야겠어요."

하찰라 앰뷸런스가 요시를 싣고 갔다. 안식일에는 전화를 사용할 수 없기 때문에 가족들은 그의 상태도 모른 채 집에서 기다렸다. 안식일이 끝나자마자 체스컬이 전화를 걸어 확인해본 결과, 요시는 콘월 병원에서 위를 세척해야 했지만 상태는 괜찮다고 했다. 일라이와 내가 그를 데리러 병원으로 갔다. 병원 문을 열고 나오는 요시는 똑바로 서는 게 고통스러운 듯 배를 부여잡고 있었다. 얼굴은 창백하고 표정은 침울했다.

가족들 모두 그가 과음한 이유를 알고 있었다. 요즘 요시는 연애 문제에 상심한 채 술에 절어 지냈다. 요시의 애인은 검은 머리에 연한 녹색 눈과 긴 속눈썹을 가진 미인이었고, 케일라의 아버지는 짙은 색 피부에 성실한 세파르딤 남자를 사위로 원했다.

요시가 케일라와 결혼하면 가족은 커다란 추문에 휩싸일 게 뻔하다. 사트마 공동체에서 세파르딤은 하층 계급에 속하며, 우리가 속한 아슈케나짐Ashkenazim(중부·동부 유럽계 유대인-옮긴이)은 계급이 다른 사람과 결혼하지 않았다.

요시는 일주일간 침대에 누워 일어나기를 거부했고, 시어머니는 일라이에게 동생을 설득해보라고 부탁했다. 그날 밤늦게 집에 돌아온 일라이는 난감해하며 고개를 가로저었다. "포기할 것 같지 않아요. 결혼을 승낙할 때까지 자리에서 일어나지 않겠다는군요."

"그럼 어머니께 그 여자와 결혼을 시키라고 말씀드려야죠. 너무 고집을 부리고 계세요!"

"다들 수군거릴 거예요. 요시가 세파르딤 여자와 결혼하면 가족 전체에 영향을 미칠 거라고요. 다들 요시에게 문제가 있다고 생각할 거예요."

"그럼 아들이 죽게 내버려두시겠대요?"

일라이는 마지못해 어머니와 얘기해보겠다고 답했다. 결국 시어머니는 그쪽 집안에서 허락하면 자신도 반대하지 않기로 했다. 어느 날 저녁 일라이의 형제들이 우리 집 식탁에 둘러앉아 상의를 하더니 케일라의 아버지에게 사람을 보내기로 결정했다. 이제 싸움은 끝났다고 생각했지만, 내 예상은 빗나갔다. 안식일 이후 요시는 다시 침대에 드러누웠다.

일라이와 함께 요시를 찾아갔다. 귀 뒤로 감춘 파요스와 짧은 수염을 제외하면 두 형제가 꼭 닮았다는 사실에 새삼 놀랐다. 마침내 우리는 그가 다시 자리에 누운 이유를 들을 수 있었다. 케일라의 아버지가 딸을 카발리스트에게 데려갔다가 요시와 결혼하면 사마귀가 돋거나 병에 걸리는 등 나쁜 일이 일어날 것이라고 들었다고 했다. 그런데 알아보니 케일라의 아버지가 카발리스트에게 돈을 주고 그런 말을 하게 시킨 것이었다. 그 결과 케일라는 겁을 먹고 요시를 피하고 있었다.

나는 임신한 배를 덮은 셔츠를 아래로 잡아당기면서 단호하게 말했다. "케일라를 얼마나 알고 지냈죠? 3년이에요. 잠깐 겁을 먹었다고 해서 그 시간이 사라지겠어요? 인연은 그렇게 쉽게 끊어지는 게 아니에요. 케일라가 당신을 진정으로 사랑한다면 카발리스트의 말 따위는 잊어버릴 거예요. 며칠 시간을 주면 전화가 올 거예요. 내가 장담해요."

요시는 한쪽 팔꿈치로 몸을 일으키며 애원하는 눈길로 나를 바라보았다. 검은색 벨벳 야물케yarmulke(유대인 남성이 쓰는 작은 빵모자-옮긴이) 아래로 금발이 잔뜩 헝클어져 있었다. "정말 그렇게 될까요?"

"물론이죠! 두 사람 모두 진심이라면 어떤 카발리스트도 둘 사이를 갈라놓을 수 없어요. 장담해요."

아니나 다를까, 사흘 후 케일라가 전화를 걸어와 아버지와 맞서 싸우겠다고 약속했다. 이후 일라이의 형제들이 케일라의 아버지에게 압력을 넣었고, 결국 결혼을 허락받았다. 추문이 번지는 것을 막기 위해 약혼은 빠르고 은밀하게 진행되었다. 결혼식은 6주 뒤로 정해졌다. 케일라가 임신했다는 말도 돌았지만 헛소문일 것이다.

우리는 요시와 케일라의 결혼식이 열리는 주말을 커야스 조엘에 있는 슈프린자의 집에서 보냈다. 나는 그곳이 싫었다. 시누이는 일라이가 곁에 있을 때는 내게 잘해주는 척하다가 그가 안 보이는 순간 딴사람이 되기 때문이다. 그런 위선이 역겨웠다.

나는 시어머니가 주최하는 쉐바 베라콧 행사에 참석하기 위해 임신부 원피스를 입고 비탈길을 올라 유대교 회당으로 갔다. 그곳에서 억지 미소를 짓고 있는 일은 고역이었다. 결국 금요일 밤에 심각한 복통이 찾아왔다. 새벽 3시경에는 구토가 시작되었고, 눈에서는 실핏줄이 터졌다.

일라이가 욕실로 와서 내 머리를 지탱해줬다. 배 속의 통증은 가라앉을 기미가 없었다. 일라이에게 당장 의사에게 전화를 걸어야한다고 말했다. 우리는 병원 자동응답 서비스에 정보를 남기고 회신을 기다렸다.

당직 의사가 내 증상을 듣더니 임신 중 위경련과 구토는 대개진통의 징조이고 나는 진통을 하기에는 너무 이르니 병원으로 오라고 했다. 일라이는 의사에게 12시간 뒤(안식일이 끝난 다음)에 가도 되느냐고 물어보았고, 의사는 결정은 우리의 몫이라고 대답했다.

"지금 가면 다들 알게 될 거고 어머니가 무척 걱정하실 거예요. 결혼식의 즐거운 분위기가 엉망이 되어버릴 텐데 괜찮겠어요?"

목을 졸라 죽여버리고 싶다. 네가 지금 무슨 소리를 지껄이는지 알긴 하니? 그는 내 상황에 관심이 없었다. 나보다 가족이 중요하기 때문일까? 결국 나는 최대한 참기로 했다. 일라이와 부부 싸움을 해서 시누이에게 나를 공격할 기회를 주고 싶지 않았다. 12시간 뒤우리는 마치 모든 것이 정상인 것처럼 집을 나와 곧장 병원으로 갔다. 간호사가 진통을 겪는 임신부로 가득 찬 방으로 나를 안내했다. 간호사는 내 몸에 기계를 연결한 뒤 곧 돌아오겠다고 말했다. 몇 분뒤 기계에서 경고음이 울리더니 간호사가 달려와 모니터를 들여다보았다. 눈이 휘둥그레진 그녀는 위아래로 크게 요동치는 선이 찍힌 종이를 내게 보여주며 "지금 이 정도로 진통이 와요?"라고 물었다. 나는 고개를 끄덕였다.

곧장 개인실로 옮겨졌다. 침대 곁에는 윗부분에 구멍이 뚫린인큐베이터가 있었다. 의사가 허벅지에 주사를 놓자 정신이 몽롱해졌다. 환각인지 꿈인지 알 수 없었다.

일라이는 커다란 의자 두 개를 끌고 와서 누울 자리를 만들더니 곧장 잠들었다. 나는 간호사가 혈압을 체크하러 들어올 때마다 잠에서 깨면서 밤새 뒤척였다. 모니터는 태아의 심장 박동을 체크하고 있었다.

이틀 후 의사가 약을 처방하고 나를 퇴원시켰다. 우리는 아무에게도 이 일을 알리지 않고 일상으로 돌아왔다. 그날 이후 일라이는 조금 더 친절해졌다. 내가 설거지를 하지 않거나 저녁밥을 차리지 않아도 불평하지 않았다.

몇 주간 침대에서 안정을 취했다. 일라이는 금요일마다 안식일을 준비하기 위해 일찍 퇴근해서 집 안을 정리하고 밖에서 사온 할라빵을 데웠다. 어느 비 오는 금요일, 내가 침대에서 『첫 임신 출산에 관한 모든 것』을 다시 읽고 있을 때 부엌에서 일라이의 흥분한 목소리가 들렸다. 작지만 격앙된 목소리로 통화를 하고 있었다. 무슨 일일까? 나는 부엌으로 가서 조심스럽게 물어보았다.

"방금 누구 전화예요?"

"체스컬 형이요. 형이 하찰라 소속 응급 구조사인 거 알죠? 좀 전에 안식일이 시작되기 전 호출을 받았는데, 도착했을 때는 소년이 이미 죽어 있었대요."

"소년이라뇨? 무슨 얘기예요?"

"아무에게도 말하지 말라고 했다는데⋯. 충격이 심해서 내게 전화했대요."

"왜요? 무슨 일인데 그래요?" 나는 등을 곧추세우며 답을 재촉했다.

"형이 도착하니까 아이 아버지가 지하실을 가리키더래요. 내려가 보니 소년은 피를 흘린 채 쓰러져 있었고요. 성기가 잘리고 목이 베인 상태로요. 아버지는 슬퍼하지도 않았다고 하네요. 아들이 자위하는 걸 봤다고 말했다는군요."

"설마 자위를 했다는 이유로 아들을 죽였단 말이에요? 그리고 하찰라를 불렀고요?"

"함부로 속단하지 말아요! 아직 확실히 모른다고 했어요. 말다툼하는 소리가 들려서 이웃에서 신고했다는군요. 상황실에서는 형더러 아무에게도 말하지 말고 집에 가 있으라고, 알아서 처리할 거라고 했대요. 시신은 30분 만에 매장하고 사망진단서도 발급하지 않았다고…."

"경찰에 신고도 안 했겠군요? 또 평판 때문에 살인범을 그대로 놔두고요?" 등허리가 쿡쿡 쑤셨다. "아, 뭐 이런 곳이 다 있죠? 짧은 치마를 입는 것처럼 사소한 일은 벌을 주고, 십계명을 어길 때는 침묵하나요?"

"무슨 일이 벌어졌는지는 모르는 거죠. 토라에 따르면 살인죄로 재판하려면 두 명의 증인이 필요해요. 증인을 어떻게 찾을 거예요? 죽은 애를 살려낼 수 있는 것도 아니잖아요. 그리고 이 일, 아무한테도 말하지 말아요. 형이 말한 게 문제가 될 수 있으니까요. 그들이 어떤 사람인지 당신은 몰라요."

"이제 잘 알겠네요. 그들이 어떤 짓을 할 수 있는지 아주 잘 알겠어요."

누군가에게 이 사실을 알리고 싶었다. 안식일 만찬 때도 얘기를 꺼내고 싶었지만 입도 뻥긋하지 못했다. 나는 다른 사람도 나처럼 알면서 입을 다물고 있는 게 아닌가 생각했다.

이번에도 나는 비밀을 가슴에 묻어두었다. 그날 이후 악몽이 반복되었다. 꿈에서 그 소년은 내 아들이고, 일라이는 바닥에 쓰러진 자그마한 몸을 내려다보며 악마 같은 표정을 짓고 있었다. 나는 사지가 얼어붙고 혀가 축 늘어져 꼼짝도 할 수 없었다. 그런 꿈을 꿀 때마다 스트레스 때문에 배 속의 아이가 잘못될까 봐 걱정스러웠다. 아기는 얼마나 불안해하고 있을까? 내가 얼마나 원망스러울까?

나는 속으로 아기에게 말했다. '엄마는 극악무도한 범죄를 숨기고 있는 이 세상으로 너를 내보내고 싶지 않구나. 내가 너를 보호할 수 없다면 말이야. 아가야, 나는 결코 영원히 입을 다물지 않을게.'

*

마침내 몸에 맞는 옷이 한 벌도 남지 않았다. 임신복을 더 사야 하지만, 유대인 가게에서 파는 정숙한 옷은 너무 비쌌다. "우리는 그걸 살 돈이 없어요." 일라이의 말에 부아가 치밀었다. 옷을 살 돈도 없는데 아이는 어떻게 키울 것인가?

나는 아직 십 대이고, 내가 고등학교에서 여학생들에게 영어를 가르치고 받는 월급으로는 입에 풀칠을 하기도 버거웠다. 일라이는 창고에서 일했지만 생계를 감당할 만큼 충분히 벌지 못했다. 그에게 아기가 태어난 후 대체 어떻게 살 생각인지 물었다.

"우리 형제 중에 기업가나 사업가는 한 사람도 없어요. 다 직장인이거나 임금 노동자예요. 다른 일은 못 한다고요. 나는 최선을 다하고 있어요."

가족이 성취한 바를 넘어설 수 없다는 그의 생각을 용납할 수 없었다. 그는 왜 나아지기 위해 노력하지 않는 것일까? 만약 그가 우리 미래, 아이 미래를 준비할 생각이 없다면 내가 나서서 상황을 바꾸는 것밖에 도리가 없다.

하시딕 공동체에서 여자는 남자 월급의 반도 못 받는다. 그리고 내가 다른 곳에서 직장을 구하려면 진짜 학위가 필요하다. 학위를 따면 간호사나 진짜 교사가 될 수 있을 것이다. 결국 나는 출산 후 대학에 진학하기로 마음먹었다.

일라이를 설득할 방법을 강구해야 한다. 하지만 내가 본격적으로 알아보기도 전에 닥터 패트릭이 이제 분만실로 가야 할 때라고 말했다. 의사가 작은 금속 망치로 내 무릎을 톡톡 치자 다리가 미친 듯이 튀어 올랐다.

"무릎반사가 심해졌군요." 이어서 의사가 내 혈압을 쟀다. "135에 85예요. 아기를 낳을 때가 된 것 같습니다."

나는 즉시 엘리베이터를 타고 내려갔다. 일라이는 차 안에서 기다리고 있었다.

"병원에 가야 해요."

"병원이라뇨? 무슨 일이에요?"

"잘못된 건 없어요." 나는 천천히 대답했다. "혈압이 좀 높게 나왔어요. 그래도 별일 아닐 거예요. 심각한 문제라면 구급차를 불렀을 테니까요."

일라이는 고개를 끄덕였다. 나는 그에게 시내 반대쪽에 있는 세인트룩스 루스벨트 병원으로 가는 길을 알려주었다. 병원 주차장에 도착한 뒤 엘리베이터를 타고 7층 분만 병동으로 올라갔다. 분만실을 지나칠 때 산모들이 거대한 플라스틱 출산공에 앉아서 진통하는 모습이 보였다. 그 광경에 용케 웃음이 났다.

창밖으로 미드타운이 보이는 예쁜 병실이 배정되었다. 환자복으로 갈아입자마자 의사가 들어왔다. "담당의가 산모에게 설명을 해주라고 요청했어요. 오늘 입원한 이유는 산모에게 전자간증이 있기 때문입니다. 아기에게 위험하거든요. 산모 몸이 아기에게 알레르기 반응을 보이는 거예요. 아기를 위협으로 받아들이고 있지요. 아기는 안전한 환경이 필요하기 때문에 조치가 필요해요."

"그렇군요. 그럼 이제 어떤 조치를 하나요?" 내가 작은 목소리로 물었다.

"조심스럽게 분만을 유도할 겁니다. 임신 주 수는 충분해요. 문제없을 겁니다." 의사가 쾌활하게 대답했다. "먼저 자궁경부에 직접 약을 투여할 거고, 주무시는 동안 자궁경부가 조금 더 열릴 겁니다. 아침이 되면 정맥주사로 피토신을 투여해서 진통을 유도할게요. 진통이 심하면 무통주사를 맞을 수 있으니 걱정하지 마세요."

"그럼 내일 아이가 나오나요?" 내가 물었다.

"그렇답니다!" 내 팽팽한 배 위에 파란색 젤을 바르면서 경쾌하게 대답하는 의사에게서 남부 억양이 묻어났다. 내일 이맘때면 불룩한 배 대신 진짜 아기를 안게 된다니 믿기지 않았다.

의사가 자리를 떴다. 이어서 내 담당 간호사라고 자신을 소개한 프랜이 컴퓨터에 정보를 입력하기 시작했다. 그녀가 내 쪽으로 몸을 돌리며 짙은 색 머리카락을 어깨 뒤로 휙 넘겼다.

"몇 살이죠?" 간호사가 물었다.

"열아홉 살이요."

"와! 이십 대인 줄 알았는데 더 어리네요."

간호사는 잠시 말이 없다가 이렇게 덧붙였다. "일찍 낳아서 키우면 좋죠." 나는 이 말이 진심이 아니라는 것을 알고 있었다.

                              ✳

     24시간 뒤 닥터 패트릭이 함박 미소를 지으며 나를 깨웠다.
"시간이 됐어요!"
     흑인 남자 간호사가 내 한쪽 다리를 붙잡았다. 흰 다리와 극
단적인 대비를 이루는 검은 손이 이상하게 느껴졌다. 남편 대신 낯
선 남자가 내 가장 은밀한 곳을 바라보게 하는 것이 어떻게 허락되
는지 궁금했다. 하지만 나는 지금 부정한 상태이고, 율법은 내가 아
니라 오직 일라이를 정결하게 유지하기 위해 존재한다.
     갑자기 내장이 밖으로 쏟아지는 느낌이 들면서 복부를 누르
고 있던 묵직한 덩어리가 순식간에 몸 밖으로 미끄러져 나왔다. 마
치 높은 곳에서 추락한 것 같은 느낌이 들었다.
     잠시 후 닥터 패트릭이 지금 아기를 보고 싶은지, 아니면 씻
긴 후에 보고 싶은지 물어보았다. "먼저 씻겨주세요. 아직은 보고 싶
지 않아요." 일라이는 아기 침대로 가서 두 의사의 어깨너머로 아기
를 살피고 있었다. 나는 내장이 쏟아지는 느낌을 기억하고 싶었지
만 그 감각은 금세 희미해졌다. 훗날 나는 5년간의 결혼 생활에서
그때가 유일하게 내가 완전히 살아 있던 순간이라고 생각하게 되었
다. 그에 비하면 다른 모든 순간은 환각처럼 거짓되고 무디게 느껴
졌다. 나를 다시 투쟁의 장으로 이끈 것이 바로 그 순간의 경험이다.
     닥터 패트릭이 손을 넣어 태반을 꺼낸 후 옆 테이블에 올려놓
았다. 어떤 유대인들은 태반을 매장하는 의식을 치르기도 하기 때

문에 그녀는 일라이에게 태반을 가져가겠느냐고 물었다. 나는 내 쪽을 바라보는 그에게 고개를 가로저었다. 탈무드는 태반을 '생명의 나무'라고 부른다. 표면의 나무 같은 패턴 때문이기도 하고 아이에게 생명을 공급하기 때문이기도 했다. 하지만 나는 태반을 집에 가져갈 생각이 없었다.

잠시 후 깨끗한 담요에 싸인 아기를 품에 안았다. 정수리 부근에 금발 곱슬머리가 보였다. 얼굴을 찡그린 아기는 내가 본 갓난아기 중에서 가장 빛나는 피부를 가지고 있었다. 일라이는 눈물을 글썽였지만 나는 차분했다.

"안녕." 나는 잇지와 처음으로 인사를 나누었다. "기분이 어떠니?"

＊

잇지의 깊은 우물 같은 눈이 나를 바라보고 있는 동안 나는 쉴 새 없이 말을 걸었다. 내 팔에 안긴 이 조그마한 인간과 방금 전까지 불룩하게 솟아 있던 내 배를 관련짓기 위해 애썼다. 그러나 모성애라고 부를 만한 감정은 느껴지지 않았다. 배를 콕콕 마주 누르면서 몇 달을 즐겁게 보냈는데 왜 이리도 아기가 낯설게 느껴질까? 이렇게 계속 말을 걸면 사람들은 내가 아기와 사랑에 빠졌다고 여기리라. 아기와 나 자신까지도 그렇다고 믿게 만들 수 있으리라.

얼마 후 상태를 체크하러 온 간호사가 배를 보더니 얼굴을 찌푸렸다. 간호사는 수축이 안 되고 있다면서 내 배를 마사지했다. 산후통이 생각보다 심했다. 실로 꿰맨 부위가 몹시 쓰라렸지만 간호사는 이부프로펜보다 강한 진통제는 주지 않았다. 한동안 젖을 먹이려고 아기를 안을 때마다 통증이 밀려왔다.

이틀 뒤 일라이가 나를 뉴스퀘어에 있는 산후조리원에 데려다줬다. 나는 이곳에 2주간 머물 예정이고, 일라이는 할례식 때 아기를 잠시 데려갔다가 다시 데려다줄 것이다.

나는 할례에 참석할 수 없었다. 아이 엄마가 할례 장면을 보고 충격을 받거나, 감정을 주체하지 못하고 소란을 부릴 수도 있기 때문이다. 일라이는 할례 의식이 무사히 진행되었는지, 아기가 울었는지도 알려주지 않았다. 잇지는 내 품으로 돌아온 뒤 8시간 동안 내리 잠을 잤다. 나는 잇지가 다시 깨어나지 못할까 봐 공포에 사로잡힌 채 매처럼 눈을 부라리고 곁에 꼭 붙어 있었다. 산후조리원 직원이 너무 걱정하지 말라며 나를 안심시켰다. "잠 좀 자요." 그녀가 재촉했다. "내가 지켜볼 테니 걱정하지 말아요."

조리원의 다른 산모들은 젖을 먹이려면 잘 먹어야 한다면서 휴게실에 둘러앉아 간식을 먹었다. 나는 식욕도 없고 젖도 나오지 않았다. 수유 컨설턴트까지 왔지만 잇지는 통 젖을 물지 않았다. 젖을 빨아도 아무것도 나오지 않으니 그럴 수밖에. 몇 시간씩 한자리에 앉아 아이를 안고 젖을 먹이려고 노력했지만 헛수고였다. 결국 분유를 먹여야 했고, 그 사실이 부끄러웠다. 이런 문제를 겪는 사람은 나뿐인 것 같았다. 산모 중에 초산은 내가 유일했다. 책을 읽는 사람도 나뿐이다. 사람들은 간식을 먹으며 수다를 떠는 대신 혼자 책을 읽는 나를 빤히 쳐다봤다.

조리원에서 퇴원할 무렵이 되자 부기는 모두 가라앉았고 출혈도 진정되었다. 임신 전 입던 광택 나는 검정 트렌치코트를 걸쳐

보니 편안하게 잘 맞았다. 평평해진 몸이 낯설었다. 밖으로 나가 아스팔트 깔린 진입로에 발을 디디자 몸과 마음이 가벼워졌다.

일라이는 집은 깨끗이 청소하고 아기 용품도 모두 준비해놓았다. 그의 친구들이 아기그네와 침대, 그리고 작은 동물 인형을 선물해주었다. 잇지를 그네에 앉히자 바로 머리가 한쪽으로 기울어졌다. 아기는 잠을 잘 때면 통통한 황금빛 뺨과 매끈한 이마를 가진 아주 완벽한 얼굴이 되었다. 반면 눈을 뜨고 있을 때면 이마에 깊은 주름이 잡히도록 인상을 쓰고 입을 찌그러뜨렸다. 일라이는 저런 고뇌에 찬 표정을 하고 있으니 늙은이 같아 보인다고 농담을 했다. 나는 아기의 평화로운 표정을 바라보는 것이 좋았다. 그러면 내게도 평화가 찾아왔다.

고대 히브리인의 후손인 나와 일라이 사이에서 태어난 잇지는 생후 4주가 되면 피드욘 하벤pidyon haben 의식을 치러야 한다. 이것은 모든 히브리인이 장남을 성전에 바치던 시절에 돈을 내고 자식을 되찾아오던 관습에서 유래했다. 오늘날에는 그저 상징에 불과하지만 그럼에도 불구하고 매우 중요한 의식이다. 시어머니는 우아한 홀을 빌리고, 의식이 끝난 후 손님들을 대접하기 위해 케이터링 업체를 불렀다. 참석자가 모두 도착하고 제사장 혈통의 남자를 형식적 제사장으로 모신 후, 관습에 따라 잇지를 금 쟁반 위에 눕히고 여자들은 장신구를 풀어 아기 옆에 놓았다. 그런 다음 의식을 거행하기 위해 진주 목걸이와 금 브로치를 잔뜩 걸친 아기를 남자들 쪽으로 운반했다. 아기는 찌부러진 작은 얼굴을 돌려 눈으로 나를 좇았다. 여섯 명의 남자가 아들을 누인 쟁반을 높이 들었다. 아무 소리도 내지 않고 얌전히 있는 잇지를 보고 여자들은 참 의젓한 아이라며 감탄했다. 의식은 짧았고, 제사장이 아기에게 특별한 축복을 선포한 후 일라이와 그의 형제들이 아기를 다시 내게 데려왔다. 내 품에 안기자 칭얼대기 시작하는 잇지를 보고 시어머니는 눈치 빠른 아이라고 칭찬했다.

*

출산 후 6주밖에 지나지 않았는데 벌써 일라이는 미크바에 언제 갈 생각인지 물으며 나를 들볶았다. 출혈은 멈춘 것 같지만 실제로 확인할 엄두가 나지 않았다. 그리고 이제 내 하루는 아이를 중심으로 돌아간다. 이런 상황에서 14장의 흰 천을 세는 과정은 생각만 해도 끔찍했다. 속옷에 수상쩍은 얼룩이 묻을 때마다 랍비를 찾아가는 고역을 감당하기 힘들었다. 성생활을 재개하기 전에 먼저 내가 내 질과 마주할 마음의 준비가 되어야 하지 않을까? 그리고 피임도 문제였다. 물론 피임은 허용되지 않았지만 친척 어른들은 모유 수유를 꾸준히 해서 월경을 하지 않으면 임신할 확률이 거의 없다고 했다. 하지만 확률을 믿고 위험을 감수하고 싶지 않았다.

나는 닥터 패트릭에게서 성생활을 재개해도 좋다는 확인을 받자고 제안했다. 의사와 단둘이 얘기하고 싶어서 남편에게 아기를 맡기고 대기실에서 기다리라고 했다. 검사실 문에 붙어 있는 표에는 20여 가지의 피임법이 적혀 있었다. 닥터 패트릭은 내가 그것을 읽은 걸 눈치챘는지 피임 용품을 몇 개 주었다. "만약을 위해서요." 그녀가 말했다. 나는 감사한 마음으로 주머니에 넣었다.

검진이 끝난 후 그녀가 장갑을 벗고 나를 보며 미소 지었다.

"잘 회복되었어요. 그린라이트입니다." 목소리에 따뜻함이 감돌았다. 내가 이제 한 사람의 엄마가 되었기 때문일까, 아니면 안쓰러워서일까. 어쩌면 내가 앞으로 20년간 자신을 찾아올 수입원이 될 것이라고 생각할지도 모른다. 글쎄, 두고 볼 일이다.

일주일 후 미크바에 갔다. 직원 앞에서 옷을 벗고 달라진 몸을 드러내야 한다는 생각에 신경이 곤두섰다. 배는 처졌고 허벅지에는 살이 튼 자국이 나 있었다. 골반이 뒤틀리고 척추가 휜 것처럼 몸의 구조가 바뀐 느낌이다. 몸을 움직이는 방식도 낯설었다. 임신 전의 내 몸이 삐쩍 마른 십 대의 몸이었다면 새로운 몸은 나이 든 여자의 몸 같았다. 하지만 걱정할 필요는 없었다. 직원은 익숙한 일이라는 듯이 무덤덤한 표정을 지었다.

일라이가 내 몸의 변화를 알아차렸는지 모르지만, 만약 그랬더라도 그는 티를 내지 않았다. 방 안의 조명이 은은하고 침대 위에 장미 꽃잎이 흩어져 있는 것으로 보아 그가 얼마나 들떴는지 알 수 있었다. 나는 그의 형제 중 누가 이런 조언을 해준 것인지 궁금해하며 속으로 웃음을 삼켰다. 율법에 따르면 남편과 아내 사이의 일을 다른 사람에게 떠벌리지 말아야 하는데 묘하게도 우리 사이의 일은 늘 가족 전체의 문제가 되어버렸다.

침대 옆 협탁에 코셔 샴페인과 동네 월마트에서 산 플라스틱 잔이 놓여 있었다. 1년 만에 술을 마시니 금방 머리가 어질해졌다. 일라이의 손은 벌써 내 다리를 더듬고 있었다. 남편의 수염이 내 목을 간지럽혔다. 나는 누워서 긴장을 풀려고 애쓰면서 일라이가 앞으로 며칠간은 내게 특별히 잘해줄 것이라는 사실로 스스로를 위로했다. 섹스 후에는 항상 그랬다.

다음 날 문제가 생겼다. 아래쪽이 가려웠다. 이후 며칠간 가려움이 심해지더니 급기야 속옷에 불이 난 것 같았다. 그곳에 염증이 생겨서 다시 닥터 패트릭을 찾아가야 했다. 우리를 보고 놀란 듯했지만 일라이가 동석한 가운데 검사를 진행했다. 시트 아래에서 고개를 든 의사의 얼굴에서 미소가 사라졌다. "감염되었군요." 의사는 처방전을 쓴 다음 일라이에게 건네주었다. "이 약을 드세요. 이걸로 남편의 문제는 해결될 겁니다."

그녀가 다가와 다리를 토닥였다. "약이 효과를 발휘하도록 일주일 정도 기다리세요. 그러면 같은 문제가 생기지 않을 겁니다."

"잠깐만요. 왜 그이가 약을 먹는 거죠?"

"남편 때문에 염증이 생겼거든요. 같이 치료하지 않으면 계속 옮겠죠." 의사는 그 이상의 설명을 하지 않았다.

당황스러웠다. 이것은 새로운 문제다. 지금까지 내 문제는 순전히 심리적인 것이었는데 이번엔 달랐다. 나는 일라이가 내게 병을 옮겼다는 사실이 이해되지 않았다. 감염이 우리 관계 밖에서 비롯될 것이라고는 생각조차 하지 못했다.

왜 고통받는 쪽은 항상 나일까? 일라이는 아무 증상도 없었다. 나를 감염시킨 것은 그인데도! 문득 비밀을 갖고 있는 게 나만이 아닐지도 모른다는 생각이 들었다. 그동안 내 문제에 골몰한 나머지 일라이도 비밀을 감추고 있을지 모른다고 생각할 겨를이 없었다. 하지만 곧 상관없다고 생각했다. 일라이의 신경이 딴 데 쏠려 있다면 내게는 좋은 일이다. 감시의 눈에서 벗어날 수 있다면 내 미래는 그만큼 더 밝아질 것이다.

9장

반기를 들다

이제 나는 고요한 눈으로

육신의 고동치는 맥박을 본다

지혜가 살아 숨 쉬는 존재

속세와 피안을 넘나드는 여행자

_윌리엄 워즈워스, 「그녀는 기쁨의 환영She was a Phantom of Delight」 중에서

*

　시간이 갈수록 나는 엄마가 되었음을 실감했다. 한동안은 내가 엄마처럼 느껴지지 않아서 죄책감이 들 정도였다. 배 아파 낳은 자식을 보고도 아무 감정을 느끼지 못하는 나쁜 엄마가 어디 있을까? 아기와 유대감을 형성하려 하면 할수록 거리감만 느껴졌다. 내 품에서 울다가 잠드는 이 작고 비쩍 마른 팔다리를 가진 존재와 나 사이에 어떻게 해야 사랑이 싹트는 것일까? 내가 아이에게 사랑을 줄 수 없는 인간이면 어떡하지? 중매로 결혼한 남자를 사랑하지 못하는 것과 내가 낳은 자식에게 애정을 쏟지 못하는 것은 차원이 다른 문제였다. 엄마가 되면 마침내 누군가를 온 마음으로 열렬히 사랑하게 될 줄 알았다. 하지만 아이를 낳고 보니 겉으로만 자식을 애지중지하는 엄마 역할을 수행하고 있을 뿐, 마음속은 공허하기 그지없었다.

　아기와 가까워지는 것이 두렵기도 했다. 최근 나는 일라이를 떠나고 싶다는 생각을 종종 하게 되었다. 언젠가 내가 더 이상 하시딕 유대인으로 살지 않겠다고 결심한다면 아이를 남겨두고 떠나야 할 것이다. 아이에게 사랑을 주고 나면 남겨두고 떠나는 일이 견딜 수 없어질 것이다. 기계적으로 우유를 먹이고 기저귀를 갈고 우는 아기를 달래면서 나는 마음에 빗장을 걸고 모성을 억눌렀다.

　'엄마 역할에는 가식적인 연기가 필요하구나.' 길에서 마주친 낯선 사람이 잇지를 보고 호들갑을 떠는 모습을 바라보면서 생각했다. 나는 자랑스러운 엄마 미소를 띠고 그들이 기대하는 반응을 연기했다. 내가 그런 척을 할 뿐이라는 것을 누군가 꿰뚫어볼까? 내가 무정하고 냉담한 엄마라는 사실을 알아챌까?

어느 여름날, 할머니에게 아기를 보여드리기 위해 윌리엄스버그를 찾았다. 웨이브를 넣은 긴 가발을 쓰고 예쁜 원피스를 차려입었다. 치맛단이 무릎까지 오도록 길이를 수선하긴 했지만 슬림한 펜슬 원피스 아래로 드러난 엉덩이 곡선이 꽤 마음에 들었다. 선물받은 유모차를 밀고 펜스트리트를 걸어가는데, 기껏해야 여섯 살 정도 되어 보이는 아이가 친구에게 이디시어로 속삭이는 소리를 들었다. "비유대인 여자가 왜 우리 동네에 왔지?" 아이들이 말하는 여자가 바로 나였다. 조금 더 나이가 많아 보이는 친구가 황급히 되받아쳤다. "비유대인이 아니라 유대인이야. 그냥 비유대인처럼 보일 뿐이야." 그러자 아이가 못 믿겠다는 듯 말했다. "그럴 리 없어. 유대인은 저런 모습을 하고 있지 않아." 솔직한 마음이 드러난 대답에 나는 흠칫 놀랐다. 그 말이 맞다. 우리 세계에서 유대인은 비유대인 같은 모습을 하고 있지 않다. 유대인은 오직 유대인의 모습을 하고 있다.

어렸을 때 여름에 거리에서 놀던 기억이 떠올랐다. 겹겹이 껴입은 탓에 땀을 흘리면서 동네 아이들과 브라운스톤 입구 계단에 쪼그리고 앉아 줄줄 녹는 하드를 핥던 시절, 우리는 정숙하지 않은 여자가 지나갈 때마다 입을 모아 익숙한 노래를 불렀다.

"창피해, 창피해 베이비. 벌거벗은, 벌거벗은 레이디."

이 노래가 너무나 익숙했기에 지금까지 그 속에 담긴 의미를 곰곰이 생각해본 적이 없다. 그렇지만 우리는 저속한 당신과는 다른 특별한 존재라고 느꼈던 것은 기억한다. 게다가 때때로 무력을 행사하기도 했다. 작은 돌멩이나 쓰레기를 던질 때도 있었고, 제일 재미있는 장난은 2층 창문에서 지나가는 행인에게 물을 쏟아붓는 것이었다. 우리는 물을 뒤집어쓰고 허우적거리는 사람들을 보면서 키득거렸다.

수년이 지나 이제는 내가 그 상황에 처했다. 나는 언제 이곳에서 배척된 걸까? 불현듯 내가 이방인이 되었다는 사실을 실감했다. 자립을 향한 아주 작은 발걸음에도 대가가 따랐다. 앞으로 얼마나 큰 풍파가 몰아칠지 가늠조차 힘들었다.

         ✳

나는 얼마 전부터 미크바에 가는 것을 그만두었다. 미크바에 갈 날이 다가올 때마다 너무 긴장해서 복통이 도지곤 했다. 제일 싫었던 것은 마지막으로 월경을 한 게 언제인지, 혹시 유산을 했는지, 다시 임신하려고 노력하고 있는지 등 사생활을 캐는 질문들이다. 화장을 하거나 매니큐어를 바르고 가면 빤히 쳐다보는 시선도 싫었다.

이제는 미크바에 가는 대신 잡지를 챙겨 들고 몇 시간가량 집을 비웠다. 때로는 59번 도로의 스타벅스 앞에 차를 대놓고 현대 정통파 유대인 여학생들이 시험공부 하는 모습을 지켜봤다. 율법에 따르면 남편은 미크바에 가지 않는 아내와 섹스할 수 없지만 일라이는 성욕을 참지 못했다. 죄에 대한 두려움보다 성욕이 더 강해서인지, 아니면 내가 이렇게 악랄하고 용서받을 수 없는 방식으로 그를 속이리라고 의심조차 하지 않는 것인지 알 수 없었다. 토라는 나 같은 여자를 호되게 비판한다. 남편을 죄로 이끄는 여자는 남을 유혹하여 음행을 저지르게 만드는 사악한 여인 이세벨과 같다고 비난한다. 이들 사이에서 태어난 아이는 평생 부정함을 벗을 수 없다. 나는 율법의 비난은 두렵지 않았지만, 다시 임신할까 봐 걱정스러웠다. 그래서 피임약을 계속 복용했다.

일라이는 전희를 하고 싶어 했다. 삽입하기 전에 키스를 하고 몸을 만지며 애정을 느끼고 싶어 했다. 하지만 우리는 늘 부부싸움을 하거나 냉전 중이었기 때문에 전희 시간이 로맨틱할 리 없었다.

"진심이 아닌 걸 알면서도 그걸 원해요? 아까 저녁 먹을 때 말다툼을 해놓고 내게 애정이 우러날 거라고 생각하는 건가요?"

어느 날부터 내가 미크바에 가 있는 척을 할 동안 그가 설거지를 하기 시작했다. 집안일을 도우면 내가 감격해서 고분고분하게 굴 거라고 기대한 그의 착각에 실소가 새어 나왔다.

어쨌든 우리는 삽입 전에 키스를 하기로 했다. 하지만 나는 그를 물어버리고 싶은 충동에 시달렸다. 그는 내게 천천히 키스하는 법을 가르치려 했지만 나는 질척하고 축축한 키스가 싫었다. 수염에 쓸려 뺨과 입술 위가 화끈거리는 것도 싫었다. 참다못해 내가 그의 입술을 물면 그는 포기하고 다음 단계로 넘어갔다. 그는 행위를 오래 지속하려 했지만 나는 그저 빨리 끝나기만 바랐다.

내가 점점 더 무신론자가 되어가고 있다는 생각이 들었다. 어렸을 때는 신을 착실하게 믿었고 좀 커서는 신을 믿으면서 증오했는데, 이제는 모든 게 부질없다고 생각했다. 사실을 말하자면 하시딕 유대인이 아니어도 다들 잘만 살고, 누구도 그들을 벌하지 않았다.

어느 날 도서관에 갔다가 성소수자인 정통파 유대인들이 자신의 신앙과 섹슈얼리티 사이에서 갈등하는 내용을 담은 다큐멘터리를 빌려왔다. 인터뷰에 등장하는 사람들은 유대인인 동시에 성소수자로 살고 싶다는 바람을 밝히면서 정체성 때문에 겪은 고초를 이야기했다. 나는 이토록 편협하고 억압적인 종교 공동체의 일원으로 살아가고자 하는 그들의 마음을 이해할 수 없었다. 그런데 다큐멘터리가 끝나고 엔딩 크레디트가 올라가는 것을 보다가 인터뷰 참여자 목록에서 엄마의 이름인 '레이철 레비'를 발견했다. 되감아보니 엄마가 걸어가면서 이렇게 말하는 장면이 있었다. "저는 레즈비언이기 때문에 윌리엄스버그를 떠났어요."

큰어머니가 엄마더러 미쳤다고 했던 게 이런 뜻이었나? 너무 놀라서 말문이 막혔다. 게다가 나만 빼고 다른 사람은 이 사실을 다 알고 있었다니! 나는 엄마가 이런 이유로 떠났을 거라는 생각은 해본 적이 없다.

칠칠절 휴일이 시작되기 전, 나는 엄마의 주소로 커다란 꽃다발과 특별한 카드를 보냈다. 아직 엄마를 만날 마음의 준비는 안 됐지만 엄마가 기뻐할 일을 하고 싶었다. 며칠 후 엄마가 자동응답기에 꽃을 보내줘서 고맙다는 메시지를 남겼다. 엄마의 목소리는 깜짝 놀란 아이 같은 놀람을 담고 있으면서도 다른 한편으로는 철면피 어른의 각박함도 엿보였다.

'이 사람이 내 어머니구나.' 나는 자동응답기에 녹음된 지지직거리는 메시지를 들으며 놀라움을 금치 못했다. 나와는 낮과 밤처럼 다른 이 사람이 나를 낳았구나. 의외로 아무 감정도 느껴지지 않았다.

＊

가을이 되자 잇지가 밤에 깨지 않고 통잠을 자기 시작했다. 이제 대학 입학을 알아봐야 할 때가 된 것이다. 나는 아이와 함께 더 나은 삶을 누릴 방법을 반드시 찾겠다고 마음먹었다. 옆집에 사는 현대 정통파 유대인인 한나가 아이 엄마에게는 일반적인 학부 과정보다 성인 과정이 나을 것이라고 조언해주었다. 자신은 뉴저지의 라마포대학에서 학위를 마쳤는데 비교적 수월하게 다닐 수 있었다고 했다.

가까운 거리에 페이스, 새라로렌스, 바드, 배서 등의 대학이 있었고 모두 성인 과정을 열었다. 지원서들을 다운로드하다가 새라로렌스대학 웹사이트에서 면접 약속을 잡을 수 있는 전화번호를 발견했다. 전화를 받은 여성은 차분하지만 무심한 목소리로 가을 학기는 지원 기간이 끝났으며 내년 3월 첫째 월요일에 방문하라고 알려주었다.

나는 먼저 에세이를 준비했다. 총 세 편을 썼는데 그중 두 편은 자전적인 내용이었다. '이게 내가 가진 무기야. 가진 걸 최대한 이용해야 해.' 나는 속으로 생각했다.

일라이에게는 대학을 준비한다는 얘기를 하지 않았다. 대신 비즈니스 창업반 수업을 듣고 싶은데 합격할 가능성은 별로 없다고 귀띔했다. 그는 반대하지 않았다. 비유대인 대학에서 하시딕 유대인을 받아줄 리 없다고 생각했을 테지.

새라로렌스대학을 방문한 날은 흐리고 전날 내린 비로 축축했다. 떡갈나무 잎에 매달린 물방울이 콘크리트 진입로 위로 뚝뚝 떨어졌다. 장화를 신은 대학생들이 녹색 잔디밭을 태평스레 걸어갔다. 나는 주차장에 차를 세우고 고개를 숙인 채 렉섬로드를 가로질러 입학처에서 알려준 주소로 향했다.

짧은 검정색 가발을 쓰고 긴치마를 입은 내 모습은 예상했던 것보다 더 유별나 보였다. 다들 청바지를 입고 있었다. 그 모습을 보며 나도 평생 바지만 입을 수 있으면 좋겠다고 생각했다.

면접관 제인은 단도직입적이었다. "응시해주셔서 감사합니다. 합격 여부는 지원자의 글쓰기 실력에 달려 있어요. 우리는 글쓰기로 평가합니다. 시험도, 학점도 없고 에세이와 평가만 있어요. 그래서 당신이 쓴 에세이로 입학을 결정하는 것이지요."

나는 고개를 끄덕였다. "충분히 이해합니다." 그리고 정성 들여 준비한 에세이 세 편을 건네며 합격 여부를 언제 통지해주는지 물었다.

"몇 주 뒤에 우편물이 갈 겁니다."

아니나 다를까, 그날로부터 2주가 지났을 때 새라로렌스대학의 로고가 찍힌 아이보리색 편지 봉투가 도착했다. "새라로렌스대학 평생교육 프로그램에 합격하신 것을 축하합니다." 나는 대학에 다니는 내 모습을 그려보았다. 청바지와 재킷을 입고 교정을 거니는 모습을 상상하면서 하루 종일 합격증을 손에서 놓지 못했다.

엄마가 이 소식을 듣고 싶어 할 거라는 생각이 든 나는 전화를 걸었다. 축하한다고 말하는 엄마의 목소리에서 자랑스러움이 묻어났다. 그리고 직접 묻지는 않았지만 새라로렌스대학을 선택한 이유가 성 정체성 때문인지 알고 싶어 했다. "듣기로 거긴 성소수자에게 친화적인 환경이라고 하더구나." 아니, 그게 유전되는 건 아니잖아요? 나는 이렇게 말하고 싶었다.

일라이에게는 창업반 과정을 듣게 되었다고 거짓말했다. 부기와 마케팅을 배우게 될 거라고, 그래서 좋은 직장을 잡거나 언젠가 개인 사업을 시작할 수도 있을 거라고 설명했다. 그는 그저 수업이 시간을 얼마나 잡아먹을지, 평소처럼 내가 잇지를 어린이집에서 데려오고 저녁 식사 준비를 할 수 있을지 알고 싶어 했다.

4월에는 여름 학기 평생교육 과정 교수들을 소개하는 행사가 열렸다. 강의 계획서를 보고 시 수업을 듣기로 마음을 정했다. 늘 시를 읽고 이해하고 싶었고, 시와 유명한 시인에 관해 이야기를 나누고 싶었지만 주변에는 그럴 사람이 한 명도 없었다.

시를 가르치는 제임스 교수는 넓은 이마에 희끗한 머리카락과 살짝 벌어진 앞니가 인상적이고 모범생 스타일의 니트 스웨터와 뉴잉글랜드에서 승마할 때 착용할 것 같은 스타일의 청바지를 입은 호리호리한 남자였다. 시와 딱 어울리는 이미지였고, 그의 목소리는 숟가락에서 흘러내리는 꿀처럼 느긋해서 시 낭독에 안성맞춤이었다.

행사가 끝난 후 나는 제임스 교수에게 다가가 한 번도 시를 공부한 적이 없는데 미리 준비해야 할 것이 있는지 물었다. 교수는 강의를 듣는 사람의 다수가 시에 대한 배경지식이 없다고 대답했다. "이 분야에서 무지는 흔히 생각하는 것보다 더 흔하답니다." 그가 옅게 미소 지으며 말했다. 대학 교수와 이야기를 나누는 것만으로도 특권을 누리는 기분이 들었다.

동네 도서관에 가서 『노튼 시선집The Norton Anthology of Poetry』을 예약했다. 6월 첫째 주 월요일, 나는 얇은 베이지색 스타킹에 세일할 때 산 파란색 프라다 에스파드리유를 신고 잇지를 어린이집에 맡긴 후 웨스트체스터카운티로 차를 몰았다. 잔잔히 흐르는 허드슨강과 강변에 늘어선 건물 지붕에 반사된 태양이 눈부셨다. 백미러 속에서는 콘크리트 도로가 내뿜는 열기가 일렁였다. 스피커에서 흘러나오는 유로팝의 포효 아래 에어컨이 웅웅댔다. 나는 창문을 내리고 여름 공기 속으로 한 팔을 늘어뜨린 채 리듬에 맞춰 운전대를 두드리면서 고개를 끄덕였다.

강의실에는 작은 지붕창이 나 있어서 커다란 원형 테이블 위로 사각형의 햇살을 드리웠다. 수업이 시작되었을 때 테이블에 둘러앉은 사람은 교수를 포함해 총 셋뿐이었다. 학생 수가 이렇게 적을 줄 몰랐다.

제임스 교수가 먼저 자신을 소개한 뒤 우리에게 소개를 해달라고 요청했다. 내 유일한 동급생은 까무잡잡한 얼굴에 어두운 색 피부를 가진 중년의 브라이언이다. 한쪽 귀에 귀걸이를 했고, 화려한 문양의 티셔츠 아래로 보이는 팔은 깡말라 있었다. 그는 믹 재거라는 사람과 함께 투어를 했다면서 MTV라는 쇼를 언급했지만, 나는 브라이언이 음악과 담배를 사랑한다는 것 외에 무슨 얘기를 하는지 알아들을 수 없었다. 그는 수업 중에도 툭하면 양해를 구하고 건물 밖으로 나가 담배를 피웠다. 담배를 피우지 않고는 한 시간도 못 버티는 이유가 대체 무엇인지 궁금했다.

내 차례가 되어 간단히 소개를 하면서 하시딕 유대인이라고 언급하자 교수의 얼굴에 놀라움과 호기심이 피어올랐다.

"신기하네요. 내 장인도 하시딕 유대교를 믿어요. 태어날 때부터는 아니고 나중에 개종했지요."

"어느 종파인가요?" 하시딕 유대인 안에도 여러 종파가 있다. 원통형 모피 모자 슈트레이멜을 쓰는 헝가리계도 있고 위가 뾰족한 중절모를 쓰고 앞머리를 드러낸 러시아계도 있다.

"루바비치 종파라고 했어요." 그건 러시아계다.

"아, 저는 사트마 종파예요. 둘은 완전히 달라요. 설명하기는 어렵지만."

한계와 박탈로 점철된 삶을 위해 바깥 세계의 삶을 포기하는 사람도 있다니, 알 수 없는 일이다. 교수가 장인을 어떻게 생각하는지 궁금해졌다.

우리는 「아버지들을 위한 일화Anecdote for Fathers」라는 윌리엄 워즈워스의 시로 수업을 시작했다. 교수가 시를 낭독했는데 그가 시를 읊는 방식에서 경외심을 느낄 수 있었다. 워즈워스의 시는 화사한 문체로 이루어졌지만 각 연이 작은 핀쿠션처럼 단단해 긴장감을 주고 일정한 운율을 지녔다. 아들과 함께 산책하는 아버지 이야기는 소박하고 쉽게 이해할 수 있는 내용이었기에 나는 시 읽기가 꼭 어려운 일은 아니라는 생각이 들기 시작했다. 교수는 우리에게 워즈워스가 전하는 이야기 속에 담긴 수수께끼를 풀어보자고 제안했다. 소년이 숲이 우거진 언덕의 농장을 두고 녹색 해안을 선택한 이유는 단순히 풍향계가 없기 때문이라고 말하자 아버지가 흐뭇해한다. "내가 너에게 배운 것의 백분의 일이라도 가르칠 수 있을까?"

"아들의 선택과 설명에 아버지는 왜 그렇게 감동을 받았을까요? 풍향계의 유무가 정말 그렇게 만족스러운 설명이었을까요?" 교수가 질문했다.

답이 떠오르지 않았다. 교수는 시에 담긴 모든 단어는 의도적으로 배치된 것이라고 설명했다. 소설과 달리 시에는 이유 없는 단어가 없다. 그러므로 만약 어떤 것이 주의를 끈다면 거기에는 늘 그럴 만한 이유가 있다. 이것이 시를 읽을 때 유념해야 할 첫 번째이자 가장 중요한 교훈이다.

교수는 이 시가 아이의 본성과 아이가 어른에게 가르쳐줄 수 있는 것, 그리고 삶에 꼭 어떤 이유가 존재해야 하는 것은 아니라는 내용을 담았다고 말했다. 직감과 감성이 우리에게 필요한 전부였다. 모든 것을 논리적으로 설명할 수는 없다는 말이 인상적이었다.

나는 이 시가 논리보다 직감을, 이성보다 감성을 중시해야 한다는 교훈을 담고 있으리라고는 생각하지 못했다. 하지만 논리적으로 생각하면 당연히 자제해야 하는 상황에서도 늘 직감을 따랐던 어린 시절의 나를 돌이켜 보니 이해할 수 있었다. 그동안 살면서 내가 감행한 용감한 도약은 모두 이성적 사고가 아니라 느낌을 따른 결과였다. 지금 내가 대학 강의실에 앉아 있는 것도 몇 달 전에 내린 충동적인 결정 때문이다. 얼마나 오래 다닐 수 있을지 모르고 앞날이 보장된 것도 아니지만 나는 어린 시절의 교훈에 따라 내 결정을 믿기로 마음먹었다.

「아버지들을 위한 일화」는 논리와 지성을 거부하고 당시 새로운 시풍으로 자리 잡기 시작한 낭만주의와 감정을 중시하려는 열망을 반영했다. 제임스 교수는 워즈워스가 낭만주의의 위대한 선구자라고 말했다.

나는 손을 들었다. "그 시대 남성은 어떻게 이렇게 화사한 시로 자신을 표현하면서도 남성성을 온전하게 유지할 수 있었나요? 낭만주의는 여성적 특성과 관련이 있지 않나요?"

교수는 '화사한'이라는 단어를 듣고 웃음을 터트렸다. "워즈워스의 시를 '화사하다'고 표현하기는 어려울 것 같군요." 그가 싱긋 웃으며 말했다. "하지만 질문의 뜻은 알겠어요. 내가 말해줄 수 있는 건, 당시에 시는 남성의 전유물이었다는 거예요. 그래서 워즈워스가 아무리 화사한 표현을 사용한다 해도 여전히 남성의 일을 하고 있었던 거죠. 누구도 그것을 여성적이라 간주할 수 없었어요. 개인 면담 시간에 이 주제에 관해 더 얘기해볼까요? 매주 한 번씩 강의가 끝난 후에 개별 지도 시간을 가질 겁니다."

남성성을 너무나 당연시해서 그것을 박탈당할 걱정을 할 필요가 없다니 얼마나 근사한 일인가. 내가 속한 공동체가 남성과 여성을 나누는 까닭은 남성성의 박탈을 두려워하기 때문일까? 여성이 더 많은 자유를 누리는 세상에서는 남성성이 박탈될지도 모르니까.

면담 시간에 교수는 내게 이디시어로 된 시를 본 적이 있는지 물었다.

"아뇨. 그런 게 있는 줄 몰랐어요." 나는 놀라서 대답했다.

"오, 이디시어로 시를 쓴 시인이 다수 존재하고 대부분 영어로 번역되어 있답니다. 두 언어로 다 읽어보고 얼마나 잘 번역되었나 비교해보는 것도 흥미로울 겁니다." 나는 대학에서 만난 첫 번째 교수가 내 작은 세상을 이토록 많이 알고 있다는 사실에 놀라움을 금치 못했다.

＊

어린이집 입구에서 잇지가 환한 표정을 지은 채 통통한 양팔을 나를 향해 뻗었다. 행복해하는 아이를 보니 내가 굉장히 특별한 사람이 된 것 같았다. 아이가 나를 왜 이렇게 좋아해주는지 모를 일이지만 평생 처음 진정으로 사랑받는 기분이 들었다. 아이는 끊임없이 웃었고, 늘 내가 같이 웃어줄 것이라 기대하며 나를 바라봤다.

그런 아이를 보면 나도 미소가 절로 번졌다. 나는 종종 내 아이가 어쩜 이렇게 완벽한지 감탄하곤 했다. 내가 잘 키워서 그런 것은 아닐 터였다. 때때로 내게 주어진 자유의 증거로 이 아이가 내게 왔다고 생각했다.

아이가 주는 기쁨과는 별개로 남편과의 불화는 나를 심란하게 했다. 우리의 결혼 생활은 갈등의 도가니였다. 언제나 둘 중 하나는 골이 나 있었다. 아무런 예고 없이 부부 싸움이 시작되었다가 아무런 해결도 없이 흐지부지되었다.

금요일 밤이면 일라이는 반드시 섹스를 해야 했다. 탈무드는 행상은 6개월에 한 번, 노동자는 일주일에 세 번, 그리고 토라 학자는 금요일 밤마다 아내와 관계를 맺어야 한다고 가르친다. 하시딕 유대인은 스스로를 학자라 여기기 때문에 우리는 그 방식을 따랐다. 안식일 저녁 식사 후면 늘 배가 부르고 피곤해서 나는 섹스가 내키지 않았다. 하지만 일라이는 내가 원하든 말든 섹스를 하려 들었다. 설사 조금 전까지 우리 사이에 찬바람이 쌩쌩 불었다 하더라도 전혀 개의치 않았다. 나는 그의 감정과 육체가 어떻게 따로따로 행동하는지 이해할 수 없었다.

최근 들어 일라이는 내가 요리하는 방식에 대해 이러쿵저러쿵 말이 많았다. 그는 내가 유대교 음식 계율인 카슈루트kashruth에 충분히 주의를 기울이지 않는다고 생각했다. 가끔 고기용 칼을 유제품 조리대에 내려놓을 때도 있었지만, 그건 그저 눈살을 찌푸리게 하는 행동이지 율법을 어긴 것은 아니다. 고기 칼을 크림수프 같은 뜨거운 유제품 요리에 집어넣는 정도는 되어야 율법을 어겼다고 할 수 있다. 이 경우에는 수프와 칼을 모두 버려야 한다.

나는 일라이에게 랍비들은 샬롬 베이트shalom bayis(가정의 평화) 계율을 카슈루트 계율보다 중시할 것이라고 대꾸했다. 늘 이런 대화가 말다툼을 유발했고, 그러면 내가 공들여 준비한 안식일 만찬은 엉망이 되었다. 아내의 요리를 칭찬하고 노고를 알아주는 것이 좋은 유대인 남편이 할 일인데 그는 내 실수만 봤다. 부부 싸움을 했을 때는 섹스할 수 없다는 계율이 있기 때문에 나는 금요일 만찬 후 가끔 섹스를 거부했다. 탈무드는 남편이 먼저 사과해야 한다고 가르치지만 일라이는 이 규율을 무시했다.

평소의 일라이는 아주 차분한 사람이다. 남들 앞에서는 "여보, 목마르지 않아요?" 하면서 물을 떠주기 때문에 다들 자상한 남편이라고 생각했다. 하지만 일라이는 사소한 일에도 화를 벌컥 냈다. 내가 급하게 수업 준비를 하느라 시리얼 상자를 부엌 찬장에 제대로 넣지 않은 것 같은 사소한 일이 그의 화를 돋우었다. 그럴 때면 그는 문을 꽝 닫거나 바닥에 책을 집어 던졌다.

잇지의 두 번째 생일 직전의 일이다. 나는 아이에게 배변 훈련을 시키기로 마음먹었다. 친구들은 아직 이르다고 말했지만, 육아책은 이 시기에 배변 훈련을 시작해야 한다고 알려주었다. 반면 하시딕 남자아이들 중에는 서너 살이 되도록 기저귀를 차고 다니는 애들도 있다.

나는 2주간 잇지를 어린이집에 보내지 않고 집에서 배변 훈련을 하기로 했다. 첫날은 하루 종일 잇지와 최대한 오래 욕실에 머물면서 동화책을 읽어주었다. 마침내 잠시 딴 데 정신이 팔린 아이가 오줌을 몸 밖으로 내보냈다. 아이는 놀라서 입술을 씰룩이며 나를 올려다봤고 나는 열렬히 박수를 쳤다.

두 번째로 성공시키는 건 더욱 어려웠다. 내가 퇴근해서 돌아온 일라이에게 한 시간만 교대해달라고 부탁하고 자리를 뜨려는데 잇지가 버둥대며 변기에서 일어나려 했다. 나는 일라이에게 잇지가 용변을 볼 때까지 변기에서 일어나지 못하게 하라고 당부했다.

몇 분 후 욕실에서 우는 소리가 들렸다. 무슨 일인가 하고 문을 열자 일라이는 화를 내며 잇지의 어깨를 움켜쥐고 앞뒤로 흔들고 있었다.

"당장 그만두지 못해요?" 공포에 질린 아이의 얼굴을 보고 내가 외쳤다. "당신 제정신이에요? 고작 두 살짜리 애한테 무슨 짓이에요!"

그 일 이후 나는 일라이에게 도움을 구하지 않았다. 아이를 목욕시키거나 옷 갈아입히는 일도 못 하게 했다. 잇지가 버둥대면서 아빠 손을 벗어나려고 하면 일라이는 욱해서 화를 냈기 때문이다. 그는 아직 어린 아기인 잇지를 밀치는 등 위협적인 행동을 했다. 그때마다 화가 머리끝까지 치밀어 올라 경찰을 부르겠다고 말했지만 실제로 그런 적은 없다.

딱 한 번 경찰을 부른 적이 있다. 이웃이 차를 몰고 지나가다가 차창을 내리고 나를 향해 "당신네 유대인들은 대체 뭐가 문제요? 왜 그렇게 유별나게 구는 거야?"라고 소리를 질렀고, 그 소리에 잇지가 크게 놀랐기 때문이다. 하지만 경찰은 내 말을 믿지 않았다. 그 사람을 오래 알고 지냈는데 그럴 사람이 아니라고 했다.

에어몬트의 경찰은 하시딕 유대인을 반기지 않았다. 선거철이 되면 우리는 투표소로 몰려가 랍비가 정해준 후보, 유대인에게 유리하도록 토지 제도를 악용하고 교묘하게 돈을 끌어오는 정치인에게 표를 던졌다. 이러니 비유대인이 우리를 미워하는 것이다. "의복과 역할에 갇힌 신세일 뿐 나는 다른 유대인과는 다르다"라고 나를 변호하고 싶었다.

3년 전 우리가 에어몬트로 이사한 이래 이곳의 유대인 공동체도 확장을 거듭했다. 예전에는 윌리엄스버그나 커야스 조엘 같은 곳의 엄격하고 극단적인 생활 방식에 반발하여 이곳으로 이사온 몇몇 하시딕 유대인 가족이 다였다. 대체로 우리처럼 젊은 부부로, 이곳에서 아내들은 긴 인모 가발에 청치마를 입고 남편들은 동네 포커 모임에서 맥주를 마시고 마리화나를 피우는 정도의 일탈을 누릴 수 있었다. 윌리엄스버그에서는 놈팡이라고 지탄받던 사람도 이곳에서는 그저 타락한 수많은 하시딕 유대인 중 하나일 뿐이었다. 에어몬트는 자기가 떠벌리고 다니지만 않으면 계율을 어길 수 있다는 점에서 윌리엄스버그와 달랐다. 남의 주의를 끌지 않는 한 각자 선택한 방식으로 살 수 있는 사생활이 존재했다. 나는 운전을 하고 발톱에 빨간 매니큐어를 바르고 몰래 영화를 보러 가기도 했지만, 집이 드문드문한 이 동네에서는 남의 이목을 피할 수 있었다. 하지만 이걸로는 충분하지 않았다. 일라이는 내가 아무리 많은 자유를 누려도 불평거리를 찾아낼 것이라고 생각했다. 그에게 나는 '행복해질 수 없는 사람'이었다.

나는 하나의 제약이 풀릴 때마다 또 다른 제약이 나를 옥죄고 있음을 발견했다. 게다가 세상에는 내가 절대로 경험하지 못할 일들이 수없이 많았다. 나는 그 사실을 견딜 수 없었다. '지금 누리는 조건부 자유는 충분하지 않아. 진정한 자립을 이루지 못한다면 나는 절대로 행복해질 수 없어.'

안식일이면 나는 기도를 하러 간 일라이를 기다리며 잇지를 유모차에 태우고 유대교 회당으로 걸어갔다. 정문에서 쏟아져 나오는 남자들이 타이트한 검정 원피스를 입고 검정 하이힐을 신은 나를 노골적으로 쳐다봤다. 이곳의 하시딕 남성들은 여성이 지나갈 때 시선을 돌리지 않는다. 또한 그들은 음담패설과 추잡한 농담을 쉬지 않는다. 이것이 윌리엄스버그를 떠나 에어몬트에서 도달한 계몽의 한계였다.

　　걸어서 10분 거리에 사는 이웃 하비가 내 가발을 스타일링해주었다. 방금 그녀에게 구매한 내 첫 장모 가발은 화학약품 처리를 하지 않은 인모 가발이다. 하지만 하비가 아무리 정성 들여 다듬어주고 전문가처럼 스타일링해주었어도 가발일 뿐이다. 누구도 이게 내 진짜 머리카락이라고 생각할 리 없다.

　　가끔 잇지를 유모차에 태우고 쇼핑몰에 갈 때면 아이의 금발과 푸른 눈이 나와 다른 사람들 사이의 거리를 좁혀주는 것 같았다. 사람들은 잇지를 보면 가던 길을 멈추고 귀여워했고, 가발을 쓰고 긴치마를 입은 나는 곁에 서서 평범한 엄마인 척했다.

　　대학에 갈 때는 가발을 벗기 시작했다. 치마도 벗고 싶었지만 내게는 평범한 옷이 한 벌도 없었다. 지금까지는 그런 옷을 살 엄두를 내지 못했다. 결국 의류 할인 매장에 가서 청바지 코너를 뒤졌다. 색깔과 디자인이 천차만별이라 뭘 골라야 할지 난감했다. 주머니에 큼직한 갈색 자수가 박혀 있고 엉덩이 부분이 탈색된 청바지 한 벌을 입어보았다. 좀 길지만 하이힐을 신으면 완벽할 것 같았다. 바지 위로 드러난 몸의 굴곡이 평소와 달라 보였다.

　　수요일에는 청바지 차림으로 교실에 들어갔다. 친구 폴리가 나를 보고 흥분해서 외쳤다. "와, 너 청바지 입고 왔네! 세븐진이야?"

"응?"

"브랜드 말이야. 세븐진 맞지?"

"몰라. 할인 매장에서 15달러 주고 샀어. 색깔이 맘에 들어서."

"그 가격이면 진짜 잘 산 거야. 잘 어울려!"

강의가 시작된 후에도 교수의 말이 귀에 들어오지 않았다. 나는 계속 다리를 내려다보면서 청바지를 매만졌다. 수업 후 건물을 나와 걸어가는데 일하던 정원사들이 나를 보고 휘파람을 불었다. 나는 반사적으로 땅을 보면서 남의 시선을 끈 자신을 책망했다. 집에 도착한 후 나는 청바지를 매트리스 아래에 숨겼다.

＊

폴리는 대학에서 만난 내 가장 친한 친구이다. 찬란한 금발과 보조개가 매력적인 그녀는 내가 어렸을 때 동경했던 소설 속 등장인물이 현실로 나온 것만 같았다. 금빛 머리카락, 파란 눈, 우유처럼 하얀 이가 부러웠다. 그녀를 처음 만난 날 내가 하시딕 유대인이라고 말했더니 마치 농담이라도 들은 듯 웃음을 터뜨렸다. 다음 순간 농담이 아니라는 것을 깨달은 폴리는 손으로 입을 막더니 연신 사과를 했다. 하지만 그건 사과받을 일이 아니었다. 내가 남들과 다르다는 것을 폴리가 알아보지 못했다는 사실에 기분이 좋았다. 그녀는 내 가발이 진짜 머리카락인 줄 알았다고 했다.

내가 폴리 같은 코를 가졌더라면 인생이 달라졌을 것이다. 모든 문제는 다 이 코 때문이다. 할머니는 히틀러가 코 모양으로 유대인과 비유대인을 구분했다고 말씀하셨다. 만약 히틀러가 나를 봤다면 한눈에 유대인임을 알아차렸을 것이다. 반면 폴리의 콧날은 그녀의 인생이 잘 풀리도록 만들었다. 콧날이 오뚝한 사람에게는 좋은 일이 따라오기 마련이다.

1월에 폴리가 맨해튼에 있는 자기 집 근처 레스토랑으로 나를 데려갔다. 그녀는 음식을 좋아했고 남편과 함께 초콜릿 공장을 열기 전까지 요리사로 일했다고 했다. 나는 속으로 다짐했다. '생선과 돼지고기만 빼고 다 먹을 거야. 코셔가 아니어도 상관없어.' 레스토랑은 천장이 까마득히 높았고 손님들은 키가 크고 고상했다. 분위기에 약간 주눅이 들었다. 심지어 웨이터도 잘생겼다. 엉덩이를 실룩거리며 지나가는 웨이터의 뒷모습을 보면서 폴리가 귓속말을 했다. "게이야." 나는 알겠다는 듯 고개를 끄덕이면서도, 그걸 어떻게 알아보았는지 궁금했다.

레스토랑 주인이 우리 자리로 와서 불편한 점은 없는지 물었다. 폴리는 그의 특이한 헤어스타일을 놀리면서 친근한 태도로 농을 던졌고, 나는 괜히 부끄러워 시선을 피한 채 대화가 끝나기를 기다렸다. 주인이 자리를 뜨자 폴리가 신이 나서 테이블 위로 몸을 기울이고 속삭였다. "너한테 완전 관심 있던데? 못 봤니?"

"뭘?"

"아, 너도 언젠가 알게 되겠지."

나한테 관심이 있다고? 무엇 때문에? 나는 레스토랑 입구에 선 짙은 색 머리의 키 큰 남자를 곁눈질했다. 내 눈에는 그저 '아, 비유대인이구나' 하는 느낌으로 다가왔다. 말끔하게 면도한 얼굴과 짧은 머리가 꼭 외계인 같았다. 저런 남자가 나 같은 사람에게 관심을 가질 리 없다. 폴리라면 모를까.

이윽고 주문한 음식이 나왔다. 감각적으로 장식된 요리는 무척 이국적이었다. 나는 차갑게 식힌 고기 요리를 맛보았다. 칠면조 파스트라미인 줄 알았는데 폴리가 돼지고기로 만든 프로슈토라고 알려주었다. 깜짝 놀란 나는 화장실로 달려가서 구토가 나오기를 기다렸다. 돼지고기를 먹으면 구토가 나온다고 배웠기 때문이다. 하지만 내 배 속은 멀쩡하기만 했다.

자리로 돌아온 나는 마치 전쟁에서 돌아온 개선장군처럼 의기양양하게 다른 요리를 맛보기 시작했다. 양고기 스프링롤, 쇠고기 카르파초, 연어 세비체. 비유대인들은 정말 이상한 음식을 먹는구나! 고기와 생선을 날로 먹는 까닭을 이해할 수 없었지만 어쨌든 시도해보았다. "생각해보니 웃긴다." 내가 폴리에게 말했다. "보통 일탈을 시도하는 하시딕 유대인들은 맥도널드에 가서 햄버거를 먹는 게 고작인데 나는 이렇게 고급스러운 요리를 먹고 있잖아."

"잘하고 있는 거야. 규칙을 어길 땐 화끈하게 어겨야지." 폴리가 대답했다. 나는 그 말이 마음에 들었다. 화끈한 반항아, 그게 바로 나다. 돌아가는 길에 우리는 선글라스 가게에 들렀다. 나는 폴리가 추천한 디자이너 브랜드의 귀갑무늬 선글라스를 구입했다. 선글라스를 걸치자 마치 슈퍼모델이 된 것만 같았다. 나는 폴리를 곁눈질하면서 과연 내게도 그녀처럼 당당해질 수 있는 날이 올지 상상했다.

"더 이상 하시딕 유대인으로 살고 싶지 않아." 가게를 나온 나는 갑작스럽게 선언했다.

"그렇다면 그러지 않아도 돼." 그녀가 대답했다.

하지만 어떻게 하시딕 유대인이 아닌 다른 사람이 될 수 있을지 막막했다. 이 삶은 내게 허용된 유일한 삶이다. 지금까지의 삶을 포기한다면, 새로운 삶은 어떻게 찾아야 하는 걸까?

*

시간이 흐를수록 아이의 장래가 걱정되었다. 잇지는 세 살이 되면 파요스를 기르고 매일 9시부터 오후 4시까지 토라를 배우기 위해 헤데르cheder(유대인 아동을 위한 종교 학교-옮긴이)에 다니게 될 것이다. 귀밑머리와 기도 숄이 완벽한 아이다움을 훼손할 상황을 떠올리니 참을 수 없었다. 어느 순간부터 내 아이의 인생이 남자들에 의해 좌우되고 나는 뒷전으로 밀려날 것이라는 사실도 견디기 힘들었다.

내가 어떻게 내 아들을 좁고 제한된 삶으로 밀어넣을 수 있을까? 아이를 헤데르와 예시바에 가둘 수 없었다. 하지만 우리는 이곳에 갇혀 있다. 내게는 갈 곳도 없고 상황을 바꿀 방법이나 수단도 없다. 그저 생각과 감정을 숨긴 채 몰래 살고 있을 뿐이다. 겉으로는 코셔를 지키고 정숙한 옷을 입고 독실한 하시딕 여성의 본분을 다하는 척하지만 속으로는 나를 규정하는 모든 틀을 깨부수기를 갈망했다. 내가 보고, 알고, 경험하는 것을 막기 위해 세워진 장벽을 모두 허물어버리기를 갈망했다.

내 삶은 비밀 엄수가 지상 과제이고, 가장 큰 비밀은 나의 진짜 모습이다. 특히 일라이에게 내 본모습을 들키지 않는 것이 무엇보다 중요해졌다. 어느 순간부터 일라이가 나의 내면을 들여다볼까 봐 두려워서 일기 쓰기를 그만두었다. 나의 변화를 드러내는 불리한 증거를 남겨두고 싶지 않았다.

하지만 이제는 너무나 많은 생각이 마음속에 소용돌이쳐서 글을 쓰지 않고는 견딜 수 없게 되었다. 나는 익명 블로그를 개설하여 일기장으로 사용하기로 했다. 내가 쓴 글이라는 것을 누구도 알아볼 수 없도록 각별히 신경을 썼다. 블로그 제목은 '하시딕 유대인 페미니스트'로 정했다. 내용은 대부분 대학 수업에서 영감을 얻은 것이다. 철학 시간에 읽은 페미니스트 사상에 자극을 받아서 쓴 글도 있었고, 연극과 희곡 수업 때 쓴 에세이도 있었다.

첫 포스팅의 주제는 성관계를 갖게 되기까지의 투쟁이었다. 그동안 누구에게도 남편과 오랫동안 성관계를 가질 수 없었다고 털어놓지 않았으며, 평소라면 그런 얘기를 만천하에 광고할 생각을 하지 않았을 것이다. 하지만 일주일 전에 걸려온 전화가 내 생각을 바꿔놓았다. 윌리엄스버그에 사는 한 익명의 여성이 큰어머니에게 내 번호를 받았다면서, 결혼한 딸이 8개월이 지나도록 남편과 성관계를 맺지 못해 고민이라고 털어놓으며 조언을 구했다.

그 얘기에 나는 깜짝 놀랐다. 줄곧 우리 공동체뿐 아니라 전 세계 여성 가운데에서도 이런 문제를 겪은 사람은 나밖에 없을 것이라고 생각했다. 그런데 나와 같은 문제를 겪는 여성이 또 있었다. 나는 아직도 내가 왜 그런 경험을 해야 했는지 제대로 이해하지 못했지만, 그래도 내가 할 수 있는 모든 조언을 해주었다.

내 거대한 결함을 익명으로 모두가 볼 수 있는 공간에 게시하는 일은 묘하게 해방적이었다. 곧 블로그에 많은 댓글이 달렸다. 대부분은 나처럼 반항적인 하시딕 유대인이었고, 과거에 하시딕 유대인이었던 사람, 현대 정통파 유대인, 심지어 비유대인이 쓴 댓글도 있었다. 다들 어떻게 내 블로그를 발견했는지 신기했지만 모두 할 말이 많은 듯했다.

어떤 사람은 내 말을 믿지 않았다. 어떻게 여자가 질의 존재를 모른 채 사춘기를 보낼 수 있는지 이해할 수 없다고 했다. 어떤 사람은 내 글에 공감해주었다. 어떤 사람은 비슷한 경험을 털어놓았다. 독자들은 내 블로그에서 토론을 벌였다. 그들이 주고받는 대화를 지켜보는 일은 정말 짜릿한 경험이었다. 마치 커다란 네트워크의 중심에 선 기분이었다. 게다가 남들은 컴퓨터 화면 뒤에 있는 내 정체를 알 수 없고 내게 책임을 물을 수도 없었다.

"양육권은 어떻게 얻을 건가요?" 독자들이 질문했다. 그들은 어떤 공동체도 계율을 지키지 않는 엄마가 아이를 데리고 떠나도록 허락하지 않을 것이라고 했다. "저는 변호사인데요, 그런 일은 지금까지 한 번도 없었다는 걸 확실히 말씀드릴 수 있어요." 한 독자는 이런 댓글을 남겼다.

독자들은 어떤 종교 법정도 내가 아이를 데리고 떠나도록 허용하지 않는다고 경고했다. 설사 내가 모든 계율을 따른다 하더라도 아이를 양육할 만큼 독실한 엄마로 인정받지 못할 것이라고 했다. 사람들은 과거에 같은 일을 시도한 여성들의 이름과 사례를 인용했지만 나는 주눅 들지 않았다. 나는 그들과는 다르고, 그들에게 없는 무언가를 갖고 있었다. 언제 어떤 방식이 될지는 모르지만 언젠가 나는 자유로워질 것이고, 잇지도 그러할 것이다. 내 아이는 진짜 학교에 다니면서 두려움 없이 책을 읽을 것이다. 나는 마치 죽음을 준비하는 사람처럼 사람들과 물건들에 작별 인사를 고하기 시작했다. 아직 구체적인 계획은 없지만 이곳은 내가 있을 곳이 아니라는 직감만은 확고했다.

2009년 3월 부림절 명절에 나는 마지막이라는 생각으로 할머니와 할아버지를 방문했다. 내가 정말 탈출할 수 있을지는 아직 불확실하지만, 그 길을 떠나기 전에 미리 연락을 끊는 편이 더 쉬울 거라고 생각했다.

내가 어린 시절을 보낸 집은 낡아 허물어지고 있었다. 할머니와 할아버지가 더 이상 돈이 없어서인지, 아니면 그저 건물을 관리할 기력이 없어서인지 알 수 없었다. 오랜 역사를 가진 아름다운 브라운스톤이 이렇게 방치된 모습을 보니 슬펐다. 내 신앙이 완전한 붕괴에 직면한 이때 내가 자란 집이 와해되어가는 모습을 마주하다니, 우연 같지 않았다. 나는 이것을 또 다른 계시로 받아들였다. 이것은 내가 나보다 더 큰 힘에 이끌려 가고 있다는 계시였다. 신은 내가 떠나기를 원한다. 신은 내가 이곳에 속하지 않음을 안다.

건물 안을 둘러보니 페인트가 군데군데 벗겨지고 계단에 깐 리놀륨 장판은 곳곳에 맨바닥이 드러났다. 할머니는 백만 달러 이상을 제시한 부동산 개발자에게 집을 팔고 싶어 했지만, 할아버지는 자신이 평생 가장 잘한 투자인 이 건물에 대한 자부심이 강했다. 그는 상황을 자신에게 유리하게 만들 방법을 찾고 있었다.

어떤 것은 이미 사라져버려서 작별 인사를 할 필요도 없었다. 부쩍 노쇠한 할머니와 할아버지는 더 이상 어린 시절 기억 속의 그분들이 아니었다. 생기 넘치던 할머니의 모습은 온데간데없었다. 눈은 총기를 잃어 흐릿하고 발걸음은 느리고 더뎠다. 할아버지에게는 기민함과 정확성 대신 건망증만 남았다. 나는 이곳에서 사랑했던 모든 것이 퇴색해간다는 사실에 절망하고 안심했다.

부림절 만찬을 먹고 있는데 아빠가 집에 왔다. 눈이 벌건 게 술에 취한 모습이었다. 나를 발견하고 가까이 다가오는 아빠를 보면서 나는 침을 꿀꺽 삼켰다. 아빠는 포옹하듯 내 몸 위로 무너지면서 목에 팔을 둘렀다. 무거운 그의 팔이 내 목을 옥죄어 질식할 것 같았다. 술 냄새가 심해서 숨도 쉴 수 없었다. 불결함, 절대 씻어낼 수 없는 더러움이 온몸을 덮쳤다. 그에 대한 의무를 벗어던지면 속이 시원해질 것이다. 아버지 역할을 하려고 노력해본 적도 없는 남자에게 왜 딸 노릇을 해야 하는지 납득할 수 없었다. 일라이는 이 모든 상황을 말없이 지켜봤다. 이럴 때 나서서 아빠의 주의를 다른 곳으로 돌려주면 얼마나 좋아? 하지만 남편은 입을 벌리고 놀랍다는 표정으로 나를 바라볼 뿐이었다.

훈제 고기가 담긴 접시와 와인 디캔터의 무게로 신음하는 식탁에 앉아 내가 가족이라고 부르는 사람들(친척 어른들과 사촌들)을 둘러보면서 내년에는 이들이 기억 속에만 남아 있을 것이라고 생각하니 기분이 묘했다. 그들은 내가 언제까지나 이 자리에 있으리라고 믿을 것이다. 하지만 나는 어떤 구속에도 말없이 순종할 생각이 없었다.

내가 이곳을 떠난 후 그들은 어떤 반응을 보일까? 충격받을까, 아니면 그럴 줄 알았다는 듯이 고개를 끄덕일까? 데버라는 처음부터 그럴 아이였다고 말하며 혀를 끌끌 찰지도 모른다.

*

　　새라로렌스대학에서 성인 과정을 듣는 여성들은 강의 후 점심 식사 모임을 가졌다. 대부분은 턱없이 비싼 등록금을 내고 프라다 가방을 들고 다닐 만큼 여유로운 30~40대 백인 여성이었다. 스물두 살에 아이가 딸린 데다 늘 똑같은 청바지를 입고 머리카락을 감춘 나는 예외적인 존재였다. 물질주의가 팽배한 것은 세속도 마찬가지였다. 어렸을 때 페레가모 구두와 복장 규정에 어긋나지 않도록 수선한 랄프로렌 재킷을 걸치고 학교에 오던 친구들이 기억났다. 그때나 지금이나 나는 그런 신분의 상징을 갈구한다. 그 상징을 소유한 사람들은 내가 한 번도 누려본 적 없는 우대를 받기 때문이다.

　　가끔 점심 모임에 참석해서 다른 사람의 일상에 조용히 귀를 기울였다. 그들은 호화 여행을 다녀온 이야기를 나누고, 자식의 사립학교 등록금을 걱정하고, 헬스클럽 등록비가 너무 비싸다고 불평했다. 언젠가는 나도 너무 일만 하는 남편, 너무 커서 관리하기 힘든 집, 1등석을 타고 가도 피곤한 유럽 여행 같은 문제로 고민하는 특권을 누릴 수 있을까? 나처럼 평범한 사람에게 그런 미래가 기다리고 있을 리 없다. 만일 실제로 이곳을 떠나서 하시딕 유대인의 정체성을 벗어버린다면 나는 비유대인으로서 어떤 삶을 살게 될까? 세상에서 가장 물가가 비싼 도시에서 도움을 받을 가족 한 명 없이, 통장에 단돈 1달러도 없이 힘들게 아들을 키우는 싱글 맘이 될 것이다. 그렇다고 정부에서 주는 식료품 보조금에 의지해서 살지는 않을 작정이었다. 내가 속한 이 세계에는 돈도 없으면서 아이를 꾸역꾸역 낳아서 WIC 쿠폰(저소득층 임산부 및 영유아 영양 보조 프로그램에서 제공하는 무료 식품 바우처-옮긴이)을 유대인 거래소에서 현금으로 바꾸는 엄마들이 흔했다. 이곳을 떠난다면 나는 절대로 그들처럼 살지 않겠다고 굳게 다짐했다.

보기 좋게 그을린 어깨 위로 금발이 물결치는 폴리는 내게 실은 자신도 어렸을 때 유타주의 가난하고 황폐한 지역에서 여호와의 증인인 어머니와 코카인 중독자 아버지 밑에서 정부 보조금을 받으며 생활했다고 털어놓았다.

"네가?" 나는 믿을 수 없어서 되물었다. "하지만 넌 모든 걸 가진 사람 같은걸."

"이렇게 살게 된 건 고작 7년 전쯤부터야. 초콜릿 공장을 개업하고 나니 마침내 하늘에서 행복이 쏟아져 내리는 것 같았어. 근데 그거 알아? 난 언젠가 이런 날이 올 줄 알았어. 오랫동안 남들이 호화로운 생활을 누리는 모습을 보면서 내 몫과 노력에 대한 보상을 기다렸어. 결국 그날이 왔지만 그렇게 되기까지 아주 오래 걸렸지."

나는 아직 젊다. 10년 후 어떤 자리에 있을지 누가 알겠는가? 설사 10년쯤 가난하고 비참하게 살아야 하더라도 폴리에게 일어난 기적이 내게는 일어나지 말라는 법은 없다. 그런 가능성을 정말 포기할 수 있을까?

"네 스스로 이루어야 해." 금발의 디바가 내게 말했다. "나는 오랫동안 아무리 힘들고 가망이 없어 보이더라도 언젠가 이런 날이 올 거라고 굳게 믿었어. 지금도 아침마다 오늘은 더 좋은 일들이 기다리고 있을 것이라고 확신해. 아무리 불가능해 보여도 네가 믿음을 잃지 않으면 현실이 될 거야. 그게 바로 우주의 힘이지."

폴리는 종교 공동체에서 탈출했음에도 여전히 자기만의 신앙을 유지하고 있었다. 어떤 이름으로 불리든 신앙 없이 살 수 있는 사람이 있을까? 어떤 삶을 살든 버텨내고 성공하기 위해서는 믿음이 필요하다.

내가 바라는 건 무엇일까? 현재 삶을 포기한 대가로 이 여성들이 누리는 삶을 갖게 된다면 그걸로 충분할까? 그들과 나는 정말 그렇게 다른 처지인가? 더 큰 집이나 더 좋은 옷 같은 외적 요소를 제외하면 그들은 많은 면에서 나와 마찬가지로 속박되어 있었다. 우리는 같은 이유로 대학에 진학했다. 현재를 벗어나 더 만족스러운 삶을 살 길을 찾기 위해.

나는 청바지나 명품 선글라스만으로는 성취감을 느낄 수 없었다. 물론 그런 물건을 가질 수 있다면 좋겠지만, 내가 바라는 것은 무언가를 이루고 세상에 이름을 남기는 일이다. 대학 지원서에 '분화구 크기의 구멍'을 남기고 싶다고 적었다. 앞으로 늘 힘들게 살지도 모르지만 어차피 내 목표는 호사스러운 삶이 아니다. 할아버지가 늘 말씀하셨듯이 사치는 안락과 나태를 불러와서 우리를 나약하고 무감각한 존재로 만들 뿐이다.

내 앞에도 수많은 반항아가 존재했다. 윌리엄스버그에도 공공연히 계율을 어기는 사람이 있었다. 하지만 그들은 지금 어디에 있는가? 아무도 모른다. 그들은 클럽에 가고 술을 마시고 마약을 하고 멋대로 살기 위해 공동체를 떠났지만 그런 삶에는 메누하스 하네페시가 존재하지 않는다. 할아버지는 영혼의 평화가 인생의 가장 중요한 목표이며, 그것이 행복의 비밀이라고 말씀하셨다. 그리고 마음의 평화를 얻는 길은 사람마다 다르다고 하셨다. 나는 어디로 가야 평화를 찾을 수 있을까?

*

　2009년 초봄, 일라이가 결혼 후 처음으로 일주일간 집을 비웠다. 나는 이 기회에 본격적으로 자립을 시작하겠다고 마음먹었다. 최근에 나는 몇 시간이고 도서관에 앉아서 내 미래를 생각했다. 서가에 꽂힌 책들을 바라보면서 어렸을 때 내가 책을 읽기 위해 얼마나 많은 위험을 무릅썼는지 기억했다. 독서가 주는 기쁨이 항상 두려움을 능가했다. 그 시절 나는 자신의 생각을 원하는 방식으로 표현할 권리를 당연하게 여기면서 가장 내밀한 생각도 거침없이 기록하는 작가들에게 감탄하곤 했다. 비밀을 감추지 않아도 된다는 건 내게는 상상하기도 힘든 일이었다.

　내 본모습을 숨기는 데 진절머리가 났다. 독실함을 가장하고 불성실함을 질책하며 보낸 세월에 지칠 대로 지쳤다. 이제 그만 해방되고 싶다. 겉모습뿐만 아니라 모든 면에서 자유롭고 싶다. 내 본모습을 받아들일 자유, 내 진면목을 세상에 드러낼 자유를 원했다. 진실을 전달하는 일을 의무로 삼은 작가들과 함께 이 도서관 서가에 나의 책을 놓고 싶어졌다.

　폴리가 내 블로그를 자신이 아는 출판업자들에게 소개해주었다. 나는 어떤 연줄이라도 활용하겠다고 마음먹었다. 그런데 한 출판 에이전트로부터 이메일을 받았을 때는 덜컥 겁이 났다. 내가 책을 낼 만할 가치가 있는 사람임을 어떻게 증명할 수 있을까?

　나는 맨해튼 어퍼이스트사이드의 세련된 동네에서 일하는 퍼트리샤를 만나기 위해 차를 몰고 갔다. 주차 후 검은색 긴 저지 치마와 긴팔 스웨터를 벗고 새로 산 바지와 실크 셔츠로 갈아입었다. 또각또각 소리를 내며 거리를 걷는 내 보폭은 크고 자유로웠다. 매디슨애비뉴의 쇼윈도에 비친 내 모습이 무척 강해 보였다.

모퉁이를 돌자 카페 야외석에 갈색 머리 여성과 이야기하고 있는 폴리가 보였다. 폴리는 평소처럼 나를 반갑게 맞아주었고, 우리가 인사를 나누는 동안 퍼트리샤는 내가 누구인지 눈치채지 못한 듯했다. 잠시 후 내가 에이전트를 구하고 있는 그 하시딕 유대인 여성임을 깨달은 그녀가 눈을 동그랗게 뜨고 말했다.

"전혀 예상 밖이네요. 정말 멋져요."

"다 폴리 덕분이랍니다. 폴리가 저를 타락시켰어요." 나는 미소 지으며 대답했다. 내가 이곳에 무난히 섞였다는 사실을 확인시켜주는 퍼트리샤의 반응이 기분 좋았다. 군중 속에서 튀지 않는 느낌을 마침내 알게 된 곳이 어퍼이스트사이드라니! 폴리가 내 머리카락 쪽으로 손을 뻗더니 잠시 망설였다.

"지금 가발 쓰고 있어?" 그녀가 낮은 목소리로 물었다. "그냥 봐선 모르겠어."

"아니, 이건 내 진짜 머리카락이야." 나는 웃음을 터트렸다. "가발은 차에 있어."

"두 분이 꼭 베티와 베로니카 같군요." 퍼트리샤가 우리 둘을 보고 미소 지으며 말했다.

"그게 누구인가요?" 나는 별생각 없이 되물었다.

"베티와 베로니카를 모른다고? 아치 코믹스 몰라?" 폴리가 외쳤다. 그녀는 여전히 내가 문화적 레퍼런스를 알아듣지 못할 때마다 깜짝 놀란다.

퍼트리샤는 내게 글쓰기와 출판에 관해 참고할 책 몇 권을 알려주었다. 다음 단계는 출간 제안서 쓰기라고 했다. 제안서는 출판사를 대상으로 한 발표 같은 것이다. 제안서로 책의 아이디어를 소개하고 출판사에서 책을 내자고 하면 원고를 쓰는 순서로 진행된다고 했다. 나는 내 모든 자유 시간을 제안서 쓰는 데 들이겠다고 결심했다. 퍼트리샤는 좋은 제안서를 쓰려면 1년 정도가 걸리고 못해도 3개월은 걸릴 것이라고 말했지만, 나는 그 누구보다도 빠르게 완성하기로 마음먹었다. 책이 내가 이곳을 탈출할 수 있는 복권이라면 최대한 빨리 긁고 싶었다.

*

2009년 9월 8일, 수업을 마친 뒤 늦게까지 친구들과 어울렸다. 나는 현재의 삶에서 벗어날 날을 생각하며 활기에 가득 차 있었다. 모든 준비를 마쳤고 이제 첫발을 떼기만 하면 된다. 나는 그때가 멀지 않았음을 느끼고 있었다. 혹은 일라이가 나를 벼랑 끝으로 내몰 날을 기다리고 있었는지도 모른다.

초조함을 못 이긴 나는 충동적으로 담배를 피웠다. 지나가던 사람이 흘깃하긴 했지만 딱히 내게 시선을 주지는 않았다. 청바지와 브이넥 차림에 긴 생머리를 어깨로 늘어뜨린 내가 이곳과 잘 어울린 게 틀림없다. 교정 입구에 늘어선 커다란 떡갈나무들에게 나는 자유롭다고 소리치고 싶었다. 팔을 뻗어 빙빙 돌리면서 잔디밭을 뛰어다니고 싶었다. 다시는 가발을 쓰고 치마를 입지 않을 것이다. 다시는 남의 시선에 주눅 들지 않을 것이다. 내가 남과 달랐다는 사실조차 잊어버릴 것이다.

집으로 돌아가는 길은 한 시간 정도가 걸린다. 어두운 고속도로는 텅 비어 있었다. 예전에 학교 친구가 만들어준 믹스 CD를 카스테레오에 넣고 인디 록 밴드 더 피어시스의 감미로운 노래에 맞춰 손가락으로 운전대를 두드렸다. 태편지교를 지나 뉴욕주 고속도로로 진입하는데, 갑자기 펑 하는 소리가 나더니 차가 미끄러졌다. 타이어의 마찰음이 귀를 찔렀다. 나는 운전대를 꽉 잡고 몸을 지탱하면서 충격에 대비했다. 차가 가드레일을 받고 뒤뚱하며 뒤집히는 가운데 앞 유리가 산산조각 났고, 충격이 가해질 때마다 통증이 전신을 관통했다. 이제 죽는구나 싶었다. 그리고 내가 자유를 손에 넣기 직전인 지금 이렇게 죽는 게 마땅한 일이라는 생각도 들었다. '신이 정말 있구나. 그리고 내게 벌을 내리는구나.' 이렇게 생각하며 의식을 잃었다.

얼마 후 정신이 들고 서서히 상황이 눈에 들어왔다. 나는 안전벨트를 맨 채 거꾸로 매달려 있었다. 차가 찌그러져서 문은 열리지 않았고 창문은 박살나서 사방에 유리 파편이 널려 있었다. 천천히 안전벨트를 풀고 핸드백을 찾아 주위를 더듬었다. 눈이 어둠에 익숙해지자 핸드백의 내용물이 여기저기 흩어져 있는 것이 보였다. 겨우 핸드폰을 찾았지만 작동하지 않았다. 문득 차가 폭발할지 모른다는 생각이 들었다. '밖으로 나가야 해.' 자정이 넘은 시각이라 도로는 고요했다. 가끔씩 지나가는 차들은 도와주러 오지 않았다. 지갑과 핸드폰, 열쇠를 움켜쥐고 무릎과 손바닥에 유리조각이 파고드는 것을 느끼면서 천천히 차 밖으로 기어 나왔다. 마침내 길가에 도착한 나는 사지가 멀쩡한지 확인하려고 전신을 더듬었다. "난 괜찮아." 스스로를 안심시키려고 애쓰면서 몇 번이고 되뇌었다. "난 괜찮아." 그러다 문득 의문이 들었다. "내가 괜찮다고?" 이 질문을 멈출 수가 없었다.

몇 분 후 경찰이 도착했다. 술을 마셨느냐는 질문을 듣고 발작적 웃음이 터져나왔다. 술을 입에 대지 않기 때문에 어이가 없어서 나온 반응이었지만 그들은 내가 음주운전을 했다고 생각했다. 하지만 나는 내가 살아 있는 이유를 생각하느라 경찰의 질문을 듣지 못했다. 오늘 여기서 죽을 운명이 아니었다면 왜 이런 사고가 일어난 걸까?

엉망으로 찌그러진 차는 견인되었다. 어둠 속으로 끌려가는 차를 보고 있자니 내 낡은 육신과 작별 인사를 하는 기분이었다. 병원에서도 온통 그 생각뿐이었다. 머릿속이 혼란스러웠다. 나는 지금 이 상황이 의미하는 바를 이해할 수 없었다. 겁을 줘서 떠나지 못하게 하려고 사고가 일어난 것일까? 내 몸을 보면서 끔찍한 사고에서 살아남은 신체의 경이로움에 감탄했다. 마치 내 몸속에 마법의 피가 흐르고 있기라도 한 듯 사지에서 눈을 떼지 못했다. 분명히 죽었어야 하는데 살아 있다니 이 얼마나 놀라운 일인가?

교통사고는 날짜가 2009년 9월 9일로 바뀌는 순간에 일어났다. 언젠가 내게 9가 중요한 숫자라고 카발리스트가 말했었지. 죽음과 부활, 끝과 시작을 의미하는 9는 바로 내가 기다리던 신호였다. 앞으로 이날을 내 인생이 둘로 갈라진 결정적 순간으로 기억할 것이다.

병원으로 찾아온 일라이를 보고 나는 치밀어 오르는 분노를 억누를 수 없었다. 그는 타이어를 바꿔달라는 내 부탁을 무시했다. 경제적 여유가 없다는 게 이유였다.

"내가 죽는 건 상관없어요?" 내가 쏘아붙였다. "잇지가 타고 있었을 수도 있어요."

일라이는 자기 책임이 아니라고 했다. 그 얼굴이 꼴도 보기 싫었다. 친구를 부를 테니 당신은 집에 가라는 말로 그를 돌려보냈다. 다시는 그의 얼굴을 보고 싶지 않았다. '혹시 신의 계시일까? 이것이 내가 찾고 있던, 과거와 완전히 단절할 계기이자 이전 삶과 새로운 삶을 확실히 분리할 기회일까?' 어쩌면 살아 있다는 사실이야말로 그동안 기다려온 기적일지도 모른다. 최악을 겪고 나니 세상에 두려울 것이 없는 진정한 용기가 솟았다. 더 이상 불안하지도 불확실하지도 않았다. 내게는 매달릴 과거가 없었다.

다음 날 나는 지난 삶을 마지막으로 되돌아보며 쓸 회고록의 출판 계약을 맺었다. 내 두 정체성은 마침내 분리되었고, 나는 다른 나를 죽였다. 나는 그를 인정사정없이 살해했지만 그래야 마땅한 일이었기에 후회는 없다. 이 책은 내 앞에 있던 내가 마지막으로 남기는 말이 될 것이다.

*

에어몬트를 떠나기 전에 나는 일라이와 함께 종교 지도자에게 부부 상담을 받으러 갔다. 일라이는 상담을 받으러 가는 일이 나에 대한 자신의 마음을 보여주는 것이라고 생각했지만 이젠 너무 늦었다. 다시 예전으로 되돌아가지 않겠다는 내 결심은 확고했다. 그럼에도 의무적으로 상담에 임했다. 상담실에서 나는 결혼 첫해에 성관계를 가질 수 없다는 이유로 일라이가 이혼하려 했고 그의 가족이 나를 구박할 때 단 한 번도 내 편이 되어준 적이 없었기 때문에 그를 결코 용서할 수 없다고 말했다.

우리를 상담한 랍비는 전문 상담가에게 도움을 구하라고 조언했다. "두 사람의 문제는 결혼 생활에서 흔히 경험하는 갈등이 아니네. 두 사람은 누가 쓰레기를 버릴 차례인지, 누가 애정 표현을 충분히 하지 않는지 같은 문제로 싸우는 게 아니라는 말이야. 내게는 이 문제를 도울 역량이 없네. 꽤 심각한 상황이네."

나중에 일라이가 나를 보며 말했다. "그냥 이혼하는 편이 낫지 않겠어요? 이런다고 해결될 문제도 아니잖아요."

나는 어깨를 으쓱했다. "그게 당신이 원하는 바라면요."

*

나는 흰색 소형차를 빌려와서 최대한 많은 짐을 욱여넣은 다음 잇지를 유아 시트에 앉혔다. 아이는 차 안을 둘러보더니 말없이 엄지손가락을 물고 잠들었다. 태편지교에 이르자 차가 밀렸다. 며칠 전 교통사고 때의 소리와 감각이 신경을 곤두세웠다. 나는 운전대를 꽉 움켜쥐었다.

우선 웨스트체스터의 보석상으로 가서 다이아몬드 반지와 예물을 현금으로 바꿨다. 주인에게 이 보석들을 어떻게 할 거냐고 물었다. "아마 녹이겠죠." 나는 안도의 한숨을 내쉬었다. 저 물건들이 다른 사람의 손목이나 목에 채워지지 않고 영원히 사라진다고 생각하니 후련했다.

처음에는 남겨두고 떠나와야 했던 것들을 떠올리면 슬펐다. 보석은 아쉬움 없이 처분할 수 있었지만 5년 전 설레는 마음으로 고른 접시 세트와 리넨 제품, 공들여 사귄 친구들, 그리고 한때 내가 속했던 가족을 뒤로하는 것은 쉬운 일이 아니었다. 갑자기 모든 게 사라진 상황이 낯설었고, 나의 소유물이 이렇게 적다는 생각에 공황이 몰려왔다. 정처 없이 떠도는 막막함은 내 영혼에 극심한 공포의 불꽃을 점화시켰다. 나는 다시 삶에 짓눌리는 느낌을 갈망하기도 했다.

에어몬트를 떠난 후 나는 전화번호를 바꾸고 누구에게도 새 주소를 알려주지 않았다. 추적당할 위험을 감수할 수는 없었다. 새로운 곳에 정착해서 생활을 안정시킬 시간이 필요했다. 그때 나와 잇지 사이에서 불현듯 더욱 깊은 친밀감이 싹텄다. 낯선 바깥세상에서 우리는 더 오랜 시간을 함께 보내며 서로를 알아갔다.

가장 먼저 잇지에게 영어를 가르쳤다. 우리는 함께 책을 읽고 어린이 프로그램을 시청했다. 아이는 빠른 속도로 영어를 습득했다. 영어로 종알대는 잇지는 완전히 새로운 사람이 된 것 같았다. 우리는 새로 구입한 퀸 사이즈 침대에 함께 누워서 즐거운 대화를 나눴다. 아이는 나를 걱정했다. "엄마 머리카락 예뻐." 이렇게 말하면서 내 기운을 북돋워주려고 노력하는 아이를 보니 마음이 아팠다. 우리가 처한 상황을 이해하기에 잇지는 아직 어렸다.

잇지는 아빠에 대해 아무것도 묻지 않았다. 단 한 번 놀이터에서 신나게 미끄럼틀을 타고 내려온 후 문득 고개를 들어 나를 바라보면서 심각한 어조로 물었다. "아빠랑 엄마는 이제 안 싸우는 거지?" "그래, 이제 안 싸워." 나는 미소 지으며 대답했다. "엄마는 이제 행복하단다. 너도 행복하니?" 아이는 재빨리 고개를 끄덕인 뒤 구름다리로 달려갔다. 귀밑머리 없이 짧게 자른 헤어스타일이 또래

아이들과 다를 바 없었다. 아이가 주위 환경에 자연스럽게 섞이는 모습을 바라보며 나는 이루 말할 수 없는 만족을 느꼈다.

✳

　처음에 내가 윌리엄스버그와 최대한 거리를 둔 까닭은 수치심 때문이다. 복잡한 시내에서 하시딕 복장을 한 사람을 마주할 때마다 나는 내 정체가 외부인에게 탄로날까 봐 위축되었다. 과거를 떠올리게 만드는 것들을 견딜 수 없었다. 얼마 지나지 않아 하시딕 유대인을 접하는 외부인들이 실제로 무슨 생각을 하는지 알게 되었다. 사람들은 내 앞에서 하시딕은 억세고 불쾌하고 비위생적인 사람들이라고 욕했다. 그럴 때마다 정체가 드러날지도 모른다는 공포가 나를 잠식했다.

　수치심이 사라지기까지는 오랜 시간이 걸렸으나 놀랍게도 그 밑바닥에는 자부심이 존재했다. 다른 사람의 눈을 피해 스카프와 선글라스로 무장한 채 마침내 윌리엄스버그를 방문했을 때, 나는 이제 이곳은 나와 아무런 상관 없는 곳이라는 안도감을 느끼며 옛 동네를 거닐었다. 마침내 내 삶을 객관적으로 바라볼 수 있게 되자 불현듯 나의 과거가 다채롭고 색다르게 다가왔다. 한때 견딜 수 없이 지루하고 평범했던 일상은 이제 풍요롭고 신비한 역사로 탈바꿈했다. 나는 자라면서 늘 전형적인 미국식 가정을 동경했다. 이제는 평범하게 자란 미국 소녀들이 자신을 남다르게 만들어줄 경험을 찾아 헤매면서 좌절감을 느낀다는 사실을 알게 되었다. 오히려 그들이 나를 부러운 눈길로 바라보고 있었다.

최근 새로 단장한 켄트애비뉴에 가보았더니 내 어린 시절의 풍경은 온데간데없었다. 허름한 창고는 유리가 반짝이는 아파트로 바뀌었고, 타이트한 청바지를 입은 힙스터들이 자전거 위로 몸을 구부린 채 내 옆을 스쳐 갔다. 나는 어린 시절의 꿈이 이루어졌음을 깨달았다. 한때 나는 이곳 강변에 서서 건너편 세상을 동경했다. 고층 건물과 화려한 네온사인이 가득한 저곳에서 발 디딜 곳을 찾기를 간절히 바랐다. 그런 이유로 나는 지금도 브루클린을 좋아하지 않는다. 갇힌 기분이 들기 때문이다. 하지만 나의 인생의 출발점이 된, 탈출을 꿈꾸게 한 이곳을 아주 가끔 방문한다. 로알드 달조차도 나와 같은 여정을 상상하지 못했을 것이다. 나는 과거로부터 해방되었지만 과거와 결별하지는 않았다. 나를 있게 한 시간과 경험은 그 자체로 소중하다. 내가 살아낸 삶이니까.

스물다섯에 꿈이 이루어졌다고 말할 수 있는 사람이 얼마나 되겠는가? 때로 나는 너무나 먼 길을 왔다는 감격에 가슴이 터질 것만 같다. 앞으로도 자유가 내게 주는 행복은 결코 퇴색하지 않을 것이다. 이 경이로움을 아주 조금이라도 포기하고 싶지 않다.

에필로그

2012년 2월 이 책이 처음 출간되었을 때 초정통파 유대인들
이 격렬하게 반발했다. 하시딕 사회는 나를 비난하며 내가 거짓말
을 한다고 목소리를 높였다. 종교인들은 내가 유대의 전통을 밖으
로 드러내 전 세계 유대인 공동체를 욕보였다고 지탄했다. 한 하시
딕 신문은 나를 요제프 괴벨스에 비유하며 내가 또 다른 홀로코스
트를 불러오는 기폭제가 될 것이라고 경고했다. 나는 반유대주의자
로 낙인찍혔으며, 멜 깁슨(영화 〈패션 오프 크라이스트〉를 제작, 감독한 일
과 여러 차례 반유대 발언을 한 일로 비난을 받고 있다-옮긴이)과 잘 어울리는
한 쌍이라는 조롱을 들었다.

나를 비판하는 사람 가운데 실제로 내 책을 읽은 사람은 드물
었지만, 그들에게는 책의 내용보다 하시딕 여성이 대중 앞에 나섰
다는 사실 자체가 문제였다. 단지 내 이야기를 한 것뿐인데 그게 그
렇게 위협적이었을까?

나는 매우 배타적인 유대교 종파의 내부 사정을 세상에 공개
한 사람이 되었다. 그 종파는 자신들의 생활 방식이 세상에 드러나

기를 원치 않으며, 한편으로 이 공동체의 존재는 다른 종파의 유대인들이 무시하고 싶어 하는 골치 아픈 문제이다. 나는 나의 행동에 대해 사과할 생각이 없다. 논란이 지나가면 필연적으로 논의가 뒤따를 것이고, 나는 그런 대화가 근본주의 유대 문화를 변화시키기를 기대한다. 나는 여성과 아동의 권리에 큰 관심을 갖고 있으며 내가 자란 공동체에서 그들의 권리가 어떻게 침해당하는지 잘 안다. 그리고 근본주의 집단을 유지하는 것보다 바꾸는 일이 사회에 더 기여한다고 믿는다.

    나는 왜 목소리를 내기로 결심했을까? 누군가는 해야 하는 일이었고 그것이 나였을 뿐이다. 나는 과거를 숨기고 싶은 마음을 극복하고 책을 출간했다. 나는 더 이상 하시딕 유대인 공동체를 떠난 사람이 느끼는 수치와 불안에 떨지 않으며, 오히려 내 이야기를 펴냄으로써 큰 힘을 얻었다. 나의 용기가 다른 사람들에게 영감을 주고 있다니 반가운 일이다. 책이 출간된 뒤 나와 같은 처지에서 생활하던 이들이 교육 개혁을 요구하는 글을 쓰거나 학대 경험을 털어놓는 등 앞으로 나서는 모습을 보며 감동을 받았다. 그들의 노력에 고무되었고, 이 일이 단지 시작에 불과하다는 사실을 알게 되었다.

    지금까지 하시딕 공동체를 떠난 여성이 양육권 소송에서 승리한 예는 없었다. 공동체를 떠나기로 결심했을 때, 나는 이 같은 일이 나와 내 아이에게 일어나지 않게 하겠다고 다짐했다. 컬럼비아 로스쿨 학과장은 내가 이길 확률이 희박하거나 전무하다고 말했고, 내 변호를 맡기로 한 여성 변호사회 회장도 승리를 자신하지 못했다. 하지만 신중하게 전략을 짜고 미디어의 관심을 적극적으로 활용한 나는 종교적, 법적 이혼과 양육권을 모두 획득할 수 있었다.

2012년 유월절 전날에 이혼 판결이 나왔다. 나는 유월절 만찬에 참석하여 유대인의 해방과 함께 나의 해방을 축하했다. 공동체를 떠난 지 3년, 회고록을 쓴 지 2년 만인 스물다섯 살에 나는 마침내 자유로워졌다.

내가 어떻게 새 삶을 일구었는지 궁금할 것이다. 나는 가진 게 아무것도 없었다. 새라로렌스대학의 상담사는 이혼은 빈곤으로 가는 지름길이라고 경고했다. 그녀는 내게 가난하고 의지할 곳 없는 싱글 맘이 될 자신이 있는지 물었다. 그녀의 질문은 타당했다. 가족과 공동체는 영영 내게 등을 돌릴 것이다. 나보다 먼저 하시딕 공동체를 떠난 사람은 대부분 돌봐야 할 자식이 없는 남자였고, 나는 그들을 보며 흥청망청 사는 대신 빨리 바깥세상에서 자리를 잡겠다는 각오를 다졌다.

나는 사회에서 인정받을 만한 경험이 없었다. 나는 낯선 세상에 적응하는 동시에 졸업장을 받고 아이를 키우며 생계를 꾸려야 했다. 그러면서 내가 태어난 나라에 대해 더 많은 것을 배우고 그동안 볼 수 없었던 풍경을 보기 위해 전국을 여행했다. 나는 나를 이해하고 받아들여줄 공동체를 물색했다. 하지만 결국 다시 뉴욕으로 돌아왔고, 이곳이 내가 고향이라 부를 만한 도시임을 깨달았다.

종교, 공동체, 가족을 떠난 대가는 결코 가볍지 않다. 나는 과거 이웃들의 증오와 모욕에 직면할 때에도 평정을 유지하는 법을 배워야 했다. 그때 책이 나를 지탱해주었다. 책 속 이야기들은 힘든 시간을 헤쳐 나가는 연료가 되었다. 그리고 나는 잃어버린 친구와 가족을 대신할 새로운 사람들을 만나 과거에는 불가능하다고 여겼던 방식으로 사랑과 배려를 받았다.

나는 여전히 스스로를 유대인이라 여기며 그 정체성은 내가 가진 문화적 유산이다. 하지만 유대교로부터 어떠한 영적 자양분도 얻지 못했다. 그런 의미에서 나는 내 아들에게 백지에서 시작할 기회를 주려고 노력한다. 아이가 내 경험에 영향받기를 원치 않으며, 두려움이나 혼란 없이 세상을 탐험하는 모습을 볼 때면 내가 꿈꾸던 어린 시절을 아이가 누리고 있음에 감격한다. 설사 아이가 자라서 랍비나 탈무드 학자가 되기로 결심하더라도 그 선택은 스스로 한 것이다. 바로 이 지점이 모든 차이를 만든다. 당장은 우리의 선택과 자립과 자유를 만끽하고 싶다.

내게 세속 사회를 헤쳐 나갈 능력이 있음은 이제 분명해졌다. 사람들은 내가 행복을 찾았는지 알고 싶어 하지만 내가 발견한 것은 그것보다 더 중요한 '자기진실성authenticity'이다. 나는 마침내 나 자신으로 살아갈 자유를 얻었으며, 그것은 더할 나위 없는 만족감을 준다. 이 책을 읽는 독자 여러분도 남들이 당신에게 다른 사람이 되라고 말할 때 거부할 수 있는 용기가 이미 당신 안에 있음을 알게 되기를 바란다.

2012년 4월
뉴욕에서

후기

⟨그리고 베를린에서⟩ 제작에 부쳐

10년 전 오늘, 나는 뉴욕의 비좁은 방 두 칸짜리 아파트에서 세 살 아들을 재우고 소파에 앉아 몇 달 후면 『언오소독스』라는 제목으로 출간될 책의 원고를 쓰고 있었다. 그 당시 내 미래가 바람 빠진 아코디언처럼 짓눌려 있던 느낌을 기억한다. 그저 다음 주, 기껏해야 다음 달을 생각할 여력밖에 없었다. 외롭고 두려웠다. 낮에는 아이를 돌보느라 바빠서 절망할 틈이 없었지만 길고 공허한 밤이 되면 선물인 동시에 저주처럼 느껴지는 원고 작업이 내 유일한 동반자였다.

2009년 11월에 나는 2만 단어의 원고를 쓴 상태였고 탈고는 아직 까마득했다. 나는 그때까지 제대로 글을 써본 적이 없었다. 그러나 책을 쓰는 일은 더 큰 계획의 일부였다. 진정한 자유를 획득하여 아들과 함께 새 삶을 시작하기 위한 과정이었다. 내 변호사는 회고록을 출간하면 미디어의 관심을 이용하여 하시딕 공동체에 맞설 수 있다고 설명했다. 이것은 그만 나를 놓아달라고, 싸워봤자 득보다 실이 클 것이라고 그들을 설득하는 도구였다.

차가운 바람이 불던 그날 밤, 나는 노트북 전원을 켰다. 그리고 그저 내 할 일을 하고 나머지는 운명에 맡기라고 스스로를 타이르면서 자판을 치기 시작했다. 나는 미리 짜놓았던 시간순 개요를 포기했다. 대신 어린 시절의 기억 속으로 빠져들어 마치 다시 한번 그 순간으로 돌아간 것처럼 글을 써 내려갔다. 그런 다음 차츰 더 먼 과거의 기억을 되짚어갔다. 어느 순간 나는 개요, 장, 등장인물 등 대학 글쓰기 워크숍에서 배운 내용에 더 이상 신경 쓰지 않고 오래전에 잃어버린 내면의 목소리에 귀를 기울이면서 직관에 따라 페이지를 채워갔다. 4시간 뒤 정신을 차렸을 때는 원고의 절반이 완성되어 있었다.

수년 후 독일어로 첫 소설을 쓸 때도 나는 과거의 유령이 나를 다시 찾아오기를 기다렸다. 글을 쓰기 위해 자리에 앉아서 수개월을 보냈고 마침내 그 유령이 돌아오면 나는 무아지경에 빠져 미동도 않고 손가락을 움직였다. 그럴 때면 시간이 멈춘 것 같았고, 내가 몸 밖을 떠다니는 기분이었다. 유령은 여러 번 나를 찾아왔다. 원하는 만큼 자주는 아니었지만 시간이 지나면서 나는 유령이 언제나 기꺼운 마음으로 올 준비가 되어 있으며, 그를 맞을 준비가 되지 않은 것은 다름 아닌 나라는 사실을 깨달았다. 과거의 짐을 벗어버리려 노력하는 현재의 나에게는 과거의 유령이 늘 반갑지만은 않았기 때문이다. 우리는 두 명의 다른 여성이며, 현재의 나는 과거의 그녀와 어떻게 협력하여 이야기를 풀어낼지 방법을 모색 중이다.

과거의 나를 탈피한 후 곧장 그 껍질 아래에 숨어 있던 진정한 자아를 발견한 것은 아니다. 과거와 결별했을 때 나에게 남은 것은 별로 없었다. 새로운 자아와 그에 걸맞은 삶을 구축하기까지는 강산이 변할 정도의 시간이 필요했으며, 그게 얼마나 힘든 일인지 알았다면 나는 도전하지 못했을 것이다.

　나는 그 일이 쉬울 것이라고 생각하지 않았다. 동화 같은 결말을 꿈꾸지 않았기에 버틸 수 있었다. 행복은 우리가 찾아다닐 때는 꽁꽁 숨어 있다가 전혀 기대하지 않은 순간에 나타나 우리를 놀라게 한다. 나는 베를린에서 행복을 찾았다. 만약 10년 전에 누가 미래를 들려주었다면 나는 터무니없는 상상이라고 비웃었을 것이다.

　지금 나는 5년째 베를린에서 살고 있다. 이곳에서 삶의 터전을 발견한 사람은 나뿐만이 아니다. 베를린은 하시딕 및 정통파 유대인 공동체를 떠난 사람을 비롯하여 온갖 종류의 망명자와 도망자로 가득하다. 그 이유 중 하나는 베를린이라는 도시 그 자체다. 모래와 늪 위에 건설되어 누구도 뿌리를 내리지 못하는 도시라고 주민들이 농담 삼아 얘기하는 이곳은 스스로 자신의 뿌리를 뽑은 사람과 남에게 뿌리 뽑힌 사람들이 함께 살기에 안성맞춤인 장소이다.

　2020년 3월, 10년 전 내가 쓴 책을 바탕으로 한 4부작 미니시리즈가 넷플릭스를 통해 공개될 예정이다. 이 드라마는 내 모국어인 이디시어로, 베를린의 세트장에서, 독일계 유대인 여성과 미국계 유대인 여성, 그리고 독일 여성들로 이루어진 훌륭한 팀이 만들었다(일부 남성도 참여했다). 나의 이야기를 영상화하는 것은 베를린에서 뿌리내린 꿈이었으며, 나는 이곳에서만 그 일이 가능하다고 확신했다. 넘치는 지혜와 지칠 줄 모르는 열정으로 프로젝트에 임하는 (그리고 새로운 영역을 탐험하려는 의지가 충만한) 여성들을 만나는 일은 이 도시에 오기 전에는 상상도 하지 못했다.

　넷플릭스 드라마 〈그리고 베를린에서〉를 함께 만들면서 나와 비슷한 배경을 가진 수많은 사람을 만났다. 배우, 컨설턴트, 번역가 등으로 참여한 그들과 함께 촬영장에 있노라면 수시로 감정이 북받쳤다. 드라마는 내 삶을 반영하는 동시에 그보다 훨씬 더 많은 이야기를 담고 있다. 무수한 사람들의 이야기가 합쳐져 하나의 서사로 이어진다. 그것은 내 이야기이기도 하고 다른 사람의 이야기이기도 하며, 심지어 당신의 이야기일 수도 있다. 일부 세부 사항은 달라졌을지언정 고통, 갈등, 외로움, 굴욕이라는 주제는 동일하다. 나는 책이 드라마로 변하는 과정을 지켜보면서 내 이야기가 더 큰 문화적 서사의 일부가 되는 장면을 목격했다. 〈그리고 베를린에서〉는 이미 수많은 여성이 걸어갔지만 아직도 자세히 알려지지 않은 여정의 지도가 되어줄 것이다.

지난 10년간 유대인이 초정통파 공동체를 떠나는 사건이 하나의 운동으로 확장되었다. 이제는 수천 명에 달하는 사람이 공동체를 떠나 세계 각지의 도시가 제공하는 익명성 속에서 최선을 다해 스스로를 재창조하고 있다. 그리고 그중 일부는 우리 드라마 촬영장으로 달려와주었다.

몇 주 전 드라마의 최종 편집본이 확정된 후 처음으로 모든 에피소드를 시청하며 우리가 함께 창조한 작품의 전모를 확인했다. 그날 나는 이 책이 더 이상 내 것이 아님을 깨달았다. 자유, 그것은 나와 우리 모두의 소유물이다.

2019년 11월

베를린에서

감사의 말

이 책은 여러 사람이 노력한 결과이며, 그중 나의 노력은 아주 일부일 뿐이다. 나를 늘 올바른 방향으로 이끌어준 내 에이전트이자 멘토 퍼트리샤 반 데 룬Patricia van der Leun이 아니었다면 나는 작가가 되지 못했을 것이다. 내 원고를 읽을 만한 책으로 재탄생시켜준 편집자 새라 나이트Sarah Knight에게도 감사드린다. 최선의 결과물이 나올 수 있었던 것은 사이먼앤드슈스터Simon & Schuster 출판사의 모든 구성원 덕분이다. 첫 책을 쓰며 어둠 속에서 더듬거리고 있던 나에게 빛을 비춰준 몰리 린들리Molly Lindley에게 감사드린다. 당신은 내가 씨름하던 모든 매듭을 풀어주었다. 또한 브라이언Brian, 케이트Kate, 제시카Jessica의 열정과 인내심에 감사드린다. 내 원고를 고치고 디자인해서 책으로 만들어준 낸시 싱어Nancy Singer, 모니카 구러비치Monica Gurevich, 줄리 메츠Julie Metz, 시빌 핑커스Sybil Pincus, 펙 할러Peg Haller에게 감사드린다. 여러분 모두에게 분에 넘치는 선물을 받은 기분이다.

이 회고록을 쓰기 시작했을 때 글쓰기 워크숍에서 만난 캐럴

린 패럴Carolyn Ferrell에게 감사드린다. 당신의 지도와 새라로렌스대학 동급생들의 사려 깊은 피드백은 더없이 소중했다. 내 글을 포용해준 캐서린 킨비 스톤Katherine Quinby Stone, 애덤 싱어Adam Singer, 줄리아 스턴버그Julia Sternberg에게 특별한 감사를 드린다. 여러분은 나의 첫 독자였다.

내게 처음으로 뭔가를 이룰 기회를 준 기관인 새라로렌스대학에 대한 고마움은 이루 말할 수 없다. 양질의 교육을 받을 기회를 준 조앤 스미스Joann Smith에게 감사드린다. 나 자신을 발견하도록 독려해준 훌륭한 교수인 캐럴 조레프Carol Zoref, 어니스트 아부바Ernest Abuba, 닐 아르디티Neil Arditi, 브라이언 모턴Brian Morton에게 감사드린다. 나와 같은 시간, 같은 곳에 있어준 나의 친구 폴레트Paulette에게 감사한다. 네가 아니었다면 지금의 나는 없었을 것이다. 낯선 세상에서 내 첫 친구, 첫 동지가 되어준 모든 멋진 사람들에게도 마찬가지의 말을 드리고 싶다. 여러분의 지지와 이해를 영원히 기억하겠다.

나와 출판 에이전트를 연결해준 다이앤 레버런드Diane Reverand와 출판계에서 처음으로 내 책의 가능성을 전적으로 믿어준 어맨더 머리Amanda Murray에게 감사드린다.

내가 자리 잡기 위해 애쓰고 있을 때 도움의 손길을 내밀어준 새라와 루디 워른들 부부Sandra and Rudy Woerndle, 그리고 캐스린과 존 스튜어드 부부Kathryn and Jon Stuard에게 감사드린다. 또한 텍사스주 미들랜드에서 만난 멋진 여성들의 지원에 감사드린다.

낮은 승산에도 불구하고 무상으로 내 변호를 맡아준 퍼트리샤 그랜트Patricia Grant에게 감사드린다. 당신은 내가 더 강하고 나은 여성이 되도록 영감을 주었다.

좋은 친구이자 멘토가 되어준 줄리엣 그레임스Juliet Grames, BJ 크레이머BJ Kramer, 조엘 엥겔만Joel Engelman, 말카 마골리스 Malka Margolies, 클로디아 코르테스Claudia Cortese, 에이미 돈더스Amy Donders, 멀리사 델리아Melissa D'Elia에게 감사드린다. 또한 나처럼 공동체를 떠난 동료 반항아들에게도 감사드린다. 그들이 경험한 고 난과 승리는 나의 고통을 덜어주었다.

나는 무척 운이 좋은 엄마다. 태어난 그날부터 나의 아들은 이 여정에 영감을 불어넣어주었다. 아이가 내 인생에 나타나지 않 았더라면 나에게 감춰져 있던 힘과 투지를 꺼내 모을 수 없었을 것 이다. 네가 멋진 청년으로 자라기를 고대한다. 그리고 나는 너에게 부끄럽지 않은 엄마가 되고 싶다. 마지막으로 전적으로 나를 지지 하고 격려해주신 나의 엄마에게 감사드린다.

이 책을 쓸 수 있어서 행복했다. 이 책이 다른 사람들의 삶에 변화를 가져오기를 희망하며 읽어주신 모든 분께 감사드린다.

옮긴이의 말

　　케이트 밀렛의 『성 정치학Sexual Politics』에 따르면 "아리스토 텔레스는 평민이 권리를 주장할 수 있는 유일한 노예는 자신의 아내라고 말한 바 있고, 무보수 가사 노동은 여전히 노동 계급의 남성에게 계급 구조에서 오는 고통을 덜어주는 일종의 '완충제' 역할을 하고 있다." 예전에 인터넷에서 본 이야기가 떠오른다. 남편이 아내에게 "우리 다시 태어나도 부부가 되자"라고 말했더니 아내가 "그럼 그때는 당신이 여자로 태어나"라고 대답했고, 대답을 들은 남편은 망설이더라는 이야기다. 완충제가 되고 싶은 사람은 없다. 동시에 여태껏 잘 빨던 꿀단지를 흔쾌히 반납할 사람도 흔치 않을 것이다. 도리어 꿀단지를 들고 있는 게 얼마나 힘든 일인지 아느냐고 항변하지 않으면 양반이다.

　　수전 팔루디는 『백래시Backlash』에서 "여성 우울증에는 두 가지 큰 원인밖에 없음을 확인했다. 그것은 바로 낮은 사회적 지위와 결혼이었다"라고 전한다. 데버라 펠드먼이 나고 자란 브루클린 윌리엄스버그의 유대인 공동체에서 여성은 조혼을 강요당한다. 일찍

부터 계속 아이를 낳아 유대인 인구 증대에 기여해야 하기 때문이다. 출산에 결혼이 전제되어야 할 까닭은 어디에도 없지만, 가부장제는 다른 형태의 출산을 기꺼워하지 않는다. 궁극의 목표인 "히틀러에 대한 복수"도 가부장제의 틀 안에서 이루어져야 한다(아이러니하게도 히틀러 역시 『나의 투쟁Mein Kampf』에서 "독일 소녀는 결혼을 해야 비로소 시민이 된다"라고 했다). 여성을 아이 낳는 기계로 보는 공동체에서 여성의 사회적 지위가 높을 리 없다. 사트마 여성은 피임 금지와 월경혈 검사 등의 신체 통제를 비롯해 종교 지도자가 정하고 공동체가 강요하는 온갖 규제를 따라야 한다. 마거릿 애트우드의 『시녀 이야기The Handmaid's Tale』가 절로 연상된다(최소한 이슬람교는 모든 기혼 여성에게 삭발을 강요하지는 않는다).

하지만 몇 가지 요소를 제외하면 나머지 이야기는 우리에게 너무나 익숙하다. 여성의 사회 활동을 제한하고 무급 노동을 강제하여 경제권과 사회적 지위를 박탈했던 것이 그리 멀지 않은 과거다. 여성의 노동은 여전히 저평가된다. 여성을 신체적·정신적 비무장 상태로 만드는 데 주력하고, 일방적인 희생을 거부하면 득달같이 비난하는 행태는 너무 익숙해서 기시감이 들 정도다. 사트마 공동체에서는 그저 이런 가부장적 지배 구조가 종교와 결합하여 극단적 형태로 발현되고 있을 뿐이다.

메리 울스턴크래프트는 『여성의 권리 옹호A Vindication of the Rights of Woman』에서 "여성의 지성을 확대함으로써 여성의 정신을 강화하라. 그러면 맹목적 복종은 종식될 것이다. 그러나 권력은 언제나 맹목적 복종을 얻으려 하기 때문에 독재자들과 관능주의자들은 여성을 어둠 속에 묶어놓으려고 노력한다"라고 했다.

『언오소독스: 밖으로 나온 아이』는 어둠 속에서 살기를 거부한 한 여성의 이야기이자 자신을 둘러싼 어둠을 조명하여 그 실상을 세상에 고발한 책이다. 다만 그 과정에서 가까운 주변 인물들이 불의를 행하는 당사자로 집중 조명된 것은 안타까운 일이다. 특히 큰어머니는 어린 데버라를 오랫동안 보살폈다.

하지만 이 책은 어린 저자의 입장에서 쓴 글이고, 회고록은 역사적 진실보다 서사적 진실을 담기 마련이다. 여성의 서사는 오랫동안 남성 중심의 서사에 밀려 배제되었다. 요즘 책, 드라마, 영화, 웹소설 등에서 여성 서사를 말하는 일이 늘고 있다. 덧붙여 교과서에서도 여성 서사가 비중 있게 등장하는 날이 빨리 오기를 기대한다. 여성의 글이 더 많이 쓰이고 더 많이 읽히기를 바란다.

독서 모임 가이드

'브루클린 하시딕 사트마 공동체'라는 격리된 세계에서 자란 데버라 펠드먼은 어린 시절부터 호기심이 많은 아이였다. 자신의 일상을 억압하는 종교적 제약을 받아들이고 따르는 데 어려움을 겪었다. 사트마 공동체는 독서 목록부터 대화 상대에 이르기까지 아이가 자신의 정체성을 형성하는 데 필요한 거의 모든 요소를 엄격하게 통제한다. 교육(성교육이든 다른 교육이든)을 받지 못한 채로 열일곱 살에 단 30분간 대면한 남자와 중매결혼한 데버라는 이후 1년이 넘게 성생활이 불가능했다. 그로 인한 불안증을 제대로 진단받고 치료하지 못했을 뿐 아니라 '아내의 역할'을 완수하지 못했다는 이유로 비난을 받으며 갈수록 심신이 지쳐갔다.

이 비범한 책에서 지은이는 열아홉 살 때 아들을 낳고 자신의 미래에 보다 많은 것이 주어져 있음을 각성했다고 밝힌다. 그러면서 어린 시절 침대 속에 숨어서 제인 오스틴과 루이자 메이 올컷의 문학 작품에 등장하는 용기 있는 주인공을 몰래 봤던 기억이 새 삶으로 나아갈 수 있는 밑거름이 되었다고 회상한다.

토론 질문 및 주제

1. 데버라가 어린 시절 읽었던 책 속 여주인공은 사트마 공동체 밖을 상상할 수 있는 영감을 주었습니다. 독자 여러분은 어떤 문학 작품 속 인물에게 영감을 받았나요?

2. 데버라는 부모 없이 자란 점 때문에, 속마음을 거리낌 없이 말하는 성격 때문에 스스로를 '나쁜 아이'라고 여기게 되었습니다. 사트마의 종교 문화는 지은이가 수치심을 느끼도록 만드는 데 어떤 영향을 미쳤을까요?

3. '완전무결한 위대한 왕'이라고 배웠던 다윗이 살인자이자 위선자라는 사실을 알게 된 대목에서 데버라는 이렇게 썼습니다. "첩을 두는 것에 비하면 내가 숨겨둔 영어 책 몇 권 정도는 새 발의 피가 아닌가. 바로 이 생각을 한 순간, 내 안에서 저항의 불꽃이 피어오르기 시작했다. 나는 이 사실을 여러 해가 지난 뒤에야 깨달았다." 여러분이 생각하기에 순수한 무지와 진실을 눈감는 행동은 어떻게 다른가요? 그리고 권위에 의문을 제기하고 스스로 생각하는 데버라의 능력과 의지는 이후 삶의 진로를 어떻게 바꾸었을까요?

4. 사트마 공동체는 세계에서 가장 인종적, 문화적으로 복잡한 뉴욕에 자리를 잡았습니다. 그 복잡성은 데버라가 사트마로부터 탈출하는 데 어떤 영향을 미쳤을까요?

5. 데버라에게 종교란 삶을 제한하고 구속하는 족쇄였습니다. 반면 데버라의 조부모는 홀로코스트를 경험한 후 엄격한 종교 공동체에서 위안을 찾았습니다. 사트마의 어떤 점이 그들의 삶에 도움을 주었을까요?

6. 사트마 공동체 안의 소문과 감시의 눈은 데버라의 삶에 어떤 영향을 미쳤을까요? 다른 사람의 시선은 여러분에게 어떤 영향을 미치나요?

7. 데버라의 할머니와 큰어머니, 고모들에게 불행의 책임을 물을 수 있을까요? 그들은 얼마만큼의 자유 의지를 갖고 행동했을까요?

8. 데버라가 결혼을 준비할 때 평소 인색했던 할아버지가 돈을 쓰기 시작합니다. 이때 드러난 물질주의는 사트마 유대인들이 평소에 말하는 겸손함, 소박함이라는 가치와 어떻게 공존할 수 있을까요?

9. 만약 데버라의 어머니가 공동체를 떠나지 않았다면 이후의 삶은 얼마나 달라졌을까요?

10. 비록 중매결혼이었지만, 데버라는 결혼을 '자유'의 기회로 여겼습니다. 결혼의 어떤 속성이 그로 하여금 자유를 상상하게 했을까요?

11. 아이가 태어났을 때 데버라에게 어떤 책임과 역할이 새로 주어졌나요? 그리고 데버라가 탈출을 실행하게 된 궁극의 계기는 무엇이었다고 생각하나요?

12. 이 책을 읽은 여러분은 사트마 공동체가 앞으로 변하거나 개혁될 수 있다고 생각하시나요?

데버라 펠드먼과의 대화

Q. 당신은 이 책을 "이곳을 탈출할 수 있는 복권"이라고 표현했습니다. 책을 쓰며 과거를 되새긴 과정에서 어떤 깨달음을 얻었나요? 또한 그 과정에서 자신에 대해 무엇을 알게 되었나요?

A. 이 책을 쓸 때 나는 위태로운 과도기를 겪고 있었습니다. 내가 어떤 사람인지, 어떤 삶을 살아야 하는지 알기 위해 고군분투했죠. 지난 삶을 되돌아보면서 과거는 결코 지울 수 없는 것이며, 오히려 내 정체성의 일부라는 사실을 깨달았습니다. 결국 나의 과거를 이해하고 점차 받아들이게 되었습니다. 이 책이 아니었다면 그 점을 깨닫는 데 훨씬 더 오래 걸렸을 거예요.

Q. 당신은 어린 시절부터 독서를 좋아했어요. 가장 좋아한 책은 무엇이고 그로부터 어떤 영향을 받았나요?

A. 이 책에서 이야기한 책들이죠. 그리고 옛날부터 찰스 디킨스의 열렬한 팬이었습니다. 영국을 좋아해서 유명한 영국 작가들의 작품

을 섭렵했는데, 특히 디킨스는 역경에 직면한 아이의 이야기를 다루는 데다 낭만적 우수에 젖어 있어서 좋아했습니다. 그 책들이 내 삶을 모험으로 느낄 수 있도록 도와주었습니다. 물론 『해리 포터』 시리즈도 빼놓을 수 없습니다. 다음 편을 기다리는 것 말고는 아무런 낙이 없었던 때가 많았죠. 최근에는 '어른을 위한 해리 포터'라고 불리는 레브 그로스먼의 『마법사 왕The Magician King』을 읽으면서 어릴 때 느꼈던 흥분이 고스란히 되살아났습니다. 정말 근사한 독서 경험이었습니다. 독자에게 그런 느낌을 주는 작가들은 진정한 무언가를 성취한 사람일 거예요. 저는 그들을 존경합니다.

Q. 어렸을 때 일기를 썼다고 하셨죠? 언제부터 쓰기 시작했나요? 그리고 이제 다시 쓰고 있나요?

A. 독서에 취미를 붙이자마자 쓰기 시작했습니다. 작가들이 글을 쓰는 데는 이유가 있을 것이라고 생각했고, 나는 그 이유를 알 것 같았어요. 그리고 내가 존경하는 작가들과 나를 연결해주는 도구가 바로 '일기 쓰기'라고 생각했어요. 아주 오래된 성찰과 창작 과정에 참여한 것이죠. 그랬기 때문에 글쓰기가 외로움을 달래주었습니다. 글을 쓰면 작고 제한된 세계에서 벗어나 내가 더 큰 세상의 일부가 되는 것 같았습니다. 지금도 일기를 쓰고, 앞으로도 계속 쓸 거예요. 어떤 목적이 있다기보다는, 글쓰기 자체가 나에게 주는 영향 때문입니다. 글쓰기를 통해 나의 창조적 발전과 개인적 발전을 모두 이룰 수 있습니다.

Q. 사트마 공동체가 바뀔 가능성이 있다고 생각하나요? 공동체 외부에서 그들을 도울 방법이 있을까요?

A. 분명히 있다고 생각합니다. 나는 현실주의자입니다. 따라서 실제로 사트마에서 일어난 변화가 내 기대에는 못 미칠 수도 있습니다. 그렇다고 해서 작은 변화가 중요하지 않다는 얘기는 아닙니다. 분명한 점은, 변화는 그들의 요구에서 시작되어야 합니다. 나는 이제 바깥에 있는 한 사람에 불과합니다. 지금 그 안에 있는 이들이 자신이 원하는 바를 위해 분연히 일어서야 합니다. 누군

가는 사트마식 생활 방식에 무난히 적응했을 테지만, 해방을 원하면서도 그것을 이룰 도구를 찾지 못해 갇혀 있는 사람도 다수입니다. 나는 그 안에서 세속 세계의 그 누구도 알지 못했고, 그래서 탈출구가 없다고 믿었습니다. 외부와 단절되었기 때문에 바깥에 있는 어느 누구도 나와 상호 작용해주지 않을 것이라고 믿을 수밖에 없었습니다. 이제 저는 밖에 있는 사람들에게 요청합니다. 특이한 의복 아래에 숨어 있는 저들의 표정을 봐달라고 말이죠. 바깥의 관심과 이해가 사트마를 변화시킬 수 있을 거예요. 사트마 공동체는 자신들의 이미지를 신경 쓰기 때문에 외부인이 관심을 가져준다면 개혁이 일어날 가능성이 더 커지리라 생각합니다.

Q. 여전히 스스로를 유대인이라 여기며 그것이 당신의 문화적 유산이라고 말했습니다. 또한 신앙을 갖는 것이 중요하다고도 했죠. 지금은 어떤 형태의 종교 생활을 하고 있나요?

A. 내가 유대인의 정체성을 유지하는 가장 큰 이유는 아들이 민족적, 종교적 정체성을 매우 긍정적으로 바라보기 때문입니다. 아이가 유대교 명절과 풍습을 즐기는 모습을 보면서 내 경험을 이유로 무조건 유대 문화를 거부하지는 말아야겠다고 생각하게 되었습니다. 다시 사원이나 공동체에 소속될 생각은 없지만, 아들의 선택을 제한하고 싶지는 않기 때문에 가능한 개방적이고 유연한 태도를 유지하려고 노력하고 있습니다.

Q. 세속 문화 가운데 어떤 활동을 가장 즐기고 있나요?

A. 쉬운 질문이군요. 나는 문학 공동체의 일원이 되었습니다. 책을 읽고 그 감상을 숨김없이 말할 수 있게 되었죠. 서점에 방문하고 낭독회에 참가할 때마다 내가 찾은 자유를 마음 깊이 새깁니다. 탈출하지 않았다면 불가능했을 것임을 알기 때문입니다. 여행하고, 독립 영화를 보고, 미술관을 방문하는 일도 좋아합니다. 내가 원한다면 언제든 지적 지평을 넓힐 수 있다는 사실이 아직도 짜릿하고 새롭습니다.

Q. 음식은 늘 당신의 삶에서 중요한 역할을 담당했던 것 같습니다. 이제 코셔를 지키지 않아도 되는데요, 무엇이 달라졌나요? 또한 가장 좋아하는 음식은 무엇인가요?

A. 이상하게 들릴지도 모르지만 나는 여전히 코셔 방식으로 요리를 합니다. 아들이 현대 정통파 유대인이기 때문이에요. 아이가 새 생활 방식에서 겪을 혼란을 줄이기 위해 그렇게 하고 있습니다. 하지만 나는 음식 애호가가 맞아요. 새로운 장소를 여행할 때 그 지역의 요리를 즐깁니다. 어떤 장소를 알아가는 가장 좋은 방법은 그곳의 음식을 먹어보는 것이라고 생각합니다. 먹는 행위는 감각적 욕구 충족 활동입니다. 아마도 사트마에서 한 경험과 어린 시절의 가정 교육으로 인해 음식과 감정적 관계를 맺을 수 있게 된 것 같습니다.

Q. 조부모님이나 다른 친척들과 계속 연락하나요? 그들도 이 책이 출간된 사실을 알고 있나요?

A. 그건 아주 민감한 질문입니다. 나는 공동체를 떠날 때 연락처를 바꿨고, 한동안 숨어 지냈습니다. 나중에 출간 소식이 알려진 뒤 친척들이 나를 비난하는 편지를 보냈고, 그로 인해 큰 상처를 받기도 했습니다. 동시에 모욕과 협박이 담긴 편지들로 인해 그 공동체를 탈출한 것이 얼마나 행운이었는지 되새기기도 했습니다. 친척들이 내 말을 깎아내리고 복수하기 위해 모든 것을 동원하여 나를 공격할지도 모릅니다. 혹시 모를 사태에 대비하며, 가까운 친구들의 도움을 받고 있습니다. 그러니 견뎌낼 수 있을 거예요.

Q. 사트마 공동체에도 당신의 책을 읽을 사람이 있을까요?

A. 몰래 읽는 사람이 분명 있을 거예요. 전통에 반발하는 반항아는 어디에나 존재합니다. 나도 그랬으니까요. 반항아들에 관한 기사가 날 때마다 비밀스럽게 돌려보았던걸요. 누군가는 분노할 테지만, 동시에 많은 여성과 남성에게 영감을 줄 것이라고 확신합니다. 책을 읽고 자신의 삶을 다르게 바라보게 되기를 기대합니다.

Q. 언젠가 당신의 아이도 이 책을 읽기를 바라나요? 하시딕의 문화적 유산에 대해 어떻게 설명할 생각인가요?

A. 아이가 커서 이 책을 읽게 될 날을 생각하면 마음이 편치만은 않습니다. 부모의 삶(그리고 자신의 삶도)이 대중에 낱낱이 공개되어 있다는 사실을 속 편하게 받아들일 사람은 아무도 없을 테지요. 아이가 나를 있는 그대로 받아들여주기를 바랄 뿐입니다. 지금도 나는 아이가 한 질문에 정직하게 대답합니다. 점점 더 복잡한 질문을 하게 되더라도 계속 그렇게 대답할 수 있도록 최선을 다하겠습니다.

Q. 이 책을 읽은 독자들이 무엇을 얻기를 바라나요?

A. 여성으로 성장하고 생존하는 일이 얼마나 힘든 일인지 생각해주었으면 합니다. 설사 나의 경험이 개인적이고 극단적인 사례라 하더라도, 여성이라면 내가 느낀 무력감에 공감할 것이라고 생각합니다. 하시딕 공동체의 생활 규범은 더 큰 사회 구조를 반영하며, 우리 여성들이 처한 상황을 궁극적으로 해결하기 위해서는 다문화주의에 대한 태도가 변해야 합니다. 젠더 문제는 극단적인 종교 문화 안과 밖에서 모두 개선되어야 합니다.

Q. 지금도 종교로 인해, 억압적 공동체로 인해 구속받는 아이들에게 해주고 싶은 말이 있다면요?

A. 손을 뻗어 도움을 청하세요. 손을 내미는 일이 두렵게 느껴질 수도 있습니다. 그러나 분명히 시도할 만한 가치가 있습니다. 나를 보고 용기를 내세요. 나는 놀라운 사람들의 도움을 받았고, 이제는 당신을 도와 그 빚을 갚고자 합니다. 내가 세상을 구원할 수는 없을 테지요. 하지만 나와 같은 일을 겪고 있는 당신을 돕기 위해 최선을 다할 것입니다.

언오소독스: 밖으로 나온 아이

2021년 7월 23일 1판 1쇄

지은이 데버라 펠드먼
옮긴이 홍지영

편집 이진·이창연·홍보람 **디자인** 김효진
제작 박흥기 **마케팅** 이병규·양현범·이장열 **홍보** 조민희·강효원

인쇄 천일문화사 **제책** 정문바인텍

펴낸이 강맑실 **펴낸곳** (주)사계절출판사
등록 제406-2003-034호 **주소** (우)10881 경기도 파주시 회동길 252
전화 031)955-8588, 8558 **전송** 마케팅부 031)955-8595 편집부 031)955-8596
홈페이지 www.sakyejul.net **전자우편** skj@sakyejul.com
블로그 skjmail.blog.me **페이스북** facebook.com/sakyejul
트위터 twitter.com/sakyejul

값은 뒤표지에 적혀 있습니다. 잘못 만든 책은 서점에서 바꾸어 드립니다.

사계절출판사는 성장의 의미를 생각합니다.
사계절출판사는 독자 여러분의 의견에 늘 귀기울이고 있습니다.

이 책은 저작권법에 따라 보호받는 저작물이므로 무단전재와 무단복제를 금합니다.

ISBN 979-11-6094-745-8 03840